盐脉

孟庆良 著

山东文艺出版社

图书在版编目（CIP）数据

盐脉 / 孟庆良著 . —济南：山东文艺出版社，2021.11
ISBN 978-7-5329-6442-0

Ⅰ . ①盐… Ⅱ . ①孟… Ⅲ . ①长篇小说—中国—当代 Ⅳ . ① I247.5

中国版本图书馆 CIP 数据核字（2021）第 163860 号

盐脉
YAN MAI

孟庆良　著

主管单位		山东出版传媒股份有限公司
出版发行		山东文艺出版社
社　　址		山东省济南市英雄山路 189 号
邮　　编		250002
网　　址		www.sdwypress.com
读者服务		0531-82098776（总编室）
		0531-82098775（市场营销部）
电子邮箱		sdwy@sdpress.com.cn
印　　刷		肥城新华印刷有限公司
开　　本		710 毫米 ×1000 毫米　1/16
印　　张		23
字　　数		300 千
版　　次		2021 年 11 月第 1 版
印　　次		2021 年 11 月第 1 次印刷
书　　号		ISBN 978-7-5329-6442-0
定　　价		68.00 元

版权专有，侵权必究。如有图书质量问题，请与出版社联系调换。

目　录

第一章	押运路上	1
第二章	新官上任	27
第三章	涨税风波	73
第四章	报应立现	109
第五章	济世盐灯	149
第六章	泰极否来	193
第七章	乱世逢生	221
第八章	牢狱之灾	251
第九章	曙光初现	295
第十章	雷霆力量	325

后　记 ……………………………… 359

第一章 押运路上

盐脉

一九○八年二月十六日清晨,微风轻拂,黄海准时醒来了,调皮的波浪欢快地跃动着,你推着我,我挤着你,手拉着手扑向沙岸。太阳缓缓地升起来了,缕缕金色的阳光洒向一眼望不到边际的盐滩大地。一队挑盐土的盐工从海边走来,他们浑身洒满了金灿灿的光晕,仿佛从天宫里走出来的天兵天将。盐工们每人挑一副担子,担子的两头是装满了盐土的架筐。扁担已经弯成了一张弓,盐工伸开的两臂作弦,行走着的身体就成了蓄势待发的箭,箭头所指的地方就是钟家滩。

远远望去,畦畦碧水波澜不惊,仿佛铺开了一面面巨大的铜镜,白云俯照靓姿,海鸥留下倩影,竟惹得风婆婆吃起醋来,清冷的微咸的海风徐徐吹来,水面泛起了无数碎银。头发花白、面色黧黑的盐工苗长石扛着铁锨走在盐滩的小路上,嘴角噙着旱烟袋,去沪沟边放水晾晒滩池。惊蛰刚过,天气乍暖还寒,小北风不经意地往他那敞开了几颗扣子的破棉袄里钻。他来到沪沟边,随手裹了裹棉袄下摆,俯下身子,把被咸泥巴封盖了一个冬天的小闸门打开,滞留在滩池里的半咸水便汩汩地流动起来。他直起腰身,扶着锨杆,瞅了一会儿水势,把堵塞了闸门口子的烂泥巴和杂草铲到堤坝外面去,水流更顺畅了。等到把同样的动作

第一章 押运路上

不厌其烦地重复了四五遍，他已经走到了钟家滩的西南角。在盐滩外面二三百米处，川河无声地向东流去，一直流到浩无边际的黄海。正值早春时节，川河两岸空空荡荡，人迹罕至，鱼汛尚早，渔家的船只还歇在船台上晒太阳呢。

"该回去了！"苗长石嘀咕一声，扛起铁锨往回走。

"苗大叔，快来暖和一下吧。"盐把式刘银锁把木匠用的家什带到盐滩来了，斧头砍，刨子刨，一个早晨的工夫，拾掇好了几根推耙杆。这会儿，正用刨下来的槐木花子，在东墙根的土灶前烧水。灶膛里的火苗子从黑黝黝的泥壶底下蹿出来，映红了他那稻糠色的脸庞。

苗长石应和一声，把铁锨靠墙根放下，在门外跺了跺脚上的泥巴，走进屋来，搓着两只粗糙的手掌往脸颊上摩挲几下，便在小机子上坐下来："这种天儿，在外头溜达一会儿浑身就凉透了，还不如去挑盐土热乎呢。"

刘银锁伸手从灶下捏出一片正燃着的木花片儿递过来，说道："他们也快回来了。"

"快了，还有一里多路。"苗长石接过手，把火苗儿凑到装了烟丝的烟袋锅子上，歪着头，眯缝起眼睛，嘬起嘴唇，极快地轻吸一口，便从嘴角溢出一股淡淡的青烟。

"小汛潮，潮水够不着沪沟的脸儿，打开的池门板子不用关了，过三天两日，滩上的半咸水也就泄得差不多了，正好晾晒池子。"

"别看中午头热乎乎的，夜晚还结薄皮子冻呢，今年的春脖子长，泥头活计晚不了。"

"钟老爷早有铺排，祭拜盐神前，多备下一些盐土，晾晾池板，拾掇一下家什，清明节过后，再上泥头活也不迟。"

"到什么季节，分派什么活，钟老爷真是晒盐的老把式，时令全揣在肚子里，连皇历都不用看，保准错不了。"

刚喝完一碗茶水，挑盐土的盐工们就回来了，两个人走出滩房照应着。

盐脉

袅袅炊烟从罗口镇的上方升起,鸡鸣狗吠的声音不时地从街巷里传出来。苗长石眯缝着眼睛望向小镇,眼角堆起道道褶子,慢吞吞地说道:"吃罢了早饭,少东家就要带上盐票队伍,直奔蒙县交公差喽。"

◆◆◆◆◆◆◆◆◆◆◆◆◆◆◆◆◆◆◆◆◆

早饭后,果然从西大街走出了一队人马,当头骑一匹枣红色高头骏马的正是罗口盐场副使钟履宽。从他那棱角分明的脸上透出一股坚毅凝重的神情,身后跟上来五十辆人力推车,每辆车上装了两麻袋盐,足足有四百斤重,每个麻袋口都封堵得严丝合缝,加盖了方方正正的墨色官印。车轱辘碾轧在青石板铺成的路面上,吱呀吱呀地叫唤着,行人纷纷避让到路边,都知道是盐票队伍出发了。

不出半个时辰,运盐队伍出西门,过吊桥,沿一条沙土乡道西行。钟履宽一言未发,提缰正坐,缓缓而行,佩剑鞘随着枣红马的步伐有节奏地摩擦着靴子的铜扣子,发出铮铮的响声。他心里很清楚,这两万斤盐是要安全运往蒙县交差的,容不得半点迟误。早有快马来报,蒙县全境闹盐荒仨月整,不法盐商从中投机取巧,盐价一日几涨,老百姓极度恐慌,民情愈加不稳。人命关天,官府十万火急,如不能在十天内运到,民心崩溃,灾民必揭竿而起,事关重大,谁也不敢懈怠。而此去蒙县将近五百里,路途迢迢,逢大灾之年,路上贼寇出没,盐场大使胡定昌思忖再三,遂把这一重任交由副使钟履宽押运,八名盐役随从,车夫五十名,昼行夜宿,十天之内到达蒙县应不在话下。

每辆木轮车上随车捆着一个蓑衣卷,下雨时可以盖在麻袋上,防止雨水化盐,休息时还可以拿来当作席子供行脚们歇息。车把上拴着一个油葫芦,随时随地预备着往车轴添油。午饭在兴安庙吃,晚上到马庄盐店旁边的大车店歇脚。车夫们全都累倒了,晚饭后一头倒在大通铺上鼾

第一章　押运路上

声如雷。钟履宽可没有半点睡意，披衣出门，查看停放在院子里的运盐车，默算行程，虽走的全是平坦路，却只走了四十里地，车夫们的脖颈被车襻带子勒出红红的印痕，脚底板还磨出了水泡，但明天就要翻越九顶子，那才是真正的考验呢。门外，明月当空，院落里的盐车清晰可辨，车上的盐包被苫盖在蓑衣下面，防备露水化盐，马儿在牲畜棚里悠闲地嚼着草料，偶尔打个响鼻摇摇头，嚼铁链哗啦作响，算是对主人的见面礼。此时，虽然刚离开家，却像隔了十天半月那样漫长。

二十四岁的钟履宽身高一米八五，体重一百六十余斤，国字形脸膛黑里透红，浓眉大眼，双目炯炯有神，胸阔蜂腰，壮得像头犍子牛，浑身有使不完的劲儿。媳妇庄玉萍大他三岁，庄家坨庄掌柜的大女儿。都说女大三抱金砖，婚配四年来，俩人情投意合，眉眼之间全是爱。堂中父母四十挂零，父亲钟惟庄体格硬朗，为人精明，经营一份盐滩和百亩良田，母亲钟许氏持家有方，二弟钟履新跟随叔父钟惟仁在青岛做绸缎生意，三弟钟履洋在县城中学念书。儿子宏儿，三岁，每当他下工回家，把宏儿抱在怀里，心中乐得如开了花一般。他日常多在盐滩里巡察，组织盐产，催缴盐斤，分级定等，验收盐品，封坨盖印，有盐商来场买盐，照单开仓放盐，一丝也马虎不得。每逢到四乡八村巡查时，必公私分明，秉公执法，一丝不苟，成为胡定昌大使的左膀右臂。胡大使今年六十有二，因年老体衰，意欲回浙南老家颐养天年，请辞的报告已上奏过几回，心中早有提携后辈之意，在上官面前多有赞誉钟履宽之言。

第二天的早饭是大饼油条，咸萝卜头和腌辣椒做的开口菜，一大碗热乎乎的白米粥下肚，吃饱喝足，钟履宽便招呼车马人等起程赶路，车轴已添足了油，木轮车又吱呀吱呀地忘掉了酸痛欢歌起来。沙土路渐见崎岖，略有二三尺宽，两旁尽是起伏不定的黄土岗子，那开垦出来的田地像生着春蚕的大扁笸箩一样叠在一起。沟坎之间，散布着簇簇青翠的松柏，村舍民居掩蔽于杨树、槐树的树丛下，衣着破旧的农人在早春的田地里劳作着。

　　钟履宽无心欣赏风景，一味用心赶路。山坡路渐渐多起来，车夫们身体弓如大虾，额上青筋条条暴起，眼珠突兀，豆大的汗珠滚落，使尽了浑身气力，才上得坡来，走不了百八十步远，又赶一个下坡，身体赶紧后仰，脚跟蹬地，两手攥紧了车把，使足了吃奶的力气与木轮车对峙着。快到坡底时，车夫们方舒出半口长气，身体就势往前掼送，车子便像离弦的响箭一样，慌不迭地向前冲去，整个人也跟着一阵小跑，下得坡来，早已累散了骨架，战战兢兢地放稳了车子，便一屁股瘫坐在尘土里，张口大喘，后背的夹衫被汗水洇湿一大片。

　　午后，来到一座更大的山岭前，经与路人打探，九顶子是也。

◇◇◇◇◇◇◇◇◇◇◇◇◇◇◇◇◇◇◇◇◇◇

　　九顶子是这趟盐票所遇到的第一座大山。"顶子"在鲁东南一带的俗语里专门用来称呼地势较高的山岭。九顶子顾名思义，由九座山岭首尾相连而成，山路狭窄陡峭，迂回曲折，周围一带更是山高林密，人烟稀少，是强人出没之地，远近驰名。由莒州西来，出此山东行五六十里便是海东县城，向南更至罗口、屏山，远至海州。由东而来，翻过此山即莒州大平原，泰、沂相携，济、洛相迎，京、津远望，去省城皇都均不在话下，此地乃交通咽喉，每有行旅商队至此，无不胆战心惊。土路由东向西爬坡而上，两旁尽是茂密的树林草棵子，又有无数条羊肠小道向两旁的荒草甸里伸展而去，夏日绿荫匝地，秋冬蓑草没人，陡添烦扰在心头。

　　钟履宽那两道浓密的眉毛拧得更紧了，鹰隼一样的眼光从不放过任何可疑之处，凭江湖经验，只要他们刚出罗口镇，就会有消息在草莽间飞快地传递，但是，这六十多人的庞大运盐车队，团队的力量也是不可低估的，小打小闹的小毛贼可没有这个胆。他把盐役们叫到跟前，仔仔细细地吩咐下去，要大家提高警惕，宁舍皮肉不舍盐，遇事不能往后躲，要勇往前冲，一切听从指挥，不能自乱阵脚，一番叮嘱之后，便传令下去就地休息。

车夫们坐在路边乱石堆上，纷纷掏出自带的干粮，舀起伸手可得的山泉水吃起午饭。从深谷里传来布谷鸟那悠长的"布谷——布谷——"的叫唤声，更有不知名的鸟儿在林梢间叽叽喳喳地呼应，从山涧的深处传来了一连串似鸟似兽的怪叫声。履宽并没有卸下马鞍子，只是稍稍缓了缰绳让马儿吃些返青的嫩草芽儿，他则靠在一棵粗壮的大槐树干上，眯着眼想心事，补充一下体力，这九顶子越发像一盘石碾子一样压上了心头。

三碗茶的工夫，钟履宽发出起身的信号。众人麻利地站起身来，扑扑粗布衣裤上的黄土，伸一伸酸胀的腰身，搭车襻推车上路。

"走啦——上坡路，跟上，不要掉队，都跟紧喽——"履宽吆喝一声，前头带路，运盐车又吱呀吱呀地叹息起来。

履宽跨上心爱的枣红马一路领先，随从们依照先前的精心部署，五十辆盐车鱼贯艰难前行。沉啊，车上装的哪儿是盐，明明就是一座大山！重啊，这是灾区百姓的救命盐啊！说什么也要安全抵达，完成胡大使交给的重任。

突然传来哎哟一声，钟履宽扭转马头向后面看去，只见第四辆车的车夫扭曲着身子，趔趄着停下脚步，放稳车子，捂着头蹲在了地上。他打马快步来到那人跟前，飞身下马，问道："出什么事了？"

众人停下车，凑过来察看。

"头被石头砸破了。"血从那汉子的指缝里渗了出来。

"从哪儿扔过来的石头？"众人的神经顿时紧绷了起来，钟履宽顺着石块投过来的方向望过去，一只黄褐色短毛的野猴正端坐在高处的枝丫上，眨巴着眼睛向这边看呢，树枝因用力而上下颤动起来。

"原来是这畜生所为，看我不揍死它！"盐役小队长郑成山搭起弓箭就要射过去。

"且慢！"钟履宽呵斥住随从的莽撞，心想：一只孤猴敢于攻击一队行人，必有猴群在旁边强力策应，人与猴子发生争战多不划算，只要让着它们点，就不会有事的。猴子也通灵性呢，说不定有什么意外，这灵猴是来向我们提前报告的。

"谢谢大仙——"钟履宽拿过一块干粮，朝树上的猴子抛了过去，干粮准确地落在了猴掌心里。猴子低沉地呜咽着，转身消失到更深的树丛里。

众人呼出一口长气，钟履宽把精气神儿一提，与随从传下密语，料定变故迫在眉睫，却安然无事一般，队伍缓缓地继续前行。转过第五道山梁，行出三五里地，忽然哐啷啷一声巨响，一队黑衣黑巾蒙面短打扮的人群涌来，挡在了运盐车队正前方十几米处。为首的是一位手提月牙刀的健硕汉子，只见他叉开两腿，挺直了身子，扯起喉咙喊道："此路是我开，此树是我栽，要想从此过，留下买路财——"话到一半，左腿向前跨出一步，月牙刀锋指向众人，"来者何人，报上名来！"

"我是海东县罗口盐场副使钟履宽！你是何人？胆敢阻挡本官去路？"钟履宽收缰提气，怒目相视，凛然扫视着这群不速之客，同时，右手向后举起，向大家做了一个暂停的手势，队伍在慌乱中算是稳住了阵脚。

"我是你庞爷爷！车上所装何物？"

"运往蒙县救济灾民的食盐！"

"来得正好，识相的交出身上的银两，留下盐货逃命去吧！"

钟履宽压下心中的怒火，呵道："狂妄之徒，休得无理！这盐乃官府所有，蒙县正闹盐荒，数十万灾民抢盐成风，赈灾如救火，请好汉高

第一章 押运路上

抬贵手,不要以身试法,留下罪名!"

"呵呵,你好大的口气,拿官府的大帽子来吓唬谁啊?皇帝老儿是你亲爹呀?盐场副使算个瓢样大还是碗样大的官儿呀?你也不打听打听,这九顶子是谁的地盘,睁开眼睛看看,我就是这块地上的青天大老爷!还不下马磕头求饶,求你庞爷爷放你一条生路!"

"我看你这是大白天说梦话,敢跟官府作对,你是活腻了,快快把道路闪开,让本官通过,我的刀剑可不信鬼!"钟履宽左手提缰,右手掌心稳稳地抵住佩剑长柄,八名盐役簇拥过来,众车夫悄悄地做好了搏斗准备。

那匪首咬牙切齿地喊道:"明人不做暗事,弟兄们上呀,杀了这狗官,抢了他的盐货,谁抢到就算谁的——"月牙刀挥舞着,杀气腾腾地抢先奔袭了过来。

长剑呛的一声出鞘,钟履宽双脚一踏马镫,枣红马划出一团红色的闪电迎了上去。

"弟兄们,拼了——"

两队人马厮杀在一起。

钟履宽的长剑直奔匪首的长刀而去,刀剑相交汇的瞬间,猛然巧打马头,月牙刀带着一阵风声劈空,长剑如银蛇出洞灵巧地觅到了匪首右手腕的空当,"哎呀——"匪首摇晃着身子跟跟跄跄地后退三步,月牙刀险些坠地,一股鲜血从他的右手腕滴落下来。匪众们与众盐役扭打在一起。枣红马就势转身,长剑瞬间挑落了一名匪徒的长矛,匪徒转身就逃,盐役快步上前,抬脚将其踹倒在地,眼看着头脸埋进沙石里昏死了过去。车夫们护卫在盐车的周围,更不让匪徒近前半步。匪首眼看两方人马胶着在一起,自己一方反而占不了上风,便忍着右手腕的剧痛,暴喝一声,跳将过来朝枣红马的腹部砍去。枣红马后蹄一蹬,月牙刀竟被踢飞出去,钟履宽回身一个剑突,正中他的右肩窝。匪首应声倒地,惊起一片黄尘。

众匪徒见头领落败，拼命将其架起来，连拖带拽落荒而逃。

"姓钟的等着瞧，我会找你报仇的——"

盐役们还要追赶，钟履宽挥手劝止："暂且放他们一条生路吧，咱们运盐赶路才是正经。"说罢清点人数，除三名盐役受了点轻伤，几个车夫衣服被撕破之外，盐包完好无缺，遂收拾停当，"弟兄们，没有什么怕的，继续赶路！"

运盐车辆在一片欢唱声中，翻过九顶子，奔向莒州平原。

是夜，运盐人马宿于莒州腹地一个叫"三十里铺"的大村落。一行人找到村头的大车店，安顿好车辆，又为枣红马添足了夜草。连日来的奔波与惊扰着实击倒了这群汉子，喝过三两盅烧酒，胡乱填饱了肚子，麻醉中早早熄灯睡去。睡至半夜时分，钟履宽被腹中一阵咕噜噜的闷鼓声惊醒，没等意识清醒过来，小腹一阵绞痛，刚叫声不好，便麻利地起身，摸黑往茅厕方向跑去，污秽之物竟如洪水般喷泻而出，许久才勉强起身净手，趿拉着鞋回到床铺躺下来，口中嘀咕着：是着凉还是吃了不洁的食物？肚子泄得一塌糊涂，有好几年没有拉过肚子了，谁知不拉还没事，一旦拉起来，便没法停歇。睡意才刚刚蒙上了眼睑，小腹又一次绞痛，用手轻拍，小腹嘭嘭作响，已经膨胀如鼓，感觉还要拉，便快步跑向茅厕。一而再，再而三，拉了还想再拉，最后无物可拉，下体处灼痛，一夜的睡意全跑精光，好不容易盼到天明，肚子还是疼痛难忍，浑身早被虚汗淋湿，虚脱得没了一丝力气。

早饭时分了，众人仍不见钟履宽走出房门，郑成山感到蹊跷，敲门不见回应，便开口叫唤。钟履宽闻声应答，却也有气无力，如蚊子哼哼。郑成山顺势推开房门，发现他面色蜡黄如土，眼圈发黑，嘴唇泛白，嘴

第一章　押运路上

角还在不停地抽搐着。往他额头一拭，额头冰凉，问明了情况，怀疑吃了不洁之物，也可能是水土不服，患上了急性痢疾。俗语说得好，痢疾猛如虎，好汉也搁不住三坨屎！当下钟履宽只有卧床呻吟，哪还有半点力气。郑成山深感情况危急，事不宜迟，到村子里的药铺子抓了药，精心熬制成药汤，伺候履宽服下，静心调养。谁知，摁下葫芦起来瓢，队伍里又有五六个车夫相继跑向了茅厕拉起来，这个还没有拉完，那个已在门外夹紧了双腿，撅着屁股焦急等候。其他的人都在笑称怕是行路太急，累出了火气，火气郁积多了，只能集中排排火，等败了火，自然就会好了。钟履宽却不这样看待，他把郑成山叫到床前，从怀中取出一根银针，如此这般交代一番。郑成山领命悄然来到店铺后厨，取出银针往昨夜的剩饭菜中轻轻一插，只消片刻工夫，取出银针一看，锃亮的银针顿时变成了乌青色。再试，照旧。心里叫声不好，三步并作两步来到履宽房里。

钟履宽见状，倒吸一口凉气，压低声音说："咱们遭到了歹人暗算，可咱们在明处，人家却躲在暗处，他们到底与我们何干？"

郑成山担心道："钟副使，我们该当何为？"

钟履宽思索良久，让郑成山传令下去，就在大车店里休息一天，任何人不得出店门一步，派人到药店里去为患者买止泻药，熬药汤分与众人喝。又于病床上修书一封交与郑成山，让他悄悄地赶往莒州县衙，向县令陈明利害，请求县令火速派人前来查明案情。

下午时分，援兵已到，一干人查封了大车店，从后厨揪出吓得浑身发抖的店老板和大厨，不由分说地拿绳子结结实实地捆绑了，押往县衙详细审查治罪。前来看热闹的人围了里三层外三层，店老板恨不能把头插到裤裆里去。人道是那店老板看到运盐车队进了客栈，鼓鼓的盐袋子就在眼前，禁不住馋涎欲滴，伙同大厨想出了一条坑财害命的馊主意。昨夜，老板喜滋滋地到药店买了几大包泻药，由大厨偷偷放入钟履宽一行人的晚饭中，二人躲在暗处看到钟履宽等众人接连中招，心中乐开了花，只要能拖住车队的脚,让他们不能顺利出发,不仅住店收入增多,也为调换盐包提供了更多的机会。可是人算不如天算,机关算尽,虽然偷盗官府盐货的勾当还没有得逞,但谋财害命的罪名已经坐实,这两个不识时务的东西只有等着消受牢狱之灾。

药到病除,众人已脱离险情,体力也逐渐恢复过来,已无大碍。次日清早,钟履宽便带领车队急急赶路,力争把头一天落下的行程尽可能多地追回来,以免误了交货的日期。引众人平安渡过沂河,西去蒙县的官道平坦易行,至傍晚,下起了小雨,队伍在蒙蒙细雨中夜宿河西岸一个叫不上名字的小客栈。落座吃饭的时候,听见邻桌的两位商贩打扮的人在低声交谈着,声音却正好传进盐役们的耳朵眼里。

往客栈西北方向走三里路,山崖下有一个狐狸洞,常年从洞口流出一股阴冷的泉水,泉水汇入沂河,水流虽不太大,却滋润了近万亩田地。这一带的人们不愁吃穿,日子过得悠闲,传说是洞内的一只成了精的绝艳狐狸在护佑着这方水土。自从江南一个赶考的书生经过这里,被狐狸精勾走了魂魄,误了上京赶考的前程之后,更少有外人到这个客栈落宿了。在这阴冷的湿雨之夜,钟履宽的脑海里回想着凄美的传说,抱着大病初愈的身躯,和衣倒在床上,久久不能入睡,别有一番滋味涌上心头,陡显出远路人的孤寂之情。

大通铺上的车夫们彼此开起了玩笑,一个对另一个说道:"看这些天把你憋屈的,今夜那美貌的狐狸精怕是会来找你,特地犒劳犒劳你呢。"

另一个嘻嘻哈哈地回敬道:"你可别让狐狸精把魂勾了去,成了上门女婿,做了洞主,从此逍遥自在,过上富足无忧的生活,忘了家里的穷婆娘。"

人们在嬉笑中进入了梦乡。

半夜时分,一个身影悄无声息地飘进了钟履宽的房间。正在熟睡中的他警觉到一阵温热的香汗气息袭来,耳畔一声娇喘清醒了夜梦几许,

第一章　押运路上

双手下意识地将压在胸口的一堆软乎乎的物什推将开去，只听扑通一声，一个女人的呻吟声便从墙角里传来。

"什么人？！"钟履宽断喝一声，麻利地下床燃起灯盏，"呀！你来干什么？"

"我，我……"话说不成半句，却故意拿衣袖挡住面庞。

钟履宽看得清楚，此人正是客栈的老板娘。天擦黑车队进店的时候，看见她母夜叉似的在柜里的高脚凳上坐着嗑瓜子，金鱼眼珠子叽里咕噜地往走进来的人们身上打转，虽有几分姿色，但毕竟韶华不再，实在没有引起过多注意，只是随便看了那么一眼罢了，倒也留下了清晰印象。

"快说，你来干什么？"又是一声断喝，钟履宽已披衣下床站在她面前，挡住了她的退路。

女人只有小声嘤嘤地啜泣着。

客栈的老板和店伙计闻讯赶来了。"老婆，你怎么了？"长着一张报丧脸的店老板急忙扶起老婆。

一个狐媚样的浪骚："他，他调戏我。"

另一个假戏真做地喊道："好你个大胆淫贼！看我不收拾你！"

伙计作势拉住老板，却向履宽喊话："客官，还是快拿出银两摆平了吧，弄僵了对谁都没有好果子吃的——"

"住口！"随后赶来的郑成山一把揪住店伙计的后衣领往上一提，那矮小的店伙计便两脚离了地，在空中胡乱地踢腾着。

"老板，快来救我，他们做贼心虚还要打人了——"

"胡说，你诬赖好人！"郑成山气得满脸通红，像丢弃一件不想要的物什一样，扑通一声那店伙计早到墙角根报到去了。

店老板那对突出的眼珠子骨碌碌在众人身上转过几遍，知道来者不善，只好收敛一点，把早已想好的价钱稍稍往下降了降："那……那就拿出一百两赔偿我们，也就罢了。"

钟履宽大喝一声,从腰间摘下腰牌啪的一声拍在桌上:"我乃受官府委派,奉要务在身,你等竟敢深夜独闯客舍,更要嫁祸于我,存心何在?伙计无辜,恕你无罪,你且快去把保长请来,我要将这一对存心不良的狗男女报官!"

伙计应声从墙角落里爬出来,畏首畏尾地快步退出去。这一对男女见偷鸡不成反蚀把米,真是有眼不识泰山,只有双双跪倒在地,涕泪俱下,以后绝不敢胡来。

钟履宽余怒未消:"我们住店不少住宿费,吃饭也不少饭钱,何苦设计加害于我们,要不是有要务在身,决不会轻易放过你们!但是今天也不会让你们讨了便宜,以后再去祸害别人,罚款五十两,并责打五十大板。"

郑成山依计而行,拖过二人摁倒在高凳之上,两名盐役左右开弓,一阵噼里啪啦的板子声起起落落,直打得二人哭爹喊娘,叫苦不迭,那女的撑不过三五下已然昏死过去,差人抬到一边,余下的板子全部由男的代为受过,到最后连讨饶的力气也没了,还得让他们签字画押收在保长手里,并发下永不再坑害他人的毒誓,才善罢甘休,不做计较。

一夜未曾好好将息,真是一波未平一波又起:"这一趟盐票难道如唐僧西天取经一样,要经过九九八十一难才能安全抵达?前路未卜,那么该来的就放马过来吧,我钟某人也不是一盏省油的灯!"透过窗户,钟履宽对着西天的半弦弯月出神,心中更惦念起家中的亲人。

◇◇◇◇◇◇◇◇◇◇◇◇◇◇◇◇

未及天明,钟履宽引了众人西去,行至三十里地的一片小树林,太阳已高挂在中天,人困马乏,传下令来,就地稍待休息,吃点自带的干粮,恢复一下体力,然后赶路。忽闻一阵哭声传来,钟履宽差人前去打探,回来报说有一个年约十二三岁的女孩,正跪在行将死去的老者身边哭泣。钟履宽与郑成山前去察看,只见一个花白头发的老者僵卧在泥泞的道旁,身下垫着一个打满补丁的土布包袱,面呈灰黄色,显然已病入膏肓。小女孩发现有人围拢过来,挂满泪水的脸上露出惊恐的神情。

"小闺女不要怕,我们也是过路的,你们这是怎么了?"

听到他们问话,等不及回答,哭号声从喉咙里冲出来,在树林的上空回荡着。劝说之下,小女孩才断断续续地道出了原委。这是一对父女,女子名叫傅英子,威县人氏,母亡家破,父女俩相依为命,长途跋涉而来,往沂县投奔亲戚,谁知亲戚早已移居他乡杳无音信,父女俩举目无亲贫病交加,流落至此,老父亲已奄奄一息……钟履宽忙让人抬起老者喂上一口温水。不多时,傅老汉勉强睁开眼,黯淡无光的眼睛看了看钟履宽,气若游丝,只来得及说出一句:"好官人,救救俺闺女吧——"眼角滚出一滴老泪,竟然撒手西去。

帮人帮到底,送佛送到西。钟履宽吩咐众人掘出一片新土,帮忙葬了逝者,让老汉入土为安,而可怜的傅英子竟无一人可以托付,因急于赶往蒙县,来不得半点迟疑,经与郑成山商量,便试探着问道:"你愿意跟着我们一起赶路吗?"

傅英子含泪点头:"俺愿意!"

"我们一路上还要吃很多的苦,走很远的路,你不怕吗?"

"俺不怕吃苦,反正也吃惯了,倒不觉得苦,俺爹已经将俺托付于您,俺就跟着您了,您就是俺的大恩人,是俺的再生父母。"

长途押运,本来就很艰险,再加上一个女孩子会有更多不便,履宽犹豫不决。

郑成山替傅英子说情:"钟大哥,咱们帮人帮到底,就带上她一同赶路吧,只要每人少吃一口饭就饿不着她,不能把这么小的一个孩子再往火坑里推呀。"

"唉——"钟履宽长叹一声，只好牵着傅英子那冰凉的小手扶上马背，队伍继续奔蒙县而去。

一路无险，昼夜兼程，人疲马乏，越接近蒙县地界，道路越不好行走，山路见多，全是在山谷里绕来绕去，两旁的山岭远望不到尽头，仿佛一群群羊被牧羊人驱赶着往集市上交易。村子全掩映在更远的山谷里，难见炊烟，少见灯火。路上背着破旧行囊，牵着孩子，衣着破烂，蓬头垢面，举家逃荒要饭的人多了去了，越往前行，灾情愈是明显。钟履宽传令下去，加快速度，全力向蒙县赶去，终于在离家后的第十日午后，运盐车队安全抵达蒙县，受到了县令周士海的热情款待。验票，开包，过称，入仓，一丝不苟，票实相符，两万斤盐不差毫厘。灾民们闻风而动，一群群面黄肌瘦的百姓汇集在县衙门外的场地上，或站或席地而坐，大都衣衫褴褛、怨声载道。有的眼珠突起，眼光呆滞；有的眼袋下垂；有的浑身虚肿，行动不便；有的脖颈下嘟噜着一个骇人的皮肉囊子；更有歪嘴斜眼的痴傻汉混杂在人群中……

周县令即刻差人造册分发食盐，因灾民太多，区区两万斤盐不能尽除缺盐之苦，每户人家可领到食盐二斤，只当救命所需，不做日常用度考量。那些分到了盐的人们，有的用泥盆盛，有的用葫芦瓢装，有的撩起前襟把盐兜在怀里，无不喜极而泣，俯身以额头触地叩拜，口中发出"万谢官爷，小民有救了"的呼号声，然后站起身来，拖老带少往家赶，一边走，一边迫不及待地伸出枯瘦的手指，拈出几颗盐粒子丢进孩子们的嘴里，孩子们的小脸上立时现出开心的笑意来。

钟履宽看在眼里痛在心上。老天爷啊，蒙县已经缺盐到何种地步？！回罗口镇后，一定如实禀报胡大使，争取多晒盐，帮助蒙县百姓解除盐荒之苦。休整了半天一宿，谢绝了周县令的再三挽留，钟履宽率众人踏上了归程。

第一章 押运路上

◇◇◇◇◇◇◇◇◇◇◇◇◇◇◇◇◇◇◇◇

转眼就是三月初三，敬奉盐神的日子到了。钟履宽带领着众人日夜兼程，终于在奠拜大典前夜赶回了罗口镇。

"当——当——"盐神庙院内的大铜钟敲响了，盐滩上劳作着的盐工们不约而同地停下手中的活计，三三两两地向盐神庙汇聚而来，连小镇上的老老少少也蜂拥而来。人们要亲眼看见祭拜盐神的盛况，祈求盐神赐福，盼望来年风调雨顺，保佑家人衣食平安。

据今五千多年前，居住在黄海岸边的夙沙氏教人们煮海为盐，带给人间美好的生活，从此，被人们尊奉为盐神顶礼膜拜。罗口镇的先人们向海图业，发达之后，便在盐滩之上筑庙宇供奉盐神。

盐神庙位于东门外五里路的沙洲之上，川河入海口北岸，一个占地三亩有余的青砖灰瓦小院落掩映在松林中。庙内居中是一尊高大的盐神夙沙氏在海滩煮盐的坐像，双目传神，神态安详，身披兽皮，腰围树叶，俯身察看着架在柴火之上的一尊盛满了海水的土陶。神像下方是一长溜红枣木的几案，几案正中立一件银白色的奔牛塑像，塑像前已经燃起了香炉，袅袅青烟缭绕在庙堂之间。

主祭人照例是大秀才钟秀胤。他特意穿上了一身青灰色的新袍褂，恭敬地肃立于几案的右端，手捧一册红绸折本，胡定昌、钟惟庄、钟履宽等一干人们汇聚在庙堂前。当初升的阳光透过窗户照亮神像额头正中的那点朱砂时，钟秀胤拖着长腔朗声宣布："吉时已到，罗口镇敬盐神大典现在开始——请罗口镇盐场大使胡定昌进拜！"

胡定昌右手提起马褂下摆，躬身迈过厚重的门槛，在神像前鞠了一躬，上前一小步，从主祭人的手里接过三炷香，低首，双手高举过眉，连敬三次，便将香柱插进香炉里。再接过一盅酒，复高举过眉，敬过三巡，轻轻洒

在几案前的土地上。退后一步,在神像前的蒲团上屈膝下跪,磕了九个头,磕完头,起身再作一长揖,才放轻脚步,后退着到庙门前站等。

"请罗口镇保长钟惟庄进拜!"

……

人们鱼贯而入,履行这个庄重的仪式。拜祭仪式结束后,人们早已围拢在庙堂前,等待着最后的重头戏。

"请盐场大使胡定昌训话!"钟秀胤移步门外,向大伙宣布。

胡定昌走到堂前正中的台阶上,朝台下的人们举双手作了一揖,从袖中取出一张卷成筒状的纸张,慢慢展开,用足气力,在阳光下一字一顿地宣读起来:"省盐运使布政,从即日起,罗口盐场大使由原盐场副使钟履宽担任,胡定昌辞官告老还乡!"宣读完毕,胡定昌向钟履宽看去,朝他轻轻点了两下头,接着说道,"下面,请新任盐场大使钟履宽上台讲话!"

人们自发地鼓起掌来。

钟履宽一脸懵懂地走上台,从胡定昌手中接过册书,仔细看过一遍,准确无误,合上书册,向台下熟悉的父老乡亲们看了一圈儿,与父亲钟惟庄那满含期待的眼光对视了一下,压抑住内心的激动,握紧拳头,喉结上下移动,铿锵有力地说道:"胡大使是我敬重的长辈,跟着胡大使当差六年,胡大使不遗余力地栽培、抬举我,这是钟履宽三生有幸,如今,胡大使把这么重的担子交给我,钟履宽一定不负众望,当着盐滩父老乡亲的面,在盐神像前发誓:钟履宽担任盐场大使以后,一定勤劳做事,清白做人,当好上官与盐民之间的桥梁,管理好盐务,为盐民们办实事,带领罗口镇盐民们过上好日子!"

"好——"人们发自内心地鼓掌叫好。

谁不想过上好日子?哪一家不想多晒几担盐?有了钟履宽这样的带头人,罗口镇盐滩就有奔头了!庙堂内的盐神凤沙氏仿佛听到了人们发自内心的呐喊,露出了笑容,连那头周身皓白的奔牛也发出哞哞的叫声,呼唤着人们在钟履宽大使的带领下，奔向盐滩……

当人们散去，钟履宽走进神殿，跪在神像面前，闭上眼睛，双手合十，掌心相对，指尖抵近眉心，虔诚地跪拜，心里念念有词："盐神啊盐神，请明示于我！"

神像好像听懂了他的话，说道："问吧——"

"盐神，盐是什么？"

"盐是万物之灵啊。"

"盐从哪里来？"

"盐是神灵赐予，从海水中来。"

"盐为什么是咸的？"

"世间是苦的，泪水是咸的，大海就是世间的泪水汇积而成的，海水干而盐出现，盐就是咸的了。"

"人为什么要吃盐呢？"

"人吃的苦越多越坚强，只有吃盐以后，生命才有了摆脱混沌的智慧和力量，人就能站立起来，去战胜瘟疫，繁衍后代，生生不息。"

"盐神，你为什么把盐带给人类，而不独自留下供己享用？"

"我本是世间一粒盐！盐并不专属于我，也不唯独夙沙氏部落所拥有，盐属于天下苍生！神灵把盐赐予我，就是通过我的嘴来教会大家，用我的双手来帮助大家煮盐，把人从混沌中解救出来。自从人类掌握了煮盐的本领以后，人就不再是兽了，而成了真正的人。"

"盐神，为什么由我来当盐场大使？"

"因为你是盐民的儿子，你知晓盐民的疾苦；你是世间的孩子，你懂得苍生没有盐吃的痛苦。带动盐产，拯救苍生，这就是你的责任！"

"盐神，我该怎样当好一名盐场大使呢？"

"做官难，做一名盐官更难！世间有了花，才有蜜，于是就有了众生。为此，神灵交给你两样东西：一样是盐，一样是商，让芸芸众生有盐吃，

帮助他们过上幸福的日子。"

"谢谢盐神,我明白了!"

钟履宽的心几乎要跳出胸膛,眼里涌出了泪水,泪水淌进嘴角,泪水是咸的,他明晓了盐神喻示的意义。他匍匐在地,上前去亲吻盐神的脚……当睁开眼睛时,在神像脚下的案几上,一捧雪花白的盐粒子显现在他的面前。钟履宽将盐粒捧在左手心里,右手握着册封的文书,叩了九个头,迈着稳健的步伐走出了盐神庙。

◇◇◇◇◇◇◇◇◇◇◇◇◇◇◇◇◇

大清早,钟履宽穿过当街的十字路口,去盐署当值。他意气风发,脚底生风,向两边熟悉的街市望过去,一股温暖亲切的感觉由心底升起,这是再熟悉不过的罗口镇的早晨,已经陪伴了他二十四个年头。街坊们殷勤地与他打着招呼,有几间铺子早早卸了门板,开门做起了生意,掌柜的隔着漆黑油亮的案几,抻了脖颈,挤出满脸的笑意,与他亲热地寒暄。露天小摊子飘来炸油条的腻腻的油香,卖热豆腐的担子早已沿街叫卖开了,这街市几乎每天都是如此模样。

"哟,这不是履宽大使吗?"钟秀胤端了个盛豆腐的黑陶碗,跟履宽打招呼。

"秀才大叔,您可别这样折腾我。"履宽赶紧向这位罗口镇大学士作揖。

"我就说了嘛,咱大侄子有一身绝世武功,去蒙县送盐立了大功的,加封为盐场大使,多神气啊,咱们老钟家的祖林里长了棵直溜的树呢,好好干,给咱老钟家长脸!"钟秀胤拍了拍履宽那宽厚的肩膀,自豪之情溢于言表,"不耽误官家的时间,你快做事去吧。"

履宽点点头,转身往前走,一个小孩子像受惊的小牛犊一样,猛不丁地与他撞了个满怀。

"小盅子，你鬼腔慌地要找死呀？"钟秀胤认得这个冒失的孩子正是东门外大梧桐树下死鬼陈老大家的，便嚷道。

履宽伸手把就要倒地的小盅子抱住，见他乱糟糟的头发，小辫子也散开着，脸上灰不拉叽的，嘴里大口喘着气，额头淌着汗水，不知是吓蒙了还是怎么着，竟然说不出一个字来。

"瞧，他把地瓜瓤蹭你的新褂子上了。"钟秀胤指着履宽的衣服让他看。

"没事，回去洗洗就可以了，别把孩子磕碰着。"

"快……快抓住他，别让他跑了——"正在他们说话的当空，从北大街跑来一位老头。

小盅子刚要挣脱履宽的怀抱逃跑，却被履宽的双手下意识地给攥住了。

"怎么了，这是？"

"官爷早，这个小兔崽子，正好被你给逮住了，俺这老胳膊老腿的怎么能追得上。"老头气喘吁吁地跑过来。

"俺在北街卖烤地瓜，没承想让这小兔崽子偷了两个，转身就跑，一路追来，差点没追上，看我不打死你这个小杂种。"老头作势上前拧小盅子的胳膊，小盅子吓得赶紧往一边躲闪。

"老哥，为两个地瓜何至于打一个孩子？"钟秀胤劝道。

"钟秀才，你说得不差，可是俺也是个穷苦人，靠做点小买卖为生呢。"

"小盅子，你为什么偷人家的地瓜？"

"我……我……"

"看把这孩子吓得。"履宽说道，"老人家，这两个热地瓜值多少钱？"

"一文钱。"

"好吧，就算我买的好了。"钟履宽掏出钱递到老汉手里。

"这……这怎么是好?"

"没事的,就这样吧。"

"太谢谢官爷了。"卖地瓜的老汉远去了。

"小盅子,还不谢谢钟大使帮了你?"

"谢谢钟大使。"

"没什么,快趁热吃了吧,别饿着了。"

"可不呢,俺要回家给俺娘吃!"小盅子嘟囔一声,撒腿朝家的方向奔去。

"唉,这孩子,还知道孝顺。"钟秀胤叹了口气。

履宽知道,东门外那棵大梧桐树下,立着一座孤零零的土坯房,房顶的稻草被烟火熏成了木炭色,那就是小盅子的家,远远看上去,毫无生气。小盅子的爹陈老大死得早,只剩下这娘俩过日子,难呢!改天让玉萍去看看。

◇◇◇◇◇◇◇◇◇◇◇◇◇◇◇◇◇◇◇◇◇◇◇◇

"履宽,咱们到盐滩里转转,跟盐民们打个招呼,回头再办理署务交接,事毕,我就将起程返乡喽。"胡定昌拢了拢花白的头发,脸上笑起了满脸的褶子,在罗口镇盐滩当政十多年,卤水把他那满头黑发都漂染白了。

两人从墙上取下斗笠,有说有笑地出了盐署大门,走出东门,往盐滩而去。胡定昌走在前头,钟履宽跟在他身后,看着他那微驼的背影,一顶斗笠戴了三年,边沿都磨破了,露出长短不齐的竹篾儿的刺来,劝了他多少回,都不肯换。

三月初,正是盐滩里活儿忙的时候。远处,渔港方向隐约可见驻泊渔船的桅杆,涨潮时,海水沿着沪沟源源不断地流进盐滩里。滩池就像嫩豆腐块一般挨挨挤挤地分布在这片滩涂之上,一眼望不到边际,盐民们在忙着压池修滩,盐滩上一派忙碌景象。钟履宽吐出一口长气,心里舒服极了。

滩田的外围是一泓水塘,与护城河于东门外相连通,一直东流入海。水塘里鱼虾遨游,家鸭们在水面上嬉戏,更深的滩荡里则生满了芦苇的尖尖绿角儿。护城河水流缓缓,向西跟罗口镇上的河道相连接,涨大潮的日子,海船可以经由东门桥洞下直达城北渡口。盐滩里,条条运送盐斤的小路被车轮长年累月地碾轧,平滑而又坚实,一直通到官坨,官坨里座座盐堆像小山包一样,那可是盐民们的钱袋子哟。

走下运盐小路向北的第一处盐滩是滩主钟惟昌家的,雇工们在热火朝天地劳作着,盐把式宋友才满脸汗津津的,早把过冬的破棉袄撂在一边,只着粗布衫,肩膀处还打着灰蓝色的补丁。

宋友才热情地打着招呼:"哟,什么风儿把两位大官爷吹来了?"

"惟昌叔在吗?"钟履宽问道。

"钟老爷到县城上货去了,晌午就会回来的。"

"你忙去吧,我们随便转转。"胡定昌说道。

"官爷到屋里喝碗茶水坐会儿吧,盐滩有什么好看的?"

沪沟里的海水漂着一层白沫儿,水边支一个高架子,搭一架水车,两个年龄较大些的雇工手扶一根横向的木杆子站在上面,悠闲地交谈着什么,脚下却一刻也不停歇地在倒着步伐,浆洗得泛白的粗布褂子的后背已经被汗水浸湿。只见他们步调一致地踏着一副十字状的木蹬子,木蹬子通过一根转杆再与一个个用木块制成的小木碗相连,呈链状。只要两个人合力不停地踩动踏板,这个机关就会运转起来,海水就会被送进敷了土的晒池子里,去接受风吹日晒。如果天气好的话,不出半月二十天的,盐土泛白,就可以起土到淋池淋卤了,有了卤水,在盐池里晒上十天八日,白花花的盐就呈现在眼前了。这个淋卤成盐的过程是每一个在盐滩长大的人司空见惯了的。

"官爷们小心些,别让卤水把鞋子弄湿了。"宋友才仰起那张布满沧桑的脸叮嘱道。

"没啥,常在滩上走,哪有不湿鞋的。"履宽的心里面热乎乎的。

边走边看,放干了水的池子里,有人在拉着碌碡压实池板,一遍又一遍,来来回回地跑个不停,直到池板子光滑如打麦场,泛出白茫茫的盐碱罡子。稍远处,有人在拉着黄麻杆编成的头盔状的斗子转卤水。两个人拉着绳子的两端一齐用力,低处沟塘子里的水随着嘭啪的甩打声,像长了腿似的跳到高处的盐池子里去了。等到盐池的卤水上面泛起红褐色的盐花,盐就要出来了!在这万籁俱寂的世界里,一粒粒身披洁白衣衫的小精灵悄无声息地降临了,世世代代多少盐民想见证由卤水到盐成的神奇一刻而不得,这就是造化,这就是盐神夙沙氏的无私赐予,唯有心诚则灵验,唯有血汗竭尽而得!这盐花就是盛开在盐民们手掌上的茧子,虽痛却快乐,如果遇上长晴天气,这漂花卤里就会晒出白花花的盐粒子来,盐花就是丰收的花啊!

"去冬今春接连旱天气,春晒肯定大丰收了。"胡定昌兴奋地说道。

"是啊,官坨里的存盐也卖得差不多了,要催促坨工们拾掇盐坨了。"履宽抬手指了指目力之内的一处盐坨,喜形于色地回答,"晒盐的谁不指望着有这样的好年景啊!"

※※※※※※※※※※※※※※※※※※

为胡定昌大使送行的晚宴安排在六大碗饭庄。

六大碗饭庄依傍盐滩已经不少的年头了,从钟履宽孩提时候起,饭庄里的酒菜香味就飘满整个罗口镇。远路赶来的推着小推车运盐的汉子,腰缠万贯的阔绰盐商们,纷纷投宿在饭庄。饭庄老板杨氏兄弟留下了"与盐为邻,老不欺少不瞒,诚心待客,以己度人"的祖训,这个"六大碗饭庄"的名号像一个金色的护身符,如今传到杨大同的手上,早已越百年了。

席间，钟履宽首先致祝酒词："胡大使从事盐务工作十五年整，历经罗口盐务之兴衰，是罗口镇盐滩之泰斗，开创了盐业的兴盛时期。盐产兴旺，交易活跃，收缴盐税巨丰，罗口镇成为全省著名的盐码头，招来无数盐商做生意，带动了地方百业昌达，为罗口镇的繁荣立下了汗马功劳。胡大使为人正直清廉，没有官架子，亲民爱民，提携激励后辈，更是我们的良师益友，如今光荣离职返乡，功德圆满，真是我们的楷模！"

胡定昌触景生情，眼含着泪花说道："今天，高朋满座，本人都心领了，谢谢诸位对俺大力支持，新上任的钟大使能力超群，心地善良，意志坚强，行动果敢，更系本土人士，请诸位一如既往地支持他，发展罗口盐务，振兴一方经济，本人先干为敬了。"

众人轮番敬酒，胡定昌喜悦满怀，一饮再饮，宴席的气氛被推向了高潮。

突然，眼前一道寒光闪过，一声凄厉的金石之音划破厅堂的喧哗，一枚飞镖从人们的头顶飞过，直入厅堂正中的木柱之上。众人惊讶声一片，慌乱一团，小孩子吓得哇哇大哭，胆小的女人尖叫着把孩子拢到怀里。

钟履宽一个激灵站起身来，大喝一声："不要慌！"从容离席，快赶几步来到门外，四下里打量，听到屋顶的瓦片有被人踏碎的声音。一个黑影从屋顶急急逃走，竟如履平地一般，几个跳跃，眨眼工夫，便消失在黑夜里。追，为时已晚，履宽恨得牙根痒痒，懊悔安排不周，让歹人钻了空子。

钟履宽平复了一下情绪，来到廊柱前，毫不费力气地拔下飞镖，在手心里掂了掂，"青峰拐刀七"一行不易觉察的小字刻在刀柄处。哎呀，此人不就是青峰寨的山大王吗？遂把飞镖放入裤袋中，回到席上，对胡定昌耳语几句，微笑着对众人说："没什么，江湖小毛贼而已，本想前来赶热闹，让盐役们发现了，慌不择路，随他逃命去吧，不必计较，别扫了大家的兴致。"胡定昌的脸上露出宽慰的神情，待酒席散尽，意犹未尽，两人回到盐署促膝谈心。

胡定昌缓缓说道："俺算是个老盐业人了，干了一辈子，与这汪水打了一辈子交道，值得骄傲的事没有多少，倒也比较顺利，无论遇到什么情况，总能化险为夷，一定记好了，没有过不去的坎，也没有蹚不过的河。罗口盐场说大不大，说小它也不小，好年景能晒盐四百多万斤，供应着五个县的百姓，这可是一个不小的数字，在外面的影响可不小呢。就拿本地经济来说，盐是最大的物产，全镇的经济都围绕着盐展开，统计在册的盐民人数已达一千五百多口。每到欠产的年份，盐民们叫苦连天，吃不上喝不上，抛妻离子，家破人亡的也大有人在，这可是人命关天的大事啊，弄不好会挨骂的，百姓不支持你了，哪还能站得住脚？无论如何，就算头拱地也要保证盐民们有口饭吃，这是顶重要的事情。都说海水取之不尽用之不竭，盐从海水中来，照理说也是取不完的，可是人的力量有大有小，天气也有好与坏，盐田也有多与少，每个季节晒出来的盐也是不一样多的，晒盐的都知道'丰平欠'之说，产量是不稳定的，而上级定下的数量却在年年攀升，产盐多了没有嘉奖，完不成就有革职查办的危险，这个盐场大使的位子可不好坐呀。盐税是官府的第一大税，就连庚子赔款都要拿盐税来顶账，历来盐产经营都归官府所有，任何人不得私自贩卖盐，可是，受私利的引诱，总有一些人铤而走险贩卖私盐，这是要掉脑袋的，所以，对这部分敢于贩私盐的人不能手软，必须严厉打击，一举消灭，做到杀一儆百，对不法分子起到应有的震慑作用，可不能姑息，以免贻害一方。盐场有盐役四五十人，要受省盐运使的直接领导和海东县令节制，二者相辅相成，对于上级的指令要无条件地服从，言行都要与之保持一致，不能自作主张，这样的盐官做不长久。主持盐务要公正无私，体恤礼遇下属，不徇私枉法，不脱离百姓，水能行船，也能覆船，遇事多向下属问计策，总有意外的收获。"

胡定昌的话中肯贴己，钟履宽打心眼里佩服。

第二章 新官上任

盐脉

　　涨潮了，海鸥们兴奋起来了，扇动着翅膀在大海上飞翔。赶海的人们，挎着竹篮，高挽了裤管，打着赤脚，踩着潮头挖蛤蜊，拾海螺。几片小帆船，驶出川河口，到深水里去网鱼货。沉睡了一个冬天的钟家滩跟着大海一起醒来了。

　　钟惟庄起了个大早来到盐滩，仍落在了盐把式刘银锁的后头。

　　"银锁，这几天滩里泥头活重，大家都累坏了，俺想让你们睡个安稳觉，谁知，你们来得比俺还早。"

　　"钟老爷，俺是算准了潮水的，你不用着急，钟家滩的活落不下，俺已分派庄来福去闸门那儿守着了，满潮时落闸，错不了。"

　　刘银锁刚三十岁出头，已在钟家滩干了八年雇工，为人灵巧，早把晒盐的一套把式学到了手。钟惟庄便让他当了盐把式，由他带领着雇工们干活，钟家滩年年有盈余，可把钟惟庄高兴坏了。

　　"银锁，俗话说磨刀不误砍柴工，干盐滩就得把修滩干泥活当成头等大事，小满前后才出神盐，刚过清明呢，咱急啥？"钟惟庄满面喜色，把一柄长烟袋衔在嘴里，津津有味地吸着烟，看着新压实好的几畦池子出神。

第二章 新官上任

"爹，银锁兄弟，你们起得早啊？"钟履宽大摇大摆地在盐滩出现了。

"还早呢，潮水都没过锅台了，银锁都干了两个多时辰了。"

钟惟庄故意没给儿子好脸子看，给这小子发热的头上浇瓢凉水，免得当上盐场大使而忘乎所以，就是不能让他忘本。自打开春以来，儿子忙于盐场公署事务，几乎没踏进盐滩半步，盐滩上修滩的活都是刘银锁在挑大梁。他不仅忙于盐店的生意，还要去各家滩上统计人口、粮草、账目以尽到保长的职责，只能抽空到滩上来给银锁掌掌舵，刘银锁虽说是雇工，也不能亏了人家，钟惟庄心里有杆秤。

"爹，人家不是忙嘛，现在有啥活，你吩咐，我这就干起来。"钟履宽憨笑着替自己找个台阶下。

"拉倒吧，你到滩上随便转转，看看有什么活计还要你可干的。"钟惟庄几乎要笑出声来。

"好，好，那我就随处转转。"履宽弯腰拾起一杆铁锹，下滩去了。

"少东家，钟大使，你就在这里说说话好了，滩里的活都是由雇工们干的，你别弄脏了衣裳。"刘银锁赶紧起身去夺履宽手里的铁锹。

"可别折煞我了，在盐滩上不要称呼'少东家'，更不要称呼'大使'，只管叫'兄弟'好了。"履宽红着脸朝刘银锁摆摆手，快步朝滩上走去。

"甭管他，这小子虽然当了盐场大使，还能惦记着滩上的活，不愧是盐民的后代，由他去吧，照他说的办，在自家的盐滩上可不许喊这官那官的，让人听了寒碜！"钟惟庄由衷地笑了，眼角堆起那展不开的皱纹，看着儿子矫健的身影在盐滩上转悠，这口烟抽得舒服极了。

父亲的话没错，一冬一春，雇工们的功夫没有白费，汗水没有白流，盐滩上下就像用手触摸过一样，可平活了。小路垫压得很结实，枯草清理得干干净净，沪沟全被新挖了一遍，乌黑的淤泥翻晒在护坡上，卤水塘也彻底清理了，塘边又补添了几块石板，作踏脚正合适，三眼卤水井里的存卤满当当的，足够六个晒池用。苗长石正在滩房前编秫秸帘子，秫秸秆上都钻了孔,淋卤的时候用得着。凌永槐和杜春山正在水车上忙活,履宽便走了过去。

"两位大哥累了吧,我替你们一会儿?"

"呵,俺都习惯了,哪像你们官家的人不经折腾,把这块晒池上满水,俺再吃袋烟。"

"去年秋后存下的这茬卤水现在派上用场了,复晒后,成卤快,能比别人家早十多天出盐。"履宽从小在盐滩上长大,耳濡目染,盐滩上的活样样拿手,自然明白去年刘银锁一直坚持留越冬卤水的苦衷。

"哎呀——"凌永槐一声惊呼没喊出口,人已经从水车的踏板上滑了下来,径直摔在地上。

"凌大哥,摔着了没?"履宽赶紧上前抄起他的一只胳膊,扶他到池边的碌碡上坐下来喘口气。

"没大碍!"凌永槐双手叉腰,叹口气,无奈地回答,从他的脸颊淌下一条脏兮兮的汗水缕子。

"没摔着就好,我替你蹬会儿,你在这歇歇。"履宽麻利地上了水车,"杜大哥,咱们走起来——"

"想偷奸磨滑,你早说一声,何至于装模作样摔一跤?"杜春山看到老搭档的脸色不对劲,故意寻他开心。

"你这人真是的,谁还是故意的?"凌永槐心中别扭着,也不好辩解,屁股上的新补丁粘了一大块污泥,这可是昨夜老婆刚缝上去的,回家肯定没好脸子看了。

"你看看吧,不来还好呢,来了净给咱添乱。"钟惟庄眼神好使,水车那边发生的情况,全看在了眼里。

"老爷,不怪履宽兄弟,老凌是怕见官,才失了脚的。"刘银锁分析得很有道理。

"都是自己人,不比在外头,没那么多讲究,该干啥干啥。"

第二章 新官上任

刘银锁笑而不答。

水车有条不紊地转动着，卤水哗啦哗啦地流进晒池里。人在水车上行走，卤水从脚下飞进晒池，犹如脚底生风，腾云驾雾一般。半个多时辰，便把这块晒池上满了水，履宽下了水车，蹬蹬腿脚，才感觉过瘾。对面，魏友义和贺家田正在往晒池里撒盐土。魏友义挑了两只竹筐，贺家田用铁锨铲土，卤水刚好没了他们的脚面子，一锨土下去，卤水吐着白沫把土淹没了，两人有说有笑，干得挺带劲。

"魏大叔，水凉不凉？"履宽问道。

"少东家，水温正好呢，洗澡都可以了。"

"瞎说吧，这会儿能下水洗澡？"贺家田反驳道，"你认为少东家是西北山上来的好糊弄？"

太阳升得老高了，放眼四望，盐滩上人影幢幢，都在忙活着。开春了，盐滩的活多得干不完，可盐署里还有一大堆公务在等着他处理，履宽这才离开盐滩往镇上走去。

平潮了，庄来福关上闸门走过来，也看到了凌永槐跌脚的那一幕，故意挖苦他道："老凌，少东家如今当了盐场大使，别人见了面都要作揖磕头，你倒好，跌个四脚朝天，你行的是哪一般礼数？"

"他这是行的王八礼！"杜春山夸张地有样学样，故意惹得人们哈哈大笑，凌永槐真是有苦难言，脸憋成了猪肝色，话却说不出口。

"干雇工的，都凭着身子吃饭，没跌坏了身子骨是福大命大，这是盐神老爷在暗中保佑着老凌，快到盐神庙里烧张纸敬敬神，压压惊，保你一年里平安无事。"苗长石编着秫秸帘子，笑吟吟地说道。

雇工们的说笑声顺风传到履宽的耳朵里，连他也被人们善意的玩笑话逗笑了。回头向盐滩方向看去，只见东方的天际线上，一头通身雪白的犍牛正扬起四蹄，向着东方奔去，在他面前，天地一下子亮堂起来了，盐滩上下一片银装素裹，晶莹剔透的盐粒子撒满滩池，到处都是丰收的景象，真是好兆头啊！钟履宽挺起胸膛，吹起口哨，加快步子回盐署。

◇◇◇◇◇◇◇◇◇◇◇◇◇◇◇◇

"都麻利点，磨磨蹭蹭的，小心给你们抽懒筋！"一声沉闷的吆喝声引起了履宽的注意。在益隆商行门前，有一排推车，车上装着盐包，老板宋有璋正在指挥着人手准备盐票，他的侄子宋小虎手持一根剥了皮的枣木棍子，在人群里摇来晃去，对一群车夫颐指气使。

钟履宽走上前来看个究竟。穿一身酱紫色马褂的宋有璋赶紧作揖，清瘦的脸上堆满了皱纹："钟大使早，快请来店里喝茶！"

"宋老板客气，就不打搅了，反正闲着没事，这里热闹，过来瞧瞧，你忙。"钟履宽摆摆手，转头看向那些正在忙活的人们。一位受到呵斥的衣衫褴褛的老者把哀怨的眼神投向他，看样子这些人是新雇来的，正手忙脚乱地围着盐车忙活，却丢三落四地不利索，管事的宋小虎瞪圆了眼珠子，满嘴喷着白沫儿，吆三喝五骂不绝声，场面相当混乱。

"让大使见笑了，开春头一趟走货，车夫都是新从乡下雇来的，还不上套。"宋有璋一脸愧疚地解释。

"张福成已汇报了，宋老板真是神通广大，益隆商行也是罗口镇响当当的门号，生意越做越红火喽！"

"哪里哪里！"

"去霍县要走一百多里地，可不省事，把力气用在路上，确保盐斤安全运达才是正道。"

"那是那是！"宋有璋点头哈腰，一直赔着笑脸。

钟履宽没再搭理他们，把一脸茫然的宋有璋晾在那儿，转身离去。

益隆商行是由宋有璋的爷爷省吃俭用开办的，在他爹宋本事经营时生意最为红火，隔十天半月就有一趟盐票，有多家分号设在霍县、营县，雇工四五十人,商贩往来非常热闹,生意南达淞沪,北通京津,与钟家呈鼎立之势,是罗口镇著名的大财主。谁知,宋本事染毒早亡,家道中落,两兄弟相争分了家,二百亩滩池分给了二弟宋有福。宋有璋苦苦支撑着商行,生意勉强对付得过去。俗话说不孝之甚,无后为大,宋有璋娶了两房老婆,只生了三个女儿,就是生不出儿子来,偌大的商行,只好让两个侄儿帮忙照应。这俩愣头小子不学无术,吃喝嫖赌样样在行,明摆着想把大伯的家产败光,稍有不顺,对雇工非打即骂,雇工换了一茬又一茬,大多干不满一年,宋有璋睁一只眼闭一只眼,全当看不见。

等钟履宽走远,转过街角看不见了,宋有璋才不耐烦地朝宋小虎喊道:"好了,准备得差不多了,该上路了!"

"车夫们,车襻上肩,出发喽——"宋小虎跨上他的坐骑——一头灰色的公驴,扬起皮鞭往驴腚上抽了一鞭子,灰驴张开大嘴巴子惊叫一声,后蹄蹦起来,险些把宋小虎颠下驴背。

"小虎,慢着点——"

"大伯放心吧——"宋小虎在前面开道,那如镢头砸地的声音传来,"大伙跟紧了,一个都不许落下!"十架喝饱了油的木推车扯开嗓门吱扭吱扭地叫着远去了。弟弟宋小豹跟在队伍的最后面,无精打采的,很明显是昨夜吃鸦片烟耍过头了。

把两个小祖宗送走,宋有璋的一桩心事算是落了地,他摇摇头,掸掸马褂上的灰尘,一言不发地踱回店里去了。"益隆商行"那四个斗大的黄铜大字从他的头顶上蹦出来,醉眼蒙眬地看着他。

◇◇◇◇◇◇◇◇◇◇◇◇◇◇◇◇◇

"成山,说说你在盐滩上巡查到的情况,滩主们的活儿干得怎么样了?"在盐署里,钟履宽翻了翻文书张福成递过来的账簿子,大体了解了罗口盐场人丁的增减和滩池数量的变化，心里有了底儿。

"钟大使，开春以来，晴天多，盐滩上都在修滩，尹茂财家和钟惟昌家已经开沟进水了，成善霆家正在挖盐土，滩池也压实过三五遍了，明后天就要开沟进水，宋家滩减了两名雇工，活儿赶得慢，还得过十多天才能灌池，庄家滩、郑家滩、马家滩、林家滩都还凑合，小滩主们也没闲着，都在赶春茬。"

"我数了数，罗口盐场有三十五家大滩主，小滩主也有百多家，都在这片滩涂上耍这汪水，晒盐是靠天吃饭的营生，凭力气从土里抠食，没有盐，哪来钱买粮食？老婆孩子就得跟着喝淡汤，告诉盐民们，多到滩里使力气，少进大烟馆子赌局子蹚晦气，盐民们的日子就有奔头了。"

"大使说得对，我们下去的时候，多叮嘱着点儿，让盐民们多干正经营生，少玩花套。"郑成山和张福成一同点头应诺。

"成山，咱们兄弟一场，公务面前咱就打开天窗说亮话，谁也不藏着掖着，对事不对人，如果天气变化不大，再过半个多月，头茬盐就要晒出来了，盐坨要提前拾掇了，坨基多压实几遍，破损的草苫子要及时更换，不能将就。有的官坨还有盐没卖完，坨务员每天下午把坨存盐的数量报给张福成，成山负责统筹调度，本人不定期前去抽查，遇有偷奸磨滑、欺上瞒下、以次充好的，该打板子就打板子，一概不留情面！"

"记下了。"郑、张二人不苟言笑，把履宽的话牢牢记在心里。

"咱们都是土生土长的盐滩人，咱们都知道贩卖私盐自古就是违犯国法的行当，官府下了大力气清查私盐，罗口盐场设了六个检查站，安排了二十多名盐役严查堵截，可私盐屡禁不止，直接冲击了罗口盐场的官卖，你们想过没有，私盐是从哪里来的呢？"

"近几年来，淮北盐货冲击霍县、沂县、营县，侵占了罗口盐场的销区，老百姓图便宜买私盐吃，官盐便滞销了。"郑成山分析得很有道理。

"成山兄弟说的是实情，自从开了大运河的漕运以来，淮盐对鲁西、

第二章 新官上任

鲁南的冲击尤其严重,可鲁东南情况则不同。鲁东南地处偏僻,遍布着山岭,交通不便,淮盐无法大宗犯境,倒是海洲一带少量盐产沿海路直抵青河县域,另一路沿陆路到达霍县、营县、沂县,论总量十之二三,不算主流,大部私盐出自罗口盐场的盐滩,是我们的左手打了右手,自己人害了自己人,我们该怎么办呢?"履宽点着了一袋烟,连吸了几口,把自己笼罩在一片青烟里不再说话了。

郑成山和张福成对望了一眼,脸上红一阵白一阵,都被钟履宽的话惊到了。他们并不是捂着耳朵晃铃铛——自哄自,人都有难往自己身上扎刀子的短处,一提起私盐泛滥,就往淮盐身上扣屎盆子,日子久了,说得多了,人云亦云,黑锅就让淮盐给背了。罗口盐场历代驻场大使呈到上级盐务部门案头上的帖子一面倒地指责淮盐,何苦来着?

"钟大使,俺们才学疏浅,识不到深层里,您教导的是,俺们好生跟着学,听您的指派。"张福成轻声讨着乖,趁机上前给履宽送上一杯茶水,让他消消火,别再丢出些棘手的问题让他们俩难看。

"福成兄,这些簿子都是由你经手的,钟大使说的情况,你心知肚明,敢情以前胡大使不知道这事?"郑成山随手翻着纸张,另一只手噼里啪啦地拨着算盘珠子,"钟大使说得不错,估产远大于坨存与实销之和,会不会盐巡员估产不准确?"郑成山提出了疑问。

张福成说道:"盐巡员天天在滩上跟盐打交道,总不至于天天犯错吧?其实胡大使也是了如指掌,对私盐恨之入骨,苦于没有好的应对办法,法不责众嘛,总不至于把盐民们当贼防吧?"

"以前的老皇历看不得喽。"

俩人从源头开始,把盐滩上每一个步骤都仔细推敲,难题便迎刃而解了。罗口盐场有大大小小三百多家盐滩主,而盐巡员只有十几个人,且盐滩极为分散,南北相距二三十里地,每当晒盐旺季,盐巡员逐家盐滩估产以后,那些非法滩主不把全部晒出来的盐产归集到官坨之上,而是私自藏匿起来，积少成多，再偷偷运出盐滩流入百姓家；也有的盐民向检查站的盐役行小贿，偷偷把超过人口配额的份子盐带出盐滩；还有的盐商到官坨装盐时，与司秤员暗中勾结，明目张胆地偷逃盐斤，等等。这些小伎俩几乎成了盐滩上公开的秘密，以前无人说起，日积月累，从罗口盐滩流出去的私盐已经在民岸泛滥成灾，严重影响了官盐的销量。

　　情势逼迫之下，新任盐场大使钟履宽眼里容不得沙子，他要抓住私盐的牛鼻子，把这头洪水猛兽困在盐滩之中，再借势引导，保证盐产全部收归官坨，给官府和正经做生意的滩主盐商们一个交代。他这个人行得端坐得正，做正经生意，发和气财，上不欺下不瞒，爱民如子，疾恶如仇，行动敏捷，意志坚决，只要他认定了的事，非做下去不可，就算有九头牛也拉不回来！

　　履宽根本没把俩人的窘态放在眼里，而是朝后仰着脖子靠在椅子背上，吸够了一袋烟，把案头的卷宗推到他们眼前："这是近三年以来盐场的文字记录，你们好好琢磨琢磨吧。估产、坨存、实销，三方面从来都对不上号，那差出来的盐产到哪里去了？分析透了，抓住要害，对症下药，药到病除，杜绝私盐后患才是正道。"说完，出门到马厩里牵出枣红马，一溜烟出了东门，朝夹金村去了。城垣边的大梧桐树上有两只乌鸦正在梳理着羽毛说着情话，冷不防从树下蹿出一人一骑，两只乌鸦惊叫一声，扑腾着翅膀飞走了。

◇◇◇◇◇◇◇◇◇◇◇◇◇◇◇◇◇◇◇◇

　　"钟大使，您这是微服私访啊！"夹金村的大财主尹茂财喜笑颜开地把钟履宽让进堂屋，看座、上茶，胖胖的脸上堆满了笑，忙不迭地说着客套话。

　　"数日不见，尹兄似是见外了，怎么越听越变味了呢？"履宽故意

第二章 新官上任

仰起头打量了一番屋内摆设,端起茶碗浅酌一口茶水,说道,"嗯,连茶叶都是上上品,尹兄,你是冲着我头上的这顶八品官帽来的吧?"

"岂敢岂敢!钟大使新官上任公务缠身,理应兄长前去祝贺,如今大驾光临,令寒舍蓬荜生辉了。"尹茂财边回话边作揖,既想讲客套,又难掩心中惊喜,早笑得合不拢嘴了。

"怕是兄长这寒舍在罗口镇也找不出第二间了,尹兄再讲客套话,就不怕兄弟离座而去,从此不再上门?"履宽站起来,作势要离开。

尹茂财慌忙拉住他,说道:"履宽兄弟息怒,咱们好好说说话,可不带耍脾气的。"

"尹兄何苦来着,弄得我还认为进错了门似的,兄弟是来跟你聊天叙旧的,不是打官腔的。"

"就是就是!"尹茂财抬手摸了把额头的汗水,窘态立消,两个人轻松地谈起话来。

"自从当上盐场大使以来,我的脑子一霎也没有清闲过,眼下当务之急是春晒已经开始,盐产管理千头万绪,马虎不得。开春以来,来罗口镇买盐的盐商少了三成以上,来自民岸的消息也反馈回来了,贩卖私盐的营生又抬头了,缉私没搞利落,我是满头的虱子搔挠不开了。"履宽摇摇头,伸开胳膊腿儿,靠在椅子背上看着屋顶发呆。

尹茂财终于弄明白了盐场大使登门拜访的原委,按下玩笑的念想,仔细替履宽化解愁肠。尹茂财长履宽六岁,二人是多年的好友,话语投机,生意场上互相帮衬,两家私交很好。尹茂财是个慢性子人,说起话来也是慢吞吞的,仿佛每一句话都经过深思熟虑似的。

"钟家在罗口镇的威望高,是一顶一的德兴之门,履宽兄弟当盐场大使更是众望所归。常言道万事开头难,但区区一个罗口盐场在咱兄弟眼里也算不上多大的事,咱们自幼生长在这片盐滩,对这片土地的秉性了如指掌,别看咱年纪轻轻,咱可是真正的盐娃子。静下心想想,盐场就那么点事,还是那帮子人,没有不认识的,只要把心放在正当窝里,为盐民们办实事,谁都得拍着巴掌拥护咱。"

"理是这么个理,越是对这些熟悉的滩主们,越是难于从严要求,一脚歪了百脚歪,只要从源头上堵住他们偷漏盐斤,就没有私盐流出罗口镇。我思考再三,第一拳最难出,打轻了,不痛不痒;打重了,又恐失去民心,这个火候倒是把我给难住了。"

"呵呵,兄弟多虑了,无论公事还是私事,都得遵老理儿,你敬我一尺,我敬你一丈,我把话说在头里,任何人不准私藏盐斤,全部归坨入公,再有犯者,就是不敬在先,依律处罚,谅他也是茶壶里煮饺子——吐不出来嘛。处理了这么几个不识时务的,杀鸡给猴看,谁还敢顶风上,弄大了有官府撑腰,牢狱伺候,谁还敢以身试法,把身家性命交给无常?晒盐的都是实诚人,没那么多刁蛮心眼,你这个盐场大使就当太平官吧!"

尹茂财的一席话令钟履宽茅塞顿开,心中的一块石头落了地,坚持做自己,做一个光明磊落的盐官不正是自己一直坚持的吗?一脸不快的表情顿时化为乌有,愉快地喝茶聊家常。

"栋儿,快去给钟叔请安!"尹茂财的妻子周氏在西偏厦里轻声嘱咐着,一个面目清秀的男孩走了进来。

"钟叔大人好!"男孩双腿跪下来,给钟履宽磕头请安。

"栋儿,好孩子,快请起!"钟履宽伸出双手扶起德栋,在他胖嘟嘟的腮边轻轻拧了一下,由衷地称赞道,"长得挺壮实,越长越英俊了。"

"总贪玩,书也不好好念。"

"栋儿才十岁,何苦着急念书?以后有的是时间,先长个儿。宏儿四岁了,还离不开大人的关照,没少让玉萍操心。"履宽把玩着德栋甩在脑后的小辫子,满眼都是关爱。

"听说兄弟去蒙县公差捡回一个女娃儿,真有此事?"尹茂财问道。

"这还有假?名字叫傅英子,十二岁了,胶东人氏。机缘巧合,她的老父亲临终托孤于我，便带回家来了。爹、娘和玉萍都可怜这个娃子，现在已经熟络过来了，帮着下人们做些力所能及的活，长相很受看，小嘴巴儿挺乖的，谁见了谁喜欢。"

"兄弟有女儿缘呢。"

"正是！"履宽微笑着颔首。

◇◇◇◇◇◇◇◇◇◇◇◇◇◇

"大哥！"钟履宽刚进家门，一声熟悉的问候声音传来，原来是二弟履新。

"嗬！二弟回来了，咱二叔也回来了吗？"兄弟两个的手握在了一起。

自从正月十六起，二弟和二叔钟惟仁一起离家去青岛做生意，已经四个月没有见面了。履新比大哥小五岁，十九岁了，个头跟大哥差不多高，但身段还略瘦了点儿，上唇一抹淡淡的唇须，白白净净的，身穿一件浅蓝色的长衫，文雅大方，像个城里来的大学生。

"二叔没有回来，店里刚上了一批绸缎料子，二叔带着伙计们上铺面呢，让我回来收购土布料。"

"兄弟俩别光顾着在外面聊，快到屋里陪你爹说话去。"母亲钟许氏喜滋滋地去厨房准备晚饭去了。履新好几个月才回家一趟，家里像过节一样热闹，庄玉萍让傅英子带宏儿玩去了，也来厨房帮忙。

"宽儿，今天下午到哪里去了？"钟惟庄在炕桌前抽烟，不动声色地问道。

"我到夹金村找尹茂财去了。"

"盐滩上正是大忙的季节，作为盐场的带头人更要多到盐滩里转转，帮助滩主们解决问题，不能以官职压人。吩咐手下做的事，自己首先做到，才有说服力。"

"爹的话有道理,我记住了。"

"大哥当上盐场大使,得威风点儿,不能像爹说得那样老实。在城里,那些芝麻绿豆官儿都要坐轿子、搭车子出行,官帽翎子翘得高高的,人家那神气!"履新调皮地说道。

"哥也不是那样的人,哪能在老少爷们面前翘尾巴。"

"大哥,二哥,你们都在?"三弟履洋放学回家,见了两位哥哥甭提有多高兴了,"二哥,你离家这些日子,大哥成了罗口镇的大英雄了,有一身护体神功,在去蒙县送盐票的路上,打败了不计其数的妖魔鬼怪,吓破了无数江洋大盗的贼胆……"

履宽笑了,说道:"三弟不要瞎说,大哥哪有那么大的本事?"

"镇上的人都这么说。"

"三弟说的是学堂里孩子们之间的话,也算是八九不离十,大哥就不要谦虚了,改天也在小兄弟面前露一手,让我们见识一下盐场大使的威武!"

"俺爹当了盐场大官,俺就是盐场小官喽——"宏儿跑进来,刚刚听到了两位叔叔的一言半语,就跟着嚷嚷开了。

"宏儿,再瞎说小心你的屁股!"履宽朝宏儿瞪圆了眼睛。宏儿吓得撇起了小嘴赶紧往二叔的怀里钻。履新一把将侄儿抱起来,在他的小脸蛋上亲了又亲,逗得宏儿直笑。

"俺孙子说得对,咱们钟家就是人才辈出,祖上勤俭持家,挣下了这份家业,儿子们当官的当官,做生意的做生意,念书的念书,孙子辈还不得更有出息?来吧,宏儿,奶奶给你夹肉吃。"

宏儿一听到有肉吃,像个大豆虫一样,机灵地从二叔的怀里挣脱出来,麻利地爬到炕上,坐到奶奶身边去了。

热腾腾的饭菜端上桌来了,丰盛的晚餐开始了。

履新从青岛回来采购土布,这种由乡下女人手织的粗棉布在青岛能卖出好价钱，而且相当抢手，后天正好逢罗口镇大集，在大集上开摊子收土布，一个集空子就足够了。明天有空闲，履新想到盐滩上去转转，履洋正好不用去上学，也要跟着一起去，履宽抵不过两位弟弟央求，便答应下来陪着他们一起去下滩。

十多年前，父亲钟惟庄力排众议，坚决拆除了烟熏火燎的盐灶，抡起大铁锤把老祖宗传下来的五口大盐锅砸了个稀巴烂，一举摒弃熬卤制盐的古法，全部改为土淋滩晒盐。这一举动，在罗口盐场引起了一场海啸，大大小小的盐滩主们在错愕之余无不报以冷嘲热讽，等着看钟家的笑话，有的甚至跑到盐神庙求盐神降难于他，更多的人常来到钟家滩观望动静。

"煮海为盐是盐神夙沙氏教会人们的求生之道，千古未变，钟惟庄逆天行事会遭天谴的！"

"瞧吧，钟惟庄连祖宗之法都违背了！坏了盐滩风水，这是大逆不道啊！"

"砸了盐锅就等于丢了饭碗，他一家老小靠什么养活？钟惟庄上了哪门子邪？他是不是让狐狸精附体了？"

人们不理解，家人责备，都动摇不了钟惟庄的决心，他就像盐神庙里的银牛一样奋力向前，带着十几位雇工清除了炉灶，开滩劈池，经冬历春，建起了罗口镇第一份淋卤滩池。在钟惟庄埋头苦干期间，每天都有一群盐滩主自发地前来看稀奇，站在滩池边说着风凉话。钟惟庄不解释、不理睬、不停歇，跟他们开始了一场无声地比试。

吃了端午节的粽子，等到钟惟庄第一池盐收获的时候，观望的人们睁大了眼睛，张大了嘴巴——同样的卤水经盐锅煮过以后，出来的盐灰头土脑干巴巴的，像碾碎的玉米糁子一样，还掺和着柴灰烟末儿，盐粒子有大有小，手感干涩，尝在嘴里三分苦七分咸，每锅能出百多斤盐已是头号大盐锅了。而经过钟惟庄的滩池晒出来的盐却像施了魔法一样，盐粒子像小冰糖块儿，大小匀整，四四方方棱角分明，雪花一样洁白，晶莹剔透，握在手里沉甸甸的，尝在嘴里咸中透着股新鲜海水的清爽味儿。过秤以后，每个盐池出盐两千多斤，一个池子顶得上十几口盐锅，被坨务员评为最优级盐，外地盐商亲自品尝以后，挤破了头前去买钟家滩晒的盐，哪怕盐价高出一成，也被抢购一空，更有一些盐商索性住在钟家盐店里，专门等候钟家滩的盐开称销售，事实胜于雄辩——钟惟庄赢了！

罗口镇如开了锅一般，有的人拍手称赞跃跃欲试；有的人还是抱着老皇历不放；有的人容不得别人比自己好，巴不得下一场大雨，把钟家滩那热火朝天的滩池淋成稀泥汤。谁知，老天爷真的赶来凑热闹，下过几场豪雨以后，盐灶滩的伙计们还在晾晒烧火草料，钟家滩的碌碡便欢快地唱起来了，不过三天二日，滩池压实得硬邦邦的，竟然比盐灶滩提前五六天开池晒盐。这一下，人们全佩服了，连盐神也站在了钟家滩一边。自此，滩主们纷纷效仿淋卤晒盐，产自罗口盐场的盐在销区的五个县域才算站稳了脚跟，在老百姓那儿才有了口碑。

◇◇◇◇◇◇◇◇◇◇◇◇◇◇◇◇◇◇

盐滩上已是一番忙碌的景象。

早饭后，大家都围坐在滩房前稍事歇息，刘银锁把一天的活计分派下去，等吃透了一袋烟，便上工了。淋卤、刮盐土、上水、收盐、归坨……活儿很重，人手少，有些打点不过来，雇工们甩开膀子干。

钟家兄弟们来到盐滩的时候，刘银锁已领着雇工们忙活开了。一来到滩上，履宽就顾不得弟弟们了，麻利地脱了鞋袜，挽起裤腿，拾起一张铁锹，下了晒池。

晒池里已经放干了水，那经水浸泡过的土块喝饱了咸水，周身长满了细碎的盐末儿，这土也就变成盐土。雇工们提前把盐土堆成一条条长垄，犹如农地里堆起的一道道地瓜沟。地瓜沟上栽植绿色的地瓜秧苗，

第二章 新官上任

可这盐土垄上却寸草不生，但人们的心情显而易见的爽。雇工们把盐土装进荆条筐里，挑到不远处的淋卤池。淋卤池只有一丈见方，深约半米，上面每隔二三十公分横排一根碗口粗的五六米长的槐木棒，木棒上面铺着秫秸帘子，盐土就铺撒在帘子上面。人们用大木桶挑来海水冲淋盐土，那附在土块上面的盐末儿再次溶于水中成为卤水，卤水沿着扎在秫秸帘子的孔隙往下泻，泥沙沉积在秫秸帘子下面的淋池里，这个过程就叫淋卤。卤水汇流进稍远处的卤塘子里去，再经水车上扬进到盐池复晒，经历太阳晒海风吹，熬不过十天半月，白花花的盐粒儿就会神不知鬼不觉地从卤水中孕育出来了。

钟履宽见凌永槐挑着担子走路的姿势有些僵硬，想起他摔的那一跤，便问道："凌大哥，你的腰好些了吗？"

"托少东家的福，俺的腰早好了。"凌永槐露出一脸憨厚的笑容。

"嚱！去庙里给盐神老爷烧纸祷告还怕别人看见，心不诚得报应！"杜春山又跟他杠上了。

"呸呸！狗嘴里吐不出象牙来，敬盐神还怕看？俺怕误了滩上的活，才起了个大早，同样的话，一到你嘴里就变了味儿。"凌永槐给顶了回去。

"腰好了，不得感谢人家老苗？怎么连一句好话都没听着？"

履宽把铁锨塞进凌永槐的手里，安慰道："凌大哥，你铲盐土，我来挑担子。"

"少东家，使不得！"

可是，扁担已被履宽抢过去了，他麻利地弯下腰，扁担便上了肩，挑起两筐盐土，一路小跑着向土淋池走去。

"都怪你，像只好斗的公鸡似的。"凌永槐嘟囔着，有些不自在。

"得了便宜还卖乖。"

"老凌，卤塘子已经满了，你跟庄来福往盐池上水吧。"刘银锁赶紧把凌永槐支开了。

苗长石从淋卤池里捞出来的盐土已经堆成了一个大土堆，他便在旁边的石块上面坐下来歇息，掏出烟袋抽起旱烟来。老苗是钟家滩上扛活最长的雇工，已经干了快二十年了，跟履宽的爷爷开过滩，更亲身经历了钟惟庄砸盐锅开滩池晒盐的特殊时期，年纪比钟惟庄还要大三岁，在钟家滩最受人尊敬，别看刘银锁当盐把式，在老苗面前，还得恭恭敬敬地喊声"苗师傅"，滩上的活都得跟老苗商量。

履新小哥俩玩碌碡累得满头大汗，远远地看见凌永槐和庄来福上了水车转卤，感觉挺好玩，就扔了碌碡跑到盐池边上，央求着换他们俩上去玩会儿。

"少东家，蹬水车看着容易做起来难，两个人配合不好，就要出事故的，你们没下过滩，也没有这个脚力，做不来的，还是去听老苗讲故事吧。"庄来福的建议立即得到履洋的赞同。

"二哥，咱们小的时候苗大伯讲的故事可多了。"

"苗大伯还会变戏法呢，变出许多小虾小蟹给咱们玩，玩够了还煮着吃，那味道可鲜了。"小时候的事，履新记得清清楚楚。

"少东家，老苗现在更会变小虾小蟹了，你们快去找他吧。"凌永槐朝苗长石指了指，"他正闲着没事呢。"

"苗大伯，你挖这么多的土做什么？是要掏水沟捞鱼吗？"小哥俩来到苗长石身边坐下来。

"两位少爷这就不懂了，论学问，你们是大学才，可盐滩也有不小的学问噢。"苗长石用烟袋锅子指了指淋卤池，吐出一口青烟，笑眯眯地说道，"淋卤池是盐滩一绝啊，能让盐土变成卤，有了卤，才有盐，有了盐，才有了百姓家的日子。"

"盐土是土还是盐呢？"履洋立即提出了问题。

"三少爷问得好！"苗长石不紧不慢地说道，"你们小哥俩刚才是不是到盐池里去啦？"

第二章 新官上任

"是啊,我们想去抓鱼,忙活了半天,连一条也没抓到,倒把衣裳弄湿了。"履新赶紧解释,他也想听听苗大伯如何来回答小弟的问题。

"这就对啦——"苗长石粗着嗓音拖起了长声,满面笑容,简直成了笑面佛,把两兄弟的注意力全吸引过去了。

一块晒池的盐土已挑完了,趁着休息的当空儿,履宽和杜春山、魏有义、贺家田便在另一块晒池用木耙堆盐土垄,彼此相距不远,苗长石这边的情形,他们全看在眼里,听在耳朵里。魏有义悄声笑道:"两位少爷可不是小孩子了,看看老苗怎么哄得住他们。"

"老苗能编嘛!"杜春山朝大伙儿挤眉弄眼,"不出笑话才怪呢。"

"不一定,我这俩小兄弟从来没下过滩,搁不住苗大伯的忽悠。"履宽也加入进来。

"老苗头上知天文,下知地理,保不准还能当两位少爷的教师爷!"高个子的贺家田拄着耙杆说道。

"老贺小点声,让他们听了去,把老苗的话头打断了,你能给少爷们说上个子丑寅卯来?"杜春山将了贺家田一军。

"俺可没那本事。"贺家田摇摇头笑了。

"少东家,看看你们俩的腿上是不是有一层白白的东西?"苗长石指了指履新和履洋露在外面的小腿提醒道。

"那不就是一层盐末儿吗?"履新笑了。

"对,一个理儿,盐土就是覆了一层盐末儿的土。"

"为什么还得用水冲一下盐土呢?"履洋的脑子反应挺快。

"就是为了把盐土里面的盐末儿重新化在水里,经过秫秸帘子淋下来的水里盐分多了,就变成卤水了,卤水进盐池复晒,留下来的土挑到晒池里用海水泡,吸足了盐分变成盐土,再到淋卤池淋卤,一直都是这样重复的。"

"我明白了!"履新大声说道,"这就跟染布是一个道理,盐土就好比染布用的染料，只要把白布放进染缸里，拿出来就变成蓝布了。"

履洋还没弄明白，便接着二哥的话问道："花布是怎么染出来的呢？"

"花布的学问可就大了，先用一种料贴在白布上，再进染缸，出来后，把料剔除，就成了蓝底白花的布了。"

"红红绿绿的花布是怎么染出来的呢？"履洋打破砂锅问到底。

"那就更麻烦了，要先后放进好几个颜料的染缸。"

苗长石慈祥地看着小兄弟俩，烟袋锅子烫了手都忘了吸一口。

"自从海水变成卤水，就成了盐滩一宝了，只要卤水供应充足，一年下来，能为钟家滩带来二十多万斤盐产，能保证过万的人口吃上一年的光景。"

"咱家的盐滩有这么大的能耐呀？"履洋张大了嘴巴。

"三少爷还小，不知道日子是怎么过起来的，你看你们的大哥，都当了盐场大使了，还得来盐滩干活，他知道老百姓苦啊。"

履新和履洋听得入了迷。

"苗大伯又在拿我说事了。"钟履宽笑笑，手中的木耙子干得更起劲了。

"开春，快马来报，蒙县闹盐荒，民心浮动，弄不好是要反天的！你们知道明末的闯王李自成是怎么起兵的？十万火急啊！朝廷的圣旨一到，罗口盐场立即装好了两万斤盐，由你们的大哥押运去蒙县救灾。"苗长石有板有眼地讲起来。

"苗大叔，闯王李自成为什么要起兵造反？"

"说来话长，"苗长石又续上了一袋烟丝，点上，吸了一口，从嘴角吐出一口烟雾，接着讲道，"明朝那会儿，山西、陕西一带连年大旱，地里的庄稼都枯死了，粮食颗粒无收，老百姓们缺吃少穿，没有钱买盐吃，更有一些盐贩子把盐价抬得高高的，老百姓连命都保不住了，李自成心想反正是一死，还不如造反！要是蒙县的百姓造了反，大清朝的皇帝还能在龙椅上坐稳当吗？"

盐工们停下了手中的活，侧着耳朵听着。

"你们的大哥临危受命，拉起五六十号人马，推起小推车，日夜兼程往蒙县送盐。罗口镇到蒙县有五百里路，沿途要经过无数荒山野岭，那里面藏着无数绿林好汉，他们沿路飞鸽传书，誓要把盐票抢夺下来据为己有，谁不知道盐是好东西，盐就是唐僧肉啊！绿林好汉在九顶子山布下口袋阵，当送盐队伍到达九顶子山时，他们跑出来挡住了去路，为首的提一把明晃晃的月牙铲，长得人高马大，脸赛黑炭，牙比盐白，张牙舞爪地扑了上来，履宽手持钢刀沉着应战，只用了十几个回合，便把那贼头斩落马下，众喽啰见头儿死了，吓得屁滚尿流，夺路逃跑。"

"苗大叔，我大哥把那个贼头砍死了吗？"履洋听得很认真，一个细节都不肯落下。

"你大哥有护体神功，贼头当然打不过他了，能招架十几个回合就算不赖了。贼头一死，绿林界如临大敌，众好汉连夜开会商量打败钟履宽的办法，商量了三天三夜，谁也不敢出头，只好采取下三烂的手法。"

"绿林好汉就这么不经打吗？"履洋将信将疑。履新已听出了些什么，却并不插话，任凭苗大伯讲下去。

"绿林好汉也是人啊，他也知道活着好啊，只要头还在脖子上，就能吃能喝还能看大戏，头不在了，两眼一闭什么事也不知道了，多惨！"苗长石已经谄上瘾了，停不下来了。

"'下三烂手法'是什么斗法？"

"那可精彩了！"苗长石瞪圆了眼珠，一本正经地说道，"他们先派出狐狸精前来勾引你大哥的魂魄。"

"狐狸精长什么样啊？"

"狐狸精有几千岁，得道成仙了，摇身一变，就能变成一个好看的黄花闺女，在深更半夜跑到你大哥的床边。"

"我大哥没上当？"履洋的脸涨红了。

"履宽有护体神功，他的体内阳气上升，任何妖魔鬼怪都不能侵入他的身边。结果狐狸精那毛茸茸的大尾巴不小心被你大哥抓住了，给甩到墙角去了，这一招又失灵了。"

"幸亏大哥有护体神功。"履洋紧张极了，"狐狸精怎么还有尾巴？"

"要说狐狸没成精之前长得也不咋的，体型比兔子大比狗小，全身黄毛，嘴巴尖尖，尾巴长长，专干偷鸡摸狗的事，只有活够了一千岁，才能得道成仙变成狐狸精。但是，它成仙的时候太高傲自大，惹怒了太上老君，太上老君故意留了一手，还让它长着一条长尾巴，也就是希望狐狸精老老实实夹着尾巴做人。可是，狐狸精毕竟年龄小，学艺还不精呢，做人的道理是不懂的。"苗长石把烟袋衔在嘴里，用两手比画着。

"苗大伯，你见过狐狸精吗？"

"呵呵，狐狸精俺没有福气见，狐狸倒是见过几回。"

"真的？"履洋的好奇心被吊起来了，只要是从苗长石嘴里说出来的话，他全都记到心里去了。

"许多年前的一个冬天，天刚蒙蒙亮，你爷爷起了个大早来盐滩开辟荒滩，一镢头刨下去，只听到吱哟一声叫唤，从草棵子里窜出一只小黄狗，把你爷爷吓了一大跳。谁知，小黄狗跑出十几丈开外，竟然像小孩子一样哭起来了，你爷爷感到纳闷，低头一看，在镢头下面，还躺着一只死去的小狗崽子，仔细一看，这哪儿是狗啊，分明就是一只小狐狸，让他一镢头给劈死了。你爷爷懊悔不已，挖了一个深坑把小狐狸埋了，又烧了厚厚一沓草纸，这件蹊跷事也就过去了。谁知过了这些年，又让你大哥在去蒙县的路上碰上了，难怪人们总说狐狸精好记仇呢，咳！"

这事不提还好，只要一提，仿佛有一根极细的银针扎到了脑袋里，履宽的头嗡的一声炸开了！老苗的话也许不假，在他童年记忆里，还保留着爷爷背着箩筐开垦荒滩的场景……履宽扔了耙子，来到晒池边，找

第二章 新官上任

块石头坐下来，掏出烟袋装上烟丝，点上火，滋滋地吸了几口，把热辣辣的烟气深深地吸进肚里去，让五脏六腑尽在烟气里熏一回，才悠悠地吐出来。

"苗师傅，你也该歇歇了，盐工们口渴了，你到滩房里去烧壶开水，大家就要歇歇了。"刘银锁走过来，把秫秸帘子检查了一遍，对履新和履洋说道，"两位少爷可要当心，这样毒的日头，你们的胳膊和腿可搁不住晒，会曝皮的，那滋味——可疼了！"

"呵，银锁，别看俺抽烟拉呱的，你派的活计，俺可没落下。"苗长石往石块上面轻轻磕磕烟袋锅子，倒出一撮碎烟屑，站起身，往滩房走去。履新和履洋紧跟在他的身后，履洋还在追问着："苗大伯，盐滩上真住着狐狸吗？"

"那还有假？！"苗长石把半句话扔在了身后。

这回杜春山他们没有说闲话，都绷紧了脸，默不作声地各忙各的去了。

◇◇◇◇◇◇◇◇◇◇◇◇◇◇◇◇

傍晚，钟履宽拖着疲惫的身体回家，一屁股瘫坐在椅子里，眯着眼，头靠在椅背上，似睡非睡。

庄玉萍见此情形，关切地问道："他爹，你的脸色怎么这么难看？"

"唉，可能在盐滩上干活累着了。"履宽叹了一口气。

"你没看见二弟和三弟啊，脸像块大红布似的，胳膊和腿都给日头晒糊了，非脱一层皮不可，你们这是何苦来着，自找罪受。"玉萍埋怨道，"二弟三弟从没在盐滩干过活，你还不知道那包烟的口劲？"

"钟家子弟又不是在糖水中泡大的，吃这点苦算不得什么，吃得苦中苦，方为人上人！"

"是这么个理，可把咱娘心疼坏了呀。"

"婶,这是晒干的衣服,刘妈叫俺给您送过来。"傅英子抱着一摞叠好的衣服走了进来。

"好,放到里间柜子上吧。"庄玉萍微笑着吩咐道,"你弟弟正在睡觉呢,别把他惊醒了。"

"俺轻着点儿。"英子蹑手蹑脚地去里间把衣服放好了。出来,她走近履宽身旁,压低声音问道:"叔,您歇着了?"

"是啊。"履宽懒洋洋地回答。

"英子,给你叔捶捶背,看他困乏得都睁不动眼皮了。"庄玉萍笑呵呵地说道。

"好嘞。"傅英子高兴地答应下来,挽起藕色的袖筒,露出两截瓷白的手臂,"叔,您忍着点,俺给你捶背了。"

她抡起小拳头,在钟履宽厚实的脊背上捶起来。

刚开始,履宽还没太在意,一个十二岁的女娃子哪有手劲给他捶背啊,搔痒痒还差不多,可是让英子的小拳头给捶了那么十几下,紧绷的肌肉竟然开始松散,继而随着那小猫爪的每一次敲打而有规律地跳动起来。小猫爪安抚到哪儿,哪儿的肌肉就像睡醒了一般,一种酥软的感觉从心底油然而生。

"嗬!英子,我的肩膀还有些麻木呢,再加把劲。"履宽舒服服地说道。

"好呢。"英子痛快地答应着,捶了一小会儿,手臂有些酸了,有些使不上劲了,额头上沁出细密的汗珠。

傅英子的两只小手在履宽的左肩膀刚捏了一下,谁知,他竟哎哟一声跳了起来,抬手捂着肩膀,嘴里咝咝地吸着气,腮帮子抽搐着。

"英子,你轻点!把你叔抓疼了!"庄玉萍高声呵斥道。

"婶,我没使大劲啊?"傅英子的两只小手无力地停在了半空,惊慌失措地为自己辩解着,吓傻了。

"娘!俺爹打俺!"正在睡梦中的宏儿被外间的吵嚷声音惊醒了,

惊叫着哭了起来。

"宏儿不哭,娘在这儿。"庄玉萍起身向里间走去,还不忘用手指戳着英子,说道,"没个轻重的丫头,把猫爪子给剁了去,看你还怎么抓人!"

"叔——我没……"傅英子打起了哆嗦,眼里几乎要滚下泪珠来。

"真是的,与英子有什么关系?是我的肩膀疼嘛!"履宽忍住痛,嘟噜了一句,重新坐下来,端起茶碗往嘴里灌了一口茶水。

"俺看看,你的肩膀到底怎么样了?"庄玉萍把宏儿抱下炕,来到履宽身后,边说边翻开了他的衣领子,"哎呀,怎么血糊潦烂的?"她惊叫一声说不下去了。

"我说不该英子的事吧?这是在盐滩上挑盐土让扁担磨的,先前我忘了。"

庄玉萍的脸瞬间沉了下去,扭转身,抱着宏儿回里间去了。

漫漫长夜,傅英子哭醒了好几回,只要一入睡就做着一个奇怪的梦,一会儿梦见她在给钟履宽捶背,一会儿又是给庄玉萍捶背,捶着捶着,手指变成了猫爪子,竟然从背后掐住了庄玉萍的脖子……

◇◇◇◇◇◇◇◇◇◇◇◇◇◇◇◇

庄记豆腐店的三间小南屋在西大街街口,老板庄玉才为人和善,做得一手好豆腐,价格公道,老不欺,少不瞒,生意做得红红火火。每天清晨,来的人特别多,吃豆腐、喝豆汁成为罗口镇的一道必备的早点。

"这两天盐滩又出故事了,副使郑成山前来送信,每天下午四点官坨开秤收盐,各家盐滩必须把当天晒出来的盐全部归坨,天黑前收工,不准私藏盐斤,如有私带盐斤出场,一律按私盐没收,按斤论罚!"成家滩的老三成善霆提高了嗓音说道。虽然刚刚喝下了一碗豆脑,但牢骚话却塞满了一肚子似的。

钟履丰刚吃完一碗热豆腐,放下筷子,粗声粗气地说:"不错,郑成山也跟俺说过了,俺倒觉得没什么,跟前朝差不多,换了新大使,还不得来点紧头?"

"跟下盐滩的计较什么,有本事去官府为咱们求求情,把分摊在盐民头上的苛捐杂税给减一减,也算给盐滩做点好事。"有人说道。

"盐场跟官府本来就是一家人,县太爷还当着盐场知事呢,天下乌鸦一般黑,都是为了欺压盐民,谁能给咱们说情?这就是命!"宋有福大大咧咧地发着慨叹。

钟惟昌见宋有福耍诨,便有意点拨他:"有福,话不能说得太死,昨天俺听钟家老爷子念叨,他不想当保长了,要推荐你当呢,你可不能胳膊肘子向外拐。"

"惟昌叔,你别哄俺了,罗口镇有多少财主老爷,下雨淋也淋不到俺!"宋有福抬起那肥厚的手掌抹了一把光溜溜的脑门,赶紧换了一副讨好的语气问道,"钟老爷子干得好好的,怎么说不当就不当了呢?"

"听说有官当立马现原形了,没骨气!"成善霆斜瞟了他一眼,一脸鄙视的表情。

"履丰大哥,你给评评理,俺既不是偷的也不是抢的,钟老爷子选中了俺,让俺当保长,证明俺宋有福的人缘还不孬,怎么就是没骨气了?有的人看着眼红,怨恨好事没落到自己的头上,这有什么办法?三月三俺在盐神爷像前烧高香了,诚心诚意地许下心愿了,别人是馋不来的!"

"老三,没把握的事不要乱说。"成老大叮嘱了成善霆一句,便站起身,阴着脸出门去了。

"惟昌叔,改天俺请您喝酒,您老可得赏光。"宋有福觍着脸子,有些飘飘然了。

"都怪俺多嘴多舌。"钟惟昌有些后悔把钟老爷子跟他说的话一不小心抖了出去，净惹得人家不高兴。

"惟昌叔，您是好人！"宋有福已经在笑呵呵地谢主隆恩了。

成善霆气不打一处来，猛地站起身，把筷子往桌上一摔，从鼻孔里哼出一声，气呼呼地离开了。

"这人的气量怎么这么小啊？"郑绪兰慢条斯理地说道，"选保长这么大的事，一句玩笑话就定了？怎么不得举办个仪式昭告全镇百姓？"

"对，还是绪兰大哥的话有理，不愧是见过世面的，刚听着风就下雨星，又不是三岁小孩伢子好哄。"秀才钟秀胤一进门听到了大伙的议论，人到话也到了。

"秀才大叔，这么晚了才来，还认为您早吃过了呢。"宋有福仰起一张油光光的阔脸说道。

"哎哟，原来是有福大侄子要升官加爵了，可喜可贺！"钟秀胤故意把风凉话说得文绉绉的。

"秀才大叔过奖了。"宋有福嘿嘿笑着，不知说啥好。

"盐灶子一冒烟，官坨刚开秤，镇上的好事也多起来了，连庄玉才的豆腐店也比往常热闹了，但愿好事多磨，算你小子真有福。"

"秀才大叔，您是吃豆腐还是喝豆脑儿，这回我请客。"宋有福献着殷勤。

"呵呵，免了吧，真要好事办成，你得把仝镇的老少爷们请到六大碗撮一顿。"

"就是就是。"宋有福赶紧推托盐滩上忙，溜走了。

下午四点钟，太阳还高高地悬在西天上，微凉的风从海上吹来，海水悄然涨满了大沟小壑，闲散了大半天的海鸥们，成群结队地追寻着潮

头水的踪迹飞临盐滩上空,钟家坨的小黄旗从旗杆顶上升起来了,罗口盐场开秤收盐了。

钟履宽早早地来到钟家坨。

出镇东门一里多路,大车路分了岔:向前走,到海边的松树林子是盐神庙;向北,分别是钟惟昌和钟履丰家的盐滩;向东南拐了个弯儿,直接进入了钟家坨,从钟家坨往南走半里路就是钟履宽家的盐滩。可以说钟家坨扼守在正中间的位置。盐坨周围被一溜沟岔子围了个半圆圈,一条条曲里拐弯的小路把三家盐滩连在一起,三家盐滩晒出来的盐全部送进钟家坨封存,盐商们到钟家坨买盐,钟家坨又是联系盐滩与盐商的一处驿站。

钟家坨系公产,归罗口盐场所有,占地八亩有余,四周插了无数根槐木桩,约有一人多高,木桩之间拉起了三道粗铁丝,铁丝之间用芦苇帘子围出了一个不太规整的院落。院内有三间低矮的滩房,只要坨基上有盐,坨务员、司秤员、坨工们就要常驻在这里接单放销盐斤,只待盐斤销售一罄,留下坨工一人看护盐坨,其他的人就撤往别处官坨放销盐斤。

院内三个大碌碡静静地卧在角落里。盐坨的地基高出地面约半米,已被坨工们压实得很平整。钟履宽在院落里走来走去地丈量着,坨务员张又江陪着他。

履宽问道:"盐坨压实了几遍?"

"回大使,压了五遍,头三遍用的大碌碡,后两遍用的小碌碡。"张又江如实回答。

"那就好,"履宽抬手指了指四周的芦苇帘子,说道,"把帘子破损的地方重新编编,别让小狗小猫钻进来糟蹋了盐。"

"是的。"

"盐斤进坨,你们可要看管好了,轮流排班值守,一定不能失盗,别让坏人钻了空子。"

第二章 新官上任

"俺们一定做到。"

"苫盖盐垛的稻草帘子准备好了吗?"

"准备好了,"张又江朝院子西北角的一堆稻草说道,"开春以来,只要不拾掇坨基,坨工们就编稻草帘子,搓草绳子,削竹签子,都备足了。"

张又江所言不差,履宽点点头算作肯定,问道:"查处私盐的通知送到盐滩上了吗?"

"送到了,俺跟郑成山副使一起送的,也逐项给大家伙解释清楚了。"

"咱们把规矩讲在明处,板子打在痛处,出了事的时候,人们心中就多了个顾虑,避免伤及无辜,一网打了满河的鱼。"

郑成山刚进钟家坨大院就见他们俩正在说着话,赶紧打招呼:"钟大使,你早来了?"

"噢,盐产怎么样?"

"我从北往南一路转下来,成家滩煮盐四百多斤,宋家滩晒盐一千多斤,钟履丰家还不到二百斤,尹家滩和马家滩没有收盐。"走了这么远的路,郑成山累得满头大汗,敞开了外面褂子的衣扣图个凉快。

"开产才第一天,只要滩主们干活的劲头足,小老鼠拉木锨——大头还在后头哩。"

钟履丰倒背着手来了,两个儿子抬着盐筐走在他的身后,一进门,履丰便粗着嗓门问道:"履宽兄弟还得亲自到坨上来视察?"

"履丰大哥见外了,盐场大使也是盐滩的人,同吃一锅饭。现在俩孩子都能下滩干活了,再干上几年,娶了媳妇,孙子也要抱上了,履丰大哥真是个福相人。"履宽望着原海、原奎两个侄子,笑呵呵地说道。

钟履丰被逗得前仰后合地笑起来,那瘦长的身影在夕阳下拉得更长了。

司称员钟履梁从滩房里扛出大杆子秤来。两位坨工把盐筐的两条粗麻绳攀条挂在秤钩上,把竹杠子穿过杆秤的熟牛皮系扣里,弯腰,杠子上肩，叫声"起"，两人同时挺身而起，大盐筐已离了地。履梁左手轻扶秤杆子，右手的食指与中指紧并在一起，麻利地把秤砣划到了准星上，大拇指粗细的秤杆尖儿颤悠了几下便纹丝不动了。

"一百八十斤！去筐皮二十斤，去卤耗九斤六两，净重一百五十斤零四两！"钟履梁麻利地报出了盐的重量数。

"履梁小兄弟的口算账越来越出息了。"履丰不由得称赞起来。

"大哥笑话俺吧？"钟履梁勉强地笑了。

履宽抱着两手，朝履梁点点头，说道："履丰大哥说的是实话，他在夸你呢。"

这话不假，钟履梁来盐坨干了司秤员，日夜里苦练口算术，常向同仁们请教，盐坨上的活样样都学会了，极少出错。履宽都看在眼里，多次在惟昌叔面前说起他家兄弟的长进。

"原奎跟俺去滩房拿收据吧。"履梁熟练地收了杆秤，将秤砣提在手里说道。

"好好，快跟你小叔去拿收据，放好了，回去交给俺保管。"

"大哥今年有什么打算？还抱着盐灶不放？"履宽问钟履丰。

"俺不是手头紧嘛。"履丰不知道如何回答是好。

"我先给你垫上，明年建起淋池，既省力气又多产盐，还顾虑什么。"

"大兄弟的这番话俺听心里去了，今冬就着手准备。"钟履丰做了个决断，心里也亮堂了。

爷仨叽叽咕咕地说着话走了。钟履宽跟郑成山闲谈："其实钟履丰并不是建不起淋池，他是脑筋转不过弯来，总认为祖传下来的盐灶是个金不换，就怕把盐灶拆了害得全家人没饭吃。"

郑成山也是一副爱莫能助的表情："这些灶户也不知是怎么想的，淋卤、开盐池的盐滩产量都翻了好几番，可他们就是不敢去做。"

"都是习惯成自然，咱们得想个办法，把这些人从泥坑里拉出来，往前推他们一把！"履宽带着郑成山走出盐坨大院，朝盐滩上指了指，继续说道，"盐滩都被柴草滩包围起来了，问题就出在这里，咱们把灶户们的柴草滩削减几成，逼着他们拆盐灶建淋池。"

郑成山不解："柴草滩是灶户们的命根子，削减柴草滩恐怕会惹出大乱子来。"

"牵牛就要牵牛鼻子，只要走对了路，就不怕牛踢蹄子！削减柴草滩不是一下子就削没了，逐年减二到三成，不至于让灶户们断了炊，但也不能由着他们，只要大多数灶户拆了灶，少数人不用咱们催，自己就上道了。"

"理是这么个理儿，咱得提前跟灶户们多说说，让他们知道，不是盐场故意掐他们的柴草滩。"郑成山同意履宽的想法。

"在盐滩上转悠的时候，多跟灶户们说说，盐场是为他们好，准许他们用减少的柴草滩地亩拓建滩池，其实是扩大了盐滩，少出力气多产盐，日子不就好过了嘛。"

"行，我多跟灶户们说说，打消他们的顾虑。"

"确实有困难，但又想拆灶扩滩的灶户，盐场可以适当帮衬他们一把，借的款项从他们的盐款里扣除，大活人不能让一泡尿憋死。"

郑成山痛快地答应下来，说起前些日子跟张又江去盐滩上派发严禁私盐的通知时，成善霆对此颇有牢骚，嫌盐场管得太严了，不让晒盐的吃盐了，不给滩主们活路了。

这样的风言风语其实早传到履宽的耳朵里去了，只是没撞到茬口上，他也不愿意多解释，林子大了什么鸟也有，不能跟一个半个的多计较。爹一直劝他不要意气用事，多长耐性，多磨脾气，遇事在脑子里多转几个圈，多学学老大使胡定昌的为人处事之道。

钟履宽晓之以理地开导起郑成山："成山，咱们在盐场当差，是替官府做事，也是为盐民分忧，咱们把一碗水端平了，里不欺外不瞒，好歹都让大家伙儿去评论，一人一言不足怕，咱们身正不怕影子歪，堵截私盐从源头上泛滥，实际上是为了盐民们好，这个理儿咱们多跟盐民们说说，让他们明白，砍倒秫秸现出狼，只要抓住了别有用心的人的现行，让他们的丑态暴露在大家伙儿的面前，多数的人就服了咱们。"

◇◇◇◇◇◇◇◇◇◇◇◇◇◇◇◇◇◇◇◇

涨早潮了。

天刚蒙蒙亮，钟家滩里就有人在忙活了，正是盐把式刘银锁。天气越来越热，南风刮得紧，天晴得让人睁不开眼，晒盐的好日子就要来了，刘银锁已经搬到滩房里住下了。四月初八了，但夜露湿重，晨风依旧凉飕飕的，他披上破夹衣，扛起一把铁锨就下了滩。还不到四十岁的年纪，头发已经被卤水染得半白了，他的身影清晰地倒映在卤水塘里，他的嘴角衔着烟袋，那一明一暗的烟火就像夜空里闪烁的星星，那星星随着他的身影移动着，寸步不离，总与他保持着一根烟袋杆的距离。他来到晒卤池边，一长溜四块晒池，昨天刚进了水，只一天一夜的工夫，全都见了底，盐分全长到盐土上面，那盐土坷垃像掉进了白糖罐子里剥了皮的熟芋头，让人馋涎欲滴，刘银锁堆起眼角的皱纹笑笑，自言自语道："心急吃不得热豆腐啊！"等盐工上工以后，就可以起盐土淋卤了，又有两块出盐池得续卤水了。他沿着晒池的池埂继续往前走，把要进水的六个空着的晒池的进水口门板打开。

等刘银锁在滩上转了一圈儿，沪沟里已涨满了海水，凌永槐和杜春山像两只海鸟似的准时出现了。

"都该你个死鬼铺排的，害得俺连一个春觉还没睡过瘾。"凌永槐懒洋洋地答话。

"嘿嘿，知足吧，俺还在滩上抱锨杆来。"

第二章 新官上任

"俺说你瘦得跟芦柴杆似的,原来是夜夜在滩上会黄小姐,想得道成仙啊?"

"会你个头啊!"

两个人肆意地笑起来。

谈笑间,凌永槐与杜春山已经在沪沟边的垫脚石上站稳身子,两人手扯水斗子拉绳的两端,一起发力,那斗子嘭的一声飞入沪沟里,两人同时往后仰,双臂用力牵拉绳子,盛满了水的斗子便划出一个优美的弧线。出水,爬高,泼水,一个斗子状的水包像出膛的炮弹被抛到了高处的稻草垫上,稍松绳子,斗子重回沪沟。只见斗子起起落落,一个连接一个的水包便被源源不断地投射到稻草垫子上,然后汇成一条水龙,顺着一长溜沟渠,流进晒池里。

老盐工苗长石早早地吃完饭赶来了,刘银锁便跟他一块在盐池边巡查,看看盐的长势。

"苗大叔,一个晚上池子里落了一层盐,卤水蚀去了两三寸,跟蚕吃老食差不多哩。"刘银锁喜滋滋地说道。

苗长石今天特意穿了一件棉布单衣,左手端着烟袋杆,右手倒背在身后,慢吞吞地说:"从春末开始,白天日头最毒的时候,卤水被晒得很烫,是不长盐的,只有等夜深人静,水温降下来,才会生出盐。等到秋风起,天气转凉,日照最好的时候,就是长盐最多的时候。"

"真是这么个事啊,夜里俺小解的时候过来看,盐最先在稻草绳上长出来,然后才在整个盐池子铺开。"

苗长石吐出一口青烟,笑着解释道:"好比女人生孩子,穷人家的孩子在麦草上降生叫'落草',落在麦草上的孩子好养活,同样,长在稻草上的盐格外香,把稻草绳浸在卤水里,就是让新生的盐娃子能有个落脚的地方,顺妥地生出来。"

刘银锁恍然大悟:"这么说,生盐就好比生孩子喽。"

苗长石意味深长地说:"可不是嘛,晒盐的就得好好伺候这汪水,就好比把孩子拉扯大,一样的不容易啊。晒盐是门大学问,有的人在盐滩干一辈子还是稀里糊涂的,当盐把式的,得想办法为东家多晒出几筐盐,没个真本事,是办不到的。"

"苗大叔是老行家了,遇事多给俺提个醒。"

"全盐场三十来份大滩,论技术,你已经不次于尹家滩的老黄头了,而且你比他年轻能干,只要勤学苦练,多观察,早处理,没有干不好的。"苗长石说的是掏心窝子的大实话,他很佩服刘银锁的为人和做事,在钟老爷面前总是夸奖他。

太阳升到一竿子高了,盐工们都到齐了,凌永槐与杜春山已经上满了四个晒池,两个人早已湿了衣裳,也没有力气打牙聊嘴了。刘银锁让他俩到滩房喝水歇息,其他的人起盐土淋卤。

因盐店里来了买盐的客商,钟老爷只能在店里跟客人陪聊,钟履宽照例来到盐滩帮工。他总是拣最重的活干,挑盐土,挑水淋卤,一刻也闲不下来,刘银锁劝了好几回,他只是一笑了之,手脚仍忙个不停。

中场歇息的时候,履宽坐到苗长石的身边说话。苗长石是看着履宽长大的,对他的脾性很了解,早把履宽的心事看得透透的。

"大侄子,你这么干活不行,像头蛮牛似的,早晚把自己累趴下了,这一上午,挑子不离肩,肩膀怎么受得了。"

"苗大叔,我不累。"履宽笑笑,放松下来,躺在苗长石身边的一堆稻草上,头枕在手臂里,眼望着天空的行云,舒坦极了。

"按说你是官家的人,与俺们这些草木之民不一样,盐滩上的活,你就不用再来干了,得有个当官的样子。"

履宽笑笑:"当官是什么样子?虽然当盐场大使,我觉得还是盐民一个。"

苗长石摇摇头,笑了:"傻孩子,官怎么和民一个样呢,官就是为

第二章　新官上任

了管民的，猫就是要逮老鼠的，老鹰就是要捉兔子的，这叫一物降一物，不能画等号。"

"唐朝魏徵说过，官是船，民是水，水可载船，也能覆船，官逼民反嘛。"钟履宽把一根稻草茎衔在嘴里，悠闲自得。

"是这么个理儿，侄子见多识广，知道的比俺这个大老粗多，老话说得好：一人难称百人心，一碗水难端平，当个好官确实不容易。"苗长石一边轻描淡写地说着话，一边搓着草绳，两不耽误。

"人要是长不大多好啊？"履宽一骨碌爬起来，央求道，"苗大叔，你教教我编草鞋吧，我也要为自己编一双。"

"编草鞋有什么好学的，天越来越热了，盐工们都打赤脚了，穿不着了。"

说归说，苗长石还是有求必应，手把手地教履宽用稻草编草鞋。功夫不负有心人，一双崭新的草鞋编好了，穿在脚上，既轻便又合脚，履宽可高兴了，满心欢喜地穿着自己编的草鞋下滩干活去了。

响午，管家高铨挑着挑子来了。一头是装在篮子里的黑釉陶罐，陶罐里盛着温热的大麦黏粥，另一头的竹提盒里装了碗筷、煎饼和咸菜。一声招呼下，盐工们便收了工，来到滩房吃午饭。

"高管家，你就是俺们的伙头军师呢，只要你一来，俺的肚子就咕咕叫。"苗长石开起了高铨的玩笑，他们俩在钟家干活十几年了，成老伙计了。

"'老饭力'说的就是你，虎老不咬人了，倒是能装饭。"高铨把饭盛到每人的碗里，把煎饼和咸菜摆到桌上，便到门外抽烟等着收拾。

"说俺虎老不咬人，你也到滩上来试试？怎么光挑轻快的干？"

"苗大叔，人家高管家上过私塾，识得千字文，肚子里有墨水，你不下盐滩，你会拨拉算盘珠子？敢跟咱高管家比试，回头这个月的工钱嘛——"凌永槐边说边做了菜刀下切的手势。

高铨被凌永槐的话逗笑了,兴许是被烟呛着了,吭吭地咳了几声。

"唉,俺就是劳碌的命啊!"苗长石叹了一口气。

"吃饭也堵不住嘴,明天俺把黏粥焐得热一点,看你们怎么插嘴。"高铨笑着说道。

"哎哟,俺的好管家,常言道:心急喝不了热黏粥啊!求你多拿蒲扇给扇扇风,盐滩上活儿赶人,俺们都是直肠子驴,不能在吃饭上耽误工夫。"杜春山说道。

"杜大哥这话俺爱听。"

"高管家一块吃点吧。"贺家田粗声粗气地向高管家说道。

"贺大兄弟快吃吧,俺吃过了。"

苗长石笑着说道:"小高,你是吃过了嘛?俺看不像,除非在大烟馆里吃饱了花酒吧?"

盐工们都笑喷了。

高铨把烟袋锅子往鞋底上磕磕,吐出一口长气,幽幽地说:"还有那闲心去吃花酒呢,东门外死鬼陈老大家又遭难了,唉!"

"高管家,那陈老大家怎么了?"

"陈老大留下的唯一的命根子小盅子去水塘里摸鱼,失了足淹死了,盅子他娘过了一个时辰,也咳血死了……"

◇◇◇◇◇◇◇◇◇◇◇◇◇◇◇◇◇◇

钟履宽可怜陈老大生前老实本分,在钟家滩扛活多年,又因酒后落水死于非命的缘故,便着力出面料理陈老大家的丧事,忙活了三天三夜,把小盅子娘俩安葬完毕,压在心里的大石头才落了地。他来到盐场公署会同郑成山处理了几件公事,感觉身体乏力,头脑昏沉,便匆匆回家休息。一到家,他就爬上了炕,拉过被子蒙住头。庄玉萍挺纳闷,平时一整天

第二章　新官上任

都不见人影儿，今天倒是老实了。

"他爹，日头打西边出来了？"

"快把宏儿领外面去玩，我累了，想睡一觉。"履宽懒洋洋地回答。

"莫不是在外面干什么坏事了？"

"一边去，我冷得慌，多给我加床被子。"

"你发皮汗？这么热的天还盖那么厚的被子，不怕捂出疹子来？"

"少废话，快点！我冷得受不了了！"履宽的话里已是急不可耐了。

庄玉萍极不情愿地去橱柜里取出一床棉被，在给履宽往身上盖的时候，发现他的脸色蜡黄，这才发了慌，问道："他爹，你真的发皮汗了？"

"那……还有假。"

从履宽的回话里已感觉他在颤抖了。庄玉萍把手放在他的额头上，刚碰上去，立即惊叫了一声："亲娘哎，像冰块一样凉啊！"

"他爹，你怎么了？"玉萍慌神了。

"不……知道，冷……"

"刘妈！刘妈！"

刘妈应声进屋来："少奶奶，叫俺有啥事？"

"刘妈，快把老太太叫来，宏儿他爹发皮汗了！"庄玉萍不知道该干什么，又从橱柜里抱出一床新被子，盖在履宽身上。

钟许氏跟在刘妈的身后急火火地跑来了，一进屋，心疼地喊着："俺的儿呀，你怎么了？"

"娘——快看看吧，他刚进门就变成这样子，盖了三床被子，还冻得直打哆嗦！"庄玉萍急忙回话。

"俺的儿哟，"钟许氏把手放在履宽的额头拭了拭，口里喃喃自语着，"可怜俺的儿呀，都冻成冰人了，连腮帮子都抖起来了，牙在打铁呢。刘妈，快拿根筷子来！"

筷子拿来了，老太太费了好大的劲才把筷子横放在履宽的嘴里，防止他的牙关咬紧："刘妈，快去药房请庄大夫！顺路也把老爷叫回来！"

刘妈跑出去了。

"玉萍，拧一条热手巾给宽儿焐焐头，可别冻坏了。"

庄玉萍赶紧去厨房取热水。

"俺的儿哟，你可别吓唬娘，你要是出点事，这一大家老老少少的可怎么过呀——"

钟履宽昏睡了过去，周身僵硬，额头冰凉，嘴唇铁青，脸色土黄，脸上的毛孔紧闭，腮帮子颤抖不停。热手巾子送来了。老太太忙不迭地给儿子热敷。

"庄大夫，你快看看，宽儿这是怎么了，突然间冻得像筛稻糠，这可怎么办呀？"

"老太太，先别急，俺先给侄子把把脉。"庄大夫把药箱放在桌上，来到炕前，老太太往炕的另一头挪了挪。

把完脉，试了体温，翻开眼皮看看充血的眼珠子，庄大夫才慢吞吞地说道："老太太不用着急，少东家得了急性伤寒症。"

"现在天都这么热了，都要穿汗搭子了，怎么还会患伤寒病？"钟老太太想不明白。

"少东家这几天过度劳累，体力透支了，身上的湿气重，俺开一副驱寒祛湿的方子，喝下药汤，静养个两三天，就康复了，没大碍。"

钟履宽睁开了眼睛，硕大的喉结在颌下移动了几下，一声柔弱的问话传来："你是谁呀？"

钟老太太吓了一跳，转头向身后看去，外屋只有刘妈和高管家两个人，并没有外人进来。钟惟庄听到话语声怔住了，向炕上看去，纳闷无语。

"噢，你是钟惟庄老爷家的钟老太太吧？面相真慈祥啊！"履宽的眼光投在娘的脸上，仿佛刚辨认出来似的。

"宽儿！你的嗓子怎么了？"钟许氏终于弄明白是儿子在跟她说话，

第二章 新官上任

顿时惊呆了,这哪是儿子平常惯有的腔调,倒像是一个女人的声腔,怎么可能?

"老太太,我不是你的宽儿,我是东门外梧桐树下陈老大的老婆!"履宽一本正经地纠正着娘的话。

"他爹!你怎么变成这个样子?"庄玉萍惊叫道。

"宽儿,你怎么这样说话?成何体统!"钟惟庄低声呵斥。

"你是受人尊敬的钟老爷吧?俺怎么会在这儿?"钟履宽一边说着,一边掀起被子坐了起来,"俺要回家了,俺家小盅子饿了,该回家给他做饭了。"

"宽儿,你正发着烧呢,是不是烧糊涂了?"钟老太太吓傻了。

"宽儿,你给我老老实实地躺着,不要再装模作样地说话了!"钟惟庄走上前,用力把履宽按倒在炕上,又给他盖上被子。

"钟老爷,你那么受人尊敬,你不要碰俺,这是在你家吧?俺是一个穷人,没资格待在这么好的地方,快放俺走吧,把俺强留在这里,像什么话呀?"

"他爹,你怎么尖着嗓子学女人说话?你干什么?"庄玉萍也沉不住气了。

钟履宽转过头,定定地看着庄玉萍,一下子认出她来了:"你是钟家的少奶奶。俺认识你,你去看过俺,还给俺送过东西,你是个大好人,活菩萨!"

"你怎么能这样?"庄玉萍着急得说不出话来了。

"宽儿,听你爹的,不要说话了,等烧退了就好了。"钟老太太难过地落下泪来,一边擦眼泪,一边喃喃自语着,"俺的儿子受了多么大的罪啊!"

"高管家,快去把陈家族长找来!再把刘银锁和郑成山找来!"钟惟庄铁青着脸吩咐高铨。他感到事情不妙,还是把相关的人找来问问吧。

65

"好人啊,你们是善良人家,求求你们行行好,俺家小盅子饿坏了,俺得回家给他做饭了!"履宽苦苦地哀求着。

刘妈大气也不敢出一声,站在外屋听候差使。钟惟庄在地上转来转去,也想不出办法。

"钟老爷,您找俺有事?"首先跑来的是陈家老族长陈保兴。

"保兴,你看看他是怎么回事?!"钟惟庄抬手指了指躺在炕上的儿子,声色俱厉地问道。

"老族长,你是来叫俺回家的?"履宽看到陈保兴进门,就像见了大救星一样。

陈保兴一下子听出从履宽嘴里说出来的话竟然是那刚死去的女人的声腔,立时慌了神,结结巴巴地说:"钟老爷,宽少爷是不是被那死鬼附上身了?"

庄玉萍惊叫一声,径直跑到刘妈的身旁。刘妈小声哄着她。

"保兴,宽儿在她家里做过什么?宽儿与她八竿子也打不着,怎么会附着宽儿呢?"

"钟老爷,那女人临死的时候,宽少爷恰好在屋里看到了,并掏钱让人给这娘俩出殡,他是不是脑子受到刺激了?"

"族长,你胡说!你为什么不说实话?"钟履宽忽地坐起身来,满脸怒气,指着陈保兴质问道,"俺是怎么死的?不都是被你逼死的吗?你挑唆着俺那不成气候的男人打俺,想把俺折磨死,谁知老天有眼,让俺死在了那倒霉鬼的后面。只可惜俺的小盅子,娘死了,孩子还怎么活?"

钟履宽声泪俱下地控诉着,几乎要跳下地来。

钟老太太暗自垂泪,她也听说过冤魂会附在活人身上,都是道听途说无影的事,现在真的发生在儿子身上,她是一千一万个不敢相信。

"快别让他开口说话了!"钟惟庄烦躁地跺着脚吼道。

"钟老爷,您是厚道人,您得替俺说句公道话!"钟履宽乞求着涕

第二章 新官上任

泪横流。

这时，郑成山和刘银锁赶来了，看到了履宽的情形，怕有什么闪失，赶紧上前按住了他的手和脚。

"你们是谁？为什么要欺负一个良家妇女？俺又不欠你们什么，小盅子也没有招惹你们，快放开俺！"履宽声嘶力竭地喊叫起来。

"银锁，快放开手，宽儿是不会怎么样的，别弄疼了他，可怜他正害着高烧呢。"钟老太太心疼儿子。

"好啊，俺认得你！"履宽血红的眼睛瞪向刘银锁，吼道，"俺认识你，扒了皮烧成灰俺也认得你，你不就是盐滩上的钟惟昌嘛，你这个坏种仗着有几个臭钱，打起了俺的主意，几次三番地调戏俺，俺的罪孽就是从你开始的，你想得倒美，没门！"履宽的手脚被掐住了，身子动弹不得，但嘴舌还是可以运用的。

人们被从履宽的嘴里吐出来的话语骇得惊诧不已，原来陈老大家的冤障还与钟惟昌扯上了关系，孰真？孰假？

"快堵上他的嘴巴，他已经在满嘴胡说八道了！"钟惟庄指示着高铨用汗巾子堵履宽的嘴。高铨哪下得了手？履宽是他从小看着长大的，几乎情同父子，履宽现在这个样子，已经像刀戳在他心窝子上了，想代替履宽受罪，老天又不给他这个机会，让他干着急。

"看谁敢！宽儿还在病中，喘不上气来怎么办？"钟老太太不准许，谁也不敢给履宽用强。

"钟惟昌，你对俺动手动脚的，你认为没人看见就行了？老天知道，老天会来惩罚你的！俺那死鬼男人就知道这事，他不敢去找你算账，就打俺骂俺，骂俺是扫把星，还跟老族长商量着要害死俺，陈保兴你说是不是？！"履宽越说越来气，几乎要把房顶震塌下来，嘴角吐出了白沫。钟老太太不厌其烦地给他擦拭。庄玉萍躲在刘妈的身后，吓得瑟瑟发抖。为了怜惜她肚子里的孩子，钟老太太只好让刘妈把她搀出去歇息了。

刘银锁被履宽错认成钟惟昌，尴尬极了。

陈保兴颤抖着说："钟老爷，少爷被那女人的鬼魂附上身了，光这样摁着施强还不行，时间长了，会伤害到少爷的内理，得赶紧请师傅来把那女人的鬼魂送走，少爷才能转危为安。"

钟惟庄叹了口气："俺都被他气糊涂了，忘记这件事了，哪个庄上有师傅？"

"大刘庄有个叫肖大山的，又会掐算，又会送，请他来吧。"陈保兴眼巴巴地看着钟惟庄。

郑成山说道："钟老爷，我知道这个人，派我去吧！"

"那就好，成山，你骑马去大刘庄，三里地，快去快回。"

高铨赶紧上前把郑成山替换下来。

钟履宽哀求一阵，怒骂一阵，痛苦一阵，拼尽了力气，却被人按在了炕上不得起身，不知他哪里来的精气神，闹腾了大半夜，最后连钟老太太都坚持不下去，歪在炕上昏睡过去了，可他还喋喋不休地念叨着。

"钟老爷，师傅请到了。"郑成山回来了，一位穿白色袍子身材瘦削的中年汉子跟在他身后进了门。

"快请进！"钟惟庄喜出望外，赶紧把肖大山迎进屋里来。钟老太太也醒来了，吩咐刘妈看茶。

"咱们送客要紧，时候不早了，那边催得急，她也该上路了！"肖大山的话让屋里的人吃了一颗定心丸。履宽一见到他，眼神立马警惕起来，再也不敢闹腾了。

肖大山屋里屋外转了一圈，手指掐掐算算，口里念叨着，来到炕前，说道："你们俩放开手，他现在老实了，请老太太出去吧，你儿子没事的，放心吧。"

高铨和刘银锁将信将疑地松了手，履宽老老实实地躺着，仿佛一只待宰的羔羊，刘妈过来搀扶着老太太回房歇息。

第二章　新官上任

"好了，你们都不要说话，靠墙边站远点，俺要开始做功了！"

众人吓得大气不敢出一口。

只见肖大山丢了鞋，赤着脚，披散了头发，就地运起功来，那白袍子竟像被风鼓起一般胀得满满的。运功完毕，在地上点起一堆烧纸，从随身携带着的袋子里掏出一条干艾草绳在烛火上引燃后，放在炕柜上对准履宽的头，一股青烟即刻把他笼罩起来了。他又取出一挂白须拂尘拿在手里，口中念念有词，挥舞着拂尘四下里抽打、驱赶，最后一下子跳到了炕上，急舞拂尘，嘴唇快速嗫动着，吐出一串串模糊不清的话，拂尘的毛须把履宽周身拂了一遍。突然大喊一声："冤鬼，快去你该去的地方吧！玉皇大帝来也——"飘然跳下地来，须发根根竖起，拂尘已被舞成了一条银蛇，愈加急速地蹦跳着，呵斥声不绝，像是在追撵着什么，一直跑到了天井里，直到东墙根的猫道前，随手拾起一块石板，把猫道口堵上，这才收了功力，往回走。

运功完毕，肖大山向大家朗声说道："妖孽已除，好事已成，万事大吉，少东家经此一劫，自此洪福无量！"于是收拾起物什，谢绝众人挽留，悄然离去。

钟履宽大病初愈，钟府上下喜气洋洋，钟老太太又想起前些日子他想收傅英子做义女的事，跟老伴商量，钟惟庄也很赞成，用一场喜事来压压惊驱驱邪，于是老太太便把儿媳妇叫来了。

"玉萍，钟家祖祖辈辈积德行善，敬天地神灵，和泛邻里，保佑世代子孙平安，宽儿遭了这一劫，也是命中注定的坎，迈过去就好了。你们想收英子做义女是个好事，把英子的生辰八字要来，去海神娘娘庙里求个签子问问使着使不着，如果命相合，就请桌喜酒，把喜事办了吧，正好给宽儿冲冲喜。"

◇◇◇◇◇◇◇◇◇◇◇◇◇◇◇◇◇◇◇◇

傅英子遇到了一件烦心的事。只因她做了一些奇奇怪怪的梦，一些稀奇古怪的想法闯进了她的小脑袋里，搅得她一夜无法安宁，仿佛有根小草棒子撑着眼皮，不让她安睡，耳朵特别好使，七八里路以外海上的涛声，松树林子里的风声，盐滩上舀水的声音，镇子外夜猫子凄惨的叫声，左邻右舍的公鸡们拍打着翅膀打鸣的声音，更有睡在隔壁柴房里的刘阿六那抑扬顿挫的鼾息声……声声入耳，搅得她心烦意乱。她用手紧紧地堵住了耳朵，可是，所有的声音仍旧穿过指缝清晰地送进她的耳窝深处，与她的小心脏亲密交合。她辗转反侧，时梦时醒，身体轻如鹅毛，一会儿飞上波峰，一会儿又沉入浪谷，口干舌燥，下身酸胀，突然一股温热的水流冲泻而出……

挨到窗棂子刚放亮，傅英子便起来了，把换下来的衣裳连同铺炕的薄棉布片子一并塞到木盆里。刘妈被她惊醒了，懒洋洋地问道："起这么早，干什么去？"

傅英子撂下一句话，便飞也似的逃出屋，直奔池塘而去。

洗完了衣裳，英子却被水里的一幕景象引住了。池塘水不深，清澈见底，在水底有一对对背在一起的大癞蛤蟆，它们懒得挪动，从它们的屁股后面拉出一根根透明的丝缕，丝缕中间包裹着一粒粒均匀分布着的小黑点，再过三五天后，这些小黑点就会变成头大尾巴长的小蝌蚪豆子，蝌蚪豆子长大再变成癞蛤蟆，完成一个生命轮回。她又想起六岁时的情景，在胶东的老家里，她问姥姥刚出生的妹妹是从哪里来的，姥姥张开掉了好几颗牙齿的干瘪的嘴，笑哈哈地说："蝌蚪豆子变小蛙，小蛙变小娃。"小蝌蚪豆子能变成小娃娃有多神奇啊！她信以为真，便背着姥姥去小河边捉了几只蝌蚪豆子，用旧棉絮包住，塞进厨房的墙窟窿里。过些日子

第二章 新官上任

再去察看时,蝌蚪豆子全死了,一个小娃娃也没有变出来,她偷偷哭了很久,谁知,才出生不到一百天的小妹妹竟然夭折了。从此娘越来越瘦弱,下不来炕了,她就天天在娘的枕头边叽叽呱呱地跟娘拉呱,又过了半年多时间,娘也咽了气,直到爹也在投亲的路上断了气,这一家人就剩她留在了世上。一个人的时候,她哭了多少回啊……英子被眼前的情景感动着,眼泪无声地滴落在水里,瞬间便不见了踪影,连一个小小的涟漪都没有泛起,她那姣好的面容清晰地映在水面上,一双清澈的黑眼珠正从水里一眨不眨地看着她呢,英子破涕为笑。

吃过早饭,庄玉萍来找英子,进了屋没见到人,便直奔小池塘,正好看到英子在发呆,问道:"英子,你在干什么?一会儿哭一会儿笑的,俺来了好久你都没看见!"庄玉萍的话把傅英子吓得打起了哆嗦。

"婶婶来了,俺在洗衣裳呢。"傅英子赶紧抄起捶衣棒,拍打着石板上面的棉布单子,生怕被婶婶看出破绽,恨不得找个地缝钻进去。

庄玉萍往她身旁的木盆看了看,笑了:"洗完了就回去晾着吧,等你把早饭吃了,跟俺去海神娘娘庙一趟。"

听到"海神娘娘庙"几个字眼,傅英子的心一下子提到了嗓子眼上,一阵幸福的暖流冲遍全身,她猛地抬起头,结结巴巴地说:"婶婶,俺已经洗好了,早饭也不用吃了,俺这就随你去!"

管家高铨雇下了一顶青布小轿,等庄玉萍和傅英子坐进了轿里,高铨便招呼一老一少两个轿夫起轿往海神娘娘庙而去。

海神娘娘庙在川河南岸,与盐神庙隔着川河口相望。虽然比盐神庙规模小了些,庙堂低矮了些,但院落干净,松柏苍翠,花圃遍地,四时鲜花盛开,春天的迎春,夏天的芍药,秋天的雏菊,冬天的蜡梅……只要走进庙里来,清香扑鼻,怡人情怀,前来求子问婚的香客络绎不绝。庙里住有一位中年尼姑,法号玄静,带着两位中年居士。

轿子到庙门口便住下了,玉萍领着英子进了庙门,先在海神娘娘的神像前上过三炷香，拜了三拜。傅英子照样拜过。二人绕到神像后面主持玄静师傅的斋堂，又是一番跪拜请安。落座后，庄玉萍向玄静师傅言明了来意。玄静早把她身后的傅英子打量了多时，要过他们仨人的生辰八字，经过仔细推算，她笑着向庄玉萍点头说道："庄施主仁惠大方，主贵；丈夫刚毅，主旺；英子温柔漂亮，三人命相极为相合，可以结为父女、母女。"她又递过签筒，庄玉萍从里面抽出一支褐色的签子交给玄静，玄静看过，朝玉萍点点头，说道："向庄施主贺喜了，认亲的喜宴在今晚举办最为合适。"

庄玉萍喜滋滋地扭过头对傅英子说："英子，看来咱们前世注定是一家人，快去谢谢师傅。"

傅英子双膝跪下，虔诚地磕了个头，说道："谢谢师傅恩典。"

"有缘千里来相会，无缘对面不相识！"玄静伸手扶起英子。

"是啊，师傅言之有理，再好的缘分也得师傅恩典，俺得赶快回家向老太太报喜讯呢。"庄玉萍起身告辞。

谁知，玄静师傅却带着一脸严肃的神情说道："庄施主稍候片刻，这孩子眉心发暗，双眉暗举，心里还有一个结，且待俺给她点拨。"

第二章 涨税风波

盐脉

　　钟履宽和郑成山一起跑遍了十几家盐滩，家家都在忙活着，都希望趁天气晴好的当空儿多晒一筐盐。履宽把上涨盐税的事给滩主们说了，意料之中，没有人赞成，外地来的盐商们也得知了消息，纷纷拥到钟家打探虚实。

　　晚饭后，钟惟庄在炕桌旁抽烟，跟儿子说起了这件事。

　　"宽儿，盐滩上都在传言盐税要上涨两厘，是真的吗？"

　　履宽如实回答道："是我亲口跟滩主们说的。"

　　"上涨的税额摊在谁的头上？"

　　"由盐商们承担。"

　　"既然如此，盐商的生意还怎么做？官坨上的盐还能指望卖给谁？"

　　"总会有盐商来买盐的，老百姓哪一顿都得吃盐。"履宽知道父亲这一关最难过，但也只有先把父亲说服了，涨盐税的事就好办多了。

　　"罗口盐场行销的民岸和商岸加在一起也就五个县，全省有七大盐场，更别说淮盐就在门口外转悠，不请还自来呢。若要涨盐税，实际就是提高了盐价，这不是把罗口盐场的滩户往死路上逼吗？"钟惟庄把烟袋锅子往炕桌上敲着，显然是生气了。

第三章 涨税风波

"爷俩有话慢慢说,跟打山仗似的。"钟老太太虽然针线活不离手,但爷俩的话全听在耳朵里。

"这不是我的主意,我是执行官府的命令,全国所有的盐场都将在五月涨税,荣县令签字执行的公牍已经在我的案头上放了多时了。"

"盐税是官府的第一大税,食盐价格看似是蝇头小利,汇积起来则数额巨大,影响之大实在是无法估量,与老百姓的生活息息相关,牵一发而动全身,盐滩与销区的老百姓是紧紧联系在一起的。老百姓对盐价太在乎了,盐税每上涨一厘,商岸的盐价就要上涨二厘多,老百姓哪能消受得起,老百姓穷得连盐都吃不起了,那不就等于要老百姓的身家性命!天下还不得大乱?你要把这个情况及时向荣县令说明,切不可莽撞行事。"

"盐署只能遵照县令的指示执行。"

"盐税上涨两厘,短时间内对钟家的生意没有什么影响,滩上晒的盐照样能卖出去。可是往长了说,老百姓根本不会买咱们的账,他们能买低价盐为什么还要买咱们的高价盐?盐商们总会见风使舵,到罗口镇来买盐的商贩必定越来越少,盐一旦卖不出去,盐款回收不上来,开不出工钱,盐工们还不得另找饭门?钟家滩不得倒号子?你不就成了钟家的败家子了吗?整个罗口镇有一千五百多口人靠这片盐滩养活着,一荣俱荣,一损俱损,这个道理你不懂啊?你是嫌你爹死慢了?人们吐口唾沫都能把我淹死!钟家的祖坟会被人掘了的!你到滩上去放了一阵骚,滩主们没有当面跟你顶撞,这是给你面子,他们来找我,就是要你明白这个道理!兔子还不吃窝边草呢,是条汉子,千万不能在盐税上面做文章!"

"去蒙县送盐票的时候,我也见识到沿途百姓的疾苦,很同情他们,可是官府的命令压在头上,如果我敢抗拒,荣县令必定拿我是问。"

钟许氏一边纳着鞋底儿,一边劝导儿子:"宽儿,你爹说得对,不要做那伤天害理的事,钟家能到今天不容易,你可不能一上了官府的贼船就下不来了,咱把那顶官帽退还给官府,回来晒盐也饿不着,当这个受罪的盐场大使,操心费力不说,还得被人骂,为娘的也不忍心。"

"明天,我去县城跟荣县令当面奏请,如果他不答应,我就辞职不干了。"钟履宽下定了决心。

"烟酒糖茶盐,百行百业,有哪一样不收税?爹当保长这些年,哪一年不得从镇上为官府征收捐税,官府收上去的税银多得不计其数,都花到哪里去了?大官大贪,小官小贪,上梁不正下梁歪,把银子挥霍完了,临到赔偿洋人的款子了,官府不敢赖账了,加紧到老百姓头上搜刮。义和拳替老百姓惩治贪官,替官府与洋人打仗,官府却伙同着洋人把义和拳剿灭了,到最后还得割地求和赔几亿两银子,这样的官府真是窝囊透顶了。前几年,康有为一伙人撺掇着闹变法,中国真正到了变法的时候了,再不变法,就没有老百姓的活路了!"

"他爹,宽儿刚得过伤寒,他的身子骨还很弱,你跟他生那么大的气至于吗?"老太太心疼儿子,希望老头子少说两句,可是钟惟庄越说越来气,哪还收得住。

钟惟庄的话如雷贯耳:"盐场大使不能光低头俯身执行官府的命令,也得抬头看看你管的这片盐滩,顺了民心民意,怎么办都好说;逆了民意,那就是恶浪里行船,纵然有天大的本事也行不通!钟家在罗口镇立足不过百年,说白了,钟家就是盐民,你也是盐民的后代,连盐民都不同情盐民了,咱们的日子还有安宁吗?失去威信就在这一事一人之间,先辈们创下这么大的家业容易吗?钟家还能挑起挑子流落他乡?其实,盐民们就好比那吃草的牛,是最好养活的,只要有一口草吃,他们就会安分守己地低头吃草,到了急红眼的时候,就会变成一群疯牛,凭你一己之力能拦得住?知民心顺民意,慢慢地引导,如果不能给他们多大的好处,那就不要去招惹他们。像你的前任胡定昌,做一个太平官,还能告老还乡,老百姓还瞧得起他,这就是最好的结果喽。官府如此无能,昏君当道,身处乱世,要懂得保全自己,不能做一头蛮牛,做事前要三思而后行,

第三章 涨税风波

就算咱做不成盐场大使也无所谓,咱还能做一介盐民……"

◇◇◇◇◇◇◇◇◇◇◇◇◇◇◇◇◇◇◇◇◇

钟履宽和郑成山带着盐滩的民意到县衙请命,把盐滩上的情形跟荣县令讲明。荣县令明了利害,只得暂缓上涨盐税,看看邻县的动静再做定夺。盐民们总算缓过一口气来。谁知,好景不长,刚刚安顿了二十多天,省盐务署向罗口盐场派驻的税务征稽官刘二石来到了罗口镇,监督盐税稽核事务。

刘二石一到盐署,调出往年的账簿详细核实了一遍。账目翔实无虞,税款都及时解缴,只有一件事落实不力,新税制没有得到执行,盐场大使执行不力。结论得出,刘二石如释重负,等着看钟履宽如何为自己辩解。

"钟大使,省署安排我来督促检查罗口镇盐税征稽,从以往账目上看,罗口盐场确实如数提缴了税款,但新盐税业已调整近两个月,罗口盐场却纹丝不动,仍执行旧税制,实在不妥!钟大使要带头执行新制,缴足税款,积极为上级分忧。危难时期,盐税是洋人首肯的贷款抵押项,如盐税不保,列强肯定不满,犯我中华之役恐再起。钟大使身处乡野,对国家大事有所不知,本官倒也不加以追究,望立时改正过错。"

"刘大人,荣县令已向你汇报过盐场的实情,我再跟你详细陈情:罗口盐场年产盐五百多万斤,行销五个县域,总人口不过百万。平常年份,也能产销平衡,盐民们都拼命劳作,盼红了眼想多晒盐,也好多换点粮食给一家老小充饥。可盐税上涨,盐的销价也水涨船高,老百姓买不起盐了,盐商们的生意干不下去了,滩主们的盐卖给谁?这可是危及了盐民们的生计。刘大人可知,销区的百姓、盐商、盐民是拴在一条绳子上的蚂蚱,盐税一涨,谁也好受不了,难怪所有的人都反对,不是老百姓不为官府分忧,事实是老百姓活不下去了!"钟履宽大倒苦水。

"钟大使，你可要把立场摆正当了，胳膊肘子不能往外拐。"刘二石的两只眼睛瞪得像两枚杏核似的。

"我也不能往里拐啊。"

"你要弄明白是脑袋决定屁股，还是屁股决定脑袋！"

"咳！傻子都明白的，鸭子不尿尿，各有各的道呗——"

"你……你还是钦赐的盐官吧？"刘二石的脸一下子拉长了好几尺，报丧脸变成了猪腰子脸，下巴上的几根山羊胡几乎撅到天上去了。

"刘大人刚来，还不了解当地的民情，也不用拿那大帽子吓唬人，我钟履宽自幼长在盐滩，看惯了大风大浪，可不是被吓大的。"钟履宽竖起了大拇指，故意朝刘二石晃了晃。

"钟大使，你难道想抗税不成？"刘二石呼地从凳子上站起身来，两只手在半空比画着。

"我没这个胆！刘大人可以自个儿到盐滩上打听打听，到盐民家里访访，看看他们吃的是什么，看看他们是怎么在盐滩上干活的。人也不是牛马牲口，就算是牛马牲口也得吃饱了才有劲干活！"

"我不管，我是带着盐务署的命令来的，你敢违抗，我就上报，撤你的职，查办你！"刘二石已然铁青了脸，背起双手，转起了圈。

"身正不怕影子斜，刘大人吓不倒我钟履宽！刘大人还是喝杯茶水消消火气，盐民们想拼死拼活干一年，可听说盐税提高两厘，晒的盐卖不出去，又不能当粮食吃，还让他们怎么活？就等于夺了他们的饭碗，盐民们没法儿活，轻则弃了盐滩锁了门户去逃荒要饭，重的呢……"钟履宽故意卖起了关子。

"那又怎么样？"刘二石怔住了，两只小眼睛直直地盯着他。

"那就不好说了,盐民们听说官府派来了稽税官，都想来跟你理论的，幸亏被我好言劝住了。"钟履宽不紧不慢地说道。

"大胆刁民，竟敢反了不成？还有没有国法！"刘二石二话不说，咬牙切齿地紧紧攥住了拳头,"我是堂堂朝廷命官,还怕这些小民不成?来一个逮一个,来两个逮一双,全部法办!"

"在这天高皇帝远的罗口镇,那些大字不识一箩筐的盐民们可不认你这一套把戏。"履宽冷冷地说道,"刘大人,我就恭敬不如从命了,拜托现在就把我的职务撤了,我双手把罗口盐场交给你,由你来跟盐民们解释税法最合适了。"

"你……你!"刘二石说不出话来,钟履宽不再理他,走出盐署大门,悄悄跟郑成山打了个招呼,那就看看稽税官如何接招吧。

刘二石在盐署呆坐了一下午,愣是没辙,没有人搭理他。晚饭的时候,一位老盐役把饭菜端到他面前,无非是一碗红薯稀饭,一碟咸菜疙瘩。

"老头儿,晚饭就吃这些东西?"刘二石不解地问道,"怎么没有鱼肉,也不上酒菜啊?"

"大人,这就是你的晚饭了,盐署是清水衙门,盐税款都如数解送到上面去了,再加上连年闹饥荒,有碗饭吃就不错喽,想吃好的,自个儿到六大碗饭庄吃吧。"老盐役说的是实情。

"你们钟大使也吃这个?"

"钟大使从来不在公家吃饭,端自家的碗,吃的都是自家的饭。"

刘二石无话可说,饭是一口也吃不下去,便摔了筷子,气哼哼地回客房睡觉去了。客房里摆设极为简单,一桌、一椅、一床、一盏油渍斑驳的豆油灯台罢了。床上铺一层半旧不新的芦苇席子,席子下面是一堆干稻草,一床旧棉絮还算干净。刘二石连衣服也不敢脱,只好拉过棉絮盖在身上,和衣睡下了。四月天里,夜里还是凉飕飕的,刘二石冻得浑身直哆嗦,哪里睡得着。而隔壁就是盐役的宿舍,盐役们半夜里下了夜值回来,往大通铺上倒头便睡,呼噜打得震天响,把隔壁的刘二石吓得汗毛都竖起来了,整夜未曾合眼。好歹挨到天亮,端上来的早饭仍是稀饭、咸菜,肚子早饿得咕咕叫了,刘二石只好将就着吃了一点。早饭过后,钟履宽若无其事地来了。

"刘大人早——"

"早。"刘二石有气无力地应道。

"刘大人昨夜睡得可好？"早已看见他的眼睛红肿，脸色变成菜青色，钟履宽强忍着没有笑出声来。

"还好。"

"饭菜可口吗？"

这是明摆着要打破砂锅问到底，而刘二石表面上不动声色，心里早揣了刀子。

"刘大人省城受用惯了，到罗口镇这穷乡僻壤来肯定受罪了，慢慢适应些就好了。"

"不用适应了，我这就回去复命。"

"这就走？"钟履宽故作惊讶状，"刘大人还没有到盐滩上去体察民情呢，回去怎么向上司禀报？总不能睁着大眼说瞎话，胡编乱造吧？"

刘二石冷不防被履宽将了一军，一下子没了主意。

"刘大人，当官就得为民做主，罗口镇有在籍盐丁一千五百六十五口，都是您的属下，您不得去盐滩上看看他们，盐民们可盼着见见你们这些盐官大老爷呢。"

"这……"刘二石犹豫了。

"刘大人，您大老远地来一趟不容易，况且还带来了这么重要的任务，正好通过您的金口传达给盐民们，他们兴许还能听您的吩咐，涨税的事不就成了？您既交了公差又体察了盐滩民情，两全其美，算是下官的不情之请，不看僧面还得看佛面嘛！"

刘二石实在无话可说，点点头答应了。

第三章　涨税风波

　　钟履宽陪刘二石有说有笑地出了盐署大门，向盐滩而去。郑成山带上两名盐役，远远地尾随着他们俩。

　　"刘大人，罗口镇虽然偏处东南边隅，但土地肥沃，水网通达，逢上好年景，粮米丰收，鱼盐满仓，商旅不绝，生意兴隆，人称北方小江南，是一个风水宝地呢。"

　　"我怎么没看出来？"刘二石耷拉着眼皮，面无表情。

　　"实不相瞒，三年大旱，庄稼歉收，农人缺吃少穿，逃荒要饭的不计其数。盐滩也受牵连，盐丁人口减了几十口，有五六家小滩主把盐田抛荒逃难去了，盐产当然受牵连喽。"

　　"再想想其他办法，乡下穷鬼有的是，多雇几个来，还能缺人手干活？"

　　"刘大人，您往那边看——"钟履宽抬起右手，指着大梧桐树下几欲坍塌的泥坯草房说道，"那是一户两年前死了男人的孤寡人家，男人在盐滩上扛了一辈子长工，死了连个棺材板也买不起，用席子卷了，到坟岗子埋了，上个月，这娘俩同一天死了，连出殡的钱都没有。"

　　"本官不是来体察民间疾苦的，钟大使可不要本末倒置。"刘二石冷冷地丢了一个眼色给他。

　　"刘大人往这边走，钟惟昌家的盐滩就到了。"

　　一群人来到钟惟昌的滩房前。

　　"惟昌叔忙啥？有客人来了！"

　　钟惟昌从低矮的滩房躬身走出来，脸色有些别扭，说道："哟，履宽，这位官人是谁？"

　　"我忘了介绍了。"钟履宽郑重其事地说道，"这是省盐务署新派来巡察盐税的刘大人。"

"哎哟，俺这是碰上了大官爷了。"

"可不是，刘大人是省城来的大官，也算是钦差大臣了。"履宽一本正经地说道，说完往刘二石的脸上瞟了一眼。

"岂敢，岂敢。"刘二石假惺惺地回道。

"小民给刘大人请安了。"钟惟昌赶紧单腿跪地，作揖问好。

"不必多礼，快起身吧。"

"谢大人。"

"惟昌叔，刘大人这次来罗口镇就是体察盐滩民情，督促盐税收缴的，你有什么想法，赶紧向大人言明，过期可就不候了。"履宽暗暗提醒钟惟昌。

"刘大人，容小民斗胆向上官进言，上官已经体察到了盐滩的艰苦，盐民们从年头忙到年尾也混不上碗饱饭吃，老婆孩子跟着喝淡汤，盐税再涨二厘，我的盐卖给谁？盐囤在坨上能当饭吃？日子可真就没法过了，盐民们都逃荒要饭去了，官府到哪里收盐税？"

刘二石脸色铁青，不知该如何回答。

那些正在劳作的盐工们也停了手中的活计围拢过来，一齐向刘二石求情，宋友才把脱在一边的破褡裢拿过来给刘二石看。

"大人，盐民们整日在盐滩上苦熬，风里来雨里去，一年到头，破衣烂衫的，连个温饱都保证不了，青天大老爷们坐在高堂上，两片嘴唇一吧嗒，盐税立马翻番，这不是断盐民们的活路吗？"

"青天大老爷可要为盐民们做主，盐税不跌反涨，盐民们实在没法活啊！"

刘二石来盐滩体察民情的消息像长了腿一样在盐滩传播开来，那些穷苦盐民们争先恐后地往这边跑，不消半个时辰便来了一百多号人。

"刘大人，这些老实巴交的盐民们都盼着你能给他们做主呢，你快把朝廷的旨意给大伙讲讲吧，这些饥寒劳累的盐民们饿急了眼，什么事

第三章 涨税风波

情都会做出来的！"钟履宽在刘二石的耳边说道。

"钟大使，来了这么多人恐怕对刘大人不利呀。"郑成山着急了。

刘二石的脸上流下了汗水，本想早一点离开，谁知，被盐民们给围住了。

"盐民兄弟们，涨盐税是朝廷的旨意，欠了洋人的庚子赔款，洋人催要得急嘛。"刘二石向众人解释道。

"皇帝老儿坐在高高的金銮殿上，怎么会知道盐民的日子苦？就是你们这些当官的向上虚报瞒报，好升官发财的！"

"盐民们，皇粮国税是不能少缴的。"刘二石扯着嗓子喊道。

"盐税不能再涨了，再涨，我们的日子就过不下去了！"

"盐民们过不下去，也不会让狗官有好日子过！"

"对啊，打这狗官，当官的都不是好东西！"

就连先前还在晒盐池子敲着池沿子的老盐工，也看不下了，嗷的一声，挥舞着手中的木榔头冲上前去："狗官，你不给贫苦盐民活路，还想来盘剥，俺这把老骨头跟你拼了算了！"

盐民们无不撸起了袖子，挥起了拳头，把刘二石团团围住，有人甚至向他的身上扔黑泥巴。

"刘大人，你看这如何是好啊？"钟履宽摊开双手，拧紧了眉头。

"快！快离开这儿，你们要保护本官安全！"刘二石被这阵势给吓蒙了，连话也说不顺溜了。

"乡亲们，方才刘大人跟我说了，等他回省盐务署会给咱们求情的，"钟履宽朝盐民们喊道，"刘大人还说，盐税就不再涨了，刘大人已累了，咱们让刘大人回盐署歇着吧！"

钟履宽朝郑成山使了个眼色，郑成山吩咐盐役背起刘二石，奋力挤出人群，一溜小跑回到盐署。等钟履宽赶回来一看，刘二石早瘫坐在椅子里，缩成一团瑟瑟发抖，官帽丢在一边，官服上沾满污泥，脑后的辫子也被扯成了乱毛窝子。

"刘大人，让你受惊了。"

"钟大使，快送我回省城。"刘二石想挣扎着站起来，却没能做到，一屁股跌坐在椅子里。

"刘大人，你这样子怎么回去，洗个澡，换换衣服，置桌酒席给你压压惊。"

"压惊倒不必了，那就洗个澡吧。"刘二石有气无力地回答。

"张福成，快扶大人到后面洗个澡，换换衣服。"

张福成赶紧扶起刘二石向后室走去。

"钟大使，那些个暴民不会冲过来吧？"刚走到门口，刘二石又扭回头不放心地问道。

"不会，我费了好大的劲才给劝下了，只要刘大人回去如实禀报，就没事了。"

送走倒霉的刘二石，钟履宽赶紧修书一封，向省盐务署陈明涨盐税的利害关系，准许罗口盐场暂缓涨盐税，大灾之年让盐民休养生息，否则无异于杀鸡取卵，并且立下了保证明年上缴盐税款较往年大幅提升的军令状。

◇◇◇◇◇◇◇◇◇◇◇◇◇◇◇◇◇◇◇

把刘二石这个瘟神送走，履宽的心情并不轻松，父亲时常叮嘱他：咱们反对涨盐税，并不是为了逃避皇粮国税，而是为了让盐民们能有口饭吃。履宽明白，立下的军令状必须用行动来保证，只要盐滩多晒盐，盐商们多卖盐，问题就可迎刃而解。可转念一想，盐商们多卖盐的前提是销区的老百姓都吃罗口镇的盐，而私盐为什么会在销区大行其道呢？无非是私盐偷逃了官府的盐税，盐价便宜。老百姓手里的钱珍重，恨不得把一文钱掰开当几文花，吃盐是为了保命，命只要保住了，顶重要的

第三章 涨税风波

还得填饱肚子。只要摁住这几只葫芦猛凿，没有不开瓢的事！

小满的节气到了，俗话说，小满前后出神盐。盐滩上忙得不可开交，官坨上的盐堆像蒸熟的大白面馒头似的冒出来，履宽马不停蹄地在滩池、关卡和官坨之间巡视，难有安闲。

"钟大使好，多日不见，高升高就啊！"青峰镇梁记盐店的老板梁宏坡来到钟家盐店。

履宽笑呵呵地谢过，问道："这么远的路，还用梁老板亲自来上货？"

"钟大使误会了，俺有事要去县城一趟，顺路过来拜访您。"

"噢！梁老板近来买卖怎样？"钟履宽三句话不离本行。

"唉！俺上个月运过去的两千斤盐全压在了店里。"梁宏坡的脸上笼上了一层阴云。

"怎么回事？"履宽感觉蹊跷，青峰镇是营县、霍县往罗口镇的要道，做买卖的杂货商络绎不绝，梁记盐店历来生意不错，特别是在腌咸菜的秋季，一个月卖出万多斤盐也不在话下。

"大使有所不知，自去年春天以来，青峰岭住上了一窝山贼，不时下山抢劫路过的商贾，抢了好几单盐票，抢到的盐就地低价分销。还有人铤而走险从海州县贩盐入境，老百姓只要有便宜的盐吃，谁还到俺的店里来买。"

梁宏坡的话让钟履宽吃了一惊："这窝山贼也太大胆了，抢盐票是犯死罪的勾当，还胆敢倒卖私盐，真是无法无天！"

钟履宽仔细询问了山贼的一些情况，又安慰了一番梁宏坡，把客人送走后，一个计划就在他的心里酝酿成了。

钟履宽找来郑成山副使，把青峰镇的事告诉了他，俩人共商对策。郑成山一听到有仗要打就来了劲头，问道："会不会就是在九顶子被咱们打败的那伙人？"

"管他是谁，只要是敢拦路砸杠子抢盐票，咱就得管管，这一回咱们可不能手软,一定要连窝端,把主要头目捉回来交给县衙定罪,以绝后患!"

十天后,钟履宽带领着一支三十多人的盐役队伍悄悄出发了。

天刚放亮,从青峰镇方向赶来了一小队推着车子的商队,商队行经青峰岭隘口时,只听到一声断喝,一队人马斜冲下山岭,为首的挥舞着一把寒光凛凛的大砍刀。

"此路是我开,此树是我栽,要想从此过,留下买路财!"

推车的脚夫见此情景,扔下车子往四下里逃窜,货主虽苦苦央求,也没有人肯留下来。

"车上装的什么东西?"为首的黑大汉喝问。

"大王,麻袋里装的是盐,不值几个钱,请您高抬贵手,放俺过去吧。"货主吓得直打哆嗦。

"好大的口气,把你身上的钱财全部交出来!"

"大王,饶了俺吧,都是小本生意,挣不了几个钱。"

"给俺搜!"黑大汉把钢刀往身下一放,上来两个小喽啰,一左一右架住货主的两只胳膊,往他的裤腰处一阵摸索,扯出一个布袋来。

"好汉,别抢俺的钱袋,这可是俺一家八口人的活命钱啊。"

小喽啰把钱袋交到大汉手里,大汉掂了掂,不屑地说道:"小的们,今头晌儿碰了个饿皮鬼,连毛吃了也填不饱肚子,把盐袋子全部运到山寨里!"为首的大汉把大钢刀挥了挥,便有十几个小喽啰像饿狼一样朝那几个麻袋扑去。

"住——手——"一声大喊,从山坡的松树林里闪出来一群盐役,为首的正是钟履宽。

"大胆毛贼,光天化日之下,竟敢抢劫商户,真是目无国法!"

"哈哈哈……"那黑大汉仰头发出一阵狂笑,"真是冤家路窄,阎王没请自己来送死,那就新仇旧恨一起报!小的们,把这些吃饱了撑的

第三章 涨税风波

没事干的盐狗子们给俺往死里打——"

钟履宽一抖缰绳,放马向前,提长枪直奔大汉而去:"盐役们,立功的时候到了,给我痛打小毛贼——"

刀枪相碰,金石相磕,十几个回合下来,竟然不分胜负。

"大王!大王!不好了,山寨被人放火了!"

匪首听闻后,急忙打马后撤,回头往山上望去,一股股黑烟从山寨的方向冒出来:"小的们,山寨起火了,快回去救火啊——"他扯开喉咙喊了一嗓子,调转马头,往马屁股狠狠地抽了一皮鞭,朝山坡上飞驰而去。

喽啰们无心恋战,屁滚尿流地往山寨方向逃去。谁知,刚跑出不远,与烧了山寨后往山下冲杀的郑成山的队伍相遇,只好折返身,再往山下跑,又被钟履宽截住。喽啰们早丢了手中的兵刃,四下里抱头鼠窜,匪首被钟履宽挑落马下,盐役们趁势上前将他五花大绑。

履宽低头一看,这不是在九顶子交过手的匪徒吗?呵道:"姓庞的,怎么是你?"

"是又咋啦!可恨俺拐刀七今天又没宰了你!"

"你就是青峰拐刀七?那日夜里留下飞镖的是你?"

"没错。行不更名,坐不改姓,老子就是拐刀七。"

"真是死不悔改!"钟履宽吩咐道,"将匪首连夜押往县城,交由县衙审理。"

"遵命!"郑成山推搡着垂头丧气的拐刀七走下山坡。

"嗷——"盐役们高兴地跳起来。

端掉了青峰岭的土匪窝,钟履宽并没有歇气,又带领郑成山等人到于家官庄南岭的大道口设伏,截击私盐贩子。这里是海州县北上营县做

生意的必经之路，路上行旅不断。半夜时分，郑成山把一群人堵了下来，那头负重的驴子受到惊吓，摇晃着身子往后倒退，被牵驴人给拽住了，驴背上驮了两只大口袋，后面还紧跟着三辆小推车，每辆车上都有几个饱鼓鼓的麻袋包。

"快到后面截住，别让他们跑了！"钟履宽带着盐役们冲了上去。

盐役们快步上前把人和车围住了，推车人见状都停下来，一屁股瘫坐在地上。

有一个粗壮的汉子到郑成山跟前理论："你们是什么人？"

"我们是罗口盐场的盐巡，奉命在此缉查私盐，望你们老老实实地接受检查，以免发生误会！"郑成山一字一顿地说道。

"俺是运粮的商队，放俺们过去吧。"那壮汉的语气里有一丝迟疑。

钟履宽严肃回答："是不是粮食，一经检查就知道了。"

郑成山近前朝驴背上驮着的布袋摸了摸："袋子里全是盐！"

"小车上装的也是盐！"张又江高声报告。

郑成山朝领头的汉子说道："拿盐票来！"

"没……没有。"壮汉已经结结巴巴了。

"来者何人？竟敢违反国法贩运私盐！"

"兄弟们，快操家伙！他们是外乡人，咱们跟他们拼了！"那壮汉噌地一下从驴架子下面抽出一把大砍刀，朝钟履宽奔袭过来。

"钟大使当心！"

钟履宽身影微动，手掌切中壮汉的手腕，躲过刀锋，趁势抬脚飞速朝壮汉的胸口踹去。只听唉哟一声，那汉子便朝后跌倒，哐啷声响，砍刀摔到路边的草丛里去了。

钟履宽一只大脚结结实实地踩在那汉子的后背上："把他绑起来！"

"遵命！"张又江冲上前去，用一根棕麻绳把汉子的手脚绑结实，绳子的另一头紧紧抓在手里。

第三章 涨税风波

"都不许动！谁敢乱来，我们手中的刀剑可不长眼！"郑成山高声喊道。

"官老爷饶命！官老爷饶命！"另外几个人吓得打起哆嗦，赶紧跪倒在地，一边磕头，一边求饶。

"盐全部运到梁记盐店过秤，把盐贩子押解到镇上候审！"

"官老爷饶命！俺是庄户人，不是盐贩子！"

"你们是庄户地的农民？农民不安心种地干这样的行当？"郑成山走到他们跟前，以便于看清这些人的模样。

"官老爷清明，俺们真的是下地的农民，都是他雇俺来的。"

"他是谁？"

"黄皮蛋！"几个人同时指向那汉子。

"呵呵，你就是黄皮蛋？俺还以为是山药蛋呢？"张又江踢了那汉子一脚。

钟履宽凑近郑成山的耳朵，轻声说道："郑副使，这儿由你带领盐役们继续蹲守，我和张又江把他们押到镇上去。"

"大使，这儿离青峰镇有十里地，还是多加几个人手吧？"

"没事，明天一早，抽调来的十二名盐役就赶过来接应了，你们这儿无论白天黑夜都要坚守，一定要挺住！"

"大使放心！"

"你们牵起驴子，推起小车，把盐包安全地运到青峰镇去，可为你们抵罪，谁若是胆敢半路开溜，枪扎刀砍，罪加一等！"

"只要能减了俺们的罪责，让俺干什么都行。"

几个人从地上爬起来，顺从地推起木推车，牵起驴子。张又江押着黄皮蛋走在队伍的最前头，履宽跨上枣红马殿后，朝青峰镇的方向走去。

走了两个多时辰，歇了三四回，一行人才在天亮时分赶到了青峰镇。

在梁记盐店门口，梁宏达被眼前的景象惊呆了，大喜过望地问道："钟大使，这是从何而来？"

"梁老板，我们把缴获的盐全部运到你的店里来了，快安排伙计们过秤吧。"钟履宽跳下马，把缰绳拴在店门外的柱子上。

梁宏坡赶紧应承下来，喜笑颜开地说道："钟大使安排得真妥当啊，正好省了我们去罗口镇运盐的力气。"

"特事特办，就地解决，盐袋子过完秤，先报给我数目，让张福成给你把盐票补开出来，盐款税款一并补齐，查获的盐还会陆续地运过来。"

"谢谢钟大使恩典，在下求之不得，定会把盐款如数奉交，请大使放心好了。"梁宏坡帮伙计们把盐袋子过完秤，仔细记下数目，抄在一张纸上，交给钟履宽。

履宽瞄了一眼："好家伙，够他喝一壶的了。"随后把纸条放进口袋里。

黄皮蛋不由得抽搐了一下，一张胖嘟嘟的脸上大汗直流。

"走吧，咱们断案去吧！"钟履宽说道。

"官老爷，您就高抬贵手放了俺们吧，俺们好歹也把盐安全地送到这里了。"那位年龄大一些的推车人哀求道。

"是啊，大老爷，俺家的驴又累又饿，放了俺吧，俺再也不敢上坏人的当了，再也不去干违反国法的事了。"赶驴人拉着个长驴脸哀求着。

"案子明了再决断！"钟履宽面露威严的神色。

"快走，有话到镇上去说！"张又江呵斥道。

青峰镇缉查所就在镇西的祠堂里，祠堂的东墙根下有一棵碗口粗的小槐树，正好把黄皮蛋绑在树干上，其他人被押进祠堂。

正在审理案子的时候，盐役领进来一群人。

"钟大使，保人到了。"

"官爷，俺们是来保人的。"

"进来吧。"

为首的老者一进门就跪下了，一边磕头，一边说："官爷，俺给您

第三章 涨税风波

添麻烦了，小的是青峰镇西塘村的保长，来替俺村的吕大他们作保。"

"保长，这几个人为了贪图一点小利，被私盐贩子利用，当了帮凶，理应严惩，但念他们本来都是些穷苦老百姓，又是初犯，可从轻发落，望保长严加管束，切忌重犯，如有累犯，一并重重治罪。"

张福成从梁记盐店办完盐款交接，履宽便让他做了文书，由保人签字画押，把这五个人释放了事。

"钟大使，为什么不治他们的罪啊？"张福成问道。

"咱们的目的就是要刹住贩卖私盐的歪风邪气，逮几个大盐贩子治罪，对于不明真相被人利用的穷苦老百姓，要以说服教育为主，让他们知道贩运私盐是违反国法的事，以后再也不受坏人蛊惑。"

黄皮蛋被押上来了，绑在日头底下半晌，衣裳早被汗水湿透，人也焉了，低着头跪在地上，蛮横劲早没了。

钟履宽问道："黄皮蛋，这两千六百斤盐全是你的货吧？"

黄皮蛋知道无法抵赖，只好点点头认了账。

"你知道贩卖私盐违反国法，是要治大罪的吧？"

"不知道！"

"盐署每年都在大街小巷张贴禁止贩卖私盐的安民告示，你还说不知道？"

"俺不识字，也没工夫看。"

"你追随拐刀七聚啸山林，拦路抢劫，坏事做尽，上次让你侥幸逃掉，现在你还有什么话要说？"

"俺也是为了混口饭吃。"

"你是吃饱喝足了，却蒙骗胁迫别人为你运盐，差点把这些苦命人送进大牢，你还有良心吗？"

"我……"

"你贩运过几回了？"

"五六回了。"

"贩卖了多少盐？"

"刚开始的时候多不过二三百斤，这回是最多的。"

"最少也有五千斤了，够你在大牢里蹲上十年八载的了。"

黄皮蛋低着头不说话了，看得出他的身体在发抖。

张福成全部记录在案。

"黄皮蛋，如果你能把同伙交代出来，可以替你减轻罪责。"

"我……"黄皮蛋欲言又止，显然是有顾虑。

"盐署已经布下了天罗地网，如果别人先把你交代了，你还得罪加一等！"钟履宽进一步攻击他的软肋。

"大人，我说，我把知道的全部说出来。"求生的欲望最终战胜了江湖义气。

"张福成给记好了！"

"跟俺一块贩盐的还有柳家洼村的卢大鼻子和埠寺楼的古洪。"

"他们现在在哪儿？"

"卢大鼻子刚死了爹，在家里出殡。"

"古洪在哪儿？"

"上次贩盐为了抄近道，古洪把腿跌断了，正在家里养伤。"

"还有别的私盐贩子吗？"

"没有了，自打青峰寨一战，弟兄们都失散了，实在走投无路了，我们哥仨才凑到一起商量着贩私盐的。"

郑成山回来了，履宽让郑成山到身旁坐了。

"天刚亮，又捉到了一个盐贩子。"郑成山满面红光地回报。

"人在哪儿？"

"在外面候着。"

"押他进来。"

第三章 涨税风波

盐役在外面喊话："快走吧，钟大使让你进去受审！"

"大人饶命——大人饶命——"

钟履宽仔细看过去，地上跪着的是一位年近六十岁的老头儿。

"老人家都这么一把年纪了，不在家里好好种地，为啥干这贩盐的勾当？"履宽问道。

"老头儿，快跟大使如实交代！"郑成山喝道。

那老头儿吓得打了一个哆嗦。

"大人，俺推了一百来斤盐到杨家岭村去卖，半道上让这位官爷给逮住了。"

"老人家，你可知道贩卖私盐是违反国法的事吗？"

"俺不知道呀，俺儿让俺去卖的。"

"老人家，看看身旁的这个人，你认识吧？"

黄皮蛋真恨不得把头插到裤裆里去。

"你这个小畜生！原来都是你造的孽啊？"老头儿扑到黄皮蛋跟前，扬起手臂没头没脸地打下去。那黄皮蛋双手抱头，缩着脖子，竟不还手。

"老人家，在公堂之上，休得无礼，快住手！"郑成山赶紧劝止。

"俺要教训俺这不成器的儿子！"

老头儿打累了，扑通一声跌坐在地上，只有唉声叹气的劲了。

"黄皮蛋，这是你爹？"

黄皮蛋点点头。

"为了贩卖私盐，连亲爹都蒙骗了？"

"大老爷，俺这儿子从小就好吃懒做，他做的事可损喽——"

"老人家，你儿子到底怎么个损法？"

"前些年，他跟着歹人到青峰寨跑马子，人事不干，让人家在背后戳断了俺的脊梁骨。青峰寨烧了，万幸捡回来一条命，安安稳稳在家待着多好啊，可是，他不知从哪里倒腾来一大垛盐包，堆在俺的牛草屋子里，问他哪里弄来的盐，他就说是从罗口镇上买来的，还让俺推着小推车四邻八村地沿街叫卖。俺哪里知道他这是让俺跟着他干伤天害理的事儿呀，俺这一把老骨头了，还得跟着他一块挨鬼头刀铡啊，俺的好儿呀——"老头儿悲天怆地哭嚎起来。

"老人家，那垛盐包已经卖完了吗？"钟履宽问道。

"回大老爷，搬弄这些盐包得费大力气才行，皮蛋整天在外面鬼混，没人帮俺，再说俺这条老寒腿也拖拉不动了，赶不了远路，才卖出去两包。"老人家抹了把眼泪，抽抽搭搭地回话。

"老人家可否愿意带领盐役去把这些盐包运来抵罪？"

"那敢情好，谢谢青天大老爷——"

"郑副使，带几名盐役，快随老人家去把盐包运回来。"

"遵命！"

"老天开恩了，快把这些惹事的盐包运了去吧，俺这就带路！"老人家站起身来，刚要向外走，又折回身说道，"万望青天大老爷好好治治俺这个不争气的儿子，让他改邪归正，省得让俺断子绝孙！"

"黄皮蛋，为你那可怜的爹，好好悔过吧！"钟履宽转向黄皮蛋说道。

"谢谢大老爷，俺知罪了，您让俺做什么都行。"黄皮蛋感激涕零。

"那好，本官令你在前头引路，去把卢大鼻子、古洪一并捉拿归案，你能将功补过吗？"

"俺能！"黄皮蛋"咚咚咚"连磕三个响头。

◇◇◇◇◇◇◇◇◇◇◇◇◇◇◇◇◇◇◇

麦收一过，天气格外晴朗，白花花的盐堆从官坨上冒出来。钟履宽只要有空闲，就往盐滩跑，这天正好在郑玉海家的盐滩上督导。

盐工们挑盐土淋卤，履宽就在盐池边跟滩主郑玉海说话，估算盐产。

第三章 涨税风波

只见一个黑脸膛、个子不高的盐工走着走着，突然闷哼一声，腿一软，挑子一撂，倒在池子边上不省人事了。一干人围上去，七手八脚地把他抬到平地上，可是他却牙关紧咬，嘴唇乌青，从嘴角吐出白沫，手脚不由自主地抽搐着。履宽二人赶紧上前查看，见他骨瘦如柴，胸膛的皮肤紧紧地贴在突出的骨骼上，皮肤薄得像纸一样，起了许多条肉红色的褶皱，肋骨一根根柳条子似的排列着，肚子可怕地塌了下去。有人说是中暑了，使劲按压他的人中穴位，还有人用力掐他手掌虎口的位置。许久，他才缓过一口气来，睁开眼睛，眼神无力而迷茫，好一阵迷糊，突兀的喉结上下滑动了几下，嘴唇动了动，并没有发出任何声响。

"这人可能是饿坏了。"

"他好几天没有正儿八经地吃午饭了。"有人说道。

人们把他抬到一堆干稻草上，让他半依半躺着，以免被沙石硌了腰。

履宽仔细看了看，简直就是一副吓人的骷髅架子。

"有吃的东西吗？"他问道。

"有啊，滩房的瓦罐里还有一些豌豆稀粥呢。"

"快盛来让他吃下去，要饿死人了。"

有人飞跑进屋里取来瓦罐，盛了一碗稀粥端到他的面前。那呆滞的眼光一看到食物，像一颗火苗子迅疾蹿过，他伸出枯枝似的手臂，双手捧起碗，把干瘪的嘴唇努力地迎上去，咕嘟咕嘟地喝起粥来。他的头顶上有少许稀疏的灰白头发，脖颈处的皮肤被晒成了黑红色，松松垮垮满是皱痕。头还没有抬起来，黑陶碗便见了底。

"没吃饱，还有吗？"

"还有！"

"再盛一碗！"又盛上一碗稀粥汤，仍是一饮而尽。

"人都饿成这样子还能挑盐土？"履宽问道。

"这，这，俺还不知道呀。"郑玉海搓着手，焦急地说，"这个人是张家塝口庄上的，第一回到郑家滩来打短工，来了没几天，俺哪里了解他的家庭情况？"

郑玉海急得团团转，一个高大粗壮的人，遇到这种情况真不知咋办才妥当。

喝下两碗稀粥，他的肚子明显地鼓了起来，神情总算恢复了一点，还是虚弱无力的样子。整个人软塌塌地倾斜着，仿佛稻田里用来吓唬鸟雀的稻草人经了一季的风吹雨淋，早已四肢无力地瘫软在地上。

"他姓赵，家里人口多，老婆又有病，穷得揭不开锅了，开春就断了粮，只靠煮野菜填饱肚子。前些日子刚饿死了一个小孩子，本想出来做工挣口饭吃，救活几个大点的孩子，哪承想把自己累成这个样子。"有人说道。

履宽端详这人许久，把郑玉海拉到一边，附在他的耳边说道："郑老板，你可真粗心啊，他在你滩里干了几天了？"

"五天了。"

"结过工钱没有？"

"打短工都是要等到收完盐再结账的，他也没有向俺借，只要他说明情况，预借一些工钱，俺还能不给？"

"现在后悔也晚了，看样子这人是饿坏了身子，再加上劳累，已经病得不轻了，不能再干活了。"履宽顿了顿，看了看郑玉海的表情，继续说道，"必须送药铺子，去找大夫开药，再晚就要出人命了，事故是在你的盐滩里发生的，你就要承担起全部的责任，拿钱出来给他治病，不能推诿，出了人命，你可承担不起。"

郑玉海慌慌张张地差人卸了滩房的旧门板，把病人抬到镇上的药铺去了。

三天后，郑玉海哭丧着脸来找钟履宽，说那人在药铺里躺了两天，到最后还是咽了气，大夫说是饿死的。履宽心里咯噔一下，郑玉海真是个大老粗啊，这可是人命关天的大事！唉！阴间又多了一个苦命鬼。

第三章　涨税风波

"郑玉海,事情出在你家盐滩里,如今人都没了,你可不许撒手不管。"

"钟大使,俺的损失也不小哇,光药费就垫上了三十多块钱,又派了人手去帮忙,盐滩的活计也落下了。"

"这人家里穷的连棺材板都出不起,你赶快把工钱付给他的家人,帮着把死人殓了,入土为安。"

"大使,这事不能全赖俺呀,俺太冤枉了!"

"盐滩上活计重,你还让病人给你做工,触犯了大清律制,理当问罪!"

"俺不知道他是有病的人,可怜他家里穷,没活干,算是赏给他一碗饭吃。"

"人究竟是死在干活的时候,到哪里也讲不过去!看你处理得还算及时,并没有推脱责任,本官也就不再难为于你,但留下孤儿寡母的,让人家咋过呀,你再拿出五十块钱,帮人家出殡,算是对死者的一份尊重,至于他家里的贫穷,由本官想想办法。"

郑玉海别扭了一会儿,只得遵照钟履宽的命令办事。

钟履宽派张福成去盐滩把所有盐工的情况进行摸底,有三十多户盐民家里断顿了。他感到事态重大,便去县衙找荣县令想办法。荣添寿听说盐滩上饿死了人,火冒三丈,不分青红皂白地责备了履宽一顿。

钟履宽申诉道:"盐滩上饿死人,是多年未有的事,我已经安排滩主对死者的家属进行了应有的抚恤,帮着出了殡,并把逝者的一个最大的儿子安排到盐场做盐役,挣钱养家,这事也算妥善处理完了。但个人的力量是有限的,蛤蟆皮包不过大象腿,盐民的缺粮问题摆在那儿,还有三十多户盐民就要断顿了。当下,麦收已过,庄稼地的粮食也收获下来了,官府的粮仓可以把陈粮清除纳新粮了,求县令同意拨给盐滩救济粮两千斤,缺口部分由罗口盐场补齐。"

荣添寿嘴上没说,心里面早盘算开了:虽然上次在涨盐税的事上,钟履宽给他碰了钉子，让他在上官面前失了面子，可随后的补救措施也很得力，罗口盐场上交的盐税款反倒比往年大幅提高，省盐运使也就不再深究了。海东县这么一个小地方，庙小民穷，大灾小难不断，全都伸手向他这个县令要，需要救济的何止盐滩一家，善门难开啊！

顾虑再三，荣添寿只得做了折中，说道："履宽，县衙只能拨给罗口盐场救济粮五百斤，一分钱救济款也没有，盐滩还得想办法自救。"

总算没有空手而归，钟履宽已经大喜过望了，回到镇上，便让张福成编造需要救助的盐民名册，先把救命粮发到盐民手中，但办法还得想，老百姓有句顺口溜说得好，手中没有余粮，心中能不慌吗？罗口镇在册的盐民有一千五百口人，成年盐丁五百多名，这么多人要吃饭，只靠这两千亩盐滩出产的盐，平常年景尚能填饱肚子，一旦遇到灾年，这么多的人口靠什么来养活？不想不知道，一想吓一跳！筹粮！必须想尽一切办法筹到粮食。

◇◇◇◇◇◇◇◇◇◇◇◇◇◇◇◇◇◇

节气已是夏至。天热得要命，知了在老柳树的枝头嘶叫着，大黄狗也吐出了长长的舌头，躲在木板车底下嗯嗒嗯嗒地鼓动着肚子。钟履宽拉着郑成山一同到盐滩里看盐花。头顶烈日高照，虽然戴着厚重的竹笠，仍能感觉到热浪扑面，走在路上一小会儿，褂子就被汗水湿透了，玉萍做的千层底儿几乎要被路面的热沙子烫穿。远望过去，滩田里升起弯弯曲曲的银线，那是蒸腾起来的水汽，幸好有微风从东面的海上吹来。

边走边看，一边评价着各家盐滩的情况，一边估量着各处的盐产，全镇的盐产数在钟履宽心里就估算得差不多了。他们转悠到尹家坨尹茂财的盐滩时，尹茂财不在，他家的盐把式老黄头正躺在滩房的土榻上歇晌。这个老黄头可不简单，年轻时到海州县晒过盐，是罗口镇盐滩里经验最

第三章 涨税风波

丰富的盐把式。

老黄头正起身在榻墙上磕烟袋锅子的当空儿，抬头看到钟、郑二人大步流星地走进低矮的滩房里来，慌忙起身，汗褡子落到了潮湿的地上也无从知觉，连连嘟囔着："大热的天儿，二位官爷还跑出来溜达，这是有何贵干啊？"一边挪过两个高矮不等的小杌子让二人坐了。

"我们是来查老黄头的岗呢！"

"官爷，俺可没犯什么王法？"

"那可不一定，查查就知道了。"钟履宽抹一把汗珠子，有板有眼地说道。

"哎呀，二位官爷，俺这样一个糟老头子，整日窝在这鸟不拉屎的盐滩上，哪有闲工夫去做违反王法的事，可别吓唬俺这实诚人了？"

"你也算是个实诚人？从实招来，这些日子都做了些什么事？"郑成山早在一边忍不住哈哈大笑起来。

老黄头这才把一颗心放下了："大官爷，这是在拿老头子寻开心呢。"

"哪里的事，怕你在晌午睡过头误了天气嘛。"

"那道是，这样异常的天儿，得盯紧着呢，哪敢睡踏实了。"老黄头提溜起大肚子的黑陶壶，要去东山墙根被烟火熏烤得漆黑一团的土灶子上烧水泡茶。

钟履宽摆摆手，认真地说："不用烧了，怪热的，喝口凉水倒舒坦些。"

老黄头便到水缸里舀了两碗凉水放在二人面前，起身到小屋外，习惯性地抬头看看天，西北的天空里，有一片洁白如莲花状的小云朵正在慢慢向东南方向飘移过来，心中暗叫一声"不好！"转身进了屋，对钟、郑二人说道："二位官爷喝水歇息自便，俺这就到滩里划落卤水去，天就要下雨了！"

"天要下雨了？！"两个人同声喊了出来，立即来到屋外抬头看天。

"这么晴的天，哪儿来的雨？"郑成山不解地问。

"俺都干了大半辈子盐滩了，对这种天气还是能够判断出来的，这样的云彩只在夏天午后形成，刚开始生得慢，很不起眼，一个多时辰才由白变黑，迅速扩大，再过半个多时辰就会占据整个天空，雷雨随后就到，又大又急，盐滩里就怕这种雨，极易冲滩化盐，俺这就要去划落卤水了，再晚就来不及了。"说完提起铁锨往盐池子走，边走边说，"如果不信可以看看草棵子里的蚂蚁窝，都用新泥垒起来了，大雨就要来了，二位官爷还是赶紧回盐署吧，现在还来得及。"

二人到滩房前的草丛里定睛一看，可不是嘛，蚂蚁窝全都用新土粒给垒起来了，小蚂蚁全都躲到窝里去了，这雨是没得跑了。

"快告诉别的盐滩去！"二人随即迈开大步，头顶烈日从北往南挨家挨户地唤起午睡的盐工，五里多地的路，一路跑下来，早已气喘吁吁，大汗淋漓。

滩田里全都炸了锅，盐把式撕扯着喉咙使唤着伙计们，有扛起铁锨打池口子转卤保卤的，有两个一组用大竹筐抬盐的，有在盐坨上用苇席苫盖盐堆的，人们都是一路小跑，人仰马翻。那莲花样的白色云团不知何时变了一副吓人的嘴脸，状如拳头，仿佛暗黄色刚刚起爆的烈性炸药。西北风赶趟儿似的越刮越大，雷神也不耐烦地擂起了战鼓，仿佛孩童在玩吹气泡，又像是隔了窗户听妇人在推石碾子压面粉。半个时辰不到，白云已换上了黑装，黑云更像一匹匹快马，由西北方的天幕杀将过来。

雷声就是命令，当第一声沉雷炸响的那一刻，在村子里歇响的盐工就如上了弦的箭一样往盐滩里跑。干别的活计每逢下雨都是往屋里跑，而盐工正好相反，下雨的时候是往外跑的，晴天一身土，雨天一身泥，穷盐工的日子苦过卤水。下雨天，卤度高的卤水要转移到卤塘子里去保存起来，卤塘子比一般的卤水池要深得多，只因为雨水比卤水要轻，往往漂在卤水层的最上层，雨过天晴后，再把上层淡的雨水排掉，下层的卤水还可以用来晒盐。卤水都是由盐土经过淋卤而成的，有卤水才能晒

第三章 涨税风波

出盐来。由海水到盐,整个过程就是在晴好的天气,也要近两个月的时间,这中间总有坏天气的,被大雨冲化的卤水往往比海水的盐度还要低,只能排放掉了,这时候,一两个月的汗水就会白流了。

忽然当头一记沉雷炸响,把劳作的人们震了个趔趄,豆大的雨点子吧嗒吧嗒地落下来,雨滴砸在泥土里溅起缕缕黄尘;雨滴砸在卤池子的水面上留下一个个水涡;雨滴砸在人们的头皮上,麻酥酥的感觉传遍全身……人们哪里顾得上欣赏雨滴的情趣,只是机械般地忙活着,争取在雨前把卤水处理完,把该收的盐全部收起来,然后把滩田里排水的小闸门全部挖开,以便于雨水能顺畅地排出滩外。雨越下越大,风裹挟着雨点越刮越猛,雷电交加,人在风雨里几乎站立不稳,钟、郑二人拼了命地往钟惟昌家的滩房跑去。

大雨下了两个多小时,一阵电闪雷鸣过后,闪电打着呼哨朝东南方向的黄海上空而去,雨势减弱,眼看着雨线东移而去,仿佛小孩子闯下了祸,火急火燎地逃离了现场,还推说与自己没有半点儿的关系,却在身后留下了一片狼藉,一地伤痕。

◇◇◇◇◇◇◇◇◇◇◇◇◇◇◇◇◇◇◇◇

"少东家,快到咱家盐滩里去看看吧,不得了了。"凌永槐跑来找他,央求着,"全淹了,快去想想办法吧。"

钟履宽恍然大悟,竟把自家的盐滩忘得一干二净。

"快走,这就去看看。"

大雨过后,钟家滩早已经沟满河平。

履宽蹚着没膝的浊水,深一脚浅一脚地来到了自家的盐滩,眼前哪儿还有盐滩的模样,简直就是一个大水塘。滩房犹如孤岛一般兀立在水池一角,木水车的横竿就像是一道栅栏立在水泽中间,一只硕大的白鹭收拢了双翅栖在竿子上面,长长的喙就像一根刺破青天的钢针一样,一些残枝败叶随意漂浮在水面上,滩田的池梗不见半点影踪。大海还在涨潮,海水混合着河水沿河倒灌上来,只有等大潮过后,才能顺畅地把水排出去。

刘银锁急红了眼,赤脚站在泥水中,湿透的衣裳又被身体焐成半干,声音嘶哑得说不出话来。苗长石倒背了手,在滩房东头的高埂上来回走着。几个盐工蹲在泥地上抽烟,全都阴了脸,嘴唇冻得乌青,话也少出口。

"少东家,一场急雨把钟家滩闷了!"苗长石声音哽咽地朝履宽说道。

刘银锁走近前,搓着两只满是茧子的大手,惋惜地说:"雨又大又急,大海还在涨潮,川河上游的水往下泄洪,潮水推着河水倒灌进盐滩,盐工们拼了命也抗不过老天,滩池全闷在水里了,卤水全完了。"

履宽拍拍刘银锁的肩膀,安慰道:"银锁兄弟,不怪大伙儿,幸亏老天还睁了眼,大雨要是再下一天半日,罗口镇就要受灭顶之灾了。"

"钟大使,俺带你到滩房里看看吧!"刘银锁挽了挽裤腿,在前头蹚着没到小腿肚的浊水往滩房走去。

钟履宽纳闷,把那双湿透的布鞋脱了,扔在一边,高挽了裤腿,跟在银锁后面去到滩房。还好,经受了这么大的雨,三间滩房暂时还完好无损。

刘银锁推开滩房的两扇木门,履宽随他进了屋。呵!小屋的地上密匝匝地摆着盛满了盐的大盐筐,一、二、三……六只大盐筐,全部装满了盐,每个盐筐上面,还堆起了一个高高的尖儿,盐还如往常一样雪花儿白,把光线有些阴暗的滩房映照得亮堂堂的。

"六个晒盐池的盐全在这儿,就抢收起来这些,正好当作秋季的盐种!"刘银锁低声说道。

钟履宽一把扳过他的肩膀,掀起他的衣领,眼前的一幕让他倒吸了一口凉气:刘银锁的肩膀已经血肉模糊,衣裳里子也粘着暗红色的血污……钟履宽一把把刘银锁抱在怀里,潸然泪下,哽咽着说道:"好兄弟,钟家多亏你们了!"

第三章 涨税风波

盐工们全都汇集在滩房前，履宽紧攥着刘银锁的手走出屋来，挨个儿察看盐工们的肩膀、手掌，看得那么仔细，简直要把那一个个血肉模糊的肩膀和挂满血泡的粗糙的手掌全都牢牢地印记在心里面。

"爷们，兄弟们，你们辛苦了！钟家谢谢你们了！请受钟履宽一拜！"钟履宽擦干眼泪，毅然跪下来，抱拳过眉，向盐工们深深地跪拜。

"少东家，你是官家人，断不可给俺们这些草民下跪，快起来。"苗长石赶紧上前搀扶他，大家紧紧地将他围在中间。

"你们都是我的亲人，大灾大难面前，你们用血肉之躯拼死扛着钟家滩，这份恩情，钟履宽永远忘不了！"

"这都是俺们应该做的。"

"天无情，浊浪漫滩；人有义，共渡难关！只要钟家不倒，大家就饿不着！"

"少东家太讲义气了！"

盐工们疲惫的脸上现出开心的笑容，纷纷说道："这点风雨算不得什么，天晴了，水退了，钟家滩还能再干起来，少东家放心吧！"

"人心齐，泰山移，咱钟家滩不怕！"

"不怕！不怕……"

大雨又哗哗地下起来了，大海沸腾了，浊浪翻滚着涌来，像一头头发怒的雄狮咆哮着，潮水一浪高过一浪，逆流而上。履宽朝众人挥挥手，哽咽着说："大伙儿快走吧，晚潮又起了！"

三间土坯垒就的滩房终因浸泡在水中太久而体力不支，像害了伤寒症一样颤抖着，无力地瘫倒在浊流里……盐工们站在雨中呆若木鸡，口中喃喃自语着："盐……咱们的盐……"苗长石眼疾手快，在滩房将塌倒的瞬间，像只大黑猫一样溜进屋，捧起一捧盐粒子揣在怀里，说道："老天有眼，留此盐种，钟家滩有希望了！"

履宽一手拉着刘银锁，一手拉着苗长石，盐工们跟在他们身后，在

没膝的浊水中艰难前行……

夜里,钟履宽做了一个梦,梦中的自己又回到十五六岁时的情景,带着二弟履新及一群小伙伴在海滩上疯窜。海浪在远处的地平线上歇脚儿,海滩平坦,沙子细腻,本来谋划好了洗海澡的,大家竟玩起了摔跤的游戏,小伙伴轮番上阵与他过招,不知不觉之间,海潮已涨上来了,有人高声喊道:"涨潮了,快往回跑啊!"小伙伴们往东面一看,海浪像银蛇一般,悄无声息地飞速往前推进着。

"快跑啊,大浪头来了!"小伙们撒开脚丫子往岸上跑,海浪吐着白色的泡沫子紧跟在他们脚后跟猛追,他们跑啊跑啊,总算跑到了海堤上的安全地带,小伙伴们全累趴下了,一屁股瘫坐在地上喘粗气。钟履宽四下里一看咋不见了二弟履新的影子?他腾地站起身来,往大海的方向看去,履新正在远处的海水里挣扎,只见他愣怔地站起身来,没走上几步,就被大海浪扑倒了。

"二弟——"

钟履宽发了疯地往水里跑,正在上涨的海水像绊马索一样绊住他的双腿,他一次次地跌倒,又一次次地站起来。终于与二弟的距离拉近了,再近一点儿,刚伸出手想抓住二弟,一排浪头打过来,又把他推到了几米外。海水已淹没到了他的胸口,在海浪的推拥下,脚底无根,站立不稳。二弟被呛了几口海水,在水里扑腾着,哇哇地大哭,忽然一个旋涡袭来,眼看着二弟被水流带走了,渐渐没了踪影。他号啕大哭,四下里只有茫茫的一片海水,到哪里去找二弟的影子……谁知,一个湿淋淋的身影在他的眼前出现了,他努力地睁开眼,刘银锁怀里抱着二弟,俩人正在朝他憨笑哩……

◇◇◇◇◇◇◇◇◇◇◇◇◇◇◇

雨水过后,正值七月十五大汛潮,盐滩上的雨水被海潮顶着,不能

第三章 涨税风波

顺畅地排泄出去，履宽便派郑成山去督促盐民们趁着潮水涨落的间隙排水，派盐巡员张又江和张福成一起巡查官坨，核实被雨水冲化掉的盐的数量，并及时翻晒淋湿的稻草苫子，他则忙着为受灾的盐民们筹集救济粮。

盐民们拖家带口地汇集到盐署门口，男女老少齐刷刷地跪在地上哭号哀求着，盐役们急了，拿起棍子驱赶人群，却被钟履宽及时制止住了。钟履宽上前扶起饥饿的乡民，说道："乡亲们，盐滩受灾，钟家也没能幸免，灾难无情，人间还有仁义在，只要有钟家一口吃的，乡亲们也饿不着！"

他把保长宋有福找来，跟他说明了筹粮的事情。宋有福面露难色，说起话来支支吾吾的，想找个说得过去的理由搪塞过去，又怕被履宽怪罪。

履宽看透了他的心思，不动声色地说道："宋有福，现在才知道保长不好当了？你认为当保长只有喝酒吃肉？天下哪有这么好的差使？"

"钟大使，俺不敢有那样的想法，这几个月来俺可没闲着，盐署派下来的活，俺都干完了。"宋有福小心谨慎地回答。

"我都看在眼里，张福成也在跟前说你的好话。"

"谢谢。"宋有福的光头上流下了汗珠。

"罗口镇是一个盐业镇，镇上三分之二的住户为盐丁籍，吃粮只能去集市上买，可盐滩也不是年年有盈余，再说盐款结算也不太及时，盐民们断炊的事时有发生，盐民们的日子咱们有目共睹。前几天郑家滩饿死了一名盐工，滩主郑玉海赔了人家几十块钱，我也受到了荣县令的严责。我厚着脸皮央求，县令才答应给五百斤粮食救济盐民，让咱们不要一出事就伸手向县里要救济，要自己想办法。我想了这些日子也没有好法子，又碰上这场大雨，盐滩更是遭了灭顶之灾，更多的盐民们要吃不上饭了，情形已十万火急，依你说盐场该管不该管？"

"盐场当然要管。"宋有福不假思索地回答。

"盐场怎么管？"履宽反问道，"盐场收缴的税款都如数上解到县上去了，到现在还拖欠着盐役们三个月的俸禄，粗略估计了一下，有近三百口盐民缺粮，急需救济，县里给的粮食还不够塞牙缝的，让我头拱地也拱不出这么多粮食！"

"俺更没有这个本事。"

"大活人不能让泡尿给憋死！"钟履宽朝宋有福点点头，露出坚定的神情，"大灾大难面前就要靠大家，咱们要发动罗口镇的人们，号召大家有钱出钱，有粮出粮，帮助盐民们渡过难关。"

"也只有这样了。"

"宋有福，现在你的任务来了！"钟履宽提高了声调，以不容置疑的语气命令道，"你带领着里长们，挨门挨户地上门募捐，并做好记录，把募集到的钱粮交到盐署，由张福成记录在册，写在大红纸上，当街张贴公布，盐商、杂货商、鱼行全由我亲自上门募集，你听明白了吗？"

宋有福打了一个哆嗦，赶紧回话："俺听明白了。"

"告诉你一个事理，在天灾面前人人可危，只有大家伙抱成一团，才能渡过难关，帮人就等于帮己，老百姓都认这个理，你不用胆怯，功到自然成，相信人心不古！你就明明白白地跟大家伙儿说，钟家认捐五百斤粮食、捐一百元钱，你的活就好干了。"

钟履宽说得胸有成竹，把宋有福的顾虑全打消了。俗话说，背依大树好乘凉。宋有福确实体会到了背后的强力支持，浑身平添了几分力量，领了任务，喜滋滋地出门忙活去了。待张福成从盐滩上回来，履宽让他写了几张大红纸的安民告示，在大街小巷的显眼处张贴，认捐的消息在罗口镇传开了。

连日来，盐滩上简直闹翻了天，到豆腐房来喝豆汁的人少了，但是几个常客照旧是雷打不动的，其中就包括秀才钟秀胤。

"秀才，盐滩上忙疯了，这里就咱们几个闲人。"郭时田说道。

"咱们怎么就是闲人了？说明咱们懂得生活。"钟秀胤搓捏着下巴上的几根胡须洋洋自得地回答。

第三章 涨税风波

"一场急雨把俺的苇子和柳条子全淋湿了,俺得歇息几天了。"郭时槐不无惋惜地说。

"有忙有闲,这才是正常的生活。"

"秀才说得对,大雨刚停,钟家盐店就开门纳客了,钟老爷子一点儿也看不出难受的样子,钟家滩闷在水里就当没发生一样。"在镇上,就数偏头的小道消息最灵便。

"偏头,你迷糊了吧?"钟秀胤斜睨了他一眼,"钟老爷是何等人物,天灾难免,只要人心在,还会从头再来。"

"快来看看吧,盐场的大红告示贴出来了!"厉铁匠的粗嗓门又嚷嚷起来了。

钟秀胤第一个冲出来,见张福成刚把一张大红纸贴稳妥,站在那里一字一句地念给厉铁匠几个人听呢。

"嗬!俺这个大侄子要作天业了啊!"钟秀胤飞快地把告示看完,拔腿往钟家盐店跑,跑进店里,见到钟惟庄便问道,"俺的大哥啊,履宽要捐五百斤粮食,你可知道这事?"

"秀才兄弟,这有什么好奇怪的,下这么大的雨,滩上遭了这么大的灾,许多盐民没饭吃,还死了人,咱们手里有余粮,捐出点儿帮衬盐民们一把,应该的,他是经过俺同意的。"

"俺的大哥,善门难开呀,往后这灾那祸的,到什么时候是个头啊?"

"老天爷赏给咱的,就得受着,谁能跟天抗啊!穷的富的互相搭把手,把难关过去,只要有人在,日子还会过起来!"

"真是积德行善人家,俺是穷酸惯了,枉念了一肚子四书五经,把钟家祖上的遗训都忘了,唉!"

第四章 报应立现

盐脉

过了七月二十二，到小汛末了，大海精疲力竭，终于消停下来了，潮汐的劲头儿一天小于一天，川河也恢复了往日的宁静，盐滩主们争先恐后地排水，盼望早日晾晒滩池，重新开产，把被雨水化掉的盐产再抢晒回来。

天刚蒙蒙亮，成家滩的盐把式成孝柱就早早地来到滩里忙活开了，对面尹家滩还不见人影，他是算准了退潮的时间来的，沪沟里已经见了底。成孝柱麻利地把连通着沪沟的木板闸门拔下来，咕咚一声丢到堤坝的斜坡上，盐滩浅沟里的积水即刻欢快地向沪沟外流去。他扛起明晃晃的小铁锨，吹起轻松的口哨，在只有一脚板宽的池埂上疾步如飞，顺次打开每座滩池的排水闸，等把这百十亩的盐滩走遍，太阳才刚刚跳出黄海的海平面，金黄色的阳光洒在这片盐滩上。尹家滩里终于有人影在晃动了，成孝柱干笑了两声，心想：这个老黄头睡倒迷觉了？日头把腚晒糊了才下炕，不受主家责备才怪呢。

"大柱，你娘的，把闸口子开这么大，沪沟里全灌满了，还让人家排水不？"

其实老黄头来了有多半个时辰了，前些天在大雨里抢收盐斤，累得

第四章 报应立现

浑身蹿火,拉起了痢疾,整宿没睡踏实,本该回家歇息的,可是滩里的活计不饶人,挨到天亮,只好扛了个锹把子来滩上放水。没承想让成孝柱抢了先,沪沟里的水已涨到尹家的池口门上了,与滩池里的水位持平了,还怎么向外排水?老黄头憋了一肚子火,等成孝柱离他近了些,便隔着几块盐池塘向孝柱吆喝,指望孝柱把池门口子关小一些。

"老东西,晚上到哪儿浪荡去了?谁让你来晚的?排不出去水活该!"成孝柱没好气地顶了老黄头一句,解开裤腰带,朝水沟哗哗地撒了一泡尿,根本没搭理老黄头。

"没良心的东西,回回都是让你先排水,瞧你那鬼腔慌的穷样,是着急向阎王爷报到去?"

"老不死的,睡不着觉还嫌炕头热,去东面松树林子里找条母狗去,哼!"

老黄头知道成孝柱这是在拿他去年跟一个流落到盐滩上的傻女人厮混的旧账刺挠他,搁在往日也就是哈哈一笑的事,谁知今天竟把他给惹恼了。

"你娘不找野汉子,哪来你这么个不通理的死孩子,两家共用的沪沟什么时候成你家的了,再不把口子关小点,看我不给你把闸门掘了!"老黄头的声调明显高起来。

成孝柱也针锋相对,丝毫不相让:"老东西,借你一百条狗胆谅你也不敢过来掘口子,小心成老爷揭了你的狗皮当褥子铺!"成孝柱明摆着站在河边看水涨,三下两下把大腰裤掖好了,放下铁锹,坐在锹把上掏出烟袋抽起烟来,他就是想看老黄头的笑话,让他出出丑。

"没教养的东西,俺还不信这个邪了,看俺怎么收拾你。"老黄头气呼呼地沿着水沟上面的石板桥快步走过来,连铁锹把儿也不用扛了,显然是在气头上。只见老黄头跳到成家的闸门旁,忽地把搁在沟坡上的闸门板掀起来,双手一使劲,没费吹灰之力,便把成善霆家的排水闸给

111

关死了。正在流淌的浑水受到闸门板的阻挡,立时向后方的来水泛起一道浑浊的水墙。

"你个老东西还敢来真格的?"成孝柱只顾往烟袋锅子里装烟,没防备老黄头已经站在眼前。

"对啊,俺就来真格的,你还能怎么着,才穿了几天悠裆裤子,也学着欺压人了?"老黄头的手指几乎戳到成孝柱的头皮。

成孝柱一边起身,一脚朝老黄头的大腿踹去。

"哎哟——"老黄头没想到成孝柱会还手,本来想震慑他一下,杀杀他的威风,挫挫他的锐气罢了,谁知,整个人便被踹倒在地。

成孝柱已站起身,顺势扑到老黄头身上,抡起拳头,朝他擂了上去。

"快来人呢——成家打人啦——"老黄头毕竟长成孝柱十多岁,已经五十出头了,哪里是成孝柱的对手,连招架的力气都没有,只能扯着沙哑的喉咙呼喊。

"伙计们,老黄头跟成孝柱打起来了——"早有眼尖的伙计发现了这边的情形,纷纷抄起铁锨往这边跑。

最先跑过来的黄大毛是老黄头的亲侄子,看到成孝柱骑在老黄头身上,早已血红了眼,抡起手中的铁锨,照准成孝柱的头,掼上去了。

"俺娘哎——"从成孝柱的喉咙里喊出一句话,只见他双手抱头,跌倒在地,殷红的血从他的手指间流出来。

"大毛!你——"老黄头费力地从成孝柱的身下爬了起来,气喘吁吁地喊道,"你个小畜生,谁让你下狠手的?"老黄头的声音已经颤抖了。

"他……他欺负你,俺就揍他,这还是轻的。"黄大毛的气还未消,抬脚踢了成孝柱一脚,"别躺地上装死,起来再打啊?"

"黄大毛,你休想逞能!"成家的伙计也闻讯赶来了。

有抄扁担的,有抡铁锨的,有舞棍棒的,什么顺手用什么,什么解恨骂什么,尹、成两家挨堉晒盐的十几名伙计厮打在一起,早有消息报

第四章 报应立现

到尹茂财和成善霆那里,两人火速赶往现场,晚了,来晚了。

老黄头手扶着腰,跌在池埂上喘粗气;黄大毛满头满脸的血,连脖子后的衣领子都染红了;成孝柱倒在渲泥塘里不省人事。两家十几名伙计没有一个囫囵的。

"成老三,操你祖宗的,有这样挨墒的吗?"尹茂财撸起袖子,朝成善霆骂上了。

"尹茂财,别仗着你有荫阳儿就欺人太甚,跟你搭墒俺算倒霉了,今天俺也要拼了老命与你斗到底,不是鱼死就是网破!"成善霆的一张糙脸成了黑旋风。

"老天爷,俺都气糊涂了!"尹茂财挥挥手朝跟班嚷着,"快抬俺到盐署,俺要状告成善霆!"

"盐署大路朝天,兴你去还不兴俺去?"成善霆也开了骂战。

钟履宽赶到盐滩的时候,一场混战正在上演——那儿已经集聚了上百口子人,都是尹、成两个家庭纠集来的,有荷锄头的,有扛铁锨的,有扛镢头的。两家人相见,分外眼红,男人们在招架,女人们则发挥她们的强项,扯开喉咙叫骂……郑成山带领着盐役先到一步,正在人丛中劝解,可是不起任何作用,两家人早已红了眼,不争个你死我活是不可能的了。

"乡亲们,都住手——"钟履宽勒住枣红马的缰绳,飞身下马,随手把马缰绳丢给身后的张福成,挥舞着手臂喊道,"我是盐场大使,现在听我口令,尹、成两家人分南北两排,中间隔五米,开列!"

两家人都被钟履宽那威猛的声音镇住了,纷纷停下手来,按照指令归到各自家族的队列中去。

"光天化日之下聚众斗殴,已触犯了国法铁律!你们可知罪?"钟履宽怒目射向尹茂财和成善霆,"盐滩是晒盐的地方,不是武斗场,尹、成两家并无世仇,也无新恨,就为了争抢沪沟的芝麻小事,大动干戈,

113

实在不值得！你们在这里争个头破血流，让天公看了不齿，也让罗口镇人们看了大笑话，让两个家族的人们跟着遭殃！"

钟履宽的话合情合理，两边的人都低了头。

"乡亲们，两边的人都有受伤的，他们在流血，现在急需救治，如果不及时抢救，会出人命的。至于谁对谁错，是我分内的事，我会给两家人一个公道，现在各自把伤员抬回去，抓紧抢救！"

人们只能依计行事，纷纷抬了伤者送往医铺，其他人各自散去。

钟履宽在两家的盐滩里转了几圈，看了个遍，心中已经有了数，回到盐署后，便安排郑成山带着赵又江分别摸清尹、成两家的人员受伤情况。尹茂财和成善霆被叫到盐署的偏厦里，听候张福成的询问。

※※※※※※※※※※※

"儿啊，成家跟咱们是老亲了，你不能胳膊肘子向外拐，多罩着成家点。"晚饭时，母亲钟许氏在他面前唠叨。

"娘，这事就不劳您操心了，事情闹这么大，也不是我想怎么处理就怎么处理的，急报已经递到荣县令手上了，两家也向上面陈情了。"

"一拃不如四指近，当官时六亲不认，会被人咒的。"老太太一直在絮叨。

履宽的心里也不是滋味，一边是光腚长大的好友尹茂财，一边是罗口镇的大家族成家，两家闹到这种地步，想压已压不住，想甩手不管又做不到，当下紧急调查实情，静观伤号治疗的情况，再做定夺。

钟秀胤从药铺抓药出来，走到成老四家的大饼铺子门前，见铺门紧闭，没有开张。大饼铺子的西墙根已聚了七八个蹲墙根的老街坊，人们正在听说书匠梁大傻子有一段没一段地讲《全唐传》。

"大傻子，你还在这儿张巴啥陈芝麻烂谷糠呀？庄家的药铺子都让

第四章 报应立现

伤号塞满了,你给评道评道,让大伙听听你的高见。"

"原来是钟大文化人来了,你既然已经见识了,何不先吐为快,说给大伙儿听听?"大傻子眼瞎看不见,可脑袋瓜子灵光,与钟秀胤见面就掐到一块儿。

"是啊,秀才,你是个明白人,给大伙说道说道,是尹家占理,还是成家占理?"在戏园子做杂活的老米头露出了黄牙根,随着大傻子起哄。

"老米头,别认为你的亲侄女与尹家做了亲,我就顺你的拐了,我认为两家都不占理。"钟秀胤白了老米头一眼,没理他。

"秀才,我认为尹家明摆着吃了亏,被成家占了沪沟不说,还挨了揍,盐滩上的水至今没有排出去,还闷在盐滩上。"罗口镇出名的老实人郑绪兰从嘴里拔出烟袋嘴子,一边吐着青烟,一边笑眯眯地说。

"经纪大哥,你知道摸牲畜的牙口,就不知道为你那当盐官的大侄子郑成山少惹事?"

"秀才今日吃错药了,见谁咬谁。"更夫丁偏头把粪叉子和荆条筐倚墙根放了,来向老伙计们讨旱烟抽,过过烟瘾。

"我认为两家都不占理儿,各打五十大板!"

"秀才以后改行当判官好了!"梁大傻子起先还默不作声地站在那里听众人说话,等钟秀胤亮出观点,猛不丁地插进来一句戏文,把大伙儿逗笑了。

"当判官也不是个好官,顶多是个阎王好见、小鬼难缠的鬼见愁。"铁匠厉逢春一锤子定音。

"老厉你这是在铺子里打铁啊,一锤子下去,铁榔头出来了。"郑绪兰不紧不慢地说道。

老伙计们嘿嘿哈哈地笑成了一锅粥。

在这笑声中,只见成老四急火火地走来,掏出钥匙稀里哗啦地开了锁,到大饼铺子里取了什么东西,又闷不声地哐当一声锁了门,挪着胖胖的身躯,朝庄氏药铺方向去了。

"瞧他那鬼精慌的样,保准是夜猫子临宅——没好事!"看着成老四远去的背影,铁匠老厉撇撇嘴。

"成孝柱流了好多血,一天一宿还没醒过来呢。"

"怕是要摊上大事了。谁打的,下手这么重?"

"北街柳树巷老黄头那愣头巴脑的侄子——黄大毛干的!"

"坐庄坐团的,都有什么深仇大恨,下手这么重?"梁大傻子面无表情地说。

"临墒晒盐,就是和睦邻居,两家共用一条沪沟是常有的事,什么你早我晚的,用不着争那一时之长短,互相谦让点就好了,争成这个样子有什么好?还不是两家一同遭殃!"钟秀才的这番话说到大家伙儿的心里去了,只见几杆旱烟袋一同向外放青烟,没人跟秀才抬杠了。

"那不是履宽大使吗?"不知是谁喊了一声。

"履宽大侄子,你到哪里去?"钟秀胤的眼里放出了光亮,巴巴地迎着他走上前去,想从他的嘴里套出个眉目来。

"秀胤叔,你在这里耍呀。"钟履宽客气地回答。

"过来说个话吧。"钟秀胤讨好地问道。

钟履宽并没有停下脚步:"秀胤大叔,没事到我家盐店里找我爹喝茶去吧,我还有事情,不陪你了。"

钟秀才在众人面前讨了个没趣,转而小声喃喃自语道:"你爹天天在盐滩上忙着修滩,哪有闲工夫在盐店里喝茶,这盐官当的……"

履宽还没有走太远,钟秀胤的话传到他的耳朵眼里,心里禁不住翻腾起来。雨灾过后,盐署里这么多事,他忙得焦头烂额的,哪顾上自家的盐滩,修滩的活全撂到爹一个人的肩上,不知爹还吃得消吗?

履宽来到庄家药铺子,成孝柱躺在病榻之上,头被一块白布单子包裹得严严实实,殷红的血迹渗透了层层白布,让人不禁替伤者担心。陪

第四章 报应立现

在病榻旁的成家人见履宽来了,赶紧避到一边擦眼抹泪。

庄怀玉大夫来到履宽身旁。

"庄大夫,成孝柱的伤情怎么样了?"履宽轻声问道。

"回钟大使,成孝柱的头上裂了一条大口子,伤口也清洗了,上了创伤药,可是血一直没有止住,人也昏迷着,谁也叫不醒他,怕是伤到脑子了。"庄怀玉一副无奈的表情。

"庄大夫,你要尽最大努力把病人治好。"

"钟大使啊,俺这个药铺子存药太少,头痛脑热的还凑合,三五个病号就住不下了,快送到县城的大药铺去吧,可别在俺这儿耽误了。"

"这事跟成家人说说,依他们的意见办理,我是外行,没法定夺。"履宽也犯了难。

庄怀玉一脸无奈的表情:"已经跟成家说了,他们拿不定主意。"

这时,成老大来了,跟履宽打过招呼后,便接着庄怀玉的话说下去:"钟大使,成家商量过了,孝柱这情况不能往县城转送,他受不了一路上的颠簸,俺已派人骑快马去县城请大夫去了,明早就到。"

临走,成老大把履宽送到门外,履宽一再关照他:"成大哥,救人要紧,你们要多派人手严加看护,盼着孝柱和其他伤号早日康复!"

成老大不住地点头,事到这份儿上,再懊恼也没用了。

◇◇◇◇◇◇◇◇◇◇◇◇◇◇◇◇◇◇◇

钟履宽从庄家药铺走出来,正想去盐署,却被高管家给叫住了。

"高管家,什么事把你急成这样?"

"大少爷,让俺找得好苦啊,到处找不到您,急死人了。"

"到傍黑天,我就回家去了嘛。"

"大少爷,俺是向你报喜啊!"

"有什么喜事？"履宽有些愣怔。

"少奶奶生了，生了个大胖小子！"高铨的脸笑成了一朵花儿。

"生了？生了个男孩？！"履宽几乎要蹦起来，前些天还跟玉萍算过日期的，谁知盐滩的事情一多，就把日子给忘了。

"走，咱回家去看看。"履宽叫上管家，急火火地往家里赶去。

可刚到门口便被刘妈从后面叫住了。

"少爷，你先等等，你现在不能进去。"

"我为什么不能进去？"履宽纳闷了。

"少爷，先委曲会儿，俺进去拿样东西出来。"刘妈把手里端着的热水盆顺便递给英子，说道，"你去侍候少奶奶，俺还要给老爷驱打一番。"

刘妈说完去屋里的抽屉桌上取过来两张烧纸卷儿，用火点上，在履宽的前胸后背燎了一遍，末了，把余火丢在地上，让履宽从火苗上面大步迈过去，做完这些还不放过他，又让他把手和脸在温盐水里洗干净了，连口也用盐水漱了一回。

"刘妈，你的仪式也忒庄重了吧？"

"保佑大人孩子都平安是顶重要的！"刘妈朝履宽挤挤眼睛，笑着说道，"快去看看少奶奶和宝贝儿子吧。"

被刘妈折腾了一回，履宽也变得紧张兮兮了，放轻了脚步，来到里间门口，不知道该不该走上前去，但又按捺不住想看看孩子长什么模样，只好小声呼唤着："老婆——"

"他爹，你可回来了。"庄玉萍甜甜地笑了，低下头看着怀中熟睡的婴孩，露出心满意足的幸福模样。

履宽轻手轻脚地走上前来，伸长了脖颈，盯着熟睡中的婴孩看个仔细。

"你瞧这小嘴，多像你呀，这眉毛更像。"玉萍轻声说道。

"我是他亲爹，能不像我？"履宽自豪地回答，"小家伙的眼皮还在一动一动的，没睡实落啊，是不是在偷听咱们说话？"

第四章　报应立现

"刚生下来,哪来那么多的心眼儿。"

玉萍往另一头挪了挪,履宽也顺便坐下来。玉萍问道:"公家事情忙吗?"

"还好,没多少事。"

"整天在外面跑,自个儿多注意点,成家和尹家闹那么大的事,都惊动了县令,你就不用操心了,你这急躁的性子,不得罪人才怪。"

"惦记那么多干什么,又不用你来操持。"

"本来想生个女儿的,没想到还是个带把儿的。"

"这样多好啊,宏儿有伴了,以后再生女儿也不迟。"

"那就生上十个八个,看你烦不烦。"

"不烦,生再多也不烦。"

刘妈捧着一碗鸡汤进来,服侍着玉萍趁热喝下,履宽也美美地睡着了,竟然做了一个梦,果真梦见自己躺在青草地上晒着太阳,一大群孩子围在他的身旁嬉闹。

◇◇◇◇◇◇◇◇◇◇◇◇◇◇◇◇

天晌午的时候,盐署的大门已经被人从外面堵死了……

大门外白花花一片,聚拢了一群穿白衣的人,一口新打的棺椁摆在了大门正中的位置。钟履宽隔着大门的铁栏杆看得真切,打头的正是成善霆。

丧事专用的吹鼓手已操起长短号、唢呐、铙、镲、锣诸般祭器,吹吹打打地演奏起哀乐来。成家的男人们挑着白色的布幔,抬着桌凳,夹着芦席蒲团,汇集在盐署门前。他们放下桌椅条凳,支起长长的白布条幔,铺下芦席蒲团,设下供桌,置下牌位,点起柏香,燃起草纸,有白须的老者主吊,孝子孝孙分列两队,族人按长幼次序,依次在牌位前跪拜磕头,更有哭丧的女人一路哭嚎而来……

不到一顿饭的工夫，堂堂罗口镇盐署门口俨然变成了承办丧事的祭祀场所，镇上的街坊们哪见过如此做丧事的？无不前来凑热闹。钟履宽看在眼里，血气往头上涌，盐场大使何曾受过此等侮辱！

"成善霆，你们这是干什么？"

"回钟大使，成孝柱被黄大毛殴死了，成家在办丧事呢。"成善霆耷拉着哭丧脸，不紧不慢地回答。

"办丧事不在成家祠堂里，堵盐署大门干什么？"

"大路朝天，劳燕两行——各行其便吧。"

"成家是方便了，盐署乃公务场所，一家一族怎能随心所欲，肆意妄为？更何况办丧事有诸多禁忌，你不怕轻怠逝者的魂灵，辱没公家的威望？"

成善霆无话可说。

"孝柱——俺的亲夫啊——你死得冤枉啊——"成孝柱的老婆凌翠花一把鼻涕一把泪，抚棺号哭。

"成善霆，我命令你赶快把棺椁从这儿移走，把送殡的人群带回祠堂里去！"

"钟大使，恕我不能从命，成家全族执意如此，望大使立即缉拿凶手归案，一命偿一命，还死者一个公道。"

围观的人们越聚越多，把盐署门口堵了个水泄不通。郑成山要带着盐役强行冲出去，被履宽制止了。

"现在，成家正在悲恸的关口，强行驱撵，恐怕引起官民之间的矛盾冲突，容我想个万全对策出来。"

"堂堂盐署，被他们弄得乌烟瘴气，成何体统！"郑成山急得脸红脖子粗，钟履宽硬是不让他动武。

"咱们不能对无辜百姓施强，还是说服劝退他们吧。"

第四章 报应立现

"秀才,你给念念,那白布上写的都是啥?"厉铁匠停了红炉来看热闹。

钟秀胤剜了铁匠一眼,没好气地说:"老厉,你带着伙计们出来闲溜达,也不怕孙猴子从你那红炉里蹦出来!"

"嘿嘿,炉门关严实了,不用瞎操心喽。"铁匠大大咧咧地回话。

"太上老君只打了一个盹儿,孙猴子就在花果山当山大王五百年,直到把天庭闹得鸡犬不宁。你那个火炉的门,连老鼠都窜进窜出,要是老鼠把红铁弄出来引燃了这条街,那可就天下大乱了,你得吃不了兜着走!"

"哈哈哈,秀才,你可真会损人!"厉铁匠张开大口笑起来,惹得看热闹的人一齐回头往这边看。有的人甚至发起了牢骚:"真是站在河边看水涨,看热闹不怕事大,人家正在办丧事呢,铁匠还在那谈笑,什么事啊?"

"成家唱的是哪一出?做得也太过分了!光天化日下把盐署大门给堵上了!"

"自古以来都是欠债还钱,杀人偿命,应当砍掉黄大毛的头,还成家一个公道!"

"成家是怕钟大使念及与尹家的情分,轻饶了黄大毛,所以出此下策,意在要挟盐场。"钟秀胤的分析最有见地,"你看那副冥对,就很有寓意嘛!"

"那上面到底写些啥,像曲蟮篓子似的,怪瘆人的。"丁偏头说道。

"钟大使真能忍,要是在往常,早把这些乌七八糟的东西请到一边去了。"六大碗老板杨大同也远远地站着,往这边瞧。

"钟大使可不是这么莽撞的人,闹出人命这样的大事情,谅谁也得谨慎从事呀。"悦海酒楼的刘老板也发表了自己的看法。

"成家这样做太过分了,盐署大门是草民随便堵的吗?"钟惟昌也来了，遇到了杨大同他们，凑上前来。

"看样子，成家全族的人都来了，整条街都堵严实了，比赶大集还热闹呢。"

"这是办给活人看的，死人还讲什么排场？成家也是窝囊到极点了，这点小麻烦难不倒履宽的，他什么风浪没见过？"钟惟昌大大咧咧地说道。

其实，在场的钟家的人也不少，消息早传到钟惟庄那儿去了，盐工们都劝他去看看，帮履宽镇镇场。

"咱们瞎操这份闲心干什么？履宽与咱们走的不是一条道，他当他的大使，管着全镇盐滩大大小小的事务；咱们当好小盐民，凭本事多晒盐，经营好这份祖传的产业，本本分分地管好盐店，不偷私漏税，就不错了。"老爷子挺释然，其他人也就不好说什么了。

"钟大使让成家闹怕了？这么长时间也不露头了？"

"偏头，你快死一边去吧，人命关天，钟大使哪有生杀大权？"钟秀胤胸有成竹地说。

"把杀人凶手捉拿来，当街问斩，祭成孝柱的怨魂，给成家一个交代。"厉铁匠砸铁有声地说道。

"不见得，当街问斩，咱钟大使是青天大老爷包青天啊？"

"杀人偿命是天经地义的事，当街问斩，人头落地，成、尹两家的恩怨一并了结，不就得了吗？"

"你真是个猪脑袋，值了一辈子的更，让梆子把脑袋敲愚昧了！"钟秀胤气不打一处来，抽身离去。

厉逢春笑了："我没有闲工夫陪你们唠叨了，让别人听了去，还不把你的舌头割了喂狗！"

"再不回家，老娘们又要寻你来了。"

丁偏头叹唔一声，只好挤出人群回家去了。

第四章　报应立现

　　盐署里面，钟履宽正在加紧审讯黄大毛，把出事的经过了解清楚，并责成张福成记录在案。盐滩出了这么大的事，也瞒不住了，要火速将公文提交到县衙门去，由县令大人亲自开庭审理，才能让众人服帖。

　　一个多时辰的工夫，供桌前烧纸的余灰已经将黑陶的牢盆填满，几个穿孝服的小孩子在案前引燃烧纸，红红的火光把他们幼稚的脸庞映得红扑扑的。女人们号哭久了，嗓子干哑了，仗着人多，声势还有模有样的。那些半大小子们，哪里肯服从大人们的安排，你戳我，我搡你，早就聊上了。最忙的要数成善霆兄弟三个，他们走来走去地跟族人们商量着什么，唯有死者的老婆孩子最痛心。

　　"快追呀——别让它跑了——"吆喝声夹杂着凌乱的脚步声，从南街的方向传来。

　　一头小黑猪正以飞快的速度往北街奔跑，在它的身后，紧追不舍的是一位乡下男人，男人的身后，跟着两个十几岁的男孩。三个人手里挥舞着荆条子，嘴里不住地喊着。那头小黑猪分明受了惊吓，四蹄如飞，发了疯般往北街窜，成家正堵在盐署大门口出殡，难道这头小黑猪也着急忙慌地来参加吊唁？

　　疯跑着的小黑猪倒显机灵，专挑人空子钻，想必它已修炼成精，视人类如无物，像它的远祖野猪那样，无拘无束地在森林里追逐嬉戏。小黑猪越跑越欢畅，可是苦了那一大两小撵猪的人。

　　成家出殡的人本来就多，看热闹的也不少，盐署门口本来并不宽敞，小黑猪跑进人群里，一转眼就不见了踪影。

　　"俺的猪呢？"乡下男人也没了辙。

　　谁知，小黑猪竟然藏到了供桌的下面，被铺在供桌上的桌布挡住了。

123

可能闻到了食物的香味，小黑猪禁不住从桌布下伸出头来，见到有一盘香喷喷的苹果在眼前，不管三七二十一，张口叼了一个，麻利地缩回到供桌下面，大嚼特嚼起来。

正在供桌前烧纸的孝柱那五六岁的儿子毛蛋发现了小黑猪，惊恐地拐了母亲一下，急急地问道："娘，那是什么？"

凌翠花蒙着泪眼，顺着儿子的手指朝供桌上望去，看见丈夫的牌位立在桌子的正中央，认为儿子是在问牌位的事，随口说道："傻孩子，那是你爹！"

小孩子怔了一下，没敢再问，在孩子幼小的心灵里充满了疑问。

"噼啪——"不知是谁在人群外面放了一个炮仗，小黑猪受此惊吓，噌地从供桌下钻出来。

那小男孩惊叫道："娘，快看！俺爹跑了——"

"你爹跑了？跑哪去了？"凌翠花被儿子的话吓了一跳，霍地站起身来，瞪着骇人的眼睛，直直地朝棺材望去……她还以为诈尸了呢。

小黑猪又从布幔下露出了头。

"在那儿呢——"小男孩手指着小黑猪高声叫道。

围观的人见此情景，哄堂大笑……

"这孩子想爹，都想嘲了。"

"该不是成孝柱到阴间托生成一头猪了？"

小黑猪一刻也不老实，兴许是吃惯了甜食还想吃，更加肆无忌惮，又从布幔后面跑出来，谁知，猪蹄子绊到了拴白布幔的绳子，把布幔扯倒了。倒下来的布幔正好盖在了烧草纸的牢盆上面，瞬间便被引燃了，火苗一下子蔓延到供桌上面，供桌上的台布、两盏油灯立时烧了起来。

火头借着风势，蹿到了灵棚上面。灵棚是竹子扎成的，外面糊了芦席子，遇火就着，燃烧着的竹竿发出了噼里啪啦的响声。

"哎哟——灵棚着火了——"

第四章　报应立现

"灵棚着火了——"

"俺的老天爷哟，火龙降罪下来了，快逃命啊——"

"成家围堵盐署大门遭报应喽——"

吊孝的人们哪还顾得上哭丧，本能地向外跑。水火无情，保命要紧，赶紧逃到宽敞点的地方吧……

女人喊着孩子，孩子喊着亲娘，孝帽子掉了也顾不得拾了，孝衣拉扯碎了也没人怨了，你拉着我，我拽着你，鬼哭狼嚎着朝外面挤。

"别让大火把棺材烧了，快抬棺材呀——"族长成老大扯着喉咙喊着。

准备呈给县令的公文已经写好，钟履宽正准备到外面察看一下动静，却被嘈杂的喧闹声弄蒙了。刚走出来，看到大门口火光冲天，浓烟翻腾，人们争相四下里逃命。

"快救火！"钟履宽果断地喊道。

一番人仰马翻，总算把大火浇灭了，成孝柱的棺椁刷了桐油，也过了火，幸亏扑救及时，才不至于报废。成家人被大火吓蒙了，也不敢上前堵门了，都远远近近地站着，没了主意。

钟履宽从里面把大门打开，走到成老大跟前，严厉地说道："闹吧！怎么不闹了？不是仗着成家全族的民意吗？"

"钟大使，俺们错了！"成老大低下了头，六十多岁的人经这几天折腾，满脸都是起皱的老皮了。

"人人都懂得'让死者安息'，你们倒好，抬死人棺材要挟盐场！你们这可是触犯了大清律例，理应收监！"

"钟大使，可怜可怜成家吧，人死如灯灭，只求大人能公正办案，给死的人一个公道，给孤儿寡母一份安慰。"

"族长这话说得有道理。"

"咣——"一声洪亮的铜锣声传来。

钟履宽等人听到锣声响，顿时呆住了。

"闲杂人等一律回避,县令大人驾到——"

"县令大人到了,快快迎驾!"

◇◇◇◇◇◇◇◇◇◇◇◇◇◇◇◇◇

一顶双人抬的青布小轿落地,下来了一位矮胖的人,正是县令荣添寿。成老大见状,赶紧示意成家族人垂首下跪,心里早敲起了小鼓,唯恐县令怪罪下来,成家偷鸡不成反蚀把米。

如此情景,钟履宽如实相告,把黄大毛的审讯记录呈上去,帮助荣县令快速掌握了案情。

成老大被叫来训话,荣县令道:"老族长,盐民争利两厢斗殴,已经违反了法令,如今斗出人命来,却不听盐场大使从中秉公处理,反而鼓动百姓围堵盐署大门,妨碍公务,在老百姓中造成极为恶劣的影响,按大清律例,应当将主要肇事人依法收监,等候处置,你可知罪吗?"

成老大早已吓得瑟瑟发抖,双膝跪地,哀求道:"大老爷,成家已经搭上一条人命,老夫悲痛欲绝,阻挡盐署大门,实属不得已,望青天大老爷为民做主,将那杀人凶手黄大毛缉捕归案,早日砍头示众,一命抵一命,还成家一个公道。"

"老族长,那黄大毛已经归案,本官还未来得及审理,你已经替本官做出了断,真是大胆妄为!来人——"

众盐役应声围拢上来。

"把成老大给绑了,带下去等候处置!"

"荣县令,使不得!"钟履宽赶紧求情,"老族长只是一时糊涂,才出此下策,谅不是他本意,成家陷入失去亲人的痛苦中,难免情绪冲动,望大人不计小人过,饶过成家一回,待理清案由,再作处置也不迟。"

"望青天大老爷饶命——"成家族人跪下来,齐声替老族长求饶。

第四章 报应立现

"好吧，本官刚来罗口镇，对此事的来龙去脉还没有弄清楚，本着大事化小，小事化了的原则，先饶过你一回，快带族人离开此地，并把盐署门口清扫干净，等候本官审案！"

"谢谢青天大老爷！谢谢青天大老爷！"成老大连磕了几个头，爬起来，招呼着族人悄无声息地自行散去。

"县令大人辛苦了，一路颠簸未及安歇，又遇见这等烦心事，实乃下官失职，望县令大人问责！"

"钟大使不必自责，遇到百姓聚众闹事，应当立决，将肇事者押往县衙，不可拖泥带水，以免引起更大的猜疑，发生不可控的后果。"

"谢县令大人恩典，请屋里就座，稍事休息。"

用过茶点，荣添寿便向钟履宽了解了成孝柱被害的经过，把尹茂财、老黄头、成老大、成善霆等一干证人叫来对质，案情水落石出，便当众宣判：其一，成、尹两家邻墒晒盐，共用一条沪沟，理应和睦相处，互通有无，如今斗出人命，两家都有错；其二，成孝柱独占沪沟，未承让老黄头，成家有错在先；其三，成孝柱先动手打老黄头，致老黄头骨折险些丧命，成家再错，黄大毛半路杀出，下狠手致成孝柱头部受重伤不治而亡，责任在黄大毛一人；其四，尹、成两家聚众在盐滩殴斗，两家都有错；其五，成孝柱死后，成家族众堵盐署大门出殡，成家犯错。纵览以上五宗错，判决如下：死者成孝柱的殡葬费由成家自担，尹、成两家伤者治疗费由两家各自承担，将杀人凶手黄大毛押入大牢，戴罪负刑十八载……

成、尹两家均表示心服口服，恩怨从此了结。钟履宽当众宣布，加倍拓宽两家盐滩之间的沪沟，于秋后动工，两家因挖水沟所占去的地亩，由草荡滩续补。

案情审理完毕，笼罩在罗口镇上空的阴云终于散去，人们的脸上又现出笑容。钟履宽请县令大人在六大碗饭庄喝酒，一干盐商、货商均应邀入席。酒席之上，在众人见证下，尹茂财和成老大握手言和，重归旧好，一场剑拔弩张的紧张对峙终于得到了妥善解决。

◇◇◇◇◇◇◇◇◇◇◇◇◇◇◇◇◇◇◇◇◇◇◇◇

"宋老板,备下这么多的坛坛罐罐,今年冬天准备大干一场啊?"钟履宽看到益隆商行的门口停了一辆骡子车,雇工们正在搬运着刚从窑里烧出来的瓷坛罐子。

宋有璋回头见到钟履宽,赶紧换了一副笑脸,点头哈腰地回话:"钟大使好,刚从高家窑烧了一批腌菜坛子,今年没打算腌太多,老百姓的白菜坐地起价,而腌菜在南边也不好卖,钟大使快来店里坐坐吧。"

"宋老板腌白菜是老江湖了。"钟履宽没推辞,正好去看看腌菜现场,便拱手进了益隆商行。

商行有三间朝向北大街的正堂,正堂的后面是一个大院子,坛子被堆在墙角,院子的中央是一大堆白菜,十几名妇女围在白菜垛四周,切菜根,去掉外面的菜帮子后,从中间切成两半,放在竹架子上面晾晒。竹架有一人多高,从上到下摆了六层竹篦子。干净的白菜在秋阳下晾晒三五天,去掉多余的水分,便放进菜坛子里,撒上盐、红辣椒、生姜、大蒜等佐料,把坛子口封紧,一入冬,就可以源源不断地运往上海、苏南等地销售。这个生意宋有璋已经做了五六年了,有固定的客户,不愁销路。白菜属北方特产,运到温湿的南方后,存放时间很短,极易烂掉,而经盐腌渍后,却能吃上一冬一春。

"宋老板,要保证腌白菜清脆爽口,用盐一定要掌握好火候。"

"是啊,一斤菜半两盐,少不得。"

"用盐可不能小气,要用好盐,既要白,还得泥沙少,别疼价格。"

"所以,我一直用的是钟家滩的盐,盐灶煮的盐,容易把白菜染成黄色,一斤也不敢用。"

第四章　报应立现

"只要是优级盐，用哪个官坨的都可以。"履宽笑笑。

"钟家滩的盐有一种清香味道，是别的滩比不了的，幸亏没有涨价，要是每斤盐涨两厘，这份生意就没得做了。南边的人精明得很，厘儿八钱的都要计较。"

"咱们是薄利多销，盐商们有的赚，盐民们也有碗稀粥喝，官府的税钱也没少，将就各方的利益。"

"钟大使真是一位好盐官，一碗水端得平，全镇上老的少的都佩服！"宋有璋说道。

钟履宽微笑着摇了摇头。

"老东西，腿脚利索点儿！"呵斥声从门外传来。

"东家，俺怕把这瓷坛子碰着了。"有人软弱无力地申辩。

"碰碎了你可赔不起！"

"啪！"皮鞭抽在身体上的声音。

"东家，俺再也不敢了……"

"怎么能把人当牲畜打呢？"履宽皱紧了眉头，起身往外走。

"呵，小虎这脾气总也改不了！"宋有璋叹了一口气，也跟着出去了。

正在卸瓷坛子的五六个农民模样的人，穿着补丁摞补丁的衣裳，瘦得皮包骨头，他们默不作声地劳作着，很吃力的样子，那一双双眼睛里含着冤屈。

"宋老板，可别再让郑玉海那样的事发生了。"钟履宽深有感触地说道。

"钟大使放心，俺会多加注意的。"

履宽闷闷不乐地从益隆告辞回家。

"爹，今天上午俺在街上看到一个奇怪的人。"中午吃饭的时候，宏儿向他绘声绘色地描述着。

履宽也被儿子吸引住了，问道："有什么奇怪的？长着三头六臂啊？"

"那个人的脖子很粗,下巴长着一个大饭嗓子,吃的饭全装在里面,像个大葫芦似的。"宏儿夸张地比画着。

"娘,俺大弟说得不错,那个人喘气像牛一样,两只眼睛瞪得特别大,俺俩跑得远远的,不敢看他。"傅英子在一旁证实。

钟履宽的眼前闪过这样的场景:在乡下,总有一些因吃盐太少而导致脖子粗大的人,俗称"大脖子病"。得上了这种病的人就会四肢无力,头晕眼花,脖子粗得吓人,都是为了省仨俩盐钱,吃盐吃少了,到最后就会全身浮肿,得痨乏病而死。唉!乡下十年有九年庄稼歉收,老百姓的日子可苦了,连买盐吃的钱都没有。

孩子们还小,哪懂得这种病的可怕之处,世事艰难啊!履宽把小强强从妻子的手里接过来,两只大手架住了小家伙的两臂,小家伙那对黑黑的小眼珠炯炯有神地盯在他的脸上看,张开没长牙的小嘴朝他笑呢。

"呵呵,强强还不认识我吧?"

庄玉萍把衣裳的褶子扯了扯,笑道:"你的手放轻着点,孩子的小身子骨可不经用力抱。"

"强强可高兴了,他的两条小腿在踢蹬呢。"宏儿也被弟弟的憨样吸引过来了,傍在爹的怀里逗强强玩。

履宽便把强强安放在腿上,一边轻轻地踮着,一边发出各种声音来吸引孩子的注意力。

"唉哟,我的腿怎么热乎乎的?"履宽惊叫一声,赶紧起身把孩子交还到妻子怀里,低头一看,大腿根的裤子已经湿了一大块,"这小崽子尿下了!"

"他爹,你小点声,别吓着孩子,"庄玉萍提醒他,"看孩子不留点'纪念'能行啊,俺可不是白让你抱的。"说完便笑了。

履宽只好去屋里换了一身干爽的衣服,一边自言自语着:"看孩子这活还不是那么好做的。"说着,便出门去了。

第四章　报应立现

钟家盐店门旁的大石块上坐了一个体态臃肿的人，看那身打扮，就是一个生活潦倒的乡下人，等走过他身旁，履宽暗暗吃了一惊，这不就是宏儿说的那位患大脖子病的怪人吗？

"老乡，从哪里来的？"履宽停住脚步，转身问道。

"俺是从马镫山下的牛庄来的。"那人无精打采地回答。

"来罗口镇投亲？"

"要饭的！"那人重重地叹了口气，把乱草窝似的头低下了。

这人的话不假，在他的身旁还有一根两头磨得光滑的槐木棍子和一个满是补丁的布袋子，袋子瘪着，人已累得挪不动步了，真是一个倒霉透顶的人。

履宽走进盐店，把账房贾时旺叫到身边，朝门外的穷汉指了指，小声说道："那人你认识？"

贾时旺摇摇头："在那儿坐了半天了，也不去上门要口吃的，真是个懒汉！"

"给他送点吃的，顺便装上十斤盐，他病那样，怕是多日没吃盐了。"

贾时旺赶紧送出去几个煎饼，那人接在手里，立马狼吞虎咽地吃起来，又从柜台里盛了一瓢盐送过去，那人一边咽着煎饼，一边打开布袋，装下盐，扑通跪下，口中念叨着："谢谢大老爷，谢谢好心的老爷！"说完，用力把布袋了搭在肩上，拄着棍子，朝西街去了。

"这样的人一天要碰见好几个，在乡下不好好种地，穷极了便往镇上跑，怜悯之心不该有。"

"人非草木，哪能见死不救呢。"履宽在店里转了转，便回盐署去了。

"英子妹妹，东城墙外的荷塘里正在放水捉鱼呢，咱们去看看吧，

说不定也能捉回几条。"刘阿六把分派的活做完,闲来无事,看见傅英子去水塘边洗衣裳,他也跟了去,坐在池塘边的石头上玩。

"捉鱼何必去荷塘,咱们这池塘里不也有鱼吗?"英子正在洗强强的屎尿布,没那闲心思跟他出去玩耍。

"这个塘里哪有鱼啊,就算有鱼,也给尿布熏死了。"阿六把一茎茅菜根去了外皮,放进嘴里大嚼特嚼起来,吮吸着茅草特有的甜汁,还不忘用舌尖把草茎拨来拨去的,像极了蛇嘴里吐出来的信子。

"小孩子的尿布根本不熏人,只要换洗得勤快些,还有一股淡淡的香味呢。"英子说的是心里话,强强生下来三个多月了,屎尿布全是由她洗的,她从来没有闻出骚臭味来。

"你不去俺自己去,荷塘里的淤泥那么深,又是阴阳水,那里面的鱼保证又大又肥,煮鱼汤可好吃了。"

"再好吃的鱼俺也不馋。"傅英子探着身子,辫子稍沾到了水面,两只胳膊熟练地往水里漂洗着尿布,那动作又有力又好看,刘阿六几乎要看呆了。

"阿六,又在那里胡说了,高管家到处找不到你,还不快去!"刘妈远远地喊他。刘阿六应了一声,慌忙起身跑走了。

三天后,荷塘终于见底了,只剩下黝黑的淤泥在阳光下泛着漆黑的面孔,偶尔还留有一片片小水洼,时不时会有一尾鱼在浅水里扭动着身子,张开嘴喘气,妄图游到深水里去活命,尾巴扑打着泥浆,传来啪啪的脆响,站在岸边观看的人们便啧啧地称赞。

"好了,可以下塘挖藕捉鱼喽!"

人们知道,不消一宿的时光,荷塘里就会再次涌满积水,留给人们下塘的时间也就是一个下午。人们换上短衣短裤,手持着短柄铁锹,不约而同地下了塘,人人都希望有一个好收获,不仅能挖到又粗又长的藕,还能顺带捉回几尾鱼,烧一锅鲫鱼炖藕片汤,一家老小开开荤。

第四章 报应立现

　　塘堤上站了好多看热闹的,荷塘里的人都在大显身手,小孩子们也来凑热闹,但他们人小体弱,不能下到水塘深处,那里面的淤泥可不好惹,只能在边上瞎忙活,大都是把大人们挖到的藕抱上岸来,放到自家的筐里面。这么热闹的场景怎么会落下刘阿六呢,捉鱼摸虾是他的本能。他的家在小刘庄,就在川河边。他从小在河边长大,夏天在河边放牛,光着屁股在河里游泳,只要愿意就会捉一些小鱼虾回家给爹当下酒菜;冬天到河边的柳树林里拾柴,在冰封了的河面上滑冰,脸冻红了,手冻僵了,小屁股在冰面上摔疼了,但快乐满满的,有时候还会在梦里给笑醒。如今长到十五岁了,要到镇上来拜师学艺了,烦恼也就多起来了。趁着荷塘挖藕的大好机会,他要大显身手,让生活在镇上大户人家的少爷们看看他的能耐,再也不敢对他横挑鼻子竖挑眼,要是能捉回去几条大鱼让高管家炖了下酒,那该多好啊!

　　刘阿六不声不响地下了塘,他在心里暗暗地祈祷,千万别让钟老爷看见。他是偷跑出来的,没有找到铁锹,两只手在淤泥里乱摸,虽然抓到几段别人挖断了的藕,实在不值得高兴,他便试探地往更深的地方去。早有人在岸上朝他喊话:"那是谁家的小孩,怎么敢走到那么深的泥里,快出来——"

　　刘阿六不应声。到底有人认识他,说道:"那是钟家刚雇来的小伙计,是下人刘妈的儿子,叫刘阿六。"

　　"这孩子是新来的,不知道小盅子是怎么死的……"

　　"呸!呸!闭上你的臭嘴,哪壶不开提哪壶,都舀干水了,已经见底了,还能有什么可担心的?"

　　阿六不去理睬闲话,专心在泥里摸索着,那没到膝盖的淤泥泛着腥臭味,直往他的鼻孔里钻,他却毫不在乎,凭感觉在他的手边正隐藏着一条大鱼,只要再坚持一会儿,一定会有所收获。

　　"小子,屁股没到水里了,裤子湿透了!"有人朝他起哄,引来一片哄笑声。

"有鱼！"阿六刚喊出一嗓子，猛地挺直了身子，双手牢牢地掐住了一条大鱼的尾巴根儿，使出吃奶的劲儿往外拽，那鱼的尾巴有蒲扇那么宽，鱼身还陷在泥里，鱼和人就在那里僵持着，谁也拔不过谁。

"嗬！刘阿六捉到大鱼了——"岸上的人们发出了惊呼声。

"看样子鱼还不小呢，阿六劲头太小了，拽不出来！"

"别让鱼跑了——"厉逢春回过神来，扛着新打的鱼叉子就跑过去了。

这时，大鱼的尾巴被刘阿六掐痛了，头一下子从泥里面窜了出来，使劲拍打着淤泥，溅起的泥浆就像下了一场黑泥巴雨。刘阿六被淋得浑身都是泥点子，眼睛也睁不开，手却死死地抓住鱼尾巴，就是不肯松开。大鱼疯狂地扭动着身体，妄图从阿六的手中溜走，还张开大嘴，哇哇地惨叫着。

人们被这情景惊呆了，好大一条鱼，足足有一米多长，头像大葫芦，眼睛赛牛铃，鱼鳃就像秀才钟秀胤手中那把时开时合的折扇，更奇怪的是那鱼的叫声，分明就是小孩子的哭声。

厉逢春跑上前，来不及脱掉鞋子，便跳进水塘加入了人鱼大战。他扬起手中的铁叉子，照准大鱼的头部，用力扎下去。大鱼怪叫一声，立即扎入泥水中，连带着铁叉子的木把也陷了下去。厉铁匠攥紧了木把子，使劲往外拔，鱼叉子拔出来了，因用力过猛，他的身体失去了平衡，一屁股坐了下去，淤泥一下子没到了他的胸脯子。就在他挣扎着爬起来的当空儿，大鱼再一次从泥水中露出头来，一股殷红的血柱喷泻出来，混合着泥浆，将他们两个浇了个透心凉。

大鱼被叉子伤到后，更加疯狂地挣扎。刘阿六几乎要松手了，人也被大鱼往深处拖着，又有三四个人前来助阵，岸上的人们简直吓傻了。

"天哪！这哪儿还是一条鱼啊，分明是一头怪兽啊！"

"怪兽来了，要遭殃了，快跑吧——"

第四章 报应立现

胆小的人掉头就跑,可那些在塘子里挖藕的人却遭了殃,他们本来想多挖几筐藕,多捉几条鱼,晚上回家烫壶热酒喝喝,谁知这边人鱼大战甫一开始,离得近的便沾了光,先淋一阵黑泥雨,再淋一阵血浆雨,人也就像一段掉光了叶子的枯荷茎一样,兀立在那里,寸步难行,无所适从。

人多力量大,大鱼终不是对手,败下阵来。五六个人连拖带抱地将鱼从泥塘里搬到岸上,全都成了泥猴,累得一屁股坐在地上,张大了口喘气,看热闹的人们呼啦围上前来看个仔细。大鱼也累了,躺在那里一动不动,伤口处还在汩汩地流着浓稠的血,闭着眼,就像是死去了一般。人们朗声谈论着,每个人的脸上都洋溢着获胜的喜悦之情。

"这条鱼得有七八十斤重,鱼身肥得赛过水桶。"

"从没见过长这么大的鱼啊!"

"谁知道这是条什么鱼啊?像头小猪崽哩!"

"猪你个头啊!猪还能生活在水里?"

"秀才,数你学问大,你说说这是条什么鱼。"人们把钟秀胤推向前。

钟秀胤围着大鱼转了一圈,大鱼忽然睡醒了似的睁开了眼睛,一对黑眼珠泪汪汪地看着他。

"俺也不认识呢,真稀罕!"

苗长石从钟家滩收工回家经过荷塘,也赶过来瞧热闹。他看了看那条大鱼,黝黑的躯体,浑身连一片鱼鳞也没有,像涂了一层黑油彩,那嘴脸特别吸引人,鼻子扁平,两个鼻孔又大又圆,离开了水塘,照样能喘气,一时半会儿也不会憋死,心里便有了数,慢吞吞地说:"这条鱼还不算大的,应该还有一条更大的鱼。"

人群立即炸开了锅,人们纷纷说道:"老苗头,难不成这片荷塘里还有一条比这更大的鱼?"

"俺也不确定,有可能在荷塘下方的河道里。小时候听老人们讲,大海里有一种鱼叫海豹，都是一对出现的，一大一小，生活在海里，能长到好几百岁，通人性，有时候好几百条成群结队地聚集在一起，那场面可壮观了，渔船碰上了都得绕着它们走，得罪不起哩。"

"哎哟！"人们被惊到了，还在塘子里的人听说荷塘里还有一条更大的鱼，吓得赶紧撒了出来，连一条小的鱼都要五六个人才能擒得住，要是更大个的寻仇来了，那还不得把人吃了！

"你们看它像不像一个人啊？"卖烤地瓜的老于头也围上来。

"像人？！"人群爆发出一阵哄笑声，"不就是老于头的那张烤地瓜的鞋掌脸吗？大样扒不出小样来——简直一个模子刻出来的！"

"你们不要瞎起哄了，看见这条鱼，倒让俺想起了一个人。"老于头一副较真的样子。

"想到谁了？想熬锅鱼汤给你那八九十岁的老娘补补身子？真孝顺！"厉逢春翻着白眼说道。

"俺想起了小蛊子！"

厉逢春几个人正瘫坐在地上，被老于头的话吓得一激灵，径直跳了起来，围观的人群像被马蜂蜇了似的，立即向四下里逃开。见此情景，那条大鱼的眼睛里闪出一抹蓝汪汪的火焰，"哇哟"怪叫一声，转过头，两只前鳍像是两只宽厚的脚掌，快速扭动着肥胖的躯体，往水塘里爬去。

"大鱼要逃跑了——"刘阿六惊叫一声。

"别让大鱼跑了，到嘴的肥肉怎么能让它跑了呢？"

那些胆大的人们又围拢上来，有的用手摁，有的用脚踩，有的用棍子戳，人人的眼里流露出贪婪的神情。

"兴许老于头的话没错哩。"钟秀胤吧嗒着嘴说道。

"那可就神奇了……"

"管它是海豹还是海狗呢，咱们将它抬到盐神庙去敬盐神，敬完盐神，再把它分吃了，不就平安无事了吗？"厉逢春大大咧咧地说道。

第四章 报应立现

"对,铁匠的法子好使。"人们手忙脚乱地找来绳子,将大鱼五花大绑起来,中间插上一根竹杠子,由两位身强力壮的人抬了,大伙跟在后面,吆三喝四地往盐神庙而去。

"使不得啊!"苗长石喊道,可是没有人理会他。一群泥猴子一般的人,抬了一条大鱼,有说有笑地走着,有的人还高兴地敲起了铁锨头子,故意弄出很大的动静,惊飞了草丛里正在找草籽的鸟雀。

"真是作天业喽!"苗长石不知因天冷,还是被这伙人的嚣张气焰吓得浑身打着寒战,抖抖索索地推起他的小推车,急急地往家赶,哪还顾得上观望。

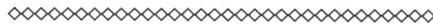

天空里簌簌拉拉地下起了碎雪末子,人们都在猫冬了。每到这个时候,庄玉才的豆腐房里更热闹了,外头天寒地冻,人们都躲到有热乎气的豆腐房里取暖,也图找个乐子什么的。

鱼肉吃了,美味尝了,有好事的人偷偷去大刘庄请教了肖大山,带回来一个惊人的消息:荷塘里的那条大鱼是陈家小盅子的肉身,小盅子死后托生成了一条鱼,人吃鱼就是人吃人,这是天理难容的,报应就要来到了……

"俺就不信邪,这个吃不得,那个动不得,还说老祖宗定下的规矩,还不是吃不到嘴里就拉馋的呱?天上飞的,地上跑的,想吃还吃不到呢,俺就有这口福,那鱼汤,白得像糯米汤,那鱼肉嫩得像羊羔肉,俺一口气吃下了三大碗,喝了一斤地瓜干子酒,可饱口福了。"厉逢春对那顿鱼肉大餐可谓是三日不忘,真恨不得再来那么一口。

"铁匠,有什么可夸耀的?俺就感觉哪里不对劲似的!"钟秀胤拈着下巴上的胡须说道。

"哪里不对劲？依俺说是你肚子里的那些曲蟮篓子不对劲了，鱼肉分得太少了，没打下去馋虫吧？活该，叫你假正经！"

"像吃死蛙子肉似的，俺就没觉得好吃。"郭时田说道。

"鱼太大了，成鱼精了，不在老海里颐养天年，到荷塘子里来干什么？你们说奇怪不奇怪？"钟秀胤若有所思地说道。

"没有什么可奇怪的，它是趁着七月十三那场大雨，上来喝甜水的，谁知道洪水退去，水变浅了，它就回不去了，只好在荷塘子安下了身。屋漏偏遇连阴雨，碰上了铁匠这样没人情味的家伙，没等到明年涨大水的时候，就把小命搭上了，唉！"郑绪兰喘了一口长气，幽幽地说。

"郑大哥就不要在那里发慈悲了，全镇上百口子人喝了鱼汤，就算天王老子怪罪也不可能落到俺一个人头上，天塌下来有高个子顶着，俺怕什么，再好的酒菜也没在肚子里存下，抡了一通大铁锤，淌了一身臭汗，一点影也没有了，到哪里查证去？"

"龙王往他的臣民簿子一翻，发现少了一个属下，不兴师问罪才怪！"老米头的话像一根银针，立马把在座的人的神经给挑拨起来了。

"铁匠现在知道后怕了。"郭时田也在笑话厉逢春。

"俺走得正坐得直，俺没什么好怕的！"厉逢春勉强为自己撑胆。

刘阿六的"壮举"到底传到钟老爷子的耳朵里，这下可闯下大祸了。

"高管家，俺听了你的话才让阿六来钟家当学徒，这下倒好，正经的行当没学会，倒学会捞鱼摸虾了，你是怎么教的？"钟惟庄脸色铁青。

"老太爷，这孩子是偷偷跑出去的。"高铨摊着两只手无奈地说道。

"太无法无天了，出门也不跟师傅打个招呼，要这样的下人早晚是个祸害，揍他一顿，撵出门去算了！"

"钟老太爷息怒，是俺看管不严，要责罚就罚俺好了。这孩子是初次犯错，都是为了给俺弄个下酒菜以讨俺欢喜，也是一副好心肠，再说刘妈干活这么卖力气，把孩子撵走了，刘妈的脸往哪儿搁？"高铨战战兢兢地替刘阿六说情。

"是啊，阿六还是个孩子，孩子哪有不犯错的？说服教育就是，何至于把人家撵走？也没多大个事儿，不就是去捉鱼吗，证明阿六身手灵活，是个捉鱼的好手。"钟老太太也替阿六说好话。

"你懂什么？钟家老老少少没一个不守规矩的，等刘阿六出了徒，就到盐店里去管账目，说不定还要接你高管家的位子，这么重要的活计，怎么能交给一个不牢靠的人？所以从小就得给他立下规矩。"钟老爷子气呼呼地说。

"钟老太爷放心，俺回去后好好教训他一顿，让他长长记性，保证不再重犯。"

"那好吧，替俺使劲管教管教，给他扎个牛鼻环，拴上根绳，不听话就得拽拽绳子，看他老实不老实。"

"钟老太爷言之有理，俺这就去办。"高铨从老太爷房里出来，肺早气炸了。

他找到刘阿六，声音颤抖地发号施令："刘阿六，去水塘那边砍根柳条子来，要软活的。"

刘阿六不明就里，也没看清高管家那一脸的风霜，便听话地提着砍刀去水塘边砍柳条子去了。柳条砍回来了，刘阿六恭恭敬敬地交到高管家手里，心里正纳闷高管家要柳条干什么？难道他也童心未泯，想拧柳哨玩儿？大冬天的，哪有这玩儿的，阳春三月才是拧柳哨儿的最佳季节呢……

高铨把柳条子握在手里掂了掂，长短粗细都挺合适，可见这孩子还蒙在鼓里呢，于是大喝一声："刘阿六！你知错吧？！"

刘阿六被高管家的喊声震蒙了，刚才还好好的，怎么说变就变？他疑惑不解地看着高管家的脸，往日的慈祥和善早已不见踪影，换上了一副吓人模样。刘阿六吓得扑通跪倒在地，小声说道："管家，俺不知哪里错了？"

"好，俺让你长长记性！"高铨大喊一声，"把裤子扒下来！"

刘阿六不敢抬头，只得依照吩咐去做，刚褪下裤子，啪的一声，柳条子已抽到了屁股上面。刘阿六"啊哟"一声惊叫了起来，屁股顿时火辣辣的。

"俺问你，这是在什么地方？"

"钟家大院。"

"钟家大院也是你想来就来想走就走的地方吗？"

"啪——"又一条子抽了下来，刘阿六的身体猛地颤抖了一下，他咬紧牙关坚持着。

"你来钟家是干什么来的？"

"是来学徒的。"

"捉鱼摸虾还用得着学吗？"

柳条子结结实实地抽了下来。

"谁让你去捉鱼的？你去捉鱼的时候跟谁说了？"

"俺自己偷着去的，没跟谁说。"

高管家抽他一下，问他一句话，刘阿六到现在才明白挨打的理由，可是晚了。柴房里的动静，傅英子第一个听到，她吓坏了，飞跑到厨房去把刘妈叫来了。见此情景，刘妈也傻眼了，看看高管家气得那个样子，分明是阿六做错了事情，她往地上一坐便哭嚎上了，一边哭一边骂，却不敢向高管家求饶。傅英子见刘妈来了也无济于事，便跑到履宽的房里去搬救兵。钟履宽正好刚回来，见英子张口气喘地跑进来，问道："英子，你跑什么？"

傅英子就像见了大救星一样，喊道："干爹，快去柴房看看吧，高管家正在打刘阿六呢！"

"管家为啥打阿六？"

第四章　报应立现

"因为他偷跑出去捉鱼。"

"那是该打，让他长长记性！"履宽随口说道。

"干爹，你快去劝劝高管家吧，刘妈在那儿哭呢，阿六的屁股都给抽烂了！"

"活该！"

傅英子情急之下，便顾不得什么了，上前拉起干爹的手臂，拽着他往柴房赶来。

"管家，有话好好说，干吗生那么大的气？"履宽见阿六的屁股已经被抽得通红一片，忙从高管家手里夺下柳条子，扔到一边去了。

"一等人用眼教，二等人用嘴教，三等人只能用棍棒教！"高管家喘着粗气说道，"刚开始看着还可以，挺老实的一个孩子，便在老爷面前举荐了来当账房学徒，来了没几天，就偷偷摸摸地跑出去捉鱼，不学好，可把老爷气坏了，俺这老脸往哪儿搁！"

"阿六，你越来越像你那不争气的爹了，俺的下辈子怕是指望不上了！"刘妈伤心地撩起大襟擦眼抹泪。

"高管家，俺知错了，俺再也不敢了，以后俺好好改。"刘阿六忍着痛求饶。

"既然少东家给你求情，今日俺就放过你一回，若有再犯，就撵出钟家门，永远别想回来！"

"谢谢高管家成全，俺再也不敢了！"

"锁在柴房里面壁思过三天，直到想通了再出来！"高管家撂下一句狠话，把柴房的门哐当一声锁上，钥匙别在腰间就走了。

夜里，一个短小的身影悄无声息地来到柴房门外，隔着门缝，偷偷地把一包桃酥和两个苹果塞了进来，刘阿六从里面接过去，小声说道："英子妹妹，你别来了，让他们看到就坏大事了！"

傅英子贴着门缝安慰他道："阿六哥，你快吃吧，俺没事，俺也不怕。"

"英子,俺不想连累你,你快回去吧,别再来了。"刘阿六的声音颤抖了。

"阿六哥,往后你可要学着乖一些,把高管家尊在前头就没事了。"

"俺记下了。"

两个人隔着门缝说了半个时辰,怕被人发现,傅英子才一步三回头地离开了,可是躺回到被窝里却半宿没睡踏实,像是做了一场噩梦似的。

"钟大使,这是县衙对黄大毛的判决书,请您过目。"张福成从县城捎来了两份公文。

"好,太好了,来得太是时候了,用大红纸抄写十几份,公之于众,让人们明明心。"

大红纸张贴在罗口镇大街的显眼处,人们先读为快,黄大毛被判处十八年劳役,押往胶东的矿场服刑。成家人得到消息后,喜不自胜,奔走相告,以告慰成孝柱的亡灵。当然,一家欢喜一家愁,老黄头的腰半年多了还没有好实落,也不能下滩当盐把式了,好歹保住了黄大毛的一条命,能不能活着回到罗口镇就看他的造化了,黄家和尹家也就咽下了这口气,恩怨到此两清。

一进腊月就有年味了,家家户户忙着备年货,就在人们全力忙年的时候,益隆商行的船队出大事了。

◇◇◇◇◇◇◇◇◇◇◇◇◇◇◇◇◇

腊月初三,益隆商行的船队从上海返回罗口镇。当船队行驶到离川河口还有三里水路的时候,船上的人以为就要到家了,突然迎面遇到了一阵强劲的横风,海面瞬间波涛汹涌,领头的小船一下子与风浪较上了劲,犹如迎头撞上了一堵墙。船老大使出了全身的解数调度,水手们拼尽了全力划船,想把船泊到岸边,谁知,在恶浪的推动下,小船离岸边越来

第四章 报应立现

越远,随船押运的宋小虎纵然喊破了嗓子驱使着水手们划船,也无济于事,在大海面前,人力简直太渺小了。小船像一片树叶在风暴中飘零,最终六条人命加上一船南货全都葬于海底,另两条小船幸亏应对及时,漂落到了屏山岛,逃过了一劫。

风浪过后,大海重归平静。得到消息的人们奔到海边,向大海祷告,呼喊着亲人的名字,哭号连天。人们在街头巷尾窃窃私语:"海龙王发怒了,欠债是要还的,捉到了神鱼,不把它送回大海放生,还胆敢分吃,这不是与他老人家作对吗?龙王动动小手指头,罗口镇就得抖三抖!"

"益隆商行的人没去捉鱼啊?龙王为什么会选中宋有璋?"

"善有善报,恶有恶报,不是不报,时候不到!"

凡是分食了鱼肉的人闻之色变,懊悔不已,唯恐报应降临到自己的头上。他们偷偷到海边烧纸钱,向大海投食物,有的还扎了纸鱼、纸马去供奉海龙王,替自己的行为洗刷罪责,祈求龙王的饶恕。人们还自发地到益隆商行去帮助料理丧事,用善行包裹愧疚之心,祈愿能过一个平安年。

秀才钟秀胤却有苦难言,毫无征兆地拉起了痢疾,一天跑茅坑十几趟。去的时候大腰裤子都顾不得解开,排泄时,肛门就像放响鞭;等往回走时,两条腿似灌了铅块一样千斤重,身体如麻秆一样轻。三五天下来,苦药喝了一大锅,却前胸贴近后背,人瘦了一整圈儿,与饿死鬼没什么两样,连大门也出不去了,让他老婆埋怨得不赖。钟秀胤心想要坏大事了,八成上了龙王的生死簿子,估计连年也过不去了,都要交代后事了,幸亏亲戚去盐神庙里求来观音土中了用,止了泻。稍稍恢复些元气,钟秀胤便倒背着手,慢吞吞地出了门。他要到街上看看,可是街上冷冷清清,没个过年的样子,偶尔碰上个村民,刚想上前说句话,可人家早早地低了头,缩着脖子,把青菜帮子似的脸藏在衣领里面,权当没看见。他心里那个气啊,真恨不得跳起脚骂街,可他实在没那个力气,等溜达到铁匠铺子那儿时,情形还算暖和些。

"老厉,俺走遍了罗口镇,就你这儿还有点热乎气。"钟秀胤走进铺子,在火炉边靠墙根的长木凳上坐下,守着铁匠炉子,犹如一床热乎乎的暖帐将他包裹起来,舒服极了。

"秀才,这些日子你死哪去了?俺还认为你到龙王那里报道去了?"厉逢春正拿着一把长柄的生铁钳子,伸到通红的炉膛里翻看铁块的火候。

"可不是嘛,去龙王那里报道了,嫌俺太瘦了硌牙,又退回来了,还阳了。"

厉逢春边忙活边斜睨了秀才一眼,看到他比往日瘦下来一圈儿,吓了一跳,连忙关上炉门,叮嘱了正在拉风箱的二儿子东来一声,便放下钳子,来到钟秀胤身旁,问道:"秀才,你怎么了?像换了个人似的?"

"唉!说来话长……"钟秀胤简要地把得病的事跟厉逢春说了,倒把他惊吓得不赖。

"俺的老天爷,真有这种事呀?"

"千真万确哩!"

"这么说下一个就轮到俺了?!"

"老厉,你别不信,还是多注意点好。"

钟秀胤走了许久,厉逢春还呆呆地坐在那里,只听大儿子东升在他耳边说道:"爹,这块镢头铁都快烧化了,还不打?"

"打!打!"厉逢春像失了魂似的,口齿不清地回应着。只见他站起身,头也不回地走出铺子,径直朝家里走去了。

⋄⋄⋄⋄⋄⋄⋄⋄⋄⋄⋄⋄⋄⋄⋄⋄

要过年了,钟家大院忙活起来了。钟老爷子吩咐下去,所有的门窗都用上好的油漆重新漆了一遍,儿子们的窗户装上了明亮的玻璃,可老爷子用这种洋玩意儿不习惯,就他的窗户还是老样子。

院子里的树木也修葺了一番,冬天里花草都已枯萎,但池塘边井台旁的竹林仍旧青翠。房后园子里高高的杨树上新安了一个鹊巢,喜鹊们整天叫喳喳的,像小孩子一样盼着新年。履新、履洋小哥俩一年里难有几次见面的机会,有说不完的话,总到大哥房里看小侄子,白天则带着宏儿到处玩。宏儿像他们的小尾巴一样,跟在他们屁股后面疯跑。

腊月二十八,履宽哥仨在老爷子的授意下,带着大红鞭炮和一大捆烧纸来到盐滩,在滩房的门上贴上通红的对联,放了两挂红鞭。当烧纸点燃的时候,履宽跪在地上,朝盐神庙的方向磕了九个头,希望盐神保佑来年多晒盐。宏儿像一头撒开了缰绳的小野马,跑到池塘边往冰面上扔石块,跑得满头大汗,棉鞋让卤渍浸得湿漉漉的。履洋平时也很少到盐滩里来,对眼前的一切都感到新奇,便叫上二哥一起到水车上面玩,可步伐总赶不到一块儿去。看似简单的事情,这两个青年人做起来,却像极了两个长臂猿猴下到了草地上,那姿势可笑极了,在一边看热闹的宏儿拍着巴掌大笑不止。他们又玩起了碌碡,履新在前面拽着粗麻绳用力地拉着,碌碡咯咯吱吱地滚动起来,履洋则顽皮地站在碌碡上面,顺着碌碡滚动挪着细小的步子,人也算是稳稳地站在了滚动的碌碡上面,宏儿跟着跑来跑去,银铃般的笑声在滩田上空传出老远,叔侄仨玩得乐此不疲。

履宽并不去多管束他们,一个人到处走走看看。盐滩里已经少有人走动,盐工们都回家过年了,盐滩寂寥了许多。偶尔有滩主来贴对联放鞭炮,噼里啪啦的声响惊起觅食的群群海鸥。看啊,连海鸥们也换了新装,难道他们也在迎接新年吗?它们总是不畏严寒,就算是大年初一也在赶工溜海呢。小麻雀们成群结队地在枯黄的草丛里找寻遗失的草籽儿充饥,他们总有说不完的话,捡到一颗草籽就会兴高采烈地相互议论比试一番。收割过的芦苇荡里结了一层薄冰,那些芦苇茬子就像猫耳朵一样露出了冰层。冰盖子下面是缓缓流动着的水，成片的芦苇浩浩荡荡地一直延伸到海边。越到海边盐度越高，芦苇就会越长越矮，身子骨变得更结实，柔韧性更好。人们收割来，去掉枝叶，制作成箋片，盖新房的时候，用来充当挡土的檀条簿子，还可以围成一个粮囤子，既透气又透光，更利于苫盖。唯一的缺点就是不挡老鼠，在粮囤子上面放上一只铁夹子或是养上一只花猫，鼠族们只有逃之夭夭的份了。小时候的钟履宽常常躲在那粮囤子顶上看闲书，《三国演义》《水浒传》《西游记》……逮到什么就看什么，看过之后，再把故事绘声绘色地讲给小伙伴们听。苇塘的水底横七竖八地积满了变黑的芦苇叶子，就像中医铺子里浸泡在透明玻璃罐子里的经年老参。人走在冰层上面，脚底下咯咯吱吱的一片响，胆小的人还真不敢走上去，摸不准冰下的水有多深，唯恐一脚踩下去，踹出一个吓人的冰窟窿。在这寒冬腊月里，真不用担这个心，尽可以闲庭信步般在冰面上来去自如，冰层厚着呢。

边走边看，边看边想。就任盐场大使以来，事情一件连着一件赶趟儿似的考验着他的耐力，有郑成山鼎力相助，在罗口镇那富足厚重的土地上，他平安无险地经历了各种艰难。初生的牛犊不怕虎，也真难为了这个二十多岁的小伙子，临危受命，却不负众望，把人心涣散的罗口盐场治理得有条不紊。

"大哥，那些人在干什么？怎么穿着白大褂？"钟履洋朝他喊道。

履宽回过神来，定睛一看，顿时警觉起来："大过年的，是谁家在出殡？"

"那是去上坟的。"履新看了一会儿说道。

"上坟哪有穿孝衣的？我过去看看，你们带着宏儿回家去吧，盐滩上怪冷的，别冻着了。"

"爹，俺也要去？"

"履新、履洋，你们快带着宏儿回家去吧，要下雪了。"履宽扔下

第四章　报应立现

一句话，便朝松树林的坟场子走去了。

他绞尽脑汁也没想起来到底是谁家出殡，快到近前才看清了，原来是厉逢春和他的两个儿子，这到底是哪一出？他满腹狐疑地加快脚步，前去看个究竟。

"厉大哥，你们在做什么？谁过世了？"快到近前，履宽看见厉逢春爷仨全都穿着白布孝衣，头上缠着白布缕子，腰里扎着麻绳，光着脚板。厉逢春扛着镢锹，两个儿子抬着一口新打的棺材走在后面。

三个人闻声停住了脚步，厉逢春见是钟履宽，口一张，还没说出话来，先放起了悲声，两个儿子顿时号啕大哭。

"履宽兄弟，长话短说，俺屋里的，今早五更天截了气……"

"怎么可能啊？"履宽一下子蒙了，"前天我还看见大嫂子去肉铺买肉的，还跟她说话呢，没见这病那灾的？"

"是啊，她的病来得突然，五更天就没了。"

"俺娘是被你逼死的，是喝了卤水死的！"大儿子东升埋怨道。

"现在还说这些干什么，说什么也晚了，谁知道会出这事。"铁匠强忍着悲痛，粗糙的大手往脸上一抹，便是满把的辛酸泪水。

"好端端的为啥要去喝卤水啊？"履宽吃惊不小，说什么也不敢相信。

"天知道是怎么回事？昨天晚上还好好的，吃罢了饭，早早地伺候俺上了炕，也没吵嘴，话头也不多，直睡到五更天。俺起来小解，没点灯，被她绊了一跤，点上灯一看，她直挺挺地躺在冰冷的地上，叫她也不答应，用手一摸，早没气了，嘴角满是白沫子，身子也冰凉了，查看她身边的卤水罐子，喝了得有半瓢卤水，可怜啊！不把肠子烧断才怪，看样子一心想死了，不打谱活了……"

"没向亲戚们发丧啊？"

"唉！大过年的，谁家里不在忙年？劳累一年了，就图个过年热闹，俺这又不是老死的，不是个全面事，俺爷仨把她葬了算了，就不打扰亲戚朋友了。"

厉逢春的话让钟履宽倒吸了一口凉气,后背一阵阵发凉。厉逢春虽然脾气暴了点,但很顾家,在外场的人品还不错,有一手祖传的打铁手艺,开着一间铁匠铺子,大财发不了,零花是断不了的,日子过得也算宽裕。女人话头不多,可也通情达理,和睦邻居,两个儿子也长大了,在铺子里已经能打下手了,过三年五载,就要娶儿媳妇当婆婆了,眼看就要熬出头了,怎么会寻短见呢?人啊!

爷仨一边哭,一边挖墓穴。隆冬季节,地冻得硬邦邦的,又多树根和草根,半天挖不了一锹深,履宽只好上前帮忙,终于在天黑前,让棺材下了葬,起了一个小小的坟堆,只待上满三年忌日坟,才能把坟堆添起来。

从盐滩回来,零零星星的雪花儿便赶趟儿似的当空洒落。天空青灰色,细碎的雪粒子像是自然之神的有意所为,冰冻的大地一会儿就变成了一片银色。有句民谚说得好,春打六九头。除夕之夜正是五九末,大年初一立春。温暖湿润的气流已经在遥远的南大洋的深处形成,正在往北移动着脚步,总有一天它会如期而至,在这片土地上撒欢儿。

压抑的年关总算熬过去了,可人们紧绷的神经并没有轻松多少。

那些曾经招惹过大鱼的人都遇上了这样那样的麻烦:郭时田睡醒了一觉之后,嘴歪到一边去了,得了歪嘴风,为此请大夫扎了十几针,还是落下了病根,不说话还好,一旦开口说话,哈喇子先流出来了。又过了些日子,姓杜的人右腿莫名其妙地瘸了,还有一个浑身长满了癞疥癣……

小小的罗口镇被一场愁雾笼罩着,人们的心里凄凉迷茫,无力地挣扎着,却总被一只无形的手给牢牢地抓住了,想逃逃不出来,想说说不出口。春天来到了盐滩,人们却浑然不觉。

第五章 济世盐灯

"钟大使,你可回来了,这几天都把俺们急死了。盐场来了一位洋大人,这可怎么办?"郑成山见到钟履宽便倒起了一肚子苦水。

钟履宽趁着开春时分盐署事务少,一个人出门十多天,去往西部民岸地区转了转,结交了一些盐商朋友,看看老百姓的盐罐子满不满,估算一下盐的用度,确保罗口盐场能够做到产销两旺,末了,又转到海州去看了看盐产。谁知,刚一回到盐署,就听到郑成山的抱怨,年前曾听荣县令说过这事,所以心里并不感到惊奇。"来就来了呗,既来之则安之,洋人也是人,先探探来历,慌张什么?"

张福成赶紧回报:"前天,荣县令亲自送过来的,说是官府委派洋人来掌管盐场的税务稽查,住在罗口镇不走了,要咱们好好招待。"

"罗口镇这么个乡下穷地方有什么好招待洋鬼子的?"

三个人正在说话,洋人径自进来了,张福成识趣地退到一边去了。钟履宽定睛看去,不禁眼前一亮。嘀!这个洋人身高足有一米九多,比他还要高出一头,可骨瘦如柴,像根芦苇秆儿,一阵风就能吹倒。一头麻栗色的头发,像被母牛舔了一样贴在头皮上,头很小,脸盘子窄,眼目深邃,鼻梁奇高,简直不匀称,皮肤白得像搽了一层面粉,比家里的

第五章 济世盐灯

娘们还要嫩呢!在他打量对方的时候,那洋人先开口说话了:"您就是钟履宽大使吧?"

洋人还会说中国话?履宽吃惊不小,但来而不往非礼也,只好抬手作揖,问道:"正是本人,你是哪里人?"

"我来自大英帝国。"洋人的中国话说得不太标准,但也听得清楚。

"你叫什么名字?"

"我叫皮克斯·格罗韦茨。"洋人咧嘴一笑,露出雪白的牙齿。

钟履宽疑心自己的耳朵出了毛病,这人的名字好奇怪呀?郑成山和张福成没忍住,扑哧笑出声来。

"这有什么好奇怪的?"洋人耸耸肩,两只蒲扇般的大手张开来,无奈地笑笑,接着说,"既然名字太长不好记,叫我'皮克斯'好了!"

"皮克斯?这还差不多。"履宽听明白了,也记下了,"皮克斯先生,你大老远的到中国来干什么?要是来抢劫的,就你单枪匹马的一个人,在这么多人面前,可不会有好果子吃的!"

"钟大使,您弄错了,我不是来抢劫的,我是来工作的,跟你们一样,干活的。"皮克斯赶紧为自己辩解。

"八国联军犯北京那会儿有没有你的份儿?"

"那是军人们干的事,我是一名财务工作者,受威德奇公司委派前来负责盐税稽查的。"皮克斯眨眨眼睛,尽量把话说得明白些,以免引起误会,他也感觉到钟履宽确实是一个不太好对付的人。

"罗口盐场的税款都已上解到县衙去了,我们不需要请外国人来稽查。"

"税务稽查就是确保按照盐税税率足额收税,不能偷漏税款,保证税款足额上解,贵国已经把这份工作交给威德奇公司。我本人受公司委派,是享有外交豁免权的。"

履宽其实心知肚明,故意刁难他罢了,可这个洋人也算是个中国通,一时半会儿还找不到吓阻他的好办法，只能慢慢来了。

"皮克斯先生打算长期居住在罗口镇喽？"

"我的工作在这里嘛，我有什么办法？"皮克斯眨眨眼，一副调皮的样子。

"这里的饭菜还习惯吗？"

"我喜欢吃中国菜，我还要学做中国菜，回家后再做给家人和朋友吃。"

"你的家人没来中国？"

"没有，就我一个人不是挺好吗？"

"那你可就要吃苦头喽——"

"没事，我喜欢吃苦，今天咱们认识了，我请你吃饭吧？"

"要请也得我先请，我是'地主儿'嘛！"

皮克斯笑呵呵地一口答应下来了。

◇◇◇◇◇◇◇◇◇◇◇◇◇◇◇◇◇◇◇◇◇◇◇

庄玉才的豆腐房里出现了少有的热闹，人们热烈地讨论着新来的洋人稽查官。

"真是见到奇景了，洋鬼子还能到咱们这个小地方？"戏园子的老米头说道。

郑绪兰接过话："罗口盐场也不小呢，每年晒盐好几百万斤，在省里名头可响了。"

"履宽把盐场管理得多好，还用得着派洋人来插一杠子吗？"厉逢春从丧妻的阴影中走出来，又抛头露面了。

钟秀胤一边喝着热乎乎的豆汁，一边自言自语："不是那么个事，他们是来割韭菜的。"

第五章　济世盐灯

"秀才，你的学问大，你给评道评道。"丁偏头也赶来凑热闹。

"这是洋人自己要求来的，他们要插手大清朝的盐税，把欠他们的战争赔款收回去，以防官府从中挪用。"钟秀胤叹了一口气说道。

宋有福听到这话就来气，伸拳瞪眼地说："洋人来收税？咱们偏偏不交给他，他能咋办？"

钟秀胤拈着胡须，微露轻蔑的表情，慢吞吞地说道："宋保长，洋人跟官府是一伙儿的，洋人一来，省了地方大员们的事了，收盐税的活儿让洋人来干，大人们何乐而不为啊？"

"听说就来了一个洋人，咱们这几千口子人还打不过一个？洋鬼子长着三头六臂不成？"厉逢春有点儿不服气。

"铁匠，你当是打铁啊？只要锤头硬就行了，洋人可不好惹。前些年闹拳匪那会儿，五个黄毛从屏山码头上岸，不照样占领了临城？打仗不能光看人多，还得看人家手里使的是啥家伙！"盐役小队长庄保林忍不住插话。

"呦，是庄队长啊，往后八成你的顶头上司就是这个洋鬼子吧？怎么说起话来胳膊肘子向外拐？"宋有福反问道。

"真不好说，宋保长往后可有的忙活喽。"庄保林摇摇头说道。

"履宽刚从海州县取经回来，想推广卤水滩晒盐，一看到洋鬼子来了，气不打一处来，说不准会两巴掌把洋鬼子扇出去，看他还能蹦跶到哪时。"

"偏头你是看热闹不怕事大！"郑绪兰说道，"请神容易送神难，更何况是洋人，大清朝还不是吃够了洋人的苦头，差点亡了国，说起来都是一把辛酸泪啊！"

说曹操，曹操到。皮克斯弓着身子进了豆腐房，看到满屋子的人，赶紧抬起手来跟人们打招呼："大家早上好！"

人们装作听不懂他的话，全都低头吃喝，没有人搭理他。庄玉才从柜台后面走出来，问道："客官，你吃点什么？"

153

"我要一碗豆汁，两根油条。"皮克斯的中国话说得很顺溜。

他来到钟秀胤的桌子旁，指着空着的座位问道："大爷，我可以坐在这里吗？"

钟秀胤故意耷拉着眼皮，爱搭不理地说："随便！"

"谢谢！"皮克斯点点头坐下来。可是他的腿太长，桌子底下放不开，只好叉开两腿将就着。

钟秀胤把碗筷推到一边，点上一锅烟抽起来，慢条斯理地问："哪里来的？"

"我是从大英帝国来的。"

"你知道这是哪里吗？"

"知道，罗口镇。"

"错，这儿是大清帝国！"钟秀胤吐出一口烟雾，立刻把皮克斯呛得直咳嗽。

"对！对！大清帝国，的确很大啊！"皮克斯笑呵呵地说道。

豆汁和油条送上来了，皮克斯对那黄澄澄的油条感到很好奇，拿在手里欣赏了一番才放进嘴里，一边吃一边不住地点头，一副很享受的样子。

钟秀胤拿眼睛的余光看着皮克斯，心中暗暗嘀咕，还洋人呢，尖嘴猴腮一身毛，分明就是一个大马猴。

等洋人走后，人们议论开了。

"这个洋人真不赖，还会说中国话呢。"郑绪兰十分纳闷。

钟秀胤不以为然："他是洋鬼子派来的爪牙，专门来搜刮民脂民膏的，学会了中国话，更好对付咱们，居心叵测啊！"

"洋人的腰里还别着一个铁疙瘩。"丁偏头看得仔细。

钟秀胤愤恨地说："那就是洋枪，威力可大了，大清朝的军队就是被洋枪洋炮给打败的。"

"真是来者不善，善者不来，往后，咱们罗口镇要有一场血雨腥风

第五章 济世盐灯

喽！"厉铁匠叹息道。

宋有福撸着袖子说:"铁匠，你多打几把快刀，咱们趁月黑风高去把洋人的头抹掉算了。"

丁偏头头戴破狗皮帽子，双手拢在袖筒子里，在桌子间走着，眼巴巴地往每个人的碗里瞧着，想拾一点残羹剩饭，却故意把话说得狠一点："全罗口镇的人一人一口唾沫就能把他淹死！"

"偏头今天能耐了，啊？"

"履宽作为盐场大使，肯定有制服洋人的妙计，就不劳咱们在这里费口舌了。"钟秀胤站起身，拍拍衣服走了。

罗口盐场来了位洋税务官的消息传遍了大街小巷，钟惟庄一肚子气不打一处来，见了儿子就劈头盖脸地问下来。

"宽儿，盐场缺人手啊，稽查还得请外国人干，难道洋人能干出个天花来？"

"爹，这不是个小事，官府的盐税大权拱手让给外国人了。"

"真是无能到家了，洋鬼子把大清朝欺侮得猴子腚里拉杏核——仁里无仁。咱倒好，还把盐税大权让给他们，真是败到家了，唉！"

"洋人是为盐税来的，盐税肯定得涨了。"

"那也不能让他涨顺溜了，咱这儿盐税上涨二厘，销区的盐价就得翻一番，这个危害就出来了，你得把这个道理给他摆清楚。"

"我会的。"

"玉萍，你看看强儿的小脸，跟红布似的，是不是发热了？"

刚过晌，强儿喝饱了奶水，正偎在娘的怀里玩耍，两只小黑眼珠，一直盯着履宽的脸。

庄玉萍把嘴唇贴紧强强的额头,担心地说:"怕是发热了,小脸比平时热多了,俺把他的小棉袄扣子解开了两颗,也没见好,俺得抱过去让咱娘看看。"

"外头风凉,别又冻着了,让英子把咱娘叫过来吧。"

不多会儿,钟许氏随着傅英子来了,一进门,就忙不迭地说:"快让俺看看,俺的宝贝孙子怎么了,才八个来月,可不经春风吹啊。"

"娘,强儿发热有多半天了,小脸越来越烫人了,恐怕伤风了。"庄玉萍边说边把强儿送到老太太手上。

"俺的小宝贝哟,眼角都有眼屎了,肚子里肯定有内热。"钟许氏把嘴唇贴紧孩子的额头,老太太断定孩子是着凉发皮汗了。她吩咐道:"快让刘妈拿酒来,给强儿搓搓手心脚心,先让内里的热度降下来。"

刘妈很快便送过来一壶酒,倒了一茶盅,递给老太太。玉萍已把孩子的小手从小棉袄的袖子里拽出来一点点,刚露出手腕,老太太便用棉花蘸了酒水,往孩子的手心里抹搽。

"老太太,孩子的手腕上有个小水泡呢!"刘妈眼尖,一下子看出了异常。

"小水泡?"钟许氏被刘妈的话惊到了,定睛看去,禁不住打了一个哆嗦,口中喃喃自语,"亲娘来,该不会?"

"娘,强儿怎么了?"庄玉萍吃惊不小,索性把强儿的小胳膊从袄袖子里抽出来,不看不知道,一看吓一跳,孩子的小胳膊上面生了三四个肉红色的小水泡,这一看不打紧,强儿的前胸后背,星星点点地长了十几颗。

"天哪!强儿生痧子了!"老太太恍然大悟。

"娘啊,那可怎么办呢?"玉萍结结巴巴地说道,"才半天的工夫,俺还认为是天热了,给小棉袄捂得发热了。"

"强儿生痧子了?!"履宽一下子蹿到炕前,看着强儿红红的脸蛋

第五章 济世盐灯

出神。

谁都知道，生痧子就是小孩子的鬼门关，这种病专爱找刚出生不久的小弱孩，一旦染上，就看孩子的命硬不硬。要是能扛过去，最好的结果是脸上长满了坑坑洼洼的麻疹子；要是孩子的八字弱，小命就难保了，老天爷……

钟老太太如临大敌，立即吩咐下去："刘妈，快给孩子的帽子和棉袄上缝上红布条，别上两根针。宽儿，你去厨房掏一筐草灰洒在大门口，在屋里点上柏香，让英子带上宏儿，到我屋里去睡，不能跟强儿见面，更不能让小哥俩贴在一起，这个病传得可快了，就算十几岁的孩子都抵抗不住。"

庄玉萍吓傻了，一边流着眼泪，一边引起针线往孩子的衣服上面缝红布条，缝一针就像在她心头戳一下，甭提有多难受了。孩子是娘的心头肉，才生下八个月就染上了这么吓人的病灾，当娘的心都要碎了。

钟老太太又安排刘妈将干艾草泡在锅里，烧了一锅艾草汤，待水温合适了，便给强儿洗了一个浸满艾草的温水澡。那苦苦的艾叶味道直冲鼻孔，可孩子不哭也不闹。钟老太太小心翼翼地用干净的棉布把孩子包裹了，放进暖烘烘的被窝里。庄玉萍寸步不离，偎在孩子身边，一两个时辰过去，眼看着孩子的小脸也起了红疹子，全家人都慌了。

履宽忧心忡忡地在大门外撒了一圈草木灰。

从记事时候起，每年的清明，父亲都要在大门外撒一圈草木灰，等到长大了才明白这样做的意义。他敲着铁锹，撒下的是希望，心中默默地念叨着：妖孽鬼怪全阻挡在大门外，让俺的强儿躲过鬼门关，快快强壮起来。

事与愿违，一切都是徒劳。临近天黑的时候，强儿的病情进一步加重，浑身起满了红疹子，脸上冒出了水泡，连哭泣的劲都没了，两只小眼睛努力地睁着，瞳孔却在不可抗拒地放大，喘的气少，呼的气多，一条鲜活的小生命就这样枯萎了。

钟老太太和庄玉萍哭得肝肠寸断，刘妈躲在门框下撩起大襟擦眼泪。钟老爷眉头紧皱，做出了最后的决定，把高铨叫来，阴着脸说道："管家，把这个不争气的孩子放进竹筐里，提到门外去吧。"

"老爷，再等等看吧，孩子还有一口气哩。"高铨哀求着。

"不用等了，放在大门外过一宿，如果他命大，咱再抱回来拉把他。如果不好了，明早五更你就送到西门外的乱葬岗子去吧，反正未及成人也进不了钟家祖林。"

"老爷，再等等吧——"

"爹，再让俺抱会儿吧——"庄玉萍几乎要昏厥过去。

钟惟庄朝高铨摆摆手，头也不回地走了。

皮克斯吃过晚饭后，在盐署闲得无聊，便去钟履宽家拜访。

在钟府大门口，皮克斯看到那一圈草木灰怔住了，不明白发生了什么事，正好碰上提着一个大竹篮子走出门来的管家高铨。

皮克斯赶紧上前问道："大叔，这里是钟履宽大使的家吗？"

高铨一出门就看到了他，便没好气地说："是啊，你有什么事？"

"钟大使在家吗？我想去拜访他。"皮克斯赔着笑脸问道。

"钟大使今晚不见客！"高铨没好气地扔下一句话，顾自到西墙根把竹篮子放下，转身往大门里走去。

"大叔，钟大使为什么不见客？替我进去报个信好吗？他肯定会见我的！"

"他不会见的！你快走吧！"

"那是什么？怎么有孩子的哭声？"皮克斯往墙根的竹篮子指了指。

的确，从篮子里面传出孩子微弱的哭泣声。

"你这个洋人怎么这么多事？"高铨刚走上两个台阶，迫不得已又折回身，来到皮克斯跟前，压低声音，一字一顿地说，"不错，那篮子

第五章 济世盐灯

里是有一个小孩子,不过孩子得了重症就要死了。你不要问了,这是钟府的家事,你别管了,快走吧!钟大使不会见你的!"

"孩子病了为什么不送医治疗?扔到外面干什么?"皮克斯瞪大了眼睛,吃惊地摊开了两只大手。

"孩子要断气了,钟家不要了,明天一早就扔到乱葬岗去了,你这个洋人是吃饱了撑的还是怎么着?"

"遗弃生病的孩子是犯法的!"皮克斯几乎要吼叫起来了。

"你这个人话不通的树竿子,再在这儿多事,小心俺揍你,快滚!"高铨朝皮克斯抡了抡拳头,便转身进了门,大门哐当一声在他的身后关上了。

皮克斯急红了眼,却装作转身离开的样子,等到大门里没了动静,才折回来,俯身到篮子近前,伸手在孩子鼻孔前拭了拭,狠狠地骂道:"真是愚昧无知的人,孩子明明还活着,却要扔掉,真没有人性!"说完,提起篮子,飞快地跑回盐署,心中只有一个念头:快救孩子!

◇◇◇◇◇◇◇◇◇◇◇◇◇◇◇◇◇◇◇

天刚蒙蒙亮,高铨走出大门,他记得该去做什么。一夜未合眼的他还隐隐约约听到从内宅传来的哭声。为了完成钟老爷交代的事,悄无声息地把一切都做稳妥,他起了个大早。咦?孩子哪去了?他记得清清楚楚,昨晚是放在西墙根底下的,可是,那个地方空空如也,连竹篮也不翼而飞。高铨吓得浑身发抖,围着房前房后找了个遍,愣是没找到,这可怎么办呀?赶紧回去向老太爷禀报。

"什么?孩子丢了?难不成让野狗给叼走了?"钟惟庄大惑不解,"竹篮总不会弄丢的,别对外人声张,弄得满镇风雨有损钟家名声,无论如何也要见到孩子的影子,收拾到乱葬岗去,绝不能让野狗满大街拖拉!"

"俺再去找找。"高铨急火火地跑出去，一条巷子一条巷子地搜寻，直到天已大亮，人们都起来了，也不能在镇子里转悠了，高铨耷拉着脑袋，浑身的衣裳都让汗水湿透了，仍然一无所获。他徒劳无功地去找履宽商量，谁知，履宽的情形让他倒吸了一口凉气。

钟履宽一整夜都未合眼，辫子散了，一头乌发乱蓬蓬地披在肩上，像个野人一般，胡子拉碴，两只眼睛呆滞无神，在他的脚下，烟灰撒了一地，满屋子都是呛人的烟草味道。

高铨赶紧敞门开窗，劝道："少爷，你这是咋的？孩子就是爹娘的小狗，他到人间是来还债的。如今，他没那个福气，先走了，幸许在那边会好好的，再投生个好人家，两辈子享不完的富贵，你就放宽心吧。"

履宽摇摇头，没有说什么。里间的炕上，庄玉萍朝墙侧躺着，早已没有哭泣的力气。高铨叹口气，悄悄地把履宽拉出屋，俯在他的耳边把大门外发生的事情说了，倒把履宽骇得差点儿跌倒，失声问道："管家，该怎么办呢？"

"俺想起来了，昨晚盐署的洋人来过，嚷着要见你，俺没让他进来，是不是他把竹篮提走了？"

"管家，你快去找他问问，找到了直接送到乱葬岗吧，土埋后做个记号，回来跟我说一声，逢年过节我总该去烧卷纸钱的。"履宽说完话，叹息一声，便晃晃悠悠地回房去了。

高铨赶紧出门，一溜小跑往盐署去找皮克斯。

等高铨找到皮克斯的寝室外，竟然从里面传出来逗弄孩子的声音，他趴在门缝往里面望，顿时吃了一惊，他顾不上敲门，径直把门推开。在他的眼前，皮克斯正半躺在小床上，穿了一件白色的单衣，单衣的下摆掖在裤腰里，扣子几乎全开着，袒露着多毛的胸脯，一个孩子正伏在他的胸脯上，两只小手揪着他金黄色的胸毛。皮克斯龇牙咧嘴地怪叫着，孩子则咯咯地笑着，俩人玩得正欢，没有看到高铨。

第五章 济世盐灯

"这不是俺家强强吗？你什么时候偷来的？"高铨大喊一声，眼睛几乎看不清事了。

俩人的嬉笑声戛然而止，皮克斯抱着孩子站起身来，孩子听到异响，吓得躲在他的怀里一动也不敢动，两只小手几乎要抠到他的皮肉里来。

"你是谁？我不认识你，这是我的孩子，你给我滚出去！"皮克斯愠怒了。

"这是钟家的孩子，你还给我！"高铨几乎要扑上前来。

"站住！"皮克斯怒吼一声，从腰间掏出火枪，黑洞洞的枪口指着高铨，喝道，"快滚！"

高铨吓得几乎尿在裤子里，转身往钟府跑去，一进钟家大院，便狂喊道："老爷！老太太！少东家！少奶奶！咱们的孩子还活着，强强还活着啊——"

人们闻声跑出来，高铨抓住履宽的手，一边流泪，一边气喘吁吁地说道："少东家，强强还活着，还好好的——"

"强强在哪儿？"

"在皮克斯那儿！"

钟履宽发疯般地往盐署奔去，一头散开的乌发在他的身后飘起来了。

"钟大使，我终于等到你了！"皮克斯优雅地朝钟履宽说道。

"强强，我的孩子啊——"钟履宽扑上前，一把连皮克斯带孩子拥在怀里，呜呜地哭出声来。

"俺的强强啊——"庄玉萍哭着赶来了，强强闻声向娘的怀抱扑去。

"皮克斯先生，太谢谢你的救命之恩了！你是怎么救活俺家孩子的？"

皮克斯朝身边的一只小药箱指了指："钟大使，孩子其实生了水痘，这种病在婴幼儿时很常见，我这里有特效药，只要打一针就好了。"

"你真是神医啊！"

"神医算不上,其实我的另一个身份是医生,毕业于维齐医科大学,这是我的行医证。"皮克斯掏出一个蓝皮本递到履宽手里。

"皮克斯先生,你有这么高的医术,可以在镇上开一间诊所啦。"

"我也有如此打算。"

◇◇◇◇◇◇◇◇◇◇◇◇◇◇◇◇◇◇

刘银锁按照履宽的吩咐拆了淋卤池,带着盐工们把盐土挑到滩池边的堤坝上去,既筑了坝,又垫高了路面,空出来的地方,挖卤塘子,真是一举三得。

苗长石对这种做法不理解,说道:"这些盐土是费尽了力气从海滩上挑回来的,如今遗弃了,还真舍不得扔。土法淋卤替代盐灶煮盐已经多年了,从老太爷手上传下来的方子,使得多顺手,钟家滩的盐在罗口镇年年都是头一名,还改什么?"

"老苗叔忘了'舍不得孩子套不着狼'的老话了,几筐盐土有什么舍不得?"刘银锁安慰他,"过去的时候,道路闭塞,交流不方便,人们老死不相往来,都认为自己手里的就是最好的,殊不知淋卤要费多少力气,倒腾盐土既费力又费时,改为晒卤的方法后,盐工们少出力气不说,还能把盐的品相提上去,早就应该换换新路数啦。"

"改来改去还不是一个法儿,天生水,水生盐,盐生万物!"凌永槐扮了一个调皮相。

贺家田补充道:"中间漏了一个'土生盐'呢。"

"盐滩不就是中间那个'土'嘛!"凌永槐一句话给顶了回去。

苗长石掏出烟袋,装上了一锅子烟末儿吸起来:"银锁,你得到盐神面前说道说道这个事儿,可不能胡来,祖宗之法,变不得!"

钟履宽刚好赶来,听到了大家的议论,便接过苗长石的话,说道:

第五章 济世盐灯

"苗大叔，新法制卤是经过盐神同意的，咱们遵从了水中取盐的道法，顺从了盐神的旨意，咱们出更少的力气，把更多更好的盐品送到百姓手中，算是做了件功德事呢！"

苗长石清了清嗓子，笑呵呵地说："少东家说得多好啊，咱们在滩上晒盐还可以做功德呢，俺支持新法制卤！"

贺家田说道："可不是嘛，当年，钟家滩是第一个拆盐灶的，现在又是第一个拆淋卤池，谁不羡慕咱们钟家滩啊！"

"宽哥，听说盐署来了一位洋人？真有这事？"刘银锁问。

"是啊，从英国来的，官府派他来稽查盐税。"

贺家田往鞋底敲敲烟袋锅子，说道："好好的罗口盐场让洋人来掺和什么？"

苗长石深有体会地说："官府跟洋人同流合污，一同来坑害老百姓。"

凌永槐发起了牢骚："前回，刘二石碰了一鼻子灰，耷拉着脑袋走了，这回来了个更厉害的茬儿，看来盐税非上涨不可了。"

"官府无能，百姓遭殃！小老百姓还能有什么好法子，受呗！"苗长石叹一口气，无奈地说道。

"俺相信天塌不下来，咱们干咱们的，手中有粮人不慌，滩上有盐心亮堂！洋人来到罗口镇，人生地不熟的，好虎搁不住一群狼，强龙难压地头蛇，有盐神给咱们撑腰，咱也能活出个样儿来！"苗长石粗声粗气地说。

盐工们一齐点头称是。

钟履宽若有所思地接过了话头："这个洋人真不简单呢，还有一手高超的医术。前天，我家的强强生痧子，只剩下一口气，全家人都不指望了，结果让洋人给救活过来了，你们说稀奇不稀奇？"

刘银锁问道："真有这等好事？以后谁家的孩子生痘子就可以找洋人治了？"

"是啊,洋人还打谱在镇上开一家诊所呢。"

"外来的和尚好念经,洋人能在镇上行医,证明他的心眼儿不孬,小孩子生痘子就是过生死关,有多少孩子没能熬过去,有的就算熬过去了,却留下一张麻脸,痛苦一辈子。等洋人的诊所开门,俺也去看看俺的嗓子,咳了半辈子了,让洋人给通通气。"苗长石一边吐着青烟,一边笑嘻嘻地说道。

"都土埋半截了,还显摆什么,洋人几时安过好心?有那闲工夫伺候你?"贺家田说道。

钟履宽并不介意大家的质疑,只有人们亲眼见识了,才会相信。经过强儿这一出,他已对洋人的医术深信不疑。

"宽哥,今春上活重,要新挖四个卤水塘,为了往前赶赶活,俺们就住在滩上吧,早晚能多干半天活。"刘银锁提了个建议。

"十天半月不会有雨水,往前促促活也不错,到了雨泛时,这些泥头活就没法干了。"老苗头也赞成。

"晚饭就让高管家送过来,从明天开始,一天三顿往盐滩上送饭,有空我也住到滩上来,跟大伙一块干。"钟履宽当即做了决断。

"兵马未动粮草先行,钟家待俺们这些扎觅汉的不薄。少东家放心吧,滩上的活落不下,你是官家人,不比俺们这些滑溜身子。"苗长石眯着眼,眼角堆起一道道深深的皱纹。

"众人拾柴火焰高,钟家滩靠大家才有今天。"

歇息过后,盐工们又开始在空地上挖卤水塘了。履宽便起身到盐坨去,因强强这一番折腾,耽误了几天工夫,他得到处去转转。转了几处盐坨,也没大事,钟履宽回家让高管家安排了滩上的晚饭,他回房找玉萍。

"老婆,今晚我就在滩上睡了,刘银锁带着盐工们起早贪黑地挖卤塘子,我也得去干,咱爹年事高了,不能熬这个眼了。"

"强强刚见好转,身子骨还很弱,你不在家里多陪陪,真是好了疮疤忘了疼。"庄玉萍不太情愿。

"多亏了皮克斯，强强才闯过了鬼门关。"

"说好了请皮克斯吃饭，人家可是咱家的救命恩人。"

"皮克斯在忙着审查盐场的账簿，等他忙完了再说吧。"

高铨把晚饭备好了，俩人提着竹编的食盒直奔盐滩而去。

◇◇◇◇◇◇◇◇◇◇◇◇◇◇

到了盐滩，天已经上黑影了，盐工们刚停了工，在滩房门口抽烟歇息，高管家便招呼大家去吃晚饭。趁盐工们吃饭的空儿，履宽围着新开挖的卤塘子转了转，塘子已经有一米多深，快成形了，心里痛快了许多。

盐工们还在吃饭，钟履宽脱了鞋袜，跳下塘去，挖起盐土。一锹盐土得有三十多斤重，虽说他的力气不小，由于不经常在盐滩干活，一开始还不顺手。有时候，盐土送到塘子外面时，因用力过猛，还会把自己闪到一边去。从脚下渗出一洼洼的水，脚底板冻得扎心，几次想停手，可是想想盐工们已经干了一整天了，都要累散架了，还得摸黑接着干，都是为了钟家嘛，他的心变平静了，手中的铁锹也就使顺溜劲了。

刘银锁听到动静，过来劝他："宽哥，快上来吧，黑灯瞎火的也不出活，过会儿月亮就露出头来了，俺们再接着干，用不了两个时辰就能完工。"

"没事，我攒下了一身力气，正好派上用场，你们先吃饭歇歇吧。"

"老庄他们三个回家去了，今晚我们五个住在滩上，宽哥快上来洗洗，等俺们吃完饭，你就跟高管家一起回家吧。"

"我已经跟你嫂子说好了，今晚住在滩上。"

银盆似的月亮从厚厚的云彩里露了个头，立马又藏进更厚的云海里去了，羞于见人似的。昏暗的月光透过云层洒在盐滩上，劳作的人们趁着这微弱的天光干着活，倒也熟门熟路。老苗头和贺家田往外挑盐土，凌永槐、杜春山、刘银锁和履宽四个人在下面挖泥。两间屋那么大的地方，略显拥挤了些，但每个人各守一边，彼此间的话不多，人们都使足了力气干活，只用了一个多时辰，已经下挖到了一米半的深度，作为卤水塘已经足够了。

"宽哥，都快要一人多深了，够用了，咱们收工吧。"刘银锁说道。

"好嘞，我再把脚下的这个高盖儿挖下去就可以了。"履宽正干得起劲，意识到罗口盐滩的第一座卤水塘接近完工了。

他使足了力气，一锨扎下去，只听咔嚓一声，锨头下面火星子四溅，一道火光在眼前划过，一股颤力把他的虎口震酥麻了，他下意识地喊出声来。

"少东家，你怎么了，可别扎着脚！"凌永槐正好在他的近旁，听得真切。

"挖到石头了，把手震麻了。"履宽甩着双手蹦了几个高。

"宽哥，没伤着吧？"银锁凑近前。

"我的锨扎到硬东西了！"履宽忍着痛，咝咝地吸着气，说道。

"怕是硌在石头上了。"老苗头站在上面伸着脖子往塘下看。

"对，肯定碰到石头了。"凌永槐拄着锨把子朝这边看着。

"差不多见底哩，把这块石头挖出来就行了，放在里面等以后下来清塘的时候容易扎伤脚。"刘银锁边说边扎下去。

又是一声更响的声响传来，刘银锁惊叫道："俺的天，这块石头这么硬啊！赛过厉铁匠打出来的铁疙瘩了。"

履宽从旁边掏了几锨后，一锨下去抄了底，一个白色的物什被他一下子挖了出来，说道："这是什么东西！不像石头啊？"

刘银锁从泥里把石头样的物什捡起来，递给苗长石："老苗叔，你到水池里洗洗，我感觉像块玉石似的。"

"盐滩上连块石头都难找，哪来的玉石？你是做梦娶媳妇，光想美事！"

老苗头不经意地说着,撂下扁担,接在手里,去水池里洗去泥土,一盏汉白玉的灯笼跃然现于眼前。

"银锁,少东家,快来看啊!"苗长石惊叫一声,便一动也不敢动了,玉石通体发出了银光。

钟履宽和刘银锁从塘里爬出来,被眼前的景象惊呆了,盐工们都扔下了手中的工具围拢过来。那白色的玉石发着微弱的亮光,把苗长石的脸照得清晰可辨,苗长石轻轻地把玉石交到履宽手上,玉石越来越亮,像灯盏一样照亮了人们的面庞。

"难道这就是传说中失传已久的神灯吗?"苗长石纳闷道。

"是啊!小时候,我曾听爷爷讲起过神灯失窃的故事,如今神灯现世了!"钟履宽喃喃自语。

"神灯现世了!"大家异口同声地赞叹。

履宽的脑海里回想起爷爷曾经讲过的故事:据传很久以前,罗口盐滩的盐民们日子过得很辛苦,为了煮出更多的盐,人们起早贪黑地劳作着,晚上在滩上煮盐的时候,因天太黑,又没有钱买灯油,只能摸黑干活,被热卤烫伤的大有人在,于是人们去向盐神诉苦,乞求盐神帮忙。盐神被虔诚的人们所打动,于是每当黑夜来临的时候,盐神庙的上空就会升起一盏灯,照亮盐滩,人们在灯下煮盐,再也不用担心被热卤烫伤了。可是好景不长,消息被别有用心的人泄露出去。县令得知后,便想得到神灯献给皇帝,为自己升官发财铺路,于是,带领着一帮衙役来盐滩抢神灯。当县令在衙役的帮助下爬上高高的盐神塑像时,盐神大怒,熄灭了神灯,县令滚落下来跌断了双腿,神灯从此销声匿迹了……

"少东家,神灯可是求之不得的宝物,如今重现人世,钟家有福了。"苗长石由衷地祝贺。

"是啊,神灯是少东家挖出来的,就应该归钟家所有。"盐工们纷纷说道。

"神灯是神赐之物,是盐神为了拯救盐民们而赐予的神器,不应由一人占据,贪占之心不可有,私心终会坏大事!"履宽摇摇头,并不赞同盐工们的说法。

凌永槐出去撒尿,发现了异常情况,赶紧提着大腰裤子进屋喊人:"银锁,快去看看吧,新挖的卤塘子里有不少水呢。"

刘银锁三步并作两步来到卤塘边,履宽跟着盐工们也过来了。

"呀,已经半塘水了!这口卤塘怕是要废了。"刘银锁不无惋惜地说。

老苗头躬下身,把手伸进水里,又把湿的手指放进嘴里吮了吮,不禁皱起了眉头:"老天唉,这水太咸了,比海水还要咸上几分呢。"

"真的?"刘银锁那紧锁的眉头顿时舒展开了,他照样尝了尝塘中的水,喜滋滋地说:"宽哥,太好了,咱们挖出来一口卤水井啊!"

履宽亲口尝过以后,说道:"比淋过盐土的卤水还要咸呢,晒上几天就可以进盐池了。"

"看呢,塘子底有个碗口大的泉眼,泉水还在汨汨地往外冒呢。"

"咱们会不会把龙宫的暗道挖通了,由这眼泉水可以连到龙王的龙脉上去?"

"龙王要是生气了咋办呀?他老人家一怒之下把龙脉的大水引来淹了盐滩,淹没罗口镇,全镇的人们往哪儿讨生活啊?"凌永槐焦急地说道。

"不会的,有盐神保佑着这片盐滩,龙王也不敢前来造次,自打俺记事起,还没有出现过一次这样的事呢。"

"神灯是镇盐泉的,再把神灯堵上泉眼不行吗?"

"神器已经现世,就不是咱们这些凡夫俗子所能掌控的了,咱们还是听从神灵的旨意,请盐神帮帮忙吧!"

众人你一言我一语,喜悦之情一扫而光,代之而来的是疑惑不解的沮丧神情,每个人的心中升起一种不祥的预感。

第五章 济世盐灯

老苗头若有所思地嘀咕着:"神灯出,盐泉涌,盐神爷爷显灵了!"

钟履宽扑通跪了下来,盐工们也跟着他围着卤水塘跪下了。

"钟履宽感谢盐神爷爷赐神灯神泉,我将带领盐工们多出力气多晒盐,让大家过上不愁吃不愁穿的幸福日子!"

"咱们这就去盐神庙求盐神吧!"苗长石提议,众人纷纷响应,履宽双手捧着神灯,盐工们簇拥在他的前后,一群人往盐神庙进发。

一进庙门,盐工们全都跪倒在神像面前,履宽把神灯安置在神像下面的案几之上,神殿被映照得雪亮。他双膝下跪,默默地磕了九个头,喃喃自语:"盐神爷爷,求您明示,小民钟履宽,乃盐民后代,以盐为生,一向勤俭持家,遵从祖训,不求富达于乡邻,但求心安理得。虽为小盐官,但也从不恃狂,无愧于百姓,何德何能,竟一日之内既得神灯一盏,又得盐泉一眼,令小民心中惶恐不安,唯恐独享厚泽,滋娇惯之意,养慵懒之躯,终惹祸上身,触逆龙鳞,波及乡邻,万望盐神爷爷明示,以解胸臆!"

履宽双掌相对,手指抵眉,微闭双眼,心无旁骛,虔诚地礼拜。

从遥远的天际传来了洪钟之音:"钟氏子民,乃忠厚贤良之众,引导黎民百姓向海图盐,为世间奉献盐之珍品,救百姓出混沌,实乃功德之行,理应受万人拥戴。三百年前,盐民疾苦,日夜操劳,劳顿至极,本神用颈下之玉石为盐民送去光明,谁知遇不良之人从中作梗,玉石坠落凡间蒙尘,历三百年苦旅,今日赖钟氏贤能,玉石方得以现形,以至于物归原主。为表谢意,特赠盐泉一眼,保大贤之人竭泉而盐,源源不息,泽被厚生!"

言毕,神灯飘然而起,径直飞向神像颈项,化作一颗银白色的珍珠缀于项圈之上,神像露出了安详的笑容。

钟履宽心中感慨万千,长跪不起,盐工们均看得目瞪口呆,压在人们心头的一块大石头落了地。

钟家滩发生的神奇事，在小小的罗口镇迅速传开了。苗长石到豆腐房喝豆汁，大家好奇地把他围住了，七嘴八舌地探问个究竟。

"神灯降临钟家滩，又有盐泉相助，钟家摊上大好兆头了，真是喜上加喜啊！"厉铁匠的大嗓门响亮起来。

苗长石赶紧辟谣："少东家可不是贪财之人，他去盐神庙拜求盐神，把神灯送还盐神了。"

"那神灯不得赛过夜明珠吗？放在家里，晚上还用得着点灯熬油，得省下多少灯油钱啊，履宽太不知道过日子了。"郑绪兰摇头惋惜着。

"神灯现世是盐神的旨意，收回神灯也是盐神的旨意，谁敢违背？履宽做得对，不愧为钟家子孙！"钟秀胤拈着下巴上的几根胡须，说道。

"秀才甭说那好听的了，换了你还不得把宝物揣在怀里，回到家里偷笑呢。"宋有福瞅了钟秀胤一眼，说道，"不过话说回来，谁见了钱财不热眼呢？"

"外财不发命穷人，咱们就不用瞎操那份闲心了，不过钟家滩挖出盐泉倒是一桩实实在在的好事。从海水到盐得费多少工夫啊，遇到雨水就会白费力气，盐泉流出来的是卤水，那就是盐的口粮啊。"戏园子的老吴头喝下一碗热豆汁，额头上冒出了汗珠子，他往额头抹了一把，满脸油光光的。

"钟家近来喜事连连，洋人都给添彩头，证明咱们的罗口镇是个风水宝地，是祥瑞之兆啊。"益隆商行的宋有璋很少来庄氏豆腐房喝豆汁，这次算是巧了，正好听到人们议论钟家，便开了口。

"宋老板的京冬菜都卖成了上海的紧缺货了，一冬一春，生意做得可红火了，益隆商行也是旺相宝地呀。"钟秀胤笑着说道。

第五章　济世盐灯

"谢谢秀才吉言,哪天赏光到商行里喝茶聊天?"宋有璋嘿嘿笑了两声,朝钟秀胤拱手作揖。

"哪敢!哪敢!宋老板是大忙人。"钟秀胤还礼作答。

厉铁匠在旁边看不下去了,受不了秀才那副假斯文相:"你们看看吧,还是秀才见多识广吧?秃子跟着月亮走,有便宜谁不赚呢?"

满屋子里的人都笑了,钟秀胤让铁匠揭了尾巴根子,只好摇摇头,喝他的那半碗豆汁去了。

"钟家滩废弃了淋卤盐土,开池晒盐,咱也得去学学巧,要是也能掘出一眼盐水泉子,可就赚了。"钟惟昌说道。

钟秀胤赞同他的看法:"盐泉是神赐之物,不是谁都能遇上的,多学学钟家滩的做法,倒是可取的。"

苗长石喝下一碗豆汁,浑身热乎乎的,便点上了一锅烟抽起来:"少东家废淋卤滩是先学先行,他整天在琢磨减轻盐工们的劳累,还要晒出更多更好的盐,等到见好后,这个办法就在罗口盐场推广了。钟老板还是先去看看路数,以免到时候着慌。"

钟惟昌的脸面上挂不住了,心中暗想,都说扎觅汉的没有不恨主家的,老苗头在钟家干了十几年的工,倒成了钟家的人,老向着钟家说话,要是俺家盐滩的宋友才能这样就好了……心里不痛快,说出的话也变了味儿:"俺不急着废滩,老祖宗传下的淋卤滩旱涝保丰收,俺就没看到晒滩有哪样好。"

苗长石闻出了话里的酸味儿,就不再说什么了。

钟履丰倒是痛快了一回:"苗大叔,今天俺到你们滩上看看,俺的盐灶拆了后,盐土没处倒腾,盐工也不凑手,还不如直接建成晒池省事。"

"咱爷俩这就一块去吧,滩上也要上工了,正好赶得上。"苗长石抽罢了一袋烟,便磕掉烟灰,揣上烟袋,站起身,空空咳两声,与钟履丰一道有说有笑地去往盐滩。

庄玉萍把全部精力用来抚育失而复得的二儿子强强，纺线织布的活便教给傅英子去做。英子倒也心灵手巧，无论什么活一学就会，纺出来的棉线很少断线，谁见了谁夸。刘妈干完厨房里的活，便拿着鞋底子坐在英子的纺车旁，一边跟她说话，一边看她纺棉线。

"英子，你听说了吗，上天给咱们家送来了一盏神灯，夜里能把整片盐滩都照亮呢，可是少东家把它送到盐神庙里去了。"刘妈的鞋底子是用麻线纳的，拉起线来，都能听到哧哧的声音。

傅英子停下正在摇纺车轮的手，问道："有了神灯多好，晚上纺线就不用点油灯了，油灯光太暗，就算线头断了也看不见，干爹为什么要送给盐神呢？"

"少东家心眼太好了，没有贪心，不想钟家独占了便宜。盐神保佑着盐滩，送给盐神就是为了全镇的盐民们好。"

"干爹为了盐民好，可是盐民们打架闹事不听话，还偷偷地往家里带盐，干爹就不替英子多想想。"

"英子，你是怎么知道的？"

"俺听阿六哥说的。"

"阿六瞎说的，你别听他的，少东家是个大盐官，做的事都很公道，他把神灯送给盐神，盐神很高兴，就给钟家滩送来了一眼盐泉。有了这眼盐泉，钟家滩就会旱涝保丰收了，就会晒出更多的盐来，盐神并没有亏待钟家哩。"

"盐滩那么好，俺也要跟着阿六哥到盐滩上去看看。"英子不假思索地脱口而出。

"可别跟阿六出去疯窜，上次去捉鱼被高管家打了一顿，还没长记

第五章 济世盐灯

性?盐滩很苦的,夏天日头底下晒,冬天北风吹,盐工们风里来雨里去,那就是受罪啊,不是穷急了眼,谁去当盐工!"刘妈的话句句敲在英子的心坎儿上。

"俺还当是……"可能因为英子突然摇动纺车轮子,棉线又断了。

刘阿六走来了,他高声喊道:"娘,盐滩上的饭做好了喊一声,高管家今天要俺跟他一起去滩上送饭,正好看看那眼神泉子。"说完转身就要离开。

傅英子突然想起了什么,便说道:"阿六哥,纺车轮子跑偏了,这几天一直断线,你给看看吧。"

刘妈纳闷,刚才不是转得好好的吗?见英子的小脸通红,小嘴紧抿着,也没细问,心里还惦记着灶上蒸的饭,便起身去厨房了。临走,还不忘叮嘱儿子:"给你英子妹妹修得仔细点,别误了她纺线。"

刘阿六答应一声,便蹲下身摆弄起纺车,傅英子趁机压低声音问道:"阿六哥,俺干爹真的把神灯送给盐神庙了?"

"是啊,人家都是这么说的。"刘阿六背对着她,调试着纺车轮子。

"阿六哥,你能不能去盐神庙把神灯给俺要回来,俺晚上纺线用得着。"

刘阿六被她的话吓到了,停了手,回过头来,眼睛直直地看着英子的脸,结结巴巴地说:"那不就是偷吗?"

"就算偷,也给俺偷回来!"傅英子态度坚决地说。

"会触犯盐神的!俺可不敢!"刘阿六瞪大了眼睛,吃惊地回答道。

"真是个怂虫,算了吧,俺跟你说着玩儿的,别当真。"傅英子的脸上顿时阴云密布,没好气地说道,"纺车不用你修了,俺自己能修。"

刘阿六站起身,慌不择路地跑开了。

◇◇◇◇◇◇◇◇◇◇◇◇◇◇◇◇◇◇◇◇

"强儿的气色好多了，小脸红扑扑的。"履宽把强强抱在怀里，感觉又重了不少，每天回到家里，只要抱起强强，心里就涌起无限的温情。

庄玉萍心有怨言："得了宝贝也不拿回来看看，不吱一声就送出去了。"

"神灯是盐神庙的信物，咱不能起贪占之心，算是物归原主吧。"

"放在庙里头，被别有用心的人掳了去咋办呢？"

"谁敢！就不怕现世的报应吗？"

履宽的脸色把强儿惊到了，两只小黑眼睛定定地盯着父亲的脸庞，连含在嘴里的手指都忘记吮吸了。

"俺相信好心自有好报，积德行善心地宽。"庄玉萍懂得丈夫的为人，被他的一身浩然正气深深地慑住了。

履宽把强儿的手指从小嘴里拿出来，心疼地说："难道手指上抹了蜜不成，吮吸起来就没个够呢？"

"八九个月大的孩子已长牙齿了，牙槽痒痒，把手指当成磨牙棒呢。"

"宏儿像他这么大的时候没这样啊？"

"你是不记得了。"

"宏儿五岁了，也该去学识字了。"

"那么小就学识字，再过三年两载也不迟。"

"跟秀胤叔学三年礼数，再去学堂里念书，省得在家里疯窜，皮猴儿似的。履新特别交代过，小孩子识字越早越好，城里的孩子都是五六岁就识字，八九岁上学堂，咱们虽然在乡下，也不能落下，再说宏儿去念书，你可以专心带强强。"

"咱们打算什么时候请皮克斯吃饭？欠人家的人情不还了？"玉萍有点儿不高兴，转身进了里间，轻轻地拍着强强，哄他睡觉。

第五章 济世盐灯

其实，履宽已经邀请过皮克斯好几回，可他一头扎到陈年旧账里拔不出来了。皮克斯实在不明白，税制到了地方就打了折扣，而且从上到下都认可这种做法。张福成把罗口盐场的来龙去脉讲给他听，而他竟然更糊涂了，履宽便把皮克斯带到廒口村盐卡，让他看个明白。

当盐工们收工经过盐卡的时候，看到大高个的洋人站在那里，都吃了一惊，一位挎着竹篮的盐工走过来，庄保林朝他摆摆手问道："篮子里装的是什么？"

那人赔着小心，说道："家里没盐吃了，捎回去自己家吃的。"

"过秤，登记！"

"是，官爷。"那人唯唯诺诺地走上前，让盐役们称重，在账簿上记下来。

庄保林说道："你家里有五口人，十斤盐够吃仨月了，不要再往回带了！"

"是的官爷，俺记下了。"

履宽把那本台账拿在手里，随手翻着，上面密密麻麻记载着盐工们的家庭人口及每次捎带盐的品种和重量，看了一会儿，便递给了皮克斯，说道："这就是盐工们的份子盐，盐工的家人吃盐是不用出钱的。"

皮克斯瞪大了眼睛问："盐工的家人吃盐也不用花钱吗？"

"是的！"履宽解释道，"盐工们出力气晒盐，不就是为了养活家人吗？"

皮克斯一边翻看着账簿，一边莫名其妙地摇头。

"把布袋打开！"庄保林对一个颧骨很高的瘦高个盐工说道。

"官爷，俺捎带了一点儿土盐，有什么好看的？"那人一边申辩着，一边不情愿地蹲在地上，把袋子解开来。袋子里确实是一些细碎的掺了泥沙的盐末子，有十五斤重，庄保林又在另一本账簿上分门别类地记下了，便将人和盐放行。

"这样的盐叫猪盐,本来是扔掉的,但盐工们过日子舍不得扔,便带回家喂猪,不用上税的。"履宽说道。

皮克斯的蓝眼睛里闪出异样的光芒:"猪盐不是盐吗?"

"是盐,掺了泥沙定不上等级,官坨不收,扔了可惜,化成卤水还要费工夫,捎回家喂猪是被允许的。"

皮克斯若有所思地点点头,嘴里嘀咕着:"猪盐……猪吃的垃圾盐,废物再利用,好办法,萝卜盐又是怎样的呢?"

"秋天的时候,人们把吃不完的白菜、萝卜用盐培起来腌渍,冬、春天缺菜再拿出来食用,不易腐烂,保存的时间长久,可用份子盐,也可以用末盐代替,反正是人吃的,也不用花钱,只有干盐工的才享有这个好处。"

"也就是说盐工们的份子盐可以免费带回家,当作他们的劳动所得,但官府的税款就流失了。"皮克斯得出了结论。

他的话不假,但听起来却忒不近人情,让人不齿,连盐工们的份子盐也要上税,这不是鸡蛋里挑骨头吗?皮克斯如释重负一般耸耸肩膀,盯着履宽说道:"我弄明白了,我弄明白了,咱们去喝两杯怎么样?"

"好啊,我正打算请你吃饭呢!"履宽转身对郑成山说道,"成山,你来作陪,洋人救过我家孩子一命,我得好好感谢人家,你先到我家里去说一声,让玉萍准备一下,我跟皮克斯随后就到。"

郑成山爽快地应承下来,提前回镇上去了。

看看天黑还早,履宽带着皮克斯围着盐卡前面的荷花池子转了一圈。这个季节,荷花还没有露出头,水面上满是残枝败叶,没啥看头。俩人顺路去了土祠庙,皮克斯指着土地神的泥塑坐像问道:"这个人是谁呀?"

"这就是土地老爷啊,他手中的权力可大了,这块土地上的所有事情都归他管,逢年过节人们都要来拜奠他的。"

"盐滩上还有盐神庙,盐神和土地老爷比,谁的官大?"

第五章 济世盐灯

"他们各管各的,分不出谁的官大,天上有七十二神宿,各司其职。"

"这就怪了,都说中国人不信教,没有信仰。"皮克斯一边说,一边随口叫了一声"阿门",便低了头,用右手在胸前划了一个十字。

"你们有的,我们一样也不缺。你们有上帝,我们有玉皇大帝和王母娘娘;你们有天堂,我们有天庭;你们有地狱,我们有阎罗殿。"

"我们有爱神主管爱情。"

"我们有牛郎织女在鹊桥上相会!"

"我们有海神波塞冬!"

"我们有四海龙王管辖着五湖四海!"

两个人议论着,一路有说有笑地回了家。

"哈罗,大家好!"

一进钟府大门,皮克斯热情地向钟家人打着招呼。钟老爷子迎上来,拱手作揖,嘘寒问暖,说着客套话。庄玉萍把强强抱出来与他相见,谁知强强见了他竟然被吓得直哭。皮克斯使出了浑身解数,勉强把孩子抱在怀里,撸起他的袖子看了看胳膊上的针眼。强强突然从他开着的领口发现了他那多毛的胸脯子,好像发现了新大陆一样,两只胖乎乎的小手抠住那片胸毛不放,使劲地撕扯着,仿佛人们在庄稼地里拔草时一样专注。皮克斯痛得龇牙咧嘴,把大伙儿全逗笑了。

◇◇◇◇◇◇◇◇◇◇◇◇◇◇◇◇◇◇◇◇

忙活了十多天,皮克斯对罗口盐场有了一个大概的了解,于是一本正经地跟钟履宽交涉:"钟大使,盐署里存放的账簿子我都看过了,现在我们可以谈谈了。"

"皮克斯先生是个办事认真的人。"履宽不无佩服地点点头。

"钟大使真会奉承人,我接下来要谈的是个很严肃的问题,请你有思想准备，我是对事不对人。"皮克斯的一双蓝眼珠直直地盯着履宽的脸。

履宽感到浑身不自在，实在受不了他这种直白的谈话方式："没什么，盐滩的人都是直来直去，不带拐弯的。"

"那就好。"皮克斯打开眼前那本墨绿色封皮的笔记本，不紧不慢地道来，"从账簿上看，罗口盐场还算收支平衡，收的盐税全部上解，各项开办费用也都用在了实处，可见钟大使是一个光明磊落、公私分明的人。"

"不用给我戴高帽子，盐役们跟着我忙活了一年，总算有口饭吃，盐民们也还能填饱肚子，来买盐的客商也不少，盐价也公道，晒出来的盐也能卖出去。"

"在当下的中国能做到这一点已经很不错了。"

履宽苦笑着摇了摇头。

"可是罗口盐场并没有按照盐务总署的要求足额纳税，没有执行新税率，造成了税款流失。"皮克斯表情严肃地说道。

"我知道！"履宽平静地说，"这事你得看怎么比较，跟往年比较，税款总额还增加了，罗口盐场的实际情况在这儿摆着，你得把盐场、盐民、罗口镇的商业情况放在一个盘子里考量，不能只看一个方面。"

"你们仍执行四厘的税率，少征了一半的盐税，一年下来，少征收了一千块银圆的盐税，这是犯罪！"皮克斯的蓝眼珠瞪圆了，一动不动地盯在了履宽的脸上，他想听听履宽的解释。

"你不懂中国的实际情况。"

"这是事实！"皮克斯以不容置疑的口吻说道，"可是从上到下，没有人说破，没有人来管这件事，倒是奇怪。"

"这不奇怪，一条胡同走到黑还不是添堵嘛，唯有变通才能走活满盘棋。"

"我不懂下棋，如果钟大使愿意教，我可很想学学，原则是不能变通的，必须坚持！"皮克斯的神态很专注，很明显是有备而来的。

"你这样认为我也没办法，你要把罗口镇五千多口人的吃喝拉撒全盘考量。"

皮克斯摇摇头："盐税必须涨到八厘，如若不涨，我没法记账，我的工作没法开展，我就当不好这个税务缉查官，我会向威德奇公司辞去工作，离开中国。"

真是个死脑筋！履宽在心里狠狠地骂道，就知道揪住冰冷的数字说事，一点儿人情味也没有："悉听尊便，絮我无法执行八厘的盐税。"

"那好吧，明天我去县衙向荣县令汇报，看官府如何处置吧。"皮克斯眨眨眼睛，露出一丝狡黠的笑容。

在钟家官坨，郑成山满肚子委屈："洋人太霸道了，一直跟钟大使顶牛，什么话也听不进去，还嚷嚷着到县衙去告状，真想扇他两个耳光子。"

庄保林说道："俺早就看他不顺眼了，还窜到盐卡胡乱指挥，嫌俺盘查不严，没有给盐工们捎带的份子盐、猪盐、萝卜盐上税，漏了税款，要不是钟大使朝俺使眼色，俺早就顶撞他了，俺可不惯他的坏毛病。"

"黄毛来者不善，上头有撑腰的，他来当盐税缉查官，不就是为了涨盐税吗，洋人的水深着呢，不好惹！"钟惟昌和他的盐工来坨上送盐，听到了庄保林的话，说道。

坨务员钟履梁一板一眼地给自家晒的盐过秤，说道："这个洋人懂中国话，认识中国字，到处走到处问，来盐滩好几回了，哄不着他。"

"洋人掌握了情况后，认为抓到了把柄，便跟钟大使摊牌，要上涨盐税，钟大使一口回绝了他，他便恼羞成怒，明天要去县衙告状。"郑成山忧心忡忡地说。

"钟大使怎么说的？"人们问道。

"钟大使根本没理他。"

"钟大使应该当即甩给他几个嘴巴子，让他清醒清醒，别认为是在他们的国家,这可是在咱们的土地上。"庄保林捏紧拳头,咬着牙说,"早该给他松松皮了。"

"履宽自有分寸,洋人可不是好惹的,他们是来者不善,小老百姓有什么办法,以前有官府盘剥咱们,现在又多了洋人,盐滩要倒霉了。"钟惟昌摇摇头,抽完了一袋烟,便跟小盐工回去了。

"洋人是来榨盐滩的血汗钱的,咱们不能由了他!钟大使为难的事,咱们来做,一定要给洋人点颜色看看,决不能让他在咱们的地盘上耍洋疯!"郑成山郑重其事地说道。

"郑副使,俺们都听你指派,给洋人来个下马威,把他的嚣张气焰打下去!"庄保林拍着胸脯子说道。

"好!"大家异口同声地表了态。

跟皮克斯较量过后,钟履宽便来到盐滩上,转了十几家盐滩,跟滩主们说说话,提醒他们注意天气变化,多晒盐。还好,钟履丰这一回算是走在了别人的前头,建起了晒池,其他的滩主们还在观望着,抱着淋卤滩不肯撒手。这也无可厚非,多年养成的习惯一时半会儿还顺不过劲来,看到别人家晒出的盐多了,赚钱了,才会相信。

他走到自家盐滩的时候,盐工们都在忙活,滩田里明晃晃的一片,所有的滩池都进了水,像一面面镜子一样照人影儿。刘银锁远远地看见了他,便扛着小铁锨朝他这边走来了。

"银锁,这口咸水塘的卤水一次能灌几块池子?"他躬下身子,捧起一捧清澈的卤水含到嘴里,仔细尝了尝,那又苦又咸的感觉让他的舌头打不过弯来,赶紧把嘴里的卤水吐了个干净,心里便有了数儿。

"一次能灌两块池塘,用完以后,一个晚上,就会重新蓄满,八个晒池轮流着上水,正好能倒腾过来。"

"碰上好天气,不出十天八日就能成卤了,一个多月就晒出盐来了。"

"不急,俺算了一笔账,越是长晴天气,就要把晒池的卤水加深一些,虽然收盐的日期延后了，可产量就要成倍地往上翻番呢。"

他们俩说着话，来到了滩房前，苗长石早烧开了水，把小桌子搬出来，泡了一壶茶，叫他们俩过来喝茶。

"晒盐的天来了，银锁你就拉满弓使劲干吧，俺瞅着今年的年景糙不了。"苗长石又端起了那柄烟袋，抽起烟来。

"盐工们在滩上吃住还习惯吧？粮呀菜的，送得及时吧？"

"少东家就不用担心这个事了，高管家心可细了，吃食之物预备得满满当当的，比别家滩上好了几倍。"

"滩上的活这么累，就得让大伙吃饱才有劲干活。"

盐工们干完了活，也陆续凑过来说话。人们你一言我一语地议论着今年的盐情，有了咸水池塘，增产几成定局，大家出的力也比往年少了，不用天天收盐，天天铺摊子，人像磨盘一样不停歇地转。而自从改滩以来，等到滩池灌满了水，盐工们的活计就是顺溜卤水，可轻省了。

"今年可是个好年景，只要卤水充足，就能晒出更多的盐。"苗长石说道。

"大家辛苦点，听从银锁的指派，刚改了滩，不太熟悉盐滩的习性，慢慢地顺过劲就好了，一年忙活下来，钟家不会亏待大家伙儿。"履宽的话，让盐工们心里暖和和的。

"少东家放心吧，俺们都是钟家滩的老盐工了，什么活都干得下来。"苗长石道出了大家伙儿的心声。

缕缕白雾从河沿边的滩池水面上升起，着急赶路似的，在微凉的海风的吹送下，漫过座座池塘，仿佛被风神拉起来的幕帘，不多会儿，整片滩田便笼罩在一片白茫茫的水雾之中了。水面上，有两只肥美的野鸭被风惊起，扑闪着翅膀，踩着水面起飞，那啪啪的击水声吸引了大家的目光。盐工们都已习以为常，履宽心中想说的和未来得及说的话全消失得无影无踪。

◇◇◇◇◇◇◇◇◇◇◇◇◇◇◇◇◇◇◇

皮克斯在灯下提笔给万里之遥的朋友写信，诉说着心中的苦闷。

"嘭！"窗棂子震荡了几下，皮克斯惊愕不已。"嘭！嘭！"又受到两记重击，他警觉起来，迅速地拉开抽屉，拿起那把短枪，打开门，冲了出去。两道黑影飞快地向远处的胡同奔逃而去，一转眼，便不见了踪影。他没有追击，察看了屋外的动静，发现窗棂子上被人甩了几团臭烘烘的烂泥巴，除此之外也没有异常。受此影响，信也不能继续写下去了，他便熄了灯，上床睡觉，可是一时半会儿又睡不着，隐隐约约感觉这事与涨盐税有关联。

一大早，钟履宽来到盐署，见他已收拾妥当，问道："皮克斯先生要到县城去？"

"合计好的事是不能更改的，"皮克斯面无表情地说，"钟大使还有事情吗？"

"我没事，罗口镇离县城有二十五里路，让盐役到马车行给你雇一辆马车，落日前能赶得回来。"

"钟大使也要一起去面见荣县令吗？"

"我和郑副使还要去缉查站转转，张福成跟你去，他还有别的事要办理，顺道也好有个照应。"

"钟大使不怕我在县令面前告状？"皮克斯眨着深邃的眼睛，嘴角露出浅浅的笑容。

履宽胸有成竹地说道："盐税上涨牵一发而动全身，事关四个县近百万百姓的福祉，荣县令必会谨慎从事，你去跟他谈谈就知道了。"

"钟大使确实有把握？"

"我在罗口镇盐滩长大，知晓盐民们的疾苦，只要能填饱肚子，他们就会击黄泥晒日头地劳作，一旦盐税涨到八厘，盐价势必上涨，为私盐泛滥创造了豁口，官坨上的盐就会积压下来，盐场没有现钱付给盐滩主，盐民们的日子怎么过？罗口镇还不得大乱？"履宽的话很中肯，可皮克斯一句也听不进去，正好马车赶来了，便带着张福成上路了。

"他太自负了，才来了没几天，什么也不懂，就这样趾高气扬的，小辫子翘到了天上，真恨不得揍他一顿，让他知道盐滩人的厉害。"看着马车出了盐署大门，郑成山愤愤不平地说道。

"一个洋人，初来乍到，两眼一抹黑，刚开始心高气盛，等他在荣县令面前碰个钉子，就知道罗口盐场这袋烟的口劲了。"履宽笑笑，两个人有说有笑地牵了马出门去了。

皮克斯乘坐的马车刚到厥口村检查站的路口，便被庄保林手下的盐役给截住了。驾车的李大跳下车用力拉住马缰绳，嚷嚷开了："车上坐的可是盐署的洋大人，有要事赶去海东县城，快让俺过去，别耽误了洋大人的差使。"

"洋人与俺们有什么关系，管什么羊大人狗千户的，俺只奉盐场大使的命令对过往行人盘查私盐，快把车厢门打开接受检查！"盐役们不由分说，一把把车帘子拉开来，没承想与张福成对上了眼儿。

"张师爷也在？"

"皮克斯先生到县城办急事，快放行吧。"张福成说道。

"哟，张师爷，洋人算个球？钟大使可有令在先，过往车辆行人必须先检查后放行，张师爷该不会不知吧？"庄保林晃着大脑袋走过来了，看样子他根本没把洋人放在眼里。

"张师爷，让他们检查。"皮克斯跳下车来，朝庄保林作揖问好。

庄保林装作没看见，朝手下打个手势，盐役们便会意地走上前检查马车车厢。

"洋大人着急火燎地往县城跑，难道是要打道回府吗？盐场的水不好还是饭不好,屁股还没坐热,就要抬屁股走人了?"庄保林阴阳怪气地说道。

皮克斯装作听不懂他的话,没搭理他。

庄保林比皮克斯矮了一头,粗壮的身子像个水桶一样,围着皮克斯转圈儿,并不把对方高粱秸似的个头放在眼里,心里盘算着,洋人有什么好怕的,何不跟他过过招比试一下?可皮克斯却故意打量着四周,没把庄保林的表演看在眼里,只是耐着性子等待起程。

"到县城干什么去啊,是不是惦记着涨盐税的事情?"庄保林得寸进尺地问道。

"我去县城有公务在身,恕不相告!"

"小样的,啥都不懂,张口就要提高盐税,也没问问盐民们愿不愿意,你是想把罗口镇搅个天翻地覆还是咋的,你胆量可不老小啊?"庄保林的话里带刺,句句都是威胁。

"我不跟你说话。"

"你知道俺是谁,俺可是堂堂的缉查队长!"庄保林拍拍胸脯说道,盐役们忍不住笑出了声,不知道他的葫芦里卖的是啥药,可他却有板有眼地抓住皮克斯不放,"俺的职责是缉查私盐,防止盐滩上的盐流落出来扰乱了官盐,说白了咱们可是一伙的,如今倒好,一个啥也不懂的洋人,两片嘴唇一吧嗒,说涨税就涨税,你认为罗口镇的人有那么好欺负吗?"

"我再说一遍,我有公务在身,请你不要胡搅蛮缠,快快放我们走,不要引起无谓的冲突!"皮克斯强压住心头的怒火,急得额头上冒出了汗珠子。

"庄队长,大水冲了龙王庙,一家不认一家人,没什么大不了的,俺俩去县城办事,也是经过钟大使允许的,快放行吧,别误了正事。"张福成上前当和事佬。

"伙计们,给俺仔细地检查,连一个角落都不放过地搜!"

第五章　济世盐灯

"庄队长，你是不是太过分了呀？这么点事，都解释得清清楚楚了，何至于此啊？"张福成急得直跺脚。

"这事还算小事？"庄保林从鼻腔里也哼出一声，"真服了你们这些人，俺就没打算让他过去！"

"你这是拦路打劫！你到底放不放我们过去？"皮克斯急得脖颈都变红了。

"俺这是例行公务！"庄保林故意慢吞吞地说。

他那副玩世不恭的神情彻底把皮克斯激怒了。皮克斯退后三步，唰地从腰间掏出短枪，枪口正对着庄保林："你到底放不放我们走！"

"狐狸尾巴终于露出来了，想打架是不是，谁怕谁，打就是！"庄保林麻利地把袍褂扔一边，扎起了马步。

"都给我住手——"钟履宽骑着枣红马，像一道闪电，出现在众人面前。

◇◇◇◇◇◇◇◇◇◇◇◇◇◇◇◇◇◇◇◇◇◇◇◇◇◇

"没听说嘛，昨天土祠庙那儿发生了一场争斗。"老米头在戏园子看门，见识的人多，听到的消息也广。

"米大哥，难道土地老爷跟盐神爷打起来了？老人家们争啥呀？"厉铁匠问。

"神仙打架，百姓遭殃，怕是今年的收成要打折扣了。"老实人郑绪兰说道。

"真能诌事，唯恐天下不乱！"钟秀胤本来打算去豆腐房喝豆汁，见大家伙都在看郭时田压竹篾子，也过来凑个热闹，"那是盐场的洋人跟盐役庄保林之间发生了一场误会，被履宽给及时制止了，没打起来。"

"都是自家人，还发生什么误会？"厉铁匠快人快语。

"洋人要去县城告状，庄保林把他堵在廒口村盐卡不让他过去，还要与他当场比试比试，洋人急了，掏出枪来了，正好履宽赶来，才把矛盾给化解了。"

"洋人的枪子儿比闪电还快，就庄保林那两下子，根本不是他的对手，吃了枪子可不是好玩的。"

"有多大的仇恨要取人性命？洋人也太目无王法了！"

"洋人还怕咱们的王法？大清朝被他们打成筛子眼了，银子赔光了，地也割走了不少，实在榨不出多少油水了，他们仗着手里有枪，亲自下来抢征盐税，这是敲骨吸髓地压榨咱们的血汗钱。"

"洋人只有一个，咱们全镇多少人？吐口唾沫都能把他给淹死，野狼不吃死孩子肉——让活人惯的！"

"铁匠不服是不是？等枪炮一响，你准会比兔子跑得都快，可枪子没长眼，专往那跑得快的人身上扎。"

众人被钟秀胤的话逗得哈哈大笑，厉逢春脸上挂不住，立马还以颜色："要说挨枪子，先让会耍嘴皮子的挨。"

"铁匠有本事打造出来一身刀枪不入的铁布衫，没本事吹破天有什么用？"

这些消息最终传到钟老爷子耳朵里去了。

"皮克斯是昏了头了，铁了心地涨盐税，也不替罗口镇的盐民们想一想，一旦盐卖不出去，盐民们靠什么度日？"钟惟庄气得变了脸色。

履宽如实相告："皮克斯办事太死板，不听别人劝，丁是丁，卯是卯，不仅盐税涨到八厘，萝卜盐也要征税，都因为皮克斯是洋人，背后有朝廷及列强支持，荣县令也同意涨税，已经无可挽回了。"履宽说道。

"罗口镇的盐涨价，私盐就会冲进咱们的销区来，荣县令还不懂这个道理？"

"全国的盐税都在涨，淮盐也由洋人征收盐税，不会有私盐互冲，

第五章 济世盐灯

盐役们多到盐卡堵截,不让私盐冲进来便是。"

"营县一带的盐价要涨到二分,老百姓吃不起盐了,咱家盐滩上刚铺了晒池,晒多了盐卖不出去该怎么办?"

"这个洋人看上去挺好的,还对咱家有恩情,怎么就追着盐税不放手啊?"钟老太太对皮克斯的做法很不理解。

钟老爷子气呼呼地说:"他是亲兄弟明算账,精明得很,税款都归了洋人的口袋,他就是一个洋买办,可恨的是荣县令还跟他穿一条裤子,上一条船!"

"洋人和朝廷本来就是一伙的,都是来欺压老百姓的。"高管家在一旁插话,"俺在街上碰到宋有福,他告诉俺等新麦收上来后,皇粮国税都要跟着翻番。"

钟老爷子把茶盅重重地掼在炕桌上:"朝廷无能,列强入侵,民不聊生,天下难安啊!"

履宽的眉头皱到了一起。父亲的话不错,谁也离不开粮食和盐,朝廷却一再涨价,百姓难以糊口,过不下去了。但是,作为盐场大使,要维护罗口镇的盐品产销两旺,盐民们有事做,有口饭吃,盐役们都能养活老婆孩子,真是不当家不知道柴米油盐贵,他发现自己越来越像小脚女人——放不开了。

"皮克斯就是根搅屎棍子,一个外人来掺和什么?"高管家说道。

老太太接过了高管家的话头:"洋人的奥华诊所已经开张了,看病取药价钱也不贵,病灾还去得快,这事他办得不孬。"

"宽儿,你得向荣县令言明利害,盐税这么高,老百姓为了活路什么事都能做出来,官逼民反的例子太多了,让他掂量着点。"

"朝廷欠列强的银两就是用盐税担保从列强的银行里借贷的,现在洋人亲自下来征盐税,荣县令也很无奈啊,我派人到海州县问过了,那边的盐税也涨了。"

"一颗老鼠屎,坏了满锅汤,把皮克斯撵走就好了。"高管家说道。

"没那么简单,请神容易送神难。"钟老爷子摇摇头。

◇◇◇◇◇◇◇◇◇◇◇◇◇◇◇◇◇◇◇

晒盐的天气来了,太阳每天早早地来,懒懒地走,暖烘烘地烤着大地,天蓝得不见底,连吹来的风都如热浪扑面。刘银锁带领着盐工们干得起劲,新开的四个晒池每隔两三天就要续进新卤水,白白的盐粒子专等太阳下山就会从卤水中源源不断地生长出来,已经落了厚厚的一层,盐工们嚷嚷着赶紧收盐,可他并不急,反正天公作美,卤水又供应充足,他心中有谱气呢。

"银锁,盐池里已经积下这么厚的盐了,为什么不安排收盐,你葫芦里闷的是什么药?"苗长石把正在编着的稻草苫子推到一边,掏出烟袋,填上一把烟末子,与刘银锁接上火,猛吸了一口,等青烟从嘴角冒出来,便把烟袋从嘴角拔出来,眯着眼说道,"俺看可以收盐了,别家的滩都收了好几茬了,官坨上起盐堆了。"

"苗大叔,咱不急,咱就做个跟别人家不重样的,等咱的盐晒出来,他们得馋得流哈喇子。"

"卤水深,盐粒多,伙计们在拉耙子活茬的时候,脚底板被盐粒子硌得生疼。"

"穿上你给伙计们编的稻草鞋就好多了。"

"凌永槐说稻草鞋在这样深的卤水里就不跟脚了,和打赤脚没两样。"

刘银锁紧皱着眉头寻思了一会儿,才说道:"苗大叔给每双稻草鞋加个布带子,系在脚上就跟脚了,不至于让盐粒子把脚底划破。"

"这倒可以试试。"

"你们都在啊——"高铨带着刘阿六送饭来了。

第五章 济世盐灯

"高管家,天还不晌呢,今天饭熟得早啊?"苗长石边说边站起身来,"哟,阿六挑的竹篮里是什么好东西?"

"咳!真是馋人眼尖。"高铨开着玩笑,小心地放下担子。刘银锁赶紧上前去接他的扁担。

"兴安庙来人了,送来了青菜和几篮子鲜果子,钟老爷子惦记着滩上的伙计们,让大伙儿尝尝头水的樱桃和杏子,就把俺爷俩早早地撵来了。"

"钟老爷真是的,对伙计们没得说,"苗长石说完站起身来,往滩池的方向走了一段,朝正在卤水塘边舀卤的凌永槐几个盐工喊道,"伙计们都来吧,钟老爷子给咱们送鲜果子了,快来尝尝鲜——"

不多会儿,盐工们都围拢过来了,大伙儿被通红的樱桃和金黄的圆杏吸引住了,顾不得洗手,抓起来就往口中送。

高铨笑呵呵地说道:"钟老爷子吩咐过了,伙计们在滩上干重活辛苦了,正好兴安庙送来了时令的鲜果子,用井水洗干净了,送过来让大伙儿尝尝鲜。"

"钟老爷子待俺们不薄,这样的新鲜果子,就连钟府里一年也吃不上几回,还惦记着俺们这些扎觅汉的,真是打着灯笼都难找的好人家。"苗长石吃过几颗果子后,心满意足地到旁边抽烟去了。

凌永槐也感叹道:"这些年,俺也到好几家盐滩扛过活,只有在钟家,就像在自己家里干活一样,有多少力气就使出多少力气,心里畅快,就算钟老爷子往外撵,俺也不走了,一直干到老!"

刘银锁已经把小饭桌摆下了,招呼大家围绕着饭桌坐了。新收下来的大麦熬的稀饭透着一股清香味,一盘青椒炒鸡蛋,一盘猪肉炒芸豆,另加酸辣白菜和腌萝卜头两样咸菜,每个人都吃得津津有味。

刘阿六抽空到咸水塘那边瞧新鲜去了,高管家便跟大伙儿聊天。

"为了盐税的事,钟老爷子这几天跟少东家生了气,发了火,把少东家好一顿数落，嫌他不替盐滩百姓向县令讲道理。实在是身不由己，两头不落好，少东家能不替盐滩讲情？碰上了这么个不讲理的，好人难做啊！一大早，少东家就出门了，说是跟郑成山一块到边界盐卡转转，得跑好几百里路，三天二日不见得能赶回来，真是操心费力的营生，都是那个皮克斯搅和的。"

苗长石一手端着旱烟袋，悠闲地吐着烟雾，眼睛眯成了一条缝，黝黑的脸上条条皱纹像道道沟辙印儿，满头乌发早已被盐卤漂成了灰白颜色。他嗫动着嘴角，若有所思地说道："一个巴掌拍不响，一个皮克斯也成不了气候，朝廷与洋人勾结在一起，共同欺压老百姓，征收这么高的盐税，老百姓连盐都要吃不起喽。"

"春天里下雨这么少，又连着伏旱，地里的庄稼都干死了，粮食减产了三成多。俺到兴安庙去过，大麦收割后，好多地都撂在那儿，夏粮下不了种儿，佃户们的日子也紧巴巴的。"

"咱罗口镇也没好到哪里去，没听说梧桐巷子吴老二家，一接春就断了粮，为了换两担地瓜干子填饱肚子，竟然把亲生闺女给卖了。"

"可不是嘛，就算大户人家也有日子不济的，成孝柱死了以后，那寡妇带两个年幼的孩子过生活，没人疼没人管的，正托付老米头介绍给厉铁匠呢。"

大伙儿都被高管家的话逗笑了，快人快语的凌永槐在一旁插话："寡妇配铁匠，一个干柴，一个烈火，倒是绝配啊！"

高铨也被逗笑了："真是好事多磨啊，铁匠家的两个儿子拧着头不答应，好事正晾在那儿呢，厉铁匠急得咻咻的。"

"这就是东升、东来小哥俩的不是了，犊子大了倒顶起牛来了，存心让他爹打光棍！"贺家田笑着说道。

"难不成小哥俩也想找媳妇了，故意给他爹下绊腿？"

"那也得讲个先来后到嘛！"

第五章　济世盐灯

　　大伙你一言我一语，讨论得可热闹了，见大伙都吃饱了，高铨招呼着阿六收拾好碗筷，挑起担子回镇上去了。刘银锁趁大伙儿还没有歇晌，便把滩上的活铺排下了：晒盐池关上进水闸门，不再续卤水，过五六天，等卤水蒸发完了，就安排收盐。趁这个空儿，大伙儿把淋卤滩的活往上赶一下，还是照老套数，上午淋卤，下午收盐。新滩池成了度数的卤水可以直接续到淋卤滩的盐池里来。每天收的盐都要集运到官坨上，别家盐滩都集了好几千斤盐了，咱也落不下，只要新滩开始收盐，钟家滩还是头一号……大家对刘银锁的话照听不误，也深信不疑。

第六章 泰极否来

盐脉

缺吃少穿的日子是漫长的,一千多个日夜在人们望眼欲穿的期盼中过去了。一九一二年阴历五月,一个响雷在罗口镇上空轰然炸响,饥饿中的人们抓住了救命的稻草,纷纷起来革命。"革命?革谁的命?""革大清朝的命!""大清朝的太皇太后和光绪皇帝已经驾鹤西去,再说咱也去不了皇城国都,连县城也去不了,咱就把盐场场署砸了!"

钟履宽得到消息的时候,罗口盐场已经换了天,皮克斯关闭了诊所,随着威德奇公司黯然离开了中国。新成立的海东县政府火速委派税警大队前来接收盐务,为首的正是光头苏志成。

罗口盐场那块蓝底烫金的牌匾被人们摘下来摔了个粉碎。

苏志成把众盐役集中到一块儿训话。

"大清朝没了,洋人也跑了,罗口盐场革命成功了,你们好聚好散,一筐蛤蟆倒在水塘边,自寻活路去吧!"

钟履宽安慰大家,谁若是没活儿做,可以到钟家滩当盐工,保证有碗饭吃。盐役们知道他的苦心,没有难为他,好聚好散了。

郑成山唉声叹气,摘下官帽摔在地下,恨恨地说:"盐场没了,要这劳什子有什么用!"

第六章　泰极否来

履宽问道："成山兄弟，你打算做什么事？"

郑成山无奈地回答："郑家滩已经被俺那大烟鬼兄弟败坏得差不多了，俺一家四口只能去关东投奔俺大姑了。"

"一路上多保重，等在东北落了脚，记得回个信。"

"一定，一定！"

庄保林满不在乎地跟履宽道别："此处不留爷，自有留爷处，到哪里还挣不出来碗饭吃，到时候请咱，咱也不回来了，好马不吃回头草哩！"

履宽回到家里，钟老爷子一反常态乐不可支，他在饭桌上当着家人的面宣布："宽儿回家是好事，俺就可以养花弄鸟看孙子了，盐滩、盐店、兴安庙的地产都归宽儿打理，俺从此便清闲下来，省事了。"

钟老太太也满面喜色："家里多了个顶梁柱，遇事多跟高管家商量，有话多和玉萍说说，比当那个要命的盐场大使强多了，这几年累死累活地在外面蹲，什么好事也没图着。"

"大哥是前朝官府的人，没被革了命就不错了，你们没到外面看看，多少官老爷都被砍了头，挑了天灯。"履新刚从青岛回来，他的话没人反驳。

"当不当大使无所谓，那根留了三十年的溜光水滑的大辫子铰了多可惜，革命就革命吧，该辫子什么事？"

全家人都笑了，履新和履洋禁不住起哄，嚷嚷着说娘偏心眼，兄弟三个都铰了辫子，而娘只替大哥一人操心。

"你大哥是场面人呢。"

钟老太太的话惹得两个小兄弟更不乐意了，履宽赶紧打圆场："娘的话没错，等二弟把城里的媳妇领回家，三弟也领回个女大学生，娘就是罗口镇最有面子的人了！"

这回连刚进小学堂的宏儿也争着要领个媳妇回来了，四岁的强强窜来窜去，扯着小嗓子嚷嚷个不停，仿佛要比谁的嗓门高似的。

"他爹，咱不当盐场大使，那不就跟这帮盐滩主没两样了？"庄玉萍心事重重地说道。

"钟家本来就是从盐滩起家，祖祖辈辈都是玩这汪水的，我只是重操旧业，说白了也就是个盐滩主，没什么丢人的。"履宽如实回答。

"既然这样，英子的事还能成吗，尹家不会嫌弃咱吧？"

"茂财兄可不是这样的人！"履宽不假思索地说道，"尹家也是知书达礼的厚道人家，英子和德栋的事是我们兄弟俩亲口定下的，哪有毁约的道理，你不用操这份闲心。"

"婚配要门当户对才行，尹家的儿子念了那么多的书，懂那么多道理，能看上乡下人家的小姐才怪呢。"

"玉萍，你不能这样想，咱家英子论长相可是镇上数一数二的，又勤快又懂事，要不是茂财兄一再相求，我还舍不得嫁呢。再说父母之命媒妁之言，德栋也没有不从的道理，等德栋放了年假回来，尹家就该来催婚了。"

傅英子背着已经睡着了的强强回来了，正好把干爹的话听了去，心里就像敲了一棒槌，仍装个没事人似的，帮着干娘把强强安放在被窝里，才回自己的屋里。像往常一样坐在织机前，投梭穿线，可是织不了几行，手便停住了，眼前站着一个人影子，仔细一看，那不就是刘阿六吗？正朝着她傻笑呢，问他话，也不答，吹口气就化了，眨眨眼就跑了，可是一低头，他又来倚在织机的架子旁，一句话也不说，只拿两只牛铃一样的大眼珠子看着她呢。英子气不过他，只好把织梭扔了，从凳子上站起身来，揉揉酸涩的眼睛，无力地倒在床铺上，脑海里全是刘阿六的身影。

❖❖❖❖❖❖❖❖❖❖❖❖❖❖❖

这三年以来，刘阿六的情形发生了很大的变化。脸庞更方正了，无论冬夏，两腮都是红红的，嘴唇上的胡须越来越显眼了，个子又蹿高了

第六章　泰极否来

不少，大手大脚的，身形还略显单薄些，但力气却是越来越长进了。厨房里挑水劈柴的力气活都让他一个人包下了，只要高管家一声吩咐，他就跑得像一阵风。不光是手脚勤快，在盐店里也打点得顺顺溜溜的，贾师傅教授的记账的活计已经烂熟于心，凡经他手的账目从来都不出差错。为此，贾师傅多次把账簿交给履宽过目，履宽也对他刮目相看。盐商来店里的时候，阿六总是殷勤地请安问好，端茶递烟，把客人们招待得服服帖帖的。钟老爷子从来都不避讳跟外人说起对阿六的偏爱，三年学徒期一过，顺利地升格为店伙计，月领工钱三块银圆，更成了高管家的得力帮手，每次去乡下收租，必定带在身边支使，镇上的人送他一个外号——"钟府二管家"，也算是名副其实。刘妈着实为儿子自豪，用心地把儿子那三块银圆的月俸积攒起来，预备着将来娶媳妇抱孙子哩。

　　傅英子全看在眼里记在心上，好感日积月累就像是在心里镀了一层瓷釉，再也剔不掉了，只想靠近他，跟他说话。可是，阿六却有意无意躲着她，两个人只要一碰面，他便会一阵风似的跑走了，从来不给她哪怕说一句话的机会。功夫不负有心人，近半年来，阿六再也不像躲瘟疫一样躲着她了，有时，还能对她的目光给予回应，虽然一触之间立即退了回去，像刚出洞的游蛇，被风吹草动吓破了胆，但傅英子从那双清澈明亮的大眼睛深处读懂了阿六的心声，原来他也是喜欢她的！当傅英子弄懂了阿六眼神的含义，一颗悬着的心总算落下了。

　　傅英子听到干爹干娘的对话后不久的一个夜里，她正在房间里挑灯织布，突然房门被敲响了。

　　"谁呀？"英子从织机上抬起头来，往常这个时间，家人都睡下了，没有人来敲门的。

　　"英子，是我，快开门。"

　　傅英子一下就听出来了，正是刘阿六的声音。

　　"这么晚了，阿六哥有话明天再说吧，俺睡下了。"

"英子，快开门，俺有急事！"

傅英子不情愿地把门拉开了一条缝，隔着门板说道："有话明天再说不行吗？这么晚了让人看见会说闲话。"

刘阿六一下子从门缝里挤了进来，随手把门在身后关上了，抹了一把脸上的汗水，悄声说道："英子妹妹，你猜俺给你带什么来了？"

英子扭过身背对着他，埋怨道："大黑夜的，难不成你头脑发热了，跑来让俺陪你捉迷藏，俺怎么猜得着？"

"英子妹妹，不是你让俺给你弄的吗？难道你忘了？"

傅英子更迷糊了，说不定又到乡下给俺捎回来时鲜的果子？哼！谁稀罕呢？

"英子妹妹，你看——"刘阿六从怀里取出一个黑布袋子，打开来，那盏神灯就像千万个萤火虫发出的光芒，瞬间就把小房间照亮了。英子惊讶地张大了嘴巴说不出话来，伸出手把光球托在手心里，久久凝视着，直到两眼被光芒眩晕了。

"阿六哥，我的眼睛……"

"英子妹妹，快把神灯收起来吧，以免被别人看了去就坏大事了。"

"阿六哥，有了这盏神灯，以后在夜里抬线织布再也不用点灯熬油了，连针头线脑都看得清楚。"

"英子妹妹，俺是冒了生命危险偷来的，你可不要拿给外人看，要是让老太爷知道了，俺这条小命就没了。"刘阿六立刻现出一副可怜兮兮的神情，只见他浑身沾满了泥土，裤子还破了几个洞，手背上血糊糊的。显然，这盏神灯可不是轻易得来的，必定拼命相搏才得手。

"阿六哥，既然这样，你快把神灯还给盐神吧，俺宁愿你永远在俺身边，只要你好好的，俺比什么都高兴。"英子的眼里蓄满了泪水。

刘阿六抓紧英子的手，把装着神灯的布袋子一并握在手心里，口里喃喃着："英子妹妹好懂事，阿六就是赴汤蹈火也要给英子想要的。"

第六章　泰极否来

英子把头靠在阿六的怀里，知道他为了自己的一句话而冒了这么大的风险，眼泪像断了线的珠子把他胸前的衣裳都泅湿了。

"英子妹妹是个美丽的姑娘，阿六愿意一辈子陪在你身边，与你相伴到老。"

英子像小鸟入林，偎在阿六那略显瘦弱的怀抱里，一会儿哭，一会儿笑，仿佛十七年来的悲欢苦痛都是为了这一刻的彻底释放："阿六哥，俺还认为你不理俺了。"

"傻姑娘，哥欢喜还来不及呢……"

阿六俯下头，衔住了英子那娇小甜腻的嘴唇，尽情吮吸起来，两颗年轻的心水乳交融在一起……

当雄鸡叫了两遍，窗户纸开始泛着灰白色，两个人同时醒来了。英子的头更深地枕在阿六那有力的臂弯里，情不自禁地吐出了一句心里话："阿六哥，干爹要把俺许配给尹家的大儿子。"

刘阿六仿佛被当头浇了一瓢凉水，一个激灵爬了起来："你说什么？"

"俺要嫁到尹家去了！"

"你……你愿意嫁？"

"俺不愿意还能有什么办法？全由俺干爹做主，俺是无意中偷听了干爹和干娘的话才知道的！"傅英子已泣不成声了。

"什么时候出嫁？"

"年底……"

"还有半年的时间，还来得及！"刘阿六瞪着血红的眼珠子，恶狠狠地说道，"他们不仁，别怪俺不义！"说完，掀开被子跳下床来，抓起衣裳胡乱穿在身上。

傅英子惊问道："阿六哥，你要到哪里去？"

"英子，等着俺，俺要带你远走高飞！"临出门又转回头叮嘱道，"相信俺，千万不要向外人讲！"说完，便弓着身子冲出去了。

◇◇◇◇◇◇◇◇◇◇◇◇◇◇◇◇◇◇◇◇◇

天刚放亮，宏儿要上学堂读早课，履宽目送着宏儿斜挎着蓝布书包，一蹦一跳地出了门。大街上没见几条人影儿，丁偏头背着个大荆条筐走过来了。

"钟老爷起得早哇！"

"丁大叔忙活呢？"

"俺算是瞎忙活了。"丁偏头仿佛自言自语着，故意把筐底儿亮给他看。

"今秋上，盐滩来买盐的架子车见少了，倒是连累丁大叔了。"

"可不是嘛。"

履宽见丁偏头没有朝他家的巷子口走，问道："大叔这是要到哪去？"

丁偏头咧开嘴唇，露出参差不齐的黑板牙，笑着说道："俺到豆腐房瞧瞧热闹，省得闷得慌。"

履宽便溜达着出了门，顺便去盐店看看。还没到盐店，看见刘阿六正抡着一条竹扫帚在店门口扫地，便径直走上前去。

"老爷早！"刘阿六看到履宽倒背着手过来了忙上前打招呼。

"年轻人都愿意睡个懒觉，你还挺勤快的。"

"高管家给俺值更呢，想睡懒觉——没门！"刘阿六笑着说道，眉眼里全是笑意。

履宽打心眼里喜欢这个手脚勤快的毛头小子，心想，这孩子又老实又勤快，盐店的账目学得快，用不了多久，就可以独当一面了，贾师傅倒可以歇着了。

"老爷到店里坐坐？"

"不用了，时候还早，你忙吧，我去别处转转。"

第六章 泰极否来

阿六找来两只竹筐，装下残枝败叶，挑了送出街去。履宽径直去了庄氏豆腐房。一条灰不拉几的门帘布被斜挂在木橛子上，活像一条马尾巴，从帘子后面，飘出一阵阵水汽。履宽弓着身子走进去，屋内水汽还大一些，条桌旁围坐着七八位食客。

"大侄子，你可真是稀客，快到这边来。"钟秀胤眼尖，看见了他，便扬手向他打招呼。

"秀胤大叔早啊！"

履宽来到钟秀胤的桌旁找个空位子坐了，屋里的人都规规矩矩地跟他问话。

庄玉才麻利地给他抹了桌子，问道："宽少爷吃点啥？"

"一碗豆汁，四根油条。"

"大侄子真不愧是官家的人，吃得这么少怎么能撑得了一上午？"厉逢春大大咧咧地说道。

"习惯就好了，没定数。"

"都说改朝换代了，革命成功了，俺没觉出什么变化来，该吃吃该喝喝，有什么稀罕？连个新鲜劲头都没有，真是的！"厉逢春一边嚼着老油条，一边说道。

钟秀胤听着厉逢春的话就来气，立马给顶了回去："铁匠你说改朝换代与你没关系？你脑袋后面的那条毛辫子呢？"

"还说呢，剪辫子那会儿是谁悲天怆地喊祖宗，指不定一头撞了南墙，随主子一同归了西，这会儿缓过来了，又在那说风凉话了。"厉逢春的话把屋里的人逗笑了，大伙都急着发言，把多半年来镇上发生的蹊跷事全都抖了出来。

"秀才的名分还是前朝皇帝亲赐的，人家是在谢主隆恩呢！"老米头搬出戏文戏谑钟秀胤。

"俺就是老一派怎么了？叫革命党来抓俺啊？"钟秀胤倒是不在乎，

看样子他已经在头脑里对自己革命成功了。

宋有福满头冒出汗珠，仍在调侃着厉逢春："还说秀才呢，铁匠的小日子才过得滋润啊，梅开二度，来年八成还能生个龙凤胎，真是掉到福囤子里去了！"

"就是、就是……"屋里响起了应和声。

"瞎说，一家不知道一家啊！"厉逢春没了神气。

其实宋有福这话也不假，今年春天，厉逢春跟凌翠花终于合居过日子，死鬼成孝柱留下的两个孩子也跟着过来了，一家六口人吃饭，他肩上的担子陡然变沉了。东升和东来那两个小牛犊子，动不动就惹他生气。续弦半年来，没过上几天舒心的日子，回想起来，真不该续弦啊，在这帮老伙计们的面前被揭了疮疤，真是有苦难言，一肚子苦水无处倒。

老米头有板有眼地说道："这么说吧，老厉是秃子跟着月亮走——沾革命的光了。"

豆腐房里的人都笑了，履宽也被乡民们善意的玩笑话逗笑了，可心里酸酸的，喝了豆汁，便闷闷不乐地往盐滩去了。

钟惟昌在路上碰到他，心事重重地问道："履宽侄子，今年秋天，官坨上的盐还收不收了？"

"大叔放心吧，天塌不下来，盐还是要运到官坨去的。"

"再过半个月就要收盐了，也没听着动静，真急人。"

"人家初来乍到的，可能还没熟络过来。"

"何苦把咱们的人全撵走了，革命来革命去，罗口盐场还得晒盐，只是换个管事的罢了。"

"大叔不用急，过几天看看再说吧。"

"只有如此了。"钟惟昌抄着手，缩着头，咳嗽着回家去了。

履宽沿着官坨的西墙根往钟家滩走去，远远地看到有几个人在官坨的院子里无所事事地晃动着，心想：秋盐就要收获了，官坨应该提前压

第六章 泰极否来

实坨基,清理院落,预备开秤收盐,哪能这般清闲?

◇◇◇◇◇◇◇◇◇◇◇◇◇◇◇◇◇◇◇◇

盐滩上,刘银锁正在晒盐池边转悠,盐工们有的在舀水,有的在挖泥,都在各忙各的。老盐工苗长石在滩房前转来转去,像有什么心事似的,正好迎住了钟履宽。

"少东家早,可把你盼来了!俺有话要对您说哩。"

"苗大叔,有啥事你就直说吧。"

"今秋上,俺家的大儿子又多租了五亩地,叫俺回去搭把手种地。再说如今俺已岁数大了,出不了大力气了,留在滩上碍手碍脚,虽然老爷少爷待俺好,没下眼看待俺,但俺心里有数,盐滩上不养老不养小,不拉屎还占个茅坑,得给年轻的腾个地方,别让刘银锁为分派活计难为情。离开盐滩回家种田,只要勤快点,也短不了吃喝。"

"苗大叔不用勉强,俺爹早就说过,只要伙计们愿意在钟家滩干活,钟家是求之不得,重力气活干不了,可以做点轻快活。刘银锁心中有数,伙计们也没有人攀比,还是留下来吧。"履宽诚恳地挽留他。

"少东家的好意俺领了,俺在钟家滩干了十五年的活了,是时候回家歇歇了,俺很感激钟家的厚待。眼下,盐滩发生这么大的变故,盐税这么高,钟家滩也在勉力支撑。俺这头老牛看仔细了,俺不能给东家中大用了,俺就回家自劳自食去吧,钟家是厚道人家,到哪里俺都记得钟家的好,真是忘不了。"苗长石的眼窝里含着泪花,抬起青筋暴出的手背抹了一把眼睛,喃喃着说,"其实俺也舍不得这片滩,可又不得不服老啊……"

钟履宽黯然神伤,他明白苗长石的想法,六十多岁的人了,头发熬白了,背也驼了,该回家歇歇了,便答应下来:"苗大叔既然心意已决,钟家也不强留了,等这茬秋盐收下来后,你就到账房里去把工钱结了吧。"

"谢谢少东家的安排,钟家这么厚道,会越来越兴旺的。"

"苗大叔有难处就跟我说,我会尽力帮忙的。"

"没啥,庄户人家好凑合。"苗长石吐出一口烟雾,眼睛在青烟中眯缝起来,突然压低声音,神秘兮兮地说道,"少东家好长时间没去盐神庙了吧?"

履宽有些纳闷,仔细看着老苗头那张布满皱纹的深褐色的脸庞,说道:"我有两三个月没去拜盐神了,苗大叔,你……"

"可不正是嘛!"苗长石用力咽下一口唾沫,把烟袋头子往鞋底上磕了磕,说道,"少东家,出大事了,盐神庙里的盐灯没了。"

履宽闻言大惊失色:"苗大叔,你的话当真?"

"当真!俺去看过两回了,没见盐灯的影子。"

"什么时候的事?"

"至少五六天了。"

"真是屋漏偏逢连夜雨,我得去庙里看看,盐灯可是镇庙之宝啊!"

钟履宽急火火地赶往盐神庙,在路上碰到钟履丰爷仨,也一块来到了盐神庙。进得庙来,众人抬头看时,顿时傻了眼。天哪!那块镶嵌在盐神坐像双眉间洁白的玉石已经不翼而飞,只留下了一个浅浅的小坑洼,就像一道伤疤一样烙在了人们的心坎上。钟履宽双膝跪拜,口中喃喃自责着:"盐神,盐神,后生无能,没能替您守护住镇庙之宝,盐灯失盗,必遭天谴啊!"

人们大惊失色,除了纷纷跪拜已无他法。这盏盐灯是盐神用来照亮黑夜,驱走恶魔,为盐滩送来光明的。盐灯能失而复得,是盐滩人的造化感天动地,才让宝贝重见天日。这几年,在盐神的庇护之下,盐滩风调雨顺,盐民们过上了温饱有余的安稳日子,谁知天有不测风云。

"这是谁干的?咱们一定要把窃贼抓到,用窃贼的血来祭拜盐神!"

第六章　泰极否来

钟履丰瞪大了血红的眼睛，愤恨不平地说道。

"偷走盐灯就是冒犯了盐神，俺们与他有不共戴天之仇，只要让俺抓到他，俺一定把他的手剁下来祭盐神！"钟原海挥舞着拳头。

盐灯再次失盗的消息在罗口镇传开了，就像一块巨石落入水塘里，激起了无数涟漪，人人像失了魂魄一样到处乱撞。男人们把镇上可疑人员梳了个遍，凡是与盐滩沾点边的，平时被邻里说成小偷小摸之人，更是噤若寒蝉，唯恐罪名怪到自己的头上来，女人们则充分发挥起口舌之长的能耐，东家长西家短地瞎叨叨。

◇◇◇◇◇◇◇◇◇◇◇◇◇◇◇◇◇◇◇◇◇◇

刘阿六从兴安庙催租回来了，盐灯失盗的消息令他如芒刺在背。他向高管家推说乡下的租户们秋收还没有完成，欠下的租金还没法凑齐，过十天半月再去收租才合适。高铨对他的话也没放在心上，兴安庙的租户们从来没有欠下租金的，晚几天收也没什么，便另交代阿六注意盐神庙里盐灯失盗的事。阿六是心知肚明，却装聋作哑，蒙混了过去，等天黑下来，便悄悄地溜进了傅英子的房里。

"阿六哥，这些天你到哪里去了？为什么扔下俺一个人不管了？"甫一见面，傅英子早已泪洒衣襟。

"哥到乡下收租去了，英子妹妹莫哭，俺这不是回来了吗？"

傅英子破涕为笑，依靠在阿六的身旁，一副小鸟依人的架势："俺就是想你嘛，一天不见就像是隔了十天半月，俺的心空落落的。"

傅英子一边说着话，一边把盐灯拿了出来，刘阿六见状慌忙制止："英子，现在全镇的人都在找这个宝物，你快把它收藏好，一旦让人看见，咱们性命不保！"

傅英子吓了一大跳，赶紧把盐灯包好了，塞进枕头底下。

刘阿六上前一把把她揽在怀里,悄声说道:"英子,现在咱们俩捆在一起了,再也分不开了。过不了几天尹家的喜帖就要到了,钟家就是个大牢笼,咱们就像两只笼中的鸟儿,任人摆布,最终还免不了落个悲惨的下场,你嫁进尹家受人欺凌,俺孤独终老。为了咱们能长久地在一起,咱们必须逃出这个牢笼,到一个没有人认识的地方讨生活,安稳地过属于咱们的日子。"

"阿六哥,尹家再好俺也不贪恋,俺就愿意跟你在一起,再也不离开了。"

"好,哥会一辈子对你好,咱们对天发誓吧。"

俩人跪下来,向着冥冥之中的天神祷告:"天神,请为俺们做主吧,刘阿六愿意娶傅英子为妻,傅英子愿意嫁刘阿六为妇,今生今世永不分开,海枯石烂永不变心,谁若变心,天打五雷轰,死后下地狱,永世不得安宁!"

当头遍鸡叫声传来的时候,刘阿六将躺在怀中的傅英子叫醒,说道:"英子,咱们再也不能在钟家大院里待下去了,多待一天,危险就会加重十分,一旦事情败露,咱们俩会被碎尸万段的!"

傅英子那娇小的身躯抖了一下,贴得更紧了:"阿六哥,俺已经有喜了,咱们怎么办呢?"

"太好了,刘阿六要当爹了,为了咱们未出世的孩子,咱们必须远走高飞!"

傅英子犹豫了:"干爹干娘对俺那么好,俺怎么走得了?"

"英子,你想想,他们若对你好,能同意你跟俺在一起吗?"

"他们只想把俺嫁入尹家,找一个门当户对的人家!"

"这就是了,钟家再好,他们也是只管自己不管别人,你不是他们亲生的,他们只会把你当成摇钱树,向尹家收很多的聘礼,就等于把你卖了。再说,他们能同意由你来保管盐灯?"

傅英子摇摇头,不敢往下想了。

第六章　泰极否来

"咱们一不做二不休,只有远走高飞,逃离钟家,到他们永远也找不到的地方,才能过上安稳的日子。"

"阿六哥,只有你对俺好,俺听你的。"傅英子被刘阿六的话打动了,犹如抓住了一根救命的稻草,眼前现出一幅美好的愿景。

刘阿六把傅英子更紧地拥在怀里,在她的耳边,把需要由她来做的事说清楚,便在天亮前离开了。傅英子流着幸福的泪,又入了梦乡。

◇◇◇◇◇◇◇◇◇◇◇◇◇◇◇◇◇◇◇

吃完早饭,履宽并没有像往常一样急着出门,庄玉萍取出一个大红的绸缎包递到傅英子手里,笑吟吟地说道:"英子,你看这是什么?快打开看看!"

傅英子将包接在手里,心里惴惴不安,里面装的什么东西?一条手帕?一件首饰?都不是。英子掂在手里,略一迟疑,打开包,从里面抽出一张红纸来。

"快念给俺听听。"庄玉萍轻声说道,虽然装作镇定,却掩饰不住内心的喜悦之情。

"兹订于阴历十二月初五日,举办婚庆喜筵,尹德栋娶傅英子为妻……"傅英子的头一下子炸开了,一阵头晕目眩的感觉袭来,两只手不由自主地抖起来,红绸包和大红纸失手掉在了地上,红纸像蝴蝶一样飘落到了履宽的脚下。在他惊诧的眼光里,只见傅英子两只眼睛慢慢地闭上了,身体向后仰去,刘妈眼疾手快,从后面扶住了她。

"怎么会这样?英子怎么了?"庄玉萍大惊失措,不知如何是好。

"老爷,太太,英子是被喜事惊到了,急火攻心,快扶到炕上躺下来,喝口水,歇一会儿就会好的。"还是刘妈主见多。

不到半碗茶的时间,傅英子突然睁开了失神的大眼睛,一下子坐了起来，抬起手抹了一把额头，满把冰凉的汗水，忙往炕下滑去。

"英子，你再躺一会儿！"庄玉萍安慰她道。

"刚才……刚才？"英子犯迷糊了。

"刚才你是被娘的话吓倒了，小脸白得像张纸，稳一会儿再说吧。"刘妈扶着她躺下，轻拍着她说道。

傅英子眨巴着一双大眼睛，回想起刚才的情形："爹娘要把俺嫁到尹家？"

"对啊！这不就是尹家送来的喜帖吗？"庄玉萍朝她扬了扬手中的红帖子。

傅英子翻过身，头朝向墙，背对着爹娘："俺不愿意嫁！"

"什么？"庄玉萍被她的话弄蒙了，"男大当婚，女大当嫁，你都十七岁了，哪有不嫁的道理？"

刘妈也过来劝："英子啊，尹家是罗口镇数一数二的富裕人家，再说尹家的大少爷认那么多的字，说不定能考个状元呢，你就成了状元娘娘了，别的人家攀都攀不上呢，这会羡慕死多少财主家的大小姐，是老爷、太太的福，更是你的福气，打着灯笼都难找的好人家，快答应下来吧。"

"俺不嫁，就是不想嫁！"

履宽的心里很不是滋味，眼前又现出在沂河岸边的那个雾雨的早晨，偶遇陷入穷困末路的父女俩，不知什么原因，竟然触动了他的心弦，使他毅然决然地收留下她。如今，英子已经出脱成一位如花似玉的大姑娘，到了婚嫁的年龄，他可是精挑细选，尹家更是求之不得，两家联姻是一件再好不过的事情，可是……他摇摇头，站起身来，气咻咻地扔下一句话便出去了。

"嫁也得嫁，不嫁也得嫁，这事由不得你！"

刘妈感觉风霜不对头，怕不懂事的傅英子惹出大事来，赶紧相劝："英子，你要听劝，你干爹生气了。"

第六章　泰极否来

傅英子嘤嘤呜呜地哭了。

"这都是怎么了？哭的哭，叫的叫，有什么大不了的事？"钟老太太闻声赶来了。

"娘，你看看，"庄玉萍把喜帖子递到钟老太太面前，说道，"尹家求亲的喜帖子送来了，她倒不想嫁了。"

老太太侧身坐在炕沿上，拍着傅英子的腿说道："英子啊，你可要听奶奶的话，男大当婚，女大当嫁，这是天经地义的事，哪个女人不是这样啊？娘家再好也不是长留之地，总有一天要离开娘家，入夫家的门。再说，尹家那么殷实的家境，儿子又是一表人才，知书达礼，不嫌弃咱就不错了，咱还有什么不情愿的？"

"要是连尹家这样的好人家都看不上，那真是不知天高地厚了，不知道自己吃几碗干饭了，真把自己当成钟府大小姐了，哼！"庄玉萍越说越来气，一股脑儿把心窝里的火气发了出来，"父母之言不可违，她倒好，铁了心地与父母作对，真是白养活了她，如今给她挑了这么好的人家，她却不知好歹，违抗父母之命，这不是以下犯上吗？"

"玉萍，别把话说那么重，也可能是英子还没有别过劲儿来。"老太太心里袒护着孙女儿。

"已经十七岁了，啥事不懂啊？让钟家给惯坏了。她爹说了嫁也得嫁，不嫁也得嫁！"

"是啊，英子，你得听爹娘的，婚姻嫁娶不是小事，有喜帖作证，钟尹两家联姻了，亲朋好友都得来祝贺。英子，你可要想明白，爹娘就是天，你得百依百顺，你只有当个好闺女，这才是孝顺，才能对得起爹娘的养育之恩！"

钟老太太话音未落，傅英子已经号啕大哭了。

"这孩子中了哪门子邪？死活听不得劝？"连钟老太太都起了疑心。

庄玉萍余怒未消，向刘妈道："把她锁到房里去，什么时候想明白了，答应出嫁了,再放出来,省得在这里擦眼抹泪地惹是生非!"

刘妈怕事情闹大对英子不利,赶紧扶着英子回房去了。

"算是养了个白眼狼,嘴上说不想嫁,指不定是看上了钟家的财产,想霸占了去。"

"看你说的,一个黄毛丫头还能翻腾到哪里去,不就是发发小性子,最后还得从了爹娘,没影的事,别说得太离谱。"老太太婉转地对儿媳表达了不满。

"娘,你们可不要再惯着她了。俺早看出来了,别看她表面上傻乎乎的,心眼全在肚子里,俺这为娘的明白着呢。她爹如今刚罢了官,心中多郁闷,还指望借这门亲事冲冲喜,谁知道让这个小浪蹄子一嘴给撅了,真是个扫把星,把人都气死了,当时真不该领进家门来,咳!"

"宏儿他娘,咱不说破气话了,凡事往心里搁,别大声小吆喝地张扬出去,院里院外传舌的多了去了,一旦传出去,对钟家多有损害,咱不干这事。英子在俺眼跟前长大,还是个小孩子,小孩子的脸是六月的天,多哄哄她,就遂愿了,别见风就是雨,人不伤人话伤人,都是一家人,也没前仇旧恨,在一个屋檐下过日子,没有勺子不碰着碗的,一家人不说两家话,都是天意。"

老太太的话很在理,庄玉萍的气也消了大半,夜里睡不着,跟履宽商量了大半夜,决计不跟英子一般见识,毕竟她还是个孩子,在爹娘的怀里撒娇耍赖,不愿去撑家过日子,让刘妈多去劝劝,不过三天二日,也就转过弯来了。钟家的嫁妆还得厚实一些,毕竟钟家第一次嫁女儿,一定要把面子做足,俩人把需要的物什数了一番,婚期近了,该着手准备了。

◇◇◇◇◇◇◇◇◇◇◇◇◇◇◇

夜里下起了雨,钟家大院进入了静谧的梦乡。约莫半夜时分,傅英

第六章 泰极否来

子的房门从里面打开了一条缝,一高一矮两条黑影子从屋里溜出来,蹑手蹑脚地走过庭院,来到水塘边的东墙根。瘦高个蹲下身来,用肩膀把矮个的托上墙头,然后双手攀着墙头爬了上去,一纵身跳到墙外,再伸手把矮个的接下墙头。不用说,这就是刘阿六和傅英子。

雨后的道路湿滑泥泞,再说,钟家大院的东墙外住户稀少,平时就少有人走动,在这样的夜晚更加僻静,刘阿六暗中多次踩点,才选中这条出逃之路。不知是因为天冷的缘故,还是胆虚,傅英子全身发抖,牙关紧磕,身形萎缩,平时的干练劲不知哪里去了。

傅英子抓紧了刘阿六的胳膊,脚下一步一滑,走得特别吃力,总算平安地走出了破城墙的垭口。到了荷花塘边,幸好连一个人影也没有碰到,俩人站在塘边歇歇。傅英子依靠着刘阿六的肩膀,颤声说道:"阿六哥,俺的怀里像揣着一头小鹿,嘭嘭嘭地跳啊,吓死俺了,要是被抓住,咱就没命了!"

刘阿六挺直了胸膛,把她紧紧地搂在怀里,安慰道:"英子,别说丧气话,咱是被他们逼的,只有走得远远的,才能永远在一起,过上好日子,才能为咱们的孩子安一个家。"

从街巷里传来几声敲木梆子的声音,刘阿六紧握了傅英子的手臂,算是给她注入了新的力量,压低声音说道:"英子,快走吧,镇上有人走动了。"

冲动的劲头容易消逝,疲惫的感觉不请自来。傅英子困乏极了,上下眼皮打起了架,头昏沉沉的,双腿像灌了铅似的有千斤重,躺在床上睡一觉该多好啊!突然,脚下打滑,整个人像一截木头一样向前栽下去。刘阿六眼疾手快,一把抓住了她的肩头。就在英子身体晃动的一瞬间,一道明亮的闪光从他们的眼前划过,一下子照亮了周围的一切,几乎耀瞎了他们的双眼,光亮如游蛇一般,瞬间划过夜空,没入了荷花塘里,轰隆一声巨响,一个响雷紧跟着在他们的头顶炸裂开来,雨点像豆子一

样砸在了他们的头上。

"阿六哥,俺的神灯不见了!"傅英子一把捂住了胸口,惊慌失措地嚷嚷着。

"什么?!"

"俺看到它从俺的怀里飞出来,跌到了水塘里,正好被一条大鱼衔住了!"

"那不是一道闪光吗?"

雨越下越大,傅英子吓呆了,泥塑一般,动弹不得。

"英子,不能管那么多了,咱们快逃命吧!"

大雨下了两个多时辰,天放亮的时候,雨势变小了,淅淅沥沥地没有停下来的意思。由秋入冬,天干物燥,秋天的尾巴一直在拖拉着。盐滩上的盐都入了官坨,成片的芦苇已经被人们收割下来,只剩下一些散乱的没有被收整到镇上人家的草垛里,淋了这么一场大雨,早已东倒西歪地不见踪迹。

"不得了了,昨晚四更天的时候,俺正在街上巡夜,看见一条明亮的光龙,在东城墙外的荷花塘子的上空游窜,紧跟着一个响雷,一条大鱼腾空而起,一口把光龙吞到肚子里去了。"虽然是阴雨天气,但到豆腐房来的人倒不少,丁偏头逢人就显摆着这件蹊跷事。

"不就是雨天打了一个闪光吗,有什么好大惊小怪的?"

"偏头啊,你可要当心喽,天天出来走夜路,黑夜神煞的秘密让你见了不少,他老人家一生气,便要来索你的魂魄了!"

"荷花塘子的冤死鬼还少吗?那条大头鱼说不定就是小盅子他娘的真身,偏头是不是做了什么亏心事了?"

丁偏头的脸早已成了土黄色,两片嘴唇成了紫茄子,说不上话来,众人的话把他吓到了。

"偏头,快去荷花塘边烧几卷草纸,祷告祷告,替自己消消灾吧。"

第六章　泰极否来

钟秀胤见状安慰他。

丁偏头缩着脖子，拢着油光可鉴的袖筒子，忧心忡忡地走了。在他的身后，豆腐房里响起一片哄笑声。

◇◇◇◇◇◇◇◇◇◇◇◇◇◇◇◇

钟家大院一下子不见了两个人，事情变蹊跷了，钟履宽当即分派刘妈去乡下的家里把刘阿六找回来，高管家在镇上撒开人马找傅英子。上灯时分，派出去的人都回来了，不利的消息汇拢起来，结果只有一个——傅英子和刘阿六一起跑了！

刘妈失了魂魄似的，扑通跪倒在钟履宽面前，边磕头边求饶："英子来了这些年，天天在俺眼眉前做活，手脚勤快，说话拉呱讨俺欢喜，俺是把她当亲闺女看待，也没看见她跟阿六有什么来往，俺只知道英子说了一门好人家，就要嫁人了，俺一百个替英子高兴啊，谁知出了这事！"

钟老太太心里还存着念想，脑袋一时转不过弯，说道："兴许是英子和阿六一起出去办什么事了，小孩子家的，说风就风，说雨就雨，大人也不知情，指不定过几天俩人就回来了，咱不要对外声张出去，该干什么就干什么。尹家那头，先由宽儿对当着，过个半月二十天冉说，等俩孩子回来了，再好好教训一顿。"

"这事若传出去，对钟家不利，于尹家更何以堪？这桩婚事怕是没指望了，英子不向好，是她自己往火坑里跳，咱也对得起她那死去的爹娘。"钟履宽的话既无奈又无助。

"就算是英子回来，也不能让她进这个家门了，她就是一只养不熟的狼崽子，从来不知道报恩。"庄玉萍气呼呼地说道。

"没那么严重，这孩子平时还挺讨人喜欢，刘妈的话没错，不能说她啥都不是，回来后，好好教训一番，还是个好孩子。"

"娘，您不能再心慈手软了，人都跑了一天一夜了，还敢回来吗？依俺看他们是永远不敢回来了！"庄玉萍提高了嗓门，"看她那胚子，天生就不是名门大户的料，就此逃走也算是利索了，咱就跟尹家明说吧，别误了人家。"

钟惟庄把烟袋嘴子从嘴角里拔出来，清清嗓子，不急不慢地说："宏儿他娘说的没错，这孩子种姓不好，泥里狗子洗不成银鱼子，算是白白养活了，要是胆敢回来，就乱棒打死，投到河里喂鱼！"

众人被钟老爷子的话震慑住了。

"刘妈在钟家干了这么多年活计，也该歇歇了，回头到账房里把工钱结了，回家养老去吧。刘阿六偷走的那两百块银圆，也不用你来偿还，不管见不见得到刘阿六，望你给他捎句话，叫他从此不要踏入钟家半步，让钟家逮着的话，轻则打断腿脚，重则送官治罪，小命不保，你听清了吗？"

钟惟庄的话像重锤一样落下来，刘妈哭倒在地，跪在地上磕头谢罪。

"宽儿，跟尹家挑明了说吧，纸里终究包不住火，该退的退，该还的还，别让人家吃亏，钟家有错在先，别捂着盖着，到头来闹出更大的仇怨。"

"俺听爹的安排。"

自从五年前亲手把傅英子领进家门，履宽就没有另眼相看她，视同己出，在生下强强后，更是把她视若掌上明珠，许给尹茂财做儿媳妇，他还有点舍不得，真是捧在手心怕掉了，含在口里怕化了，也只有尹家的德栋才配得上她。谁知，她竟作践自己，跟阿六跑了，她到底想干啥？钟履宽百思不得其解，只得厚着脸皮跟尹茂财道出实情，把婚事退了。

◇◇◇◇◇◇◇◇◇◇◇◇◇◇◇◇

一声枪响，苗长石倒在了血泊中，倒在了他刚刚背着铺盖卷离开钟

第六章 泰极否来

家滩回家的路上。

"苗长石被盐税警枪杀了!"人们奔走相告。

"苗长石到底犯了哪条王法?"

"这些税警们太霸道了,盐税所成了窝藏杀人犯的阎王殿了,咱们到盐税所讨个公道!"

才半天工夫,罗口盐税所的大门就被蜂拥而至的人们挤了个水泄不通。苏志成被吵闹的人声吓破了胆,紧紧关闭了大门,加派人手把守,躲在屋里不敢出头。

愤怒的人们哪肯罢休,围堵在门前呼喊着、叫骂着,税警们手中端着长枪,枪口朝向人们,大战一触即发。

得到消息后,钟履宽心如刀绞,火速赶到了盐税所。

苗家的人一见到他,便跪倒在他的面前哭诉着:"钟大使,俺们的青天大老爷,您可来了,苗长石被税警徐黑子打死了,他老实巴交的,一辈子没得罪过什么人,您要给俺们撑腰啊!"

"大家放心吧,苗大叔是钟家滩的盐工,就是我的亲人,我不会不管的!"

正在持枪值勤的税警们主动给他开了大门。

"苏主任,苗长石犯了什么罪?为什么被枪杀?!"

"老钟啊,这是一场误会,徐黑子不是故意的。"苏志成的大光脑门上油光光的,显然是被这事给闹得心绪不宁。

"人命关天,岂非儿戏,盐工的命也是命,税警无故开枪杀人,天理难容!"

税警徐黑子在东门外荷花池塘边的缉查站值勤时,因闲来无事,便坐在门前擦拭枪支,手指无意中碰到了枪栓。枪响了,从枪膛里射出的一颗子弹不偏不倚击中了由门前路过的苗长石的脑门,苗长石当场殒命。

大门外,愤怒的人群喊出了"杀盐税警,报私仇"的呼声,盐税警们几乎招架不住了。

钟履宽盯着苏志成的眼睛说道:"这充分证明盐税所管理不严,徐黑子明知枪膛里有子弹,在擦拭枪支时应先把子弹退出枪膛,这是不按规范操作,是要负责任的!你作为盐税所的头儿也要负责任,得给苗家一个公正交代!"

"这……"苏志成哑口无言了。

苗长石出殡的那天,钟履宽亲自前往吊唁,双膝跪倒在他的灵位前,痛哭失声,为这位在钟家滩辛苦劳作十多载的老盐工磕头送终,把他在钟家滩劳作时用的一柄铁锨陪着他一同下葬,又包了一把钟家滩的盐粒子洒在了他的枕侧。

钟履宽的行为感动了大家,人们纷纷议论着,也改变了因傅英子退婚对钟家大不敬的说道,能对一个已经辞工的雇工这么上心,证明钟履宽还是一个有情有义的人。

"幸亏钟履宽出面,才让苏志成低了头。"

"抓蛇还得广东人,治苏志成非钟履宽不可!"

"苏志成经过这一折,也没神气头提涨盐税的事了,蔫了。"

"徐大黑子披麻戴孝抬棺下葬,哭得有模有样,像个真事似的。"

"他是哭他的那一百块银圆。"

"履宽还给了苗家一百块银圆,这事办得真公道,盐滩上大大小小的盐滩主,没一个像钟家一样拿盐工们当亲人待的。"

"苗老汉命苦,本认为是从钟家滩回家歇歇了,却碰上了这一折,哪有不辞工的好?"

站闲的人说什么的也有,到最后,竟把一个哭哭泣泣的出殡场合弄成了热闹的聚会。苗老汉的儿子们揣起了银圆忙着招呼宾客,围观的人嬉笑怒骂,嘻嘻哈哈,甚至对正在磕头作揖的送殡人评头论足,拉拉扯扯,这并不是人们故意所为。苗老汉已年过六十六岁,属于长寿之人了,

第六章　泰极否来

罗口镇本来就有为年事较高的已故者办喜丧的传统，更有吹鼓手们故意所为，推波助澜，这种情形在乡间已经见怪不怪了。

履宽为此难受了好长时间，苗大叔啊，你这是何苦来着，在盐滩上干得好好的，不辞工能出这事？天下竟然有这么巧合的事，正儿八经地走个路也能送命，真冤枉啊，苗大叔真是倒大霉了！怪就怪徐黑子的冷枪放得实在是时候。

◇◇◇◇◇◇◇◇◇◇◇◇◇◇◇◇◇◇

春夏之交，麦子熟了，即将开镰的关键时刻，一场由南而至的蝗灾袭来。

满天的蝗虫像天外飞客一般嗡嗡嗡叫着，黑云压境般降临在这片土地上，所到之处一片狼藉。地里的庄稼只剩下光杆儿，树叶啃噬殆尽。县政府号召人们起来灭蝗自救，人们却束手无策，人力何以胜过天！饥饿的蝗虫恨不得把土垃圾也放到口里咀嚼，只要迎风撑开布口袋，只消一会儿就能收满一口袋蝗虫成体。蝗虫们的食量惊人，胃口也不挑剔，只要绿色的叶子就是它们的食粮，就连小河滩里浅水处生长的青苔，都有数不尽的蝗虫前来争食，庄稼被啃噬一光，农民们欲哭无泪。钟家在兴安庙乡卜的田产全部遭遇了灭顶之灾，庄稼颗粒无收。

半个多月后，蝗虫总算飞走了，雨泛季却后脚赶来了。阴雨连绵了三个多月，大小河流泛滥，罗口镇本来就是沿海平原，下头海潮顶，上边山区的洪水往下泄，全镇遭了灾，平地半尺多积水，土坯垒就的小屋哪经得起洪水长时间浸泡，坍塌的房屋上百间，砸死了十五个人，一百多家饥寒人家无家可归。盐滩全部被淹没，出东门向东看去，整个滩区汪洋一片，成了泽国，只有官坨上还立着完好无损的大盐堆。

九月初，老天爷终于睁开了眼，连阴了一百多日的阴雨天逐渐放晴，涝坡乡的大刀会却闹腾得更凶了。邻近的青峰镇有三家财主被这帮穷汉们挑了天灯,家产尽遭哄抢,饥民们饿红了眼,一窝蜂地去抢大户人家的粮仓,拦都没法子拦,真是反了天了。消息像长了腿一样顺风传来,罗口镇人人自危,一些乡绅携带着家眷溜到海东县城躲灾去了。派到青峰岭缉查私盐的三名盐警,遭到了大刀会众的围殴,枪被抢走了,人被绑在树上拿鞭子抽打,险些送了性命。盐税所苏志成以汇报为由躲在县城盘桓数日不回,镇上的人们惶惶不可终日。

十月十八日清晨,一队大刀会人马窜来罗口镇,为首的光着上身,浑身涂满猪油,脊梁插着鸡毛,头戴一个柳枝编成的草环,挥舞着一杆杏黄色大旗,像一头怪兽,蹦蹦跳跳地走在队伍前面。他身后是一群衣衫破烂不堪的大刀会信众,人人手持明晃晃的钢刀,嗷嗷怪叫着,从西门涌进来,径直杀到益隆商行的门外,把商行围了个水泄不通。

从人群中跳出一位精瘦的汉子,跺着脚骂道:"宋有璋老贼,快快开门受死,黄天大通神王胜来此,赶快下跪求饶吧——"

杏黄的旗子一阵乱摇,光膀子的胖大汉口中念念有词,手臂当空乱舞,撅腚扭胯,嗷嗷怪叫,就地作起法来。人群自动围成一个半圆圈儿,随着口令,哼哈哼哈地一唱一和,钢刀一会儿插入地下的黄土里,一会儿指向天空里,呜啦啦,呜啦啦……

作罢大法,胖大汉嘶哑着吼道:"益隆商行就是当世的鬼门关,弟兄们奋勇上前掏烂鬼门关,揪出里面的黑心鬼,为受苦受难的弟兄们报仇啊!"

从队伍中冲出五六名手持长柄利斧的壮硕汉子,挥动斧子,朝商行紧闭的门窗砍下去,不费吹灰之力,商行的门窗就给剁了个稀巴烂。早有人把益隆商行的大牌匾捣碎,人们从房间角落里揪出瑟瑟发抖的宋有璋和他的老婆及几名下人。

"老财宋有璋,你挣开狗眼看看俺是谁?"先前那精瘦的汉子手指

第六章 泰极否来

着跪在地下发抖的宋有璋喊道。

宋有璋闻声抬起头，照那汉子脸上盯了半天，愣没有认出来。

"俺就是在你家做长工的刘大满，识相的快把宋小虎、宋小豹交出来，俺便饶你不死！"

"刘大哥，求你放了俺吧，小虎在从上海送货回来的路上失了水，淹死了，至今没找到尸首。小豹躲到县城去了，你们到县城去找他吧。"宋有璋也认出对方来了，仿佛抓住了救命的稻草似的哀求着。

"这两条益隆商行养的恶狗，仗着你宋有璋的财势，欺压雇工，随意殴打雇工，克扣俺们的工钱，不把俺们当人看，只要进了益隆，就等于进了鬼门关。宋有璋，今天俺们跟你算账来了，把欠俺们的工钱还给俺们，把打人者交出来！"

"俺从没有打过你们，也没有克扣过你们的工钱，你们去县城找他吧。"宋有璋拼死抵赖。

"大满兄弟不要再跟这个老财主啰唆了，跑了和尚跑不了庙，抄他的家，砸他的店，点了他的天灯，报仇雪恨！"有人嚷嚷起来。

"报仇的时候到了，此仇不报更待何时，杀了宋有璋，砸烂益隆商行，替天行道！"

宋有璋夫妇俩被吊上了梁头，只一袋烟的工夫便断了气，屎尿流了一地，钱财被一扫而光，商行片瓦不留。临街的布行、当铺等十几家店铺子也连带遭殃，无人值守的盐税所更被捣了个稀巴烂。

"盐官们收那么高的盐税，故意把盐价抬高，居中获利，从老百姓的嘴里抠银钱，害得老百姓吃不起盐，大刀会就要杀尽这些狗盐官，让老百姓有盐吃……弟兄们，官坨上存了几十万斤保命盐，快去抢吧——"

五六千名信众如过江之鲫冲出东门，直奔钟家坨、成家坨、宋家坨，揭开盐廪，用锹铲、用镢头刨、用手捧、用布袋子装。有的脱下裤子，把两只裤腿扎结实了当作袋子装盐，扛在肩膀上，就像扛了半截人身子；

有的找来小车推；有的拉来牲畜车……三昼夜时间，人声鼎沸，大刀会信众满载而归，无数的村民们紧随其后闻风而动，开始了明目张胆的抢劫。盐场共九座官坨无一幸免，存在官坨里的盐被哄抢一光，暴力之水一旦决了堤，烧杀掳掠就成了理所当然！

第七章 乱世逢生

一九二〇年春，直系军阀鲁南独立团驻防海东县城。团长戚汉三成了海东县名副其实的一把手，戚团长对盐务工作很上心，在县城成立了海东县盐务大队，罗口盐税所改称为罗口镇盐务支队，支队长由戚团长的心腹游金坨担任，苏志成早已夹起尾巴灰溜溜地走人了。

游金坨系行伍出身，五短三粗的身材，油头肥耳，硕大的脑袋油光锃亮，一双小眼珠深藏在高高的眉骨下面，风吹不进雨淋不着，但盯人却一盯一个准。虽对盐业一窍不通，游金坨却喜好发号示令，嫌八厘的盐税太低，一下子涨到了一分，又从部队上拉过来两个班的人马充当盐警及随从，荷枪实弹日夜值勤。这些兵痞在战场上打仗光知道抱头鼠窜，但一到地方上来，便耀武扬威好似立下了天大的功劳，在缉查站里，对过往的盐民非打即骂，更是百般刁难外来的盐商，进出盐滩都要搜身搜包，不留下买路财，甭想从缉查站通过，吓得外地盐商纷纷避而远之，到盐滩来买盐的越来越少。盐警们三个一群五个一伙，借缉查为名，到商号明抢暗夺，索要钱财，稍有不从，就会扣上贩私的大帽子，欺压得人们敢怒不敢言。

十一月初十晚上，庄玉萍生下一个漂亮的女娃，钟老爷子欢喜得不

第七章 乱世逢生

得了,催促钟老太太去看过三四回,亲自给孙女取名"心怡"。摆孩子百日酒席时候,钟履新带着女友虞婷一起回来为侄女庆生,钟老太太喜极而泣。

虞婷很有礼貌地与众人打过招呼。宏儿、强强两个半大小子,欢呼着把二叔围了起来。张妈打过洗脸水,小心地伺候着。老太太的眼睛一直盯在虞婷的脸上看,直看得虞婷涨红了脸,不好意思起来。

"长得真俊呀,多大年龄了?"

"回伯母,我二十四岁了。"

"哎呀,是不小了,也该结婚了,换了别人家,连孩子都生好几个了。"

履新赶紧接过话茬:"娘,我们是要准备结婚的,您就不要再问了。"

饭后,哥俩来到东厢房掌灯夜叙,也许是喝了少许酒的缘故,哥俩的脸蛋儿红红的,眼睛亮亮的。

"哥,你听说过五四运动吗?"

"听说了,那不是北平学生闹事的吗?"

履新认真地说道:"是反抗北洋军阀黑暗统治的学生运动,不是闹事!"

"都差不多嘛。"

"那差得可大了,我们在那里看得清楚,军警向手无寸铁的学生开枪,激起了全国学生反抗的热潮。"

"你也参加了?"履宽突然转过眼神,紧紧地盯着二弟。

"哥,你不知道,那时候整个北平都闹腾起来了,学生罢课,工人罢工,商人罢市,阵势可大了,北洋军阀政府害怕了。"履新挺起胸脯子骄傲地说,"我和虞婷手挽着手走在游行队伍中,人们的爱国热情都激发出来了,影响可大了,全国的大学生都响应,老三肯定也参加了,这小子做事从来不跟家里说一声。"

履宽呷了一口茶水,放低声音说:"事是这么个事,可听说那么多的学生被抓被杀，当时爹娘就让我给你去信，要你回来躲躲风头，可总与你联络不上。"

"那倒也没有什么，我们懂得保护好自己，没有学生们洒热血，哪来今天的局面啊。"

"咳，今天的局面也好不到哪里去，反而比以前的世道差得更远了，还让人怎么过下去啊？"履宽一脸愁容地捏紧了拳头在桌上轻轻敲了一下。

履新压低声音说道："哥听说过布尔什维克吗？"

"什么客？是哪门子客人？"履宽不解地摇了摇头。

履新被大哥的回话逗乐了，扑哧一声，将未及下咽的茶水喷了一桌面。

"你这鬼头，长见识了，笑话大哥了不是？"

履新笑得喘不过气来，摆手摇头："不是，不是。"

"那就快说，到底是什么客人？！"

履新直到笑出了眼泪，看来哥是真不懂啊，这不怪哥孤陋寡闻。

"其实不怪大哥不知情，罗口镇这种小地方，外面发生天大的事，也很难传过来。布尔什维克不是什么客人，它是一个政党的名字，为世上的穷人谋福利，一九一七年就在俄国取得了革命成功，建立起穷人的政权。"

"与咱们国家的朝代更替还不一个样？明朝的朱元璋不就是一个穷叫花子嘛，还不照样做皇帝？就是谁座上龙椅的事，与咱们小老百姓没有多大关系，人们还不照样在土里扒拉食吃？"

"不能这样说，布尔什维克党在俄国建立起了一种新型的社会制度，所有的大资本家、大地主都被打倒了，他们的工厂、机器，甚至土地都收归国家所有，国家再把这些资产平均分配到人民的手中，人人都有工作干，人人都有饭吃，人民生活可幸福啦！"

"不靠谱，全国所有的东西都归官府所有，那不还是皇帝一个人的，他会不收地租，平白无故地把土地交给农民耕种？皇帝老儿靠什么来养

第七章 乱世逢生

活？"

履新再一次哈哈大笑了起来。

"他们的国家元首不称皇帝，官职不是世袭来的，而是由人民推选出来的，代表人民出来做事情，行使管理国家的职权。"

"称不称'皇帝'还不一码事？前些年袁世凯一会儿叫什么大总统，一会儿又叫中华皇帝，这阵子更不知道是什么黎皇帝当朝了，换汤不换药的事。"

"哥说得对，只要不是为穷人说话办事的朝廷都差不多，不过现在总算看到前途了。"

"什么前途？"

"布尔什维克的共产主义理论已经传播到中国来了，好多人都在追求，都在议论，都在为实现这个理想社会奋斗呢。"

"共产主义社会是个什么社会啊？！"

"这么晚了你们哥俩还在拉呱？"玉萍走了进来，"二弟刚刚回来，车马劳顿的，赶早歇息吧，以后有的是时间聊。"

躺在床上的钟履宽脑子里仿佛钻进了一只小虫子，无论如何也撵不走，却怎么也弄不明白二弟话中的意思。

"履宽侄子，这几天俺看到奇景了，盐滩可热闹了。"钟惟昌找履宽说事儿。

"盐滩上还能发生什么热闹事儿？"

"俺慢慢说给你听。"看到履宽笃定的表情，钟惟昌忍不住了，急促地说起来，"前天上午，姓游的亲自到盐滩来视察，那阵势可招笑了。"

"他到盐滩来察看盐情督促生产是理所当然的，有什么可招笑的？"

"那排场可比你当大使那会儿大多喽！人家是坐在一个竹椅子上，让人用竹杠子给抬着来的。"

"真会摆谱，摆给谁看呀？"履宽哭笑不得。

"就是啊，这群人来到俺家盐滩，吓了俺一跳，还纳闷呢，怎么抬一头肥猪来了，到盐滩上慰问吗？不过年不过节的，俺赶紧上前给游大人请安，那主就发话了'你家的盐滩有多少亩？产多少盐啊？雇了多少人干活啊？'俺如实回答，他又说怎么就产这么点盐？多晒点不就得了？"

"他是兵营里出身的，不懂盐产。"履宽如实道来。

"不懂吧，还瞎指挥，俺好说歹说，把这主伺候走了，接着去成善霆家的盐滩，就出大事了。"钟惟昌把袖子往上挽了个卷儿。

"叔，您这是要跟我说书啊，还一章一回的？"

钟惟昌嘿嘿笑了两声，绘声绘色地说道："看样子游金坨对成家滩很上心，便下了竹椅子走到滩上看看，谁知踩上了泥巴，滑到沪沟子里去了。"

"竟出这事？"履宽哭笑不得，二百多斤的大胖子跌到一米多深的沪沟里，可不是好玩的。

"游金坨手脚并用瞎扑腾呢，一口卤水呛到嘴里，呛了个半死，白眼珠子都翻出来了。手下想拉他一把也够不着，赶紧跳进沟里营救，费了好大的劲才把人给抬上来，四五个人全都变成了泥猴儿。游队长一上岸就哇哇吐上了，连苦胆水都吐出来了，人也瘫坐在地上，浑身全湿透了，淌着污泥水，那个狼狈相啊！"

"别小看了这沪沟子，淹死人也属正常事。"

"成善霆赶紧派人送来了水，为游金坨洗了手脸，漱了口。一恢复元气，他立马换了一副嘴脸，破口大骂上了，更是从腰间拨出了驳壳枪，抵在了成善霆胸口上，非要毙了他不可。"

"自己栽了跟头，该成老三什么事？真是糊涂。"

第七章 乱世逢生

"可把成善霆吓得啊,一个劲儿求饶,总算没有开枪,不是不想开,那枪管子在滴答着泥汤,弹药给卤水泡湿了,发不出来了。游金坨气得从牙齿缝里哼了一句'俺已经记下了,秋后再跟你算账!',便招呼着一帮随从回镇上去了。"

"这不是明摆着扰民吗,哪儿是来视察盐产。"

俩人正说着话,成善霆走来了。

"履宽兄弟,俺可盼着您了——"成善霆低了头,用手支着脑袋,哽咽难言。

"三弟,事儿已经出了,你也不用难过了,游金坨初来乍到,对盐滩不熟悉,咱们都多担待点。"

"俺是真害怕啊,俺这条老命搭上了,家里老婆孩子可怎么办啊!俺这两天都要吓死了,枪口戳在俺胸口上,屎尿都拉在裤裆里了,俺这条老命贱啊,成家遭天谴啊!"成善霆老泪纵横,失声痛哭。

"俺算是看明白了,这群人的心就没安在正当窝里,只知道吃香喝辣,吆三喝五,哪管盐滩的苦,根本不把盐民当人看,每次路过缉查站,都是提心吊胆的,看到那些当兵的,俺就打怵。有个扛长工的,刚发了工钱,路过缉查站的时候,被那些兵搜去了,怎么哀求都没用,最后还挨了一顿毒打。"成善霆说道。

"我也听说了这事,那位长工是在宋家滩干活的,兴安庙的人,出了事以后,再也没来盐滩找活干,一年的劳力算是白搭了。"

"如今履宽兄弟也不在盐署当差了,谁还能替盐滩说句公道话呢?"

"唉,熬吧!"钟履宽低头叹息一声,无语而去。

◇◇◇◇◇◇◇◇◇◇◇◇◇◇◇◇◇

"游队长,镇上所有的酒庄全都关门歇业了。"盐警前来向游金坨回报。

"酒庄关门与我有什么关系，他们不想赚钱，关门大吉了呗。"

又过了几天，下属来报，街上的盐店也全部关门了。游金坨纳闷了，你歇业我歇业，全罗口镇都歇业，就剩我一个人硬撑？快到盐滩上去看看，说不定盐滩也歇业了。

从盐滩上带回来的消息验证了游金坨的推测。

"这是有人指示的，快给我追查，查出带头的来，治他个聚众扰乱罪，我姓游的要杀一儆百！"

三天过去了，线索查到不少，可往仔细里查，都是些子虚乌有、道听途说的乡村野话儿，没个实落的。大街小巷突然静了下来，店铺全都装上了门板，挂上了铁锁头。街上行人很少，偶尔有个把行人，也是默不言语，急匆匆地走过，消失在小巷里。小孩子被锁在了家里面，有哪一个要哭闹，刚张嘴就被大人唬住了：盐兵就在门外站着呢，谁哭就要吃枪子，吓得孩子捂住了嘴巴，生生把哭泣咽回肚子里。

罗口镇如死去了一般。

游金坨彻底成了孤家寡人，他害怕了，急切地想打破这份沉默。

"快把钟履宽给我叫来，我有话要问他！"

派出去的人无精打采地回来了："钟履宽不在，到兴安庙看庄稼去了。"

"多长时间才能回来？"

"不定数，少则三五天，多则十天半月。"

就在游金坨叫天天不应，唤地地不灵的时候，一张大红纸贴上了大门口，上面罗列了游金坨吃拿卡要，随意加征盐税的条条罪状。

游金坨慌了神，派盐警沿街敲打盐店酒庄的门铺板，强逼人们开门营业，也无人理会。游金坨急得直跳脚，就剩下命令盐警开枪杀人了，可他真没有这个胆儿，说说大话吓唬吓唬老实人，趁自己主政罗口镇盐务的大好时机多捞一把才是正经。

第七章　乱世逢生

罗口镇的乱象还是传到县上去了，戚团长把他骂了个狗血喷头，命令他搞好与地方的关系，不要有过激行为，千万不能激化地方矛盾。游金坨灰溜溜地回到盐税所，憋了一肚子苦水无处发泄，正好盐警来报钟履宽回来了，他大喜过望，赶紧吩咐下去："快把老钟请来，有要事商量。"

"老钟啊，你是罗口镇的元老，又干过盐务多年，你可要出来为俺说句公道话，我一没开枪，二没动抢，我可没有违反国法。"游金坨像见了大救星一样唠叨开了。

"游队长主持盐务这多半年，比前任进步不小啊。"钟履宽笑道。

"进步不敢说，五十多名手下，不分日夜地缉查站岗，我也亲自下盐滩体察盐民生活，没有功劳也有苦劳。谁知竟出了这样的事，街上的店铺全都关门，还张贴告示，真是无法无天了，再这样下去，恐怕惹出什么大乱子来。"

"游队长担的什么心，您的手里不是有几十条枪吗？还怕几个盐民闹事？"

"这话可不是我说的，我是军人出身，军人的枪口可不能对准自己人，我心中有数。"

"游队长身为爱国将领，自然深知兵和民之间的道理，盐警们虽然没开一枪，但罗口镇全都歇了业，游队长可知为哪般？"

"这……"

"六大碗、海悦几家酒庄饭庄，都是为了养家糊口，赔本的生意谁会做？游队长的一帮子手下吃饭不花钱，喝酒不给钱，把酒庄饭庄都给吃垮了，人家不关门歇业还要把棺材本都搭进去呀？"

"这些老兵油子，打仗时逃得比谁都快，到了地方，却要起横来了，俺得好好教训他们一顿。"

"吃饭拿钱，喝酒清账，两不相欠，这是公平交易。"

为了保住头上这项官帽，游金坨豁出去了："我欠下的账，我会还的。"

"盐滩上的事，游队长可要费心喽。"

"此话怎讲？"

"罗口盐场在半年时间里垮掉了五处盐滩，你可知情？"

"俺略有听说。"

"游队长算过账没有？五家盐户有三十多口盐民，他们流离在外逃荒要饭，死活未知，战场上讲究爱兵如子，盐民不就是盐务支队的子民吗？"

"我立即派人到盐滩上调查，给盐民以安抚。"

"安抚盐民是好事，可是你两手空空，盐民们能答应？"

游金砣的肥脑袋上流下了汗水。心中没谱，敲不得锣鼓，他只知道搜刮民财，从来没有想过民脂民膏从何而来。

"老钟，秋季的盐已经捞完半个多月了，为什么还不归官砣？"

"归官砣不得用人工？盐工们回家忙秋收去了，没有人干活了。"

"以往不都是这样吗？"

"盐民以晒盐为生，自家晒出来的盐，归集到官砣以后，天天都盼着回拢盐款，开支生产用度，付盐工工钱，结余则用在居家生活。自从提高盐税以来，官砣上的盐垛有增无减，盐商也不来了，盐卖不出去了，不光盐税收不上来，盐民们也收不回盐款，日子还怎么过？"

"老钟，你快支个招，商业不动，税款就没地方收缴，盐务支队损失也不小。"

"盐税涨到一分钱，实在是太高了，连洋人都不敢涨这么高，来买盐的商人都给吓跑了，盐卖不出去，罗口镇的人口靠什么来养活？"

"县上分摊下来那么高的税款额度，俺用什么来交账？"

"杀鸡取卵终不是什么好办法。"

"税款收不上去，军队的给养如何保证？新政权还不稳固，政府急需用钱，咱们应该体恤政府的难处。"

第七章　乱世逢生

"这些大道理，我听不明白，盐民们一家老小全靠这份盐滩养活，盐卖不出去，一家人喝西北风？就算盐务支队三个月不卖一斤盐，游队长这帮子手下照样吃香的喝辣的，但盐民们做不到。当下，盐税断不可再涨一厘一毫，还得免收关卡费，鼓励盐民们出门卖盐！"履宽撂下最后一句话，径自出门走了。

自打跟钟履宽谈过话，游金坨蔫巴了好几天，像黄烟叶子被烈日蒸晒过，一副无精打采的神情。都说主管盐业是一件肥差，怎么到自己手里竟成了一个烫手的热地瓜？左也不是右也不是，还受了长官的一顿猛训，跟个狗熊似的，真窝囊。

"履宽，游金坨请俺们去悦海楼喝酒，俺们敢去吗？会不会有诈？"这天，钟惟昌找履宽商量。

"有啥诈呀，不就是喝酒嘛，有人请喝酒是好事，我都不怕，你们还怕什么？"

悦海酒庄刚恢复营业没几天，就来客人了，跑堂伙计们分外热情。

"诸位都是咱们罗口镇的盐商大户，游某来到罗口镇就事多半年了，全仰仗着诸位鼎力相助，游某深表感谢。"游金坨说完一席话，端起酒盅，一仰脖子，将一盅烧酒灌下肚去。

履宽知道姓游的肯定有话要说，既然他想卖关子，就随他去吧，快要立冬了，天气变得阴冷，喝杯酒暖暖身子，倒也无妨，便微笑着喝了下去。钟惟昌几个你看看我，我看看你，都没承让，喝干了酒盅。

姜副官赶紧起身为大家续满了酒盅。

"诸位经营盐品，照章纳税，为国家做了不小的贡献，俺代表政府，向大家致谢。"说完又喝干了第二盅。

在座的没过多谦让。

鲁东南一带的民风民俗，主人一定要连喝三杯，三六九往上走，游金坨自然也不能例外，连喝了三杯，终于放下恭谦的花架子说道起来。

231

"鄙人当兵多年,打了无数胜仗,立下了不少战功,自主政罗口盐务以来,想为政府多征税,为部队多供应给养,才决定提高两厘盐税,谁知弄出这么大的动静,真是不应该!"

"游队长,罗口镇的盐税自古以来就没有超过四厘,洋人才涨到八厘,现在涨到一分钱了,卖盐的赚不到钱,晒盐的赔本钱,盐工们发不上工钱,都跑了,盐滩就要倒号子了,盐民们的日子还怎么过?"钟惟昌放了头一炮。

"是啊,钟老板说得不错,收下来的盐入冬了还在各家的盐坨上存着,没有集拢到官坨上来,这件事的责任全在我。"

钟履宽被游金坨的话刺挠了一下,才几天的工夫,他的口气变成这样了,竟然主动承认错误,他打的什么算盘?

"为这事,县上已经批评俺了,上司还给了俺处分,扣了俺的津贴,这都是应该的,俺愿意受罚。俺现在郑重向大家承诺,盐税维持八厘不变,不涨税了!"

"这就对了嘛!"成善霆红着脸说道,三盅酒下肚,全身的血脉也活络起来。

"看看盐民们过的什么日子,连碗糊糊都喝不上了,尹家坨的尹世盅,三副捞洼滩全抛荒了,拖家带口要饭去了。"

"俺向县上请示,给罗口镇优惠政策,县上也批准了,在座的可以外出卖盐,不用坐等外地盐商上门,你们向人家多做解释,让他们知道咱们的盐税不涨了,他们就会来做生意的,买卖通畅了,罗口镇就渡过这个难关了。"

"这个主意不错,从罗口镇到营县要过十几道关卡,光通关费每斤盐就划去二厘,没人能吃得消。"钟履宽扳着指头算账。

"这倒不难办,凡是罗口镇出去卖盐的,一律免收通关费,每人发通关证一张,长期有效。"游金坨对答如流。

第七章 乱世逢生

"好，太好了。"

"老钟，俺这样做可行吗？"

"游队长为民着想，不但不涨税，还为大家减免关卡费用，只要生意做起来，盐滩上的好日子就来了，在下先谢谢了！"钟履宽顺水推舟，送了游金坨一个人情。

◇◇◇◇◇◇◇◇◇◇◇◇◇◇◇◇◇◇

"前几天还在忙着涨盐税，突然掉了个儿，当起活菩萨了？"钟老太爷虽然不太关心盐滩上的事，可盐税的事来得蹊跷，得给儿子提个醒儿。

"爹，您想多了，开始俺也不信，伙计们也合计，姓游的会不会骗咱们？现在通关证发下来了，县交通局也盖章了，会是假的吗？"

"照他说的办，不就成了自己花钱买自己的盐，还得自己卖出去，没盐务支队什么事了？姓游的只管跷着二郎腿喝大茶喽？"

"爹，您只管歇着吧，生意的事由儿子来操办，怎么着也得挣个过年准儿回来。这年头兵荒马乱的，肯来罗口镇的外地盐商太少了，等生意做起来，外地盐商来的多了，我就不用往外跑了，也就不用再垫钱了。"

"还是小心着好，别上了奸人的当。"老爷子也不好说什么了。

盐滩上人多嘴杂，跟钟老太爷同样想法的滩主不少，可钟履宽已经做起来了。

"宽哥，今冬的活儿怎么安排？"

"银锁兄弟不用担心，今冬盐滩上的泥头活咱就不做了，开春后，花个十天半月的时间，拾掇一下就行。"

"俺本来想趁封冻前把卤塘子的淤泥清一下的。"

刘银锁装上一锅碎烟末子，点着了火，刚吸了两口，便咳起来。

履宽正在喝茶，见他一头乱发里面像掺了白碴子似的长出了不少白发，戚然说道："时光不饶人啊，头发白了，眼神也钝了，背也不挺拔了，银锁兄弟也该歇歇了。"

"长安还未成人，小车不倒只管推。"

"长安十六岁了吧？该娶门媳妇了。"

"他娘正给他张罗着呢。"

"哪庄上的？"

"夏洛沟的。"

"夏洛沟是庄户地，不缺粮食，只要看上咱就行。"

"小驴蹶子还耍脾气呢，嫌女的比他大三岁。"

履宽嘿嘿笑了两声："谁还没个当年，耍脾气正常，等入了洞房就没脾气了。"

一袋烟抽尽了，刘银锁往鞋底掌敲了敲烟袋锅子，把烟灰磕到地上："为这事还挨了俺一顿揍，才不敢吱声了。"

"长安是个懂事的孩子，别施强，过些日子就明白过来了。"

钟履宽的话不假。

刘长安正跟几位盐工在盐堆旁往麻袋里装盐。只见他扎稳了脚跟，抡圆了胳膊，铲起满满一锨白花花的盐，顺势一送，便准确地送进撑开的麻袋口里，动作麻利，劲头十足，比他爹当年还要猛些，人也活泛，像个开心果，与工友们有说不完的话。

刘银锁又咳了几声。

"别太拼了，身体重要，明天到盐店柜上预支五十块钱，把你那间草棚子拆了，建三间新房，预备明年娶儿媳妇用。"

"宽哥，你想得真周到，钟家也不宽绰，俺还吃得消，年底结了工钱再说吧。"

"盖新房娶媳妇是过日子的大事，马虎不得，嫌少再多给三十块。"

"别，宽哥，五十块就不少，俺去支就是了。"刘银锁赶紧答应下来，

第七章 乱世逢生

怕履宽再加码。

"兄弟之间还客气啥!"

"宽哥往外运了一万斤盐,也垫上了不少本钱,外面的盐款没结算下来,盐务支队的分成要到年底,钟家有难处俺实在帮不上忙,俺都没脸说了。"

"别说见外的话,这三百亩盐滩,还不都是兄弟给撑着,我心里有数,这五十块钱是不要你还的,在这里先挑明了,免得你多心。"

"宽哥……"刘银锁咽住了。

"就这么定了,快把新房盖起来,给长安娶上媳妇,我还等着坐大席喝喜酒呢。"

"钟家的厚德俺这辈子也报答不了。"刘银锁埋下头往袖筒上擦拭着泪水。

◇◇◇◇◇◇◇◇◇◇◇◇◇◇◇◇◇◇◇

腊月初十早上,一个晴天霹雳在罗口镇炸响,满镇子的人都被炸蒙了,纷纷涌到盐务支队门前。

"昨天晚上,俺蹲茅房屙屎,听见街上过队伍,向城西开拔,还认为盐警们趁夜缉查私盐呢。"

丁偏头磕巴着说道:"叫城门的时候已经十一点多了,游金坨坐在一辆黑色的小轿车里,盐警们全都穿着军队的衣裳,抱着枪,坐在后面两辆带篷子的大卡车里。"

"他们还会回来吗?"

"回来个屁!听说河北战事吃紧,他们八成是奔赴前线去了。"

钟履宽也赶来了。

"履宽啊,怎么办?游金坨跑了——"钟惟昌粗着嗓门嚷嚷,几乎哭出来了。

"怎么会跑呢？是不是执行缉私任务去了？"履宽也不太敢相信人们的话。

"咱们进去看看不就知道了？"成善霆的脸冻成了菜青色，嘴唇打着战，"往常大门由一个老盐警把守着，今天已经没人看门了。"

不错，大门从外面被一把大铁锁锁死了，里面一个人也没有。

"履宽，咱们把锁砸开，进去看看吧。"钟惟昌急红了眼。

"不能这样！盐务支队是公家衙门，咱们不能硬闯，是要吃官司的。"

"如果游金坨真的跑了，盐款向谁要去？"

"都什么火候了，还顾虑那么多干什么！"

宋有福从路边找来一块大青石，照准铁锁用力砸下去，哐哐两下，铁锁落地。大门被打开了，大家一窝蜂涌进了盐署里面，却倒抽了一口凉气，地上有个装满了纸灰的黑泥盆子，橱柜的抽屉打开着，椅子东倒西歪，桌子上有只白瓷碗，碗里还有一颗白底蓝点的骰子，朝上的一面是一个大红圆点，像一只血红的眼睛瞪着众人。

"把每一个抽屉再搜一遍，看看他们留下什么东西！"

大家七手八脚地忙活起来，半个多小时过去了，人们两手空空地聚在一起。

"游金坨太狡猾了，盐票存根不见了，盐款都卷走了，他是早有预谋，挖了坑让咱们跳！"

"履宽，你说怎么办？俺经手的两万多斤盐是俺一年的收成啊。"钟惟昌哭出声来了，"让俺一家老小去喝西北风呀！"

履宽脸色铁青，一拳擂在桌子上，碗里的骰子受到惊吓跳了起来，在碗里滚了几周，那个大红圆点又稳稳地占据了最上面的位置，仿佛游金坨瞪着眼珠子在向他挑衅呢。钟履宽懊恼极了，一袖子把瓷碗扫到地上，当啷一声，瓷碗四分五裂，骰子骨碌碌滚到墙角里去了，如果姓游的这

第七章 乱世逢生

时出现在面前，愤怒的人们一定会把他碾成肉酱。

"姓游的跟咱们说得好好的，要咱们多卖盐，多交税，多替政府分忧，现在倒好了，他拍拍屁股走人了，卷款而逃了，跑到军队上躲起来了，咱们敢找到军队上去？咱们只能找官府要，只要官府如数赔偿损失，咱们也就不闹了。"

钟履丰大声说道："对，官府不赔钱，俺先把盐署给砸烂了，再上县衙闹去，官逼民反，民不得不反！"

"不追回盐款，反正也得饿死，横竖一条命，俺去跟县官们拼了！"

事已至此，还有什么好办法，履宽的心里滴着血，粗略一合计，他共往外运销了二十万斤，盐款分成足有一千二百元，全被姓游的私吞了，悔不该当初轻信了他，现在就算扔石块砸天也没用了。

屋漏偏遇连夜雨，三位小盐滩主找到钟履宽门上来了。

"钟老爷，俺家里快要揭不开锅了，望您高抬贵手，把俺那两千斤盐的钱给俺吧，家里等米下锅呢。"他们吭吭哧哧地说道。

履宽心里明白，这几个人是听闻他被姓游的骗了，才上门催要盐款的。当初是他们求着帮卖盐，讲好了盐务支队结账后，再与他们清算账目，现在倒厚着脸皮上门催账了。

但是，钟履宽不想埋怨他们，安排账房贾先生给他们一一结清了盐款。

"一夜间，全县的盐警、税警全部撤离了，被卷走几十万元的税款。直系军阀在南北两线作战，部队全押上去了，北平已经易手，失败在所难免，省长已经易位，县府官员们都在打点行装，准备滚蛋了……"县里的消息让人彻底绝望了。

"跑了和尚，跑不了庙，咱把盐署一把火烧了。"

"有福兄弟，烧了盐署，能要回咱的血汗钱？"

"不就是为了出口恶气吗？"

"烧盐署只会给人留下暴民的恶名，坐实损坏公产的罪证，给官府抓住小辫子，趁机法办咱们，盐款就真的要不回来了。"

"姓游的跑了，但官府还会派盐官下来征收盐税，咱们把证据收好了，到时候新账旧账跟他们一起算。"

"这要等到何年何月啊？滩上的盐工都等着结清工钱呢，家中的老小都张着口要吃要喝，俺要揭不开锅了，姓游的把俺坑惨了，俺怕是等不到新的盐官来，就得拉起要饭棍出去要饭了。"钟履丰懊丧到极点。

"履宽说得对，咱们就是一筐蛤蟆倒在池塘子边上，谁有本事谁使吧，快自己找活路奔吧，别围在这里傻嚷嚷了，吵下大天来又有何用？不当饭吃，不当衣穿，幸好老天还留给咱们一双手。"

钟履宽掷地有声："有谁缺本钱的，可以来找我，我无偿给垫上，谁家没门路的，我可以带着去营县卖盐，大家互相接济，共同把这个灾年度过！"

"还是履宽对咱们好，艰难的时候能帮衬咱们，兵匪当道，老天何时开眼！"

钟履宽说到办到，找了几家实在没有能力外出卖盐的，按每斤一分二厘的价格买下他们的存盐。

"大哥，游金坨骗走了这么多的盐款，咱不能就这么算了，咱们要组织起来斗争。"履新听到这件事，也很气愤。

"咱跟谁斗争？游金坨已经跑了，找不到人影了。"

"咱们跟这个社会斗！"

"跟社会斗？"履宽蒙了，"'社会'在哪儿？他是谁呀？"

"哥，'社会'是所有的人和所有的财物及它们之间的相互关系构成的，像个大网一样，你，我，所有人都包括在这个大网里。"钟履新比画了一个大渔网的手势。

"二弟，别看这个网软乎乎的，无影无踪，可到了大海里，它的威力可大了，虾兵蟹将和鱼精都逃不过网，我不是孙悟空，斗不过网。"

第七章　乱世逢生

"哥，你一个人势单力薄，所有人联合起来，就可以把这张大网斗破了。"

"二弟，你好好地做你的生意去吧，哥也要全力去倒腾盐货了。鸟为食亡，人为财死，年关临近了，盐款泡汤了，谁家的日子也不好过，我要多跑几趟，攒够过年准儿。"

"盐滩的人们太缺乏斗争意识了。"

"二弟，别在这意识那意识的，盐滩上谁家的日子都不好过，一家老小混口饭吃就不容易了，你也要把精力放在做生意上，也算是帮大哥的忙了。"

腊月里，天寒地冻，大雪将至，本来该守着火炉子猫冬的，钟履宽却带着十几名伙计押运着一万多斤盐包上路了，一路向西，直奔营县柳家铺镇，找一位名叫田丰年的商人。

一行人刚到柳家铺，田丰年已经恭候多时。二人相见，稍事寒暄，履宽便把罗口镇最近发生的事情给田丰年详细说明了，田丰年也把营县境内食盐销售的情况做了介绍。

"钟大哥放心吧，梁老板早有交代，小弟认识很多卖盐的商户，一万多斤盐全部卸在我的店，按两分二厘的价钱结账，两不相欠。"

"田兄弟真是爽快人，我在盐滩按一分二厘收盐，兄弟吃大亏了。"

"罗口盐场的盐在营县口碑很好，又临近年关，正月、二月里出门的少，老百姓都想多备下点盐货，盐价自然就高起来了，零售价是二分五厘，兄弟尚有余头，钟大哥不必推却。"

履宽从田丰年的身上看到了自己年轻时的影子。

"宽儿，年关近了，不用到外面跑了，咱也不差百八十块银圆，有钱多花，没钱少花，在家里歇歇吧。"钟老太太舍不得儿子在外面吃力受罪。

履宽拿出从田丰年处带回来的十几张獾皮给庄玉萍过目："这些都是上好的獾皮，你拿两张去给爹娘做皮毛领子，剩下边角料，再给咱宝

贝女儿缝个花边。"

庄玉萍把脸拱进皮毛堆里喜得不得了:"俺要给宏儿、强儿、心怡一人做一个皮毛领子,还得给宏儿和强儿未来的媳妇,一人准备下一条,俺还嫌十张不够用哩。"

"得!"履宽打住了庄玉萍的规划,亮出了实底,"这十张獾皮要送到履新的店里卖给县城的阔太太们的。"

"俺和孩子们不配用啊?"庄玉萍不高兴了,堆在眼角的鱼尾纹一下子被拉平了,现出一道道细细的白褶子来。

履宽早把庄玉萍的小情绪看在眼里,他不是一个硬心肠的人,英雄也有落难的时候,家财万贯也有手头紧的当空儿,眼下,大半的盐款还压在外头,他得勒紧裤腰带过日子。

"老婆,下次再给你跟孩子们带,先让二弟在县城卖出个价钱,我在田老板那儿上货也就心中有数了,总归不能亏在手里,只要俺多跑两趟,保准家里人吃香的喝辣的。"

"他爹,咱都岁数不小了,多注意身子骨,没有谁要你在风雪里遭罪,咱全家省着花也能凑合。"

"只要你理解我的心意就行了。"

◇◇◇◇◇◇◇◇◇◇◇◇◇◇◇◇◇◇◇◇◇◇

"宽哥,你也来上坟啊?"

声音是从身后传来的,履宽听得清楚。

履宽缓缓回转头,因蹲在地上时间久了,动作有些吃力,见五六米开外,有位驼背的人正朝他这边急急地走来,他却没认出来,问道:"你是?"

"宽哥,你不认识俺了,俺是郑成山啊!"

第七章 乱世逢生

"郑成山?"履宽站起身来,失声说道,"你是郑成山?"

郑成山已经走到履宽的跟前,抓起他的手,紧紧地握着,动情地说道:"钟大使,你是被俺这驼背吓到了。"

"噢!你真是郑成山!"钟履宽盯着他的脸看了许久,才摇摇头,懊恼地说,"成山,真是你啊,你看我这记性,才多久的事,就对不上号了。"

"钟大使,不怪你认不出俺,是俺这副邋遢相,把你蒙到了。"郑成山的眼里含着泪水。

"还大使呢,都是老皇历喽,二十多年了,世道全变了。"履宽叹了口气,拉着郑成山找了块干净点的地方坐下来。

"二十五年没回来了,盐滩没大变样,可人都变老喽。"郑成山朝对面的墓碑定睛看去,"先父母钟惟庄、钟许氏之墓"几个大字跃然眼前,失声问道,"这是钟老爷、钟老太太的坟?"

"说来话长——"履宽咽下一口唾沫,缓缓说道,"一九三二年三月二十六日,水沟镇丁家院村闹起了农民暴动,只过了三天的工夫,就被从省城调派来的军队给镇压了,县政府的人说暴动是共产党领导的,在全县搜捕共产党员,履新和他媳妇都被抓到大牢里去了。我拼凑了五千块银圆去保人,结果只保出了弟媳妇虞婷,履新被当作暴动主使枪杀了,老父亲由此茶饭不思,不到仨月就谢世了,娘断断续续病了一年,也随爹去了……"

"履新兄弟走得冤枉,但愿亲人们在九泉之下安息。"

"只好如此了,好死不如赖活着。"履宽苦笑着问道,"成山,记得你走后,就带着全家迁往东北去了,你是怎么过来的?"

"苦命人到哪里也甜不了!解散之后,我带着全家去了东北投奔亲戚,在长白山下一个叫四道岔的小屯子安了家,开始几年,也没有正经活干,给人家打短工,后来在山里砍木头,也下到煤矿里挖煤,好歹把三个儿子拉扯大。大儿子娶了媳妇支锅另过了;二儿子十八岁那年去老林子里撵野兽，再也没回来，到现在也不知道是死是活；小儿子是在东北生的，十五岁了；他娘想二儿子整天哭，已经死了五年了。自从亲戚死了以后，俺在东北无依无靠的，越到年老越想家，实在受不了，便带着小仨子回来了。"

"郑绪兰二叔多年前就过世了，你回来后住在哪里？"

"俺家的老宅子虽然坍塌了，但山墙还在，俺用芦苇搭了个窝棚，爷俩先住下，慢慢添置盆盆罐罐，反正是回到家了，以后的日子也不用愁了。"

"走，回家，中午咱哥俩喝一壶，好好拉拉呱。"

钟履宽把供桌上的碗盘收到竹提盒里，站起身，扑扑衣服上的草屑，跟郑成山穿过盐滩往家里走去，一边走，一边说着盐滩上的事给郑成山听。

庄玉萍见到郑成山惊讶不已，眼含着泪花儿问道："成山大兄弟，没想到走了二十多年，你的背怎么了？眼看着驼成这样？那时候你可敦实了。"

"在长白山挖煤的时候，那才叫苦呢，矿洞又窄又陡，无法直起身来，寸步难行，特别是背煤的时候，只能手脚并用爬着走，下一回矿井就是入一次鬼门关，俺一干就是八年，把身体榨干了，也干不动了，好歹还是个囫囵身子，已经万幸了。"

"真是苦命人！"

"在关外，俺早就跟小仨子海洲下了话，要是俺在半道走不动了，就是背也要把俺背回老家，这把老骨头要埋在罗口镇的盐滩上，日夜守着盐滩，永不离开。"

"成山，咱们罗口镇盐滩上的人，祖祖辈辈都这样，一方水土养一方人嘛。"

"嫂子，孩子们现在是什么情况？宽哥还没告诉俺呢。"

"我们现在有四个子女，大儿子宏儿当大学教授，有一男一女两个

第七章 乱世逢生

孩子；二儿子强强当记者；女儿心怡在读大学；小儿子启航是个垫窝子，十五岁了，正在读中学。"玉萍如数家珍般地说起孩子们的情形，仿佛孩子们就围在她身旁似的。

"宽哥，咱们去蒙县的路上捡的那个傅英子怎么样了？"

"她十七岁那年跟一个账房学徒的穷汉跑了，到现在也不见影儿，本来许配给尹茂财家去的，她没那个福分。"履宽神情黯然地回答。

"一个忘恩负义的丫头！"庄玉萍骂道，"穷命鬼下生，真是瓷瓦碴刮不去，咱就不提她了，让她自生自灭吧。"

郑成山点点头，话锋一转问道："那个拐刀七现在怎么样了？"

"大清朝倒号子那会儿，还在坐大牢，自从民主了，也不见他的消息了，枪毙了？放了？没人知道，也可能不在这世上了。"

"这种人，无论在新旧社会都没个正形，总归没有好下场。"

"成山，听说北面正在跟日本人打仗，北平、天津都要保不住了，你是怎么回来的？"

"宽哥，你不知道哇，自从日本人打进了东北，谁还敢在那地方待，有人被抓去下矿井、修铁路，铁轨一直铺到山旮旯里，成火车地往外拉山里的木材、煤炭，听说都运到日本国去了。还有的人被抓进活人工厂里，不用劳动，只管吃药、扎针，活着进去，死了也不见得能出来，简直比阎王殿还厉害千万倍。山海关外，全是往关内逃难的人，道旁的树皮都被人剥光吃了，路边沟里饿死、病死的不计其数，也没有人来收尸身，可惨了。日本兵把守着山海关的大门，一天只放行四个小时，俺爷俩福大命大，逃过了这个鬼门关，想起来都后怕。"

"成山兄弟，你真是福大命大，大难不死必有后福。"

"俺的老天爷，外面这么乱啊？孩子们在外面可怎么办呀？他爹，你快想个法子吧。"庄玉萍被郑成山的话吓到了，心里便惦记起宏儿姐弟三人的安危来。

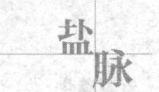

"孩子们都大了,在外面闯荡多年了,见识的大风浪也比咱们多,再说尹德栋还在省政府里当差,有什么动荡,他还不知道?"

"宽哥,嫂子的担心并不是多余,俺在东北的时候,听人说日本要灭亡中国,现在仗打了一年多了,华北也被占领得差不多了,要孩子们早做打算也好。"

"天天都在打仗,到何时才是个头啊!"

"谁知道呢,依我这一路看到的,感觉这仗打得越来越大了,好在咱老家还算太平,总算能稳当地安个家。"

"你家堂兄郑成圆也不正经干,把二叔留下来的盐田贱卖得差不多了,你到俺家的滩上来干吧,保你爷俩有口饭吃,饿不着。"

"宽哥,你还像原先一样照顾人,俺跟大烟鬼兄弟说了,从今往后,盐滩由俺来经管,他只管白吃就行了。俺爷俩苦干几年,争取把典卖出去的盐田再赎回来,把郑家滩重建起来。"

◇◇◇◇◇◇◇◇◇◇◇◇◇◇◇◇◇◇◇◇

"他爹,宏儿寄来的信。"庄玉萍把一个信封交到钟履宽的手里,催促道,"快看看宏儿说了啥?"

履宽急火火地把两页信纸看完,却叹了口气,倒背起两手,在屋里踱起步来。

"他爹,宏儿说了啥?"

"省城快保不住了,宏儿一家要随学校往大后方撤退了,问咱们能不能跟他们一起走。"

"咱们怎么办呀?"庄玉萍慌了。

"孩子们轻胳膊轻腿的,能走多远就让他们走多远吧,咱们上岁数了,也跑不动了,越来越恋家了,还是待在这座老宅子里,守着钟家祖传下

第七章 乱世逢生

来的盐滩，守住钟家的根基。"

"真是守财奴，连命都不要了。"庄玉萍想跟着儿女们一起走，可又舍不下丈夫，她知道，只要履宽的主意一定，是不会轻易改变的。

"放心吧，天塌下来由高个子顶着，下雨淋也淋不到咱。"

"都说日本兵见了女人就抢，连禽兽都不如。"

"是福是祸躲不过，都土埋半截的人了，还担心那么多干什么。"

钟履宽不是个木头人，他也听到了不少议论。宋有福保长天天在筹粮草，摊派壮丁，盐滩上的精壮劳力越来越少了，他都看在眼里记在心上。

"大侄子，多日不见了，你都忙活啥？"钟秀胤很热情，眼前那碗白花花的热豆腐已经吃了一半儿，额头上满是汗珠。

"在联络往营县卖盐的事呢。"

"听说你以前的伙计郑成山从东北回来了？"

"东北也不好闯了，被日本人占了去，日子难混，他就带着孩子回来了。"

"现在人们都在往外走，哪还有往家走的？"

"往外走干什么？"宋有福没弄明白钟秀胤话中的意思。

"逃难啊！"钟秀胤提高了声调，故意让全屋子里的人都听到似的。

"秀胤大叔的话不假，北平、天津、青岛到处都是日本兵，连胶济铁路也被占了去，省城驻守的国军与日本兵之间大仗不断，小仗天天有，前些年蒋总裁还指挥着国军打共产党呢，现在国共两党也不打了，要共同抗日了。"

"俺还纳闷呢，上头催扶子、出壮丁是一天比一天急，原来是仗打得一天比一天多啊。"宋有福若有所悟的样子。

"宋保长，你可要摸着心口窝说话，别再三天两头上门让俺家出扶子了，你也上别家去打落打落，别光盯着俺家。"厉铁匠发话了。

"铁匠，宋保长不上你家去还上谁家去啊？你家里有三个儿子，长得膘肥体壮的,整天在铺子里抡大锤显排场,让他们出去吃大馍馍推个架子车,还能累着?干个仨俩月,回来就立下功劳了,啥活也不用干,整天吃香喝辣的,多好的事啊?让你家去,是看得起你!"

"臭教书的,就你会讲大道理,说的跟真事似的,出扶子有那么好,你家怎么不出啊?"铁匠不服气,呛了钟秀胤一句。

"你……你这人不识好歹呀,你让我去出扶子,还说不上谁扶谁呢。"钟秀胤被呛得语无伦次了。

"俺这都是让县长大人给逼的,催着要钱要粮要人,俺要会变戏法儿就好了。"宋有福露出无奈的神情。

"有福你再上俺家催扶子,可别怪俺打铁的吃软不吃硬了。"厉铁匠瓮声瓮气地说道。

"老厉,你……"

"宋保长你不用为难,俺认捐二百元,你可以去雇人出扶子。"履宽朝宋有福说道。

"太谢谢钟老爷了。"

"外敌侵占了中国的地面,都快打到家门口了,咱们有钱的出钱,有力的出力,不能再顾着自己那一亩三分地!"

"对,履宽说得对,国家有难,匹夫有责!俺捐五元。"钟秀胤说道。

"俺编筐挣不了几个钱,捐二十元。"郭时田说道,哈喇子流下来了,也没觉出来。

"俺今年的盐花还可以,俺捐五十元。"

"海实老弟,你捐的太少了吧!"钟秀胤不服,便嚷嚷了起来。

"教师爷,钟老爷是个大老板,俺那百八十亩盐田,亏空还没堵上呢。"丁海实如实回答。

"秀胤大叔,海实叔说的是实情,认捐属自愿,捐多捐少随自己的能力,没个定数。"

第七章 乱世逢生

屋里的人正在议论着，钟惟昌进来了，在柜上称了两斤豆腐，端了碗就往外走，没有要在铺子里吃的意思。

"惟昌老弟，几天不见变生分了，屋里这么热闹，不在这里吃？"

"秀胤大哥在啊，家里人正等着吃饭呢，失陪了。"钟惟昌说完就要往外走，又被宋有福给叫住了。

"惟昌叔先别急着走，这里正在为出扶子认捐呢，履宽老爷捐了二百元，你准备捐多少啊？报个数目吧，随后俺到你府上去取。"

"这几年年景不好，倒了灰霉，俺就不捐了。"钟惟昌愣了一下，弄明白了缘由以后，耷拉着脸子说道。

"兄弟，屋里的人都认捐了，谁家不捐就得给派扶子了。"

"谁有钱谁捐，俺家没劳力，也轮不到俺出扶子。"钟惟昌说完，头也不回地走了。

"你看这人，怎么变这个样子了。"宋有福无奈地搓着双手。

钟秀胤大声说道："宋保长，你挨家挨户上门催，钱、粮、人总得出一样，没得选，救国救难也不是一个人的事，大家伙儿有钱的出钱，有力的出力，才能让前方的战士吃饱了有劲打仗，保卫咱们的家园。俺把所有的认捐数目全部写在大红纸上，在盐署的墙上张贴出来，看看不认捐的人脸红不脸红。"

"秀胤大叔言之有理，就这么办，都到什么时候了，还小小作作的，国难当头，不把钱粮送到前线去，难道还准备把万贯家私留给日本人？"钟履宽越说越来劲，"宋保长，我再多认捐一百元。"

"好！"屋子里的人都自发地鼓起掌来。

"钟老爷的话我在灶间全听到了，说得太好了，俺没有多少钱，认捐一百斤黄豆可以吧？"庄玉才掀开门帘子，从里面走出来，说完话双手不自在地在围裙上擦着。

"庄玉才起早贪黑地泡黄豆磨豆腐，确实不容易，认捐一百斤黄豆，不算少。"

"俺认捐五十斤大米!"

"俺认捐二百斤盐!"钟履丰大着嗓门说道。

"捐盐不太好吧?"宋有福也拿不定主意。

"有什么不好?国军不是人?是人不都得吃盐?"

"此话不假!"钟秀胤不假思索地回答。

"履丰大哥的主意不错,盐不仅可以吃,还可以煮水为受伤的战士清洗伤口,消肿化瘀,用处可多了。"钟履宽也表示赞同。

凡是当时在豆腐房里的人都认捐了。

"宽哥终于来了,可把你盼来了,营县缺盐啊,老百姓都要来抢俺家的铺子了。"田丰年再次见到钟履宽很高兴。

"田兄弟可别急,一路上关卡太多了,三五里路就有一个卡子,每个卡子都得打点,要不就通不过。"钟履宽道出实情。

"宽哥,你知道为什么路上的卡子增多了?"

"不知道呀。"

田丰年凑近履宽的耳朵,小声说道:"西边打大仗了。"

"仗打得怎么样了,谁赢了?"履宽凑上前,小声问道。

"临城一战,日本鬼子没占到便宜,又向枣庄进攻,听说在台儿庄打了个大仗,国军胜了,鬼子死了两万多人。"

"国军现在打到哪里去了?是不是要打下济南、青岛了?"

"没影的事,国军往安徽、湖北一带迂回。"

"国军打了胜仗怎么还撤退啊?"履宽实在弄不明白。

"这不叫撤退,叫作迂回战术,敌强我弱,不能跟他们正面相碰,只能攻其不备才有胜算。"

"这么说华北五省全被日本人占领了?"履宽摇了摇头,不知说什么好了。

第七章 乱世逢生

"宽哥不要太悲观，咱们不用怕！"田丰年看出了他的懊恼情绪，安慰道，"一个弹丸小国，哪有那么大的胃口吞下全中国，别看它现在占领了北平、上海、南京、广州等大城市，可是大片的农村还在咱们手里！"

"连国军都不是他们的对手，手无寸铁的老百姓还不是一群待宰的羊羔？"

"宽哥，这样跟你说吧，延安你知道吧？"

"听说了。"

"你听说共产党了吧？"

"早就听说了，不就是那个'什么克'嘛。"

"对！布尔什维克！"

"我二弟就是为它死的，爹娘疼儿子也过世了，唉——"

"宽哥，你二弟是革命烈士，他为了劳苦大众的解放事业献出了生命，后来人会记住他的。"

"我只想过太平日子，把祖上传下来的盐滩经营好。"

"延安的毛主席告诉人们，别看小日本现在这么嚣张，可他们的国家那么小，人口那么少，妄想通过快速战争把中国打败，让中国投降，咱们土地大，人口多，就跟小日本打相持战、消耗战，最后的胜利就是咱们中国！"

钟履宽抽着烟，若有所思地点点头，心中纳闷着，田丰年为什么知道这么多？难道他也是"什么克"？

"宽哥，实话跟你说吧，在俺家西边不远，共产党的队伍已经打过来了。"

"国军都是在往大后方撤退，共产党的队伍为什么还开过来？"

"共产党的队伍是来打日本鬼子，保护咱们老百姓的！"

"他们是不是也会像国军一样撤走啊？"

"不会，共产党的队伍来了就不走了，他们对老百姓可好了，住在老百姓的家里，跟咱们吃一样的饭，睡一样的土炕，专打日本鬼子。"

"海东县有这么好的队伍，我就放心了。"

"他们说了，要把抗日根据地扩大，一直扩到海东县去，你再也不必为这事揪心了。"

"那敢情好。"

"共产党的队伍纪律可严明了，从来不拿群众一针一线，到一个地方就帮老百姓干活，公平买卖，价格合理，从不抢占老百姓的便宜。"

"兄弟就是跟他们做生意？"履宽鼓足勇气问道。

"对啊，跟共产党做生意那才叫公平呢。"田丰年自豪地说。

履宽心里的一块石头终于落了地。

第八章 牢狱之灾

盐脉

一九三八年二月,日军占领了海东县城,又南下海州县,打通青浦公路后,在罗口镇驻扎了一个中队,队长叫山前满夫,队部设在原来的盐署大院里。山河剧变,妖孽丛生,鬼蛇纷纷出洞,战乱、屠戮、瘟疫、饥荒……像出笼的洪水猛兽一样,一场场人间悲剧在这片盐滩上演。

多年不见的拐刀七借尸还魂般冒了出来,虽然瞎了一只左眼,但凭着斑斑劣迹,竟然混上了伪军连长的差使,人前人后,遂以"庞连长"自居。可罗口镇的人们并不买他的账,私下里照旧叫他拐刀七。而拐刀七一旦得势,独眼珠子就把钟家给盯上了,瞅准机会,在青峰岭关卡把履宽的一档运往营县途中的盐票给扣了,欲陷钟履宽于不义。

钟履宽咽不下这口恶气,独闯鬼子队部,索要被扣盐货。

"山前队长,我是一个小盐商,祖祖辈辈以晒盐、卖盐为生,买卖公平,上不欺下不瞒,你们凭什么扣我的盐货?"

拐刀七毕恭毕敬地站在山前满夫身边,听了履宽的话,内心发毛,那只贼眼珠子滴溜溜地转,赶紧强词夺理,给履宽扣大帽子:"太君,他私通八路,理应枪毙!"

钟履宽瞄了一眼昔日的手下败将,不屑地说道:"庞连长说我私通

第八章 牢狱之灾

八路,有何证据?"

"营县有八路出没,你把盐卖到营县,就是私通八路!"

"庞连长知道营县有八路,为什么不带人去消灭掉?还站在这里说大话?营县还有几十万老百姓,要是没有盐吃,都涌到罗口镇来,罗口镇能安顿吗?"

拐刀七被噎得哑口无言。

山前满夫见状,脸上毫无愠色,痛痛快快地把盐货退还给了钟履宽,只因他的脑海里有一个大东亚共荣的美梦,有一个盐业株式会社的规划,正在物色一个理想的合伙人呢,乍见到钟履宽,山前便喜欢上了这个棱角分明的中国人。

送走了钟履宽,山前满夫训斥拐刀七:"以后做事要动脑子想想,钟履宽这样的人要以拉拢为主,争取让他为咱们做事。"

拐刀七的心一下子凉了半截,独眼珠子滴溜溜转了几圈,愣没弄明白山前满夫话里是啥意思,心中纳闷:难道鬼子也想当大慈大悲的观世音了?

一个多月后,钟履宽收到了一封请柬,山前满夫在西街庆丰楼设宴请客。

时候已到,钟履宽和众滩主们悉数入席。

山前满夫当众宣布:"大半个中国已经被大日本帝国解放了,以后我们就是一家了,你们的穷困面貌就快改变了。遵照天皇陛下的指示,也是建立大东亚共荣圈的需要,我要把罗口镇的盐滩全部集中起来,筹建罗口盐业株式会社,聘请日本人来管理,你们也可以派人去日本学习制盐技术,生产出来的盐主要供应日本军队、工厂使用,也在本地销售,大家觉得怎么样啊?"

拐刀七立即拍手叫好,其他人却都闭口不语。

"给你们十天时间考虑,到时候听消息!"山前满夫撂下一句话,趾高气扬地走了。

"这是鬼子的伎俩，不会是好事情。"钟履宽安慰众人。

大家义愤填膺地说："明摆着是要抢夺咱们的祖宗基业！"

"只要大家同心协力，谁也不去跟他合作，山前满夫也没法子。"

"鬼子要动真格的，枪毙了咱们咋办呢？"

"就算跟鬼子合作还不得照样是死，让他弄到日本去，这辈子就甭想回来了，连个全尸也找不回来，更可怜！"

"鬼子可能在战场上占了些便宜，可以腾出手来搞什么盐业株式会社，等他们打了败仗，也就顾不得了，咱们还是想办法跟这个山前满夫拖着，晒晒他的脾气，只要我们敢于牵着牛鼻子走，谅他拿咱们也没办法。"

半夜三更，北门外的炮楼忽然枪声大作，警报声划破夜空凄厉地响了起来。

"游击队烧炮楼喽——"

山前满夫指挥着鬼子和伪军紧急集合，口令声、呵斥声、三轮摩托车发动的马达声响成一片，折腾了大半宿，连一个游击队员的影子也没有见到。天亮后，疲惫的伪军们晃晃悠悠地折返队部，却被山前气急败坏的号叫声震清醒了，原来守护中队大门的黑背大狼狗死了，显然是被人下了毒。

爱犬被下了毒手，山前满夫暴跳如雷，拐刀七一回到队部，便被骂了个狗血喷头："八格牙路，是谁把我的狗毒死了——"

"太君，我不知道呀，我到北门炮楼去了一整夜。"拐刀七被山前的黑疯脸吓得不赖，赶紧替自己分辩。

"游击队员跑了，你们吃屎的干活——全是一帮饭桶！一群废物！"山前满夫在屋子里走来走去，高高的军靴后跟踩在地上咯噔作响，吓得拐刀七缩着脑袋垂手站在一旁，大气不敢出一口，生怕惹急了山前队长，对自己不利。

第八章 牢狱之灾

"我的狗可不能白白死掉，它是大日本帝国的一员，一定要有人给它陪葬！"山前满夫踱到拐刀七面前，用戴着白手套的手指戳着他的额头，一字一顿地说道，"再去给我找，把罗口镇翻个底朝天，也要把游击队员给我找出来，找不来游击队，就由你来给我的狗陪葬！"

一大早，一群人聚集在豆腐房的山墙前瞧热闹，钟秀胤朗声给大伙念道："告广大乡民，近来，镇上有游击队搞破坏，如有发现，赶紧报告皇军，如有知情不报者，视同游击队员执行枪决。任何人不得帮助、窝藏游击队员，如有不从，毙立决！"人们嗷的一声，仿佛嗓子眼里卡进了一根鱼刺，上下不得，正在难受之时，远远地看见一队伪军朝这边走来，赶紧四散而去。

十天限期转眼即到，山前满夫把钟履宽请来。

钟履宽不再躲闪，主动回应："山前太君说的事实在难以照办。"

"为什么？"山前满夫不愠不火，想知道答案。

"我家的盐滩已经抛废得差不多了，要恢复起来，光建设费就是一笔不小的开支，太君肯出资吗？"

"大日本帝国的钱都用在军事上面了，没有钱发展民生经济了。"山前满夫眨巴着眼睛，希望钟履宽能听懂的样子，"这些钱肯定要你们自己想办法。"

"我们的钱都让匪徒给抢光了，还要交多如牛毛的捐税，日子更难过了，盐滩只是小打小闹，榨不出多少油水来的。"

"你不要耍滑头！"山前满夫瞪圆了眼睛。

"我是掰着指头合计出来的，就算你把我的头砍了去，我也拿不出这么多钱投资盐滩。"

山前满夫无奈地摇摇头，眼光落在桌上一摞电报上面。

战局的发展让山前满夫暂且将共建盐场的想法放下，调兵遣将沿青浦路一带展开新一轮清乡扫荡。鬼子伪军所到之处，处处点火，村村冒烟，老百姓拖家带口赶着牲畜往山里躲鬼子。

在去往平湖村扫荡的路上，鬼子抓住了一位逃难的老太婆，将她押到了山前的面前。老太婆背上背着一个孩子，怀里还抱着一个陶罐子，满面灰尘，衣衫褴褛，走起路来一瘸一拐。

山前满夫装作和蔼可亲的样子，向老太婆问话："老人家，你这是要到哪里去啊？"

"逃难！"从老太婆的眼里射出胆怯仇恨的目光。

"你年纪这么大了，脚又这么小，本来就跑不快，为什么还要背着孩子抱着罐子呢？"

"俺的儿子和媳妇都死了，孙子是唯一的依靠，到哪里俺都得背着他，孙子长大了还要为俺养老送终呢。"

"你儿子和媳妇是怎么死的？"

"被坏人打死的！"

山前满夫装作视而不见，继续问道："你怀里抱个破罐子干什么？"

"这是俺的咸盐罐子，俺唯一的家当，没有盐，俺祖孙俩也活不了，俺也得带上它走。"

"哈哈哈——"鬼子和伪军们都被老太婆的话逗笑了。

山前满夫瞪了他们一眼，转向拐刀七，做了一个放人的手势。

"太君，你要把她放了？"

"嗯！"

"死老婆子，太君饶你不死，快滚吧——"拐刀七恶狠狠地说道。

老太婆镇定地从地上爬起来，掂了掂背上的孩子，搂紧怀里的盐罐子，逃命而去。

"太君，太君，你放错人了，这个老太婆的儿子是平湖村地下党员，就是他带着游击队烧炮楼子的。"从村里跑来迎接鬼子进村的富农老黄，指着老太婆的背影向正待上马离开的山前满夫告密。

第八章　牢狱之灾

山前满夫闻之色变，从喉咙中发出一声野兽般的怪叫。

"八格牙路！快开枪，别让老婆子跑了！"

一排枪响过后，刚逃到百十米开外的老太婆身中数枪倒下去了，连她背上的宝贝孙子也无声地死去了，那个一直抱在老人怀中的盐罐子跌落在地，白花花的盐粒子散落在一汪殷红的血泊里，被鲜血染红了。

◇◇◇◇◇◇◇◇◇◇◇◇◇◇◇◇◇

五月初八一大早，拐刀七气势汹汹地带着鬼子和伪军包围了钟家大院。

拐刀七一只脚踏在被掀翻了的太师椅背上，右手掐着腰，左手的食指与中指间夹着一支香烟卷子，独眼珠子瞪得如牛铃一般，趾高气扬地说道："太君有令，虞婷是共产党员，私通游击队，要立即抓捕归案，快快把她交出来，尚能保住小命，不然的话，就是死路一条，你们看明白一点吧。"

钟履宽没有被拐刀七的气焰吓倒，冷静地回答："虞婷母女不在罗口镇，她回娘家去了。"

"你胡说，昨天还有人看见她在镇上。"拐刀七粗暴地打断了履宽的话，恶狠狠地说，"识相的快把'共产婆'交出来，这是皇军的命令，如若违抗，你就是同党！"

鬼子们把所有的房间搜了个底朝天，翻遍了每一个角落也没找到虞婷娘儿俩，拐刀七气急败坏地把钟履宽押进了宪兵队部。没有抓到虞婷，山前满夫暴跳如雷，立即责成拐刀七带一路人马直奔钟家盐滩而去。刚出东门，两个鬼子上前几步，小钢炮架在路旁的一个大石碾子上，炮口朝东，一发炮弹划出一个弧线向着钟家盐滩方向射去，炮弹正好落在一口池塘里，溅飞起来的水柱有几丈高，长枪也噼噼啪啪地放起响来。

盐脉

刘银锁见状惊呼道:"鬼子的炮弹落到盐滩里来了,伙计们快逃命吧!"

已经晚了,敌人的两列纵队已经扑过来了。拐刀七在前面骑着一辆黑色的大平把自行车引路,后面跟着伪军,最后面才是鬼子,扛在肩上的长枪的刺刀在阳光下闪着骇人的寒光。

盐工们顿时慌了神,就近躲藏进丈把高的芦苇荡里去了。

拐刀七立功心切,一马当先冲在最前面。通往盐滩的小路很窄,再加上前天刚下过一场小雨,路上还有些湿滑,一个不留神,车把没架住,自行车就奔着水池子冲了过去,连车带人一齐冲进了水池子里,像极了一只争抢热屎的狗。水池子里全是上了度数的卤水,虽然很浅,但池底黏滑,拐刀七站立不稳,一下子倒了下去,口里灌进了卤水,差点没把舌头给咬掉了。他挣扎着站稳了脚跟,吐出几口苦水,落汤鸡一般,帽子也随水流飘出老远。鬼子和伪军们全都停下来,站在路上哈哈大笑着看他出糗,却没有人肯下来扶他一把。

"庞连长,你的帽子——"一个年龄小点儿的伪军叫唤起来。

"再嚷嚷,小心老子毙了你!"拐刀七从水里捞起自行车,蹚着水,小心地拖到池塘边,总算上得岸来,还好,驳壳枪还在,本想朝天放上一枪给自己压压惊,可是枪膛里灌满了咸水,塞了淤泥,子弹憋在枪膛里已哑了火。

"奶奶的!"拐刀七捋捋湿头发,把湿透的大白布褂子脱下来拧干了又穿在身上,朝身旁的伪军吼道,"狗娘养的,看什么看,不知道今天是来干什么的?要是让那骚娘们跑了,看我不扯碎你们的蛋黄子,还不快走!"队伍又往前挪动起来。

钟家盐滩遭了殃。

一到钟家滩,拐刀七把自行车随手一丢,从腰里掏出哑了火的手枪,指着滩房向伪军们吼道:"不想吃枪子的快给我上,把人给我抓住了,

第八章 牢狱之灾

有你们好吃好喝的——"

三间小滩屋,最东边的一间放些柴草和杂七杂八的东西,中间堆放着干活的工具,北墙根卧着一座黑黑的土炕。最西边的一间是人们平时歇息的地方。伪军们从四下里把滩房包围起来,手里端着长枪,猫着腰,小心翼翼地往前挪步,就怕从屋里射出一梭子子弹来,让他们丢了吃饭的家伙。总算挨到了小屋门前,低矮的小木门虚掩着,谁也不敢向前一步,你看我我看你,大眼瞪小眼,没有人愿当冤大头。

"奶奶的,都是些胆小鬼,快给我进屋里去搜!"

小屋里光线很暗,从外面进来的人,要瞪大了眼睛,适应一下才能看清。屋内摆设一目了然——破得快要散掉架子的桌子,三条腿的小杌子,东边靠墙跟有一座黑乎乎的灶台,几只缺了口的黑陶碗,胡乱丢在灶台上。

"都跑哪去了?连半个人影也没有?"拐刀七气得一脚跳到外面,吼道,"快找,挖地三尺也要把人翻出来!"

"把滩房点把火烧了,把人给熏出来!!"拐刀七吼道。

早有伪军手持火把把屋顶的稻草引燃了。火舌吐着黑烟在旷野上撒着欢儿,一下子就把小滩房吞噬掉了。

"能砸的砸烂,能烧的烧掉!"

躲藏在芦苇丛里的盐工们看在眼里痛在心上,牙齿咬得咯咯作响,钟家的这份产业,全毁在了这帮野兽手上。滩房烧成了灰烬,水车被砸了个稀巴烂,伪军向着远处尚在转动的风车走去。

"他们要烧大风车了!"盐工们的心提到了嗓子眼上。

大风车可谓是盐滩的命根子,肩负着向盐滩供水的重任。刘银锁见状悄悄地摸出来,绕道沪沟,潜行到大风车的背影下,跟老伙计相处了这些年,彼此结下了深厚的感情,任何人休想靠近一步。

"快去把这架风车给我砸了。"又是拐刀七的声音。

伪军们还没到大风车跟前,就听一声断喝:"不许动,看谁敢动它一下，俺的铁锨可不长眼！"

拐刀七闻声走了上来，奸笑着："哼哼，终于见到了一个活口，还当是都死光了呢。"

"当了鬼子的狗腿子还有脸到这里仗势欺人，也不为自己积点阴德。"

"你娘的，敢对老子不敬，有种！"拐刀七冷笑道，"你是什么人，敢在这里撒野？"

"俺是刘银锁，钟家的盐把式，大风车有神灵保佑着，你们休想打它的主意！"

"钟家的长工也算是钟家的一分子，还愣着干什么，上去给我拿下，要留活口，回去给太君问话。"

三个伪军一齐朝刘银锁围了上来。刘银锁背依着尚在嗡嗡转动着的大风车，挥舞着铁锨，抡圆了胳膊朝领头的一个大个子伪军拍去，只听哐啷一声，铁锨碰上了伪军手里的长枪杆子，高个子伪军惊叫一声把枪扔了出去，捧着两只血糊潦烂的手，痛得直蹦跳，另两个赶紧退了下来。

"怕什么怕！三个还打不过一个，给我上！"一群伪军又围了上来，刘银锁瞪圆了眼睛，抡起了铁锨呼呼生风，谁都不敢贸然上前。

"给我住手，再不住手枪子可不长眼！"

"拐刀七，你这个民族败类，你不得好死——"

"啪——"一声清脆的枪声响起，从驳壳枪口冒出了一缕淡淡的青烟，就像一条小青蛇一般消失在海风里。

霎时，刘银锁的头部迸射出一道殷红的血浆，飞溅在大风车的叶片上，人影随着抡动着的铁锨向前扑倒在地，大风车呜咽着掀起阵阵尘土。

◇◇◇◇◇◇◇◇◇◇◇◇◇◇◇◇◇

钟履宽再一次直面山前满夫。

第八章　牢狱之灾

"你好大的胆子，敢跟大日本帝国作对，死了死了的有！"山前瞪大了眼睛，咬着牙齿，仿佛要把钟履宽一口吞下。

钟履宽并没有马上回答他的问话，只是报以轻蔑的微笑。

"你的兄弟媳妇是一名共产党，在学校里传播共产主义的歪理邪说，带头在镇上张贴反动标语，私通游击队，烧炮楼，炸桥梁，抢军火，烧军车，让我们损伤惨重，我要将她碎尸万段！你还敢包庇她，你好大的胆子！"

还是没有回答。

"你——"山前瞪圆了眼珠子，猛地抽出军刀，双手高举过顶，大步向前，迫近于履宽面前。一场惨剧就要上演，翻译官紧皱着眉头闭上了眼睛，拐刀七把头偏向一侧，心里幸灾乐祸着：你也有今天啊！

冒着寒气的刀锋几乎逼近钟履宽的鼻尖……僵持过后，钟履宽没有应声而倒。

山前满夫摇了摇头，后退几步，低声喝道："你是连死都不怕了？我倒要看看你能怎样活！"

"拉下去，上刑具！"

拐刀七朝后面招招手，两名伪军架住了钟履宽的双臂，带往了刑讯室，不由分说地把他绑在了一座粗橡木制成的十字架上面。

山前满夫随后跟进来，坐在他对面的一张桌子上，进一步威逼利诱："有什么话尽管说吧，这儿可不是说'不'的地方。"

拐刀七发出了一声狰狞的坏笑。

"你这只不知道廉耻的狗！"

"太君，太君，他在骂我。"

"把你的嘴给我闭上，我只要他开口说话！"

拐刀七被山前满夫的狠劲吓得赶紧缩了脖子不敢言语。

"钟履宽，你已经开口说话了，就不能再保持沉默了。"

"我什么也不知道。"

山前满夫盯着履宽的脸看了两三秒钟。

一个光着脊背的日本兵走上来，抡起皮鞭，雨点般地向钟履宽的身上抽来……一桶凉水从头上浇下来，钟履宽从昏迷中睁开眼睛，一双刺眼的白手套，一双锃亮的高筒军靴在眼前晃动着。

"说吧，滋味如何？"

"不好，但我什么也不知道。"

"抽，给我狠劲地抽！"两名光着膀子的日本兵轮番上阵也无济于事。

翻译官靠近山前的耳边小声说："太君，人会不会死了？"

"活着，我还活着……"

蒙怔了好大一会儿，钟履宽借着微弱的光亮才看清楚，原来这是一间用盐署的地下库房改成的土牢监舍，青森森的铁栅栏，分辨不清颜色的墙壁……他蜷缩在墙角的一堆稻草堆里，草堆散发出一股难闻的腐臭气味，臭虫们肆意地啃咬着他那麻木的肢体，一种难以抑制的干渴再一次袭来，使他不由自主地发出"水……水"的轻唤。一阵细碎的脚步声传来，一个人影从铁栅栏的间隙里递过来一只盛水的黑陶碗。钟履宽不由分说地双手接过来一饮而尽，头脑才清醒了些。

"你是什么人？"

"老爷，我是刘阿六呀。"

"哪个刘阿六？"

"就是曾在您家账房做工的刘阿六。"

"噢——你回来了？"

"是啊，老爷。"

"怎么不找个正当营生，偏到这个阎王殿里来为虎作伥？"

"说来话长呢，老爷……"刘阿六一副不知从何说起的神情。

"在这种污泥坑里，一定要注意保护好自己，不要做对不起天地良心的事。"

第八章　牢狱之灾

"是,老爷,俺记住了,您也要多保重,落到了山前满夫这个恶魔手里,不知能否脱身。"

"这倒不重要了,"履宽长吁出一口气,朝刘阿六看着,突然想起一件什么事来,压低声音问道,"昨晚的信是你送的?"

刘阿六默不作声地点点头。

"钟家没有白养活你。"

"是俺对不起钟家。"

"傅英子还好吗?"

"很好。"

"她现在在哪儿?"

"就在这个大院里,给山前太君当厨子。"

"啊?!你们……"一阵眩晕差点让他歪倒,"要记得你们是中国人,不能做伤天害理的事!"

刘阿六沉默不语了。

夜里,一个身披黑衣的身影悄然出现在钟府大门前,来人压低嗓音对前来开门的管家高铨说道:"带我去见钟太太!"

"你是谁?"高铨近前去仔细打量,却看不清来人长得啥模样,那两只似曾熟悉的眼睛狠狠地盯着他,让他的后背发凉,再也不敢多问,便将来人带进了庄玉萍的房间里。

"傅英子,是你?"庄玉萍惊骇不已,一下子掀掉了盖在身上的棉被,下了炕,上前抓住傅英子的双手,眼含泪花儿,颤抖地说道,"英子,你知道吗?钟家落难了,你回来做什么?"

"俺就是为这事来的。"傅英子镇静地回答。

"你干爹被鬼子抓去了——"庄玉萍失声痛哭起来。

"俺知道。"

"你是来搭救你干爹的?"

"是的。"

"英子，你果真是来搭救你干爹的？这证明当年钟家收留你是上天的安排？你知恩图报来了？"

就连躲在门外墙根下偷听的高铨也忍不住流下了热泪，他站起身满意地离开了，嘴里小声念叨着："好心有好报，老爷有救了，钟家有希望了——"

◇◇◇◇◇◇◇◇◇◇◇◇◇◇◇◇◇◇◇◇

五天时间过去了，钟履宽还没有被放出来，小镇上的人们噤若寒蝉，碰面时也不敢大声招呼，人人眼里透着恐慌的神情，唯恐灾祸降临到自己头上。

傅英子不声不响地观察着山前满夫的神色，她从阿六的嘴里知道一些提审的消息，可事态竟然不死不活地僵持着。其实她的内心藏着一个不可告人的阴谋，为此，她不辞辛苦地偷偷去钟家好几趟，假托解救钟履宽，顺理成章地从庄玉萍手里拿走了一千块银圆，但仍嫌不够，她还要狮子大开口，在她的潜意识里，钟家欠了她很多很多，到了该偿还的时候了……她做得实在是天衣无缝，她希望手握生杀大权的山前满夫来替她完成这个心愿。

"太君，快把这碗莲子粥喝了，千万别累坏了身体。"傅英子给山前满夫送饭的时候，见他面露阴郁不快的神情，便轻声细语地安慰他。

山前满夫背靠在太师椅里，两眼微闭，连话都懒得说，手指动了动，示意英子把汤碗放在面前的茶几上面走人。

"太君，你一个人撇家撂业地在外面闯荡，身边没有人照应，得照顾好自己才行。"傅英子故意用帕子抹拭着桌椅条凳，无话找话。

山前满夫眯着眼，从鼻孔里哼出一声，算作回话。

第八章 牢狱之灾

"太君，罗口镇的人都是死脑筋，太君费尽口舌开导他们，他们弄不懂太君的好心好意，反而恩将仇报破坏皇军的炮楼子，与皇军作对，他们是鸡蛋往石头上撞，真是自不量力。"

山前满夫睁开眼，打量着这个女人，心里盘算着：这个女人不简单啊！

"太君，中国有句古话叫作见风使舵，对于那些死脑筋的人，您就不用去浪费口舌了，他们不知天高地厚，竟敢在太岁头上动土，纯粹是不想活命了，一枪崩了他们，算是送佛到西天，太君就高抬贵手成全他们得了。"傅英子说这些话的时候，心平气和，神情安详，仿佛在拉家常。

说者无意听者有心，山前满夫腾地挺直了身子，瞪圆了眼珠子，盯在傅英子脸上。傅英子扭动着丰腴的腰身，故意转到山前满夫的身后，双手灵巧地搭上他的两肩，十根手指游蛇般滑动着，轻轻地为他揉捏着肩膀，见他没有拒绝的意思，那两条蛇一样的手又往前游动，滑向了他的胸口……

一番云雨过后，傅英子娇滴滴地展开了猛烈地进攻。

"太君，姓钟的已经落在皇军的大牢里了，他私通共匪，干了那么多坏事，你为什么不枪毙他啊？"

"钟履宽是条汉子，他本人没干过坏事，是个良民。他的兄弟媳妇是共产党分子，私通游击队，给他上刑，就是要逼他把那女人交出来。"

"姓钟的宁死也不说出弟媳的下落，太君该怎么办呢？"

"继续审！"山前满夫吐出一口长气。

傅英子颤抖了一下，山前也感觉到了。傅英子继续说："太君有所不知，英子曾经被姓钟的强暴过，俺跟他是仇人。"

山前满夫大感不解，他已经知晓傅英子与钟履宽之间的父女关系，如果连义女也侵犯，简直连禽兽也不如，他摇摇头，说道："钟履宽是一个中庸的男人，有很强的家庭观念，断不会做出这等有伤风化的事来。"

傅英子哽咽着，断断续续地诉说着：三十多年前，她还是一位十四五岁的小姑娘，还管他叫义父，谁知在一个雨夜里，酒后的钟履宽粗暴地占有了她。之后，害怕事情败露，坏了钟家的名声，便狠狠地将她赶出家门，还把唯一知情的雇工刘阿六毒打一顿赶出了钟家。自此，俩人相依为命，流落四方，以乞讨为生。由于幼年遭到伤害，至今仍不能生下一男半女，只有与刘阿六苦度残生……

"太君，俺这一生都是姓钟的害的，您要替俺报仇雪恨！"傅英子流下的泪水浸湿了山前满夫胸口的衣服。

"好了，你只要听命于我，我会替你报仇的。"

山前满夫的话让傅英子破涕为笑，她依偎在他的怀抱里，半嗔半娇道："只要太君除掉姓钟的，把他的家产交到俺手上，俺就天天陪太君，让太君恣个够！"

"杀钟履宽现在还不到时候，大东亚共荣的事业还需要他。"

"太君，世上三条腿的蛤蟆难找，两条腿的人一抓一大把，罗口镇会晒盐的人有的是，太君不能因小失大啊！"

"我不会因小失大，留着他的一条命为大日本帝国效劳！"

"太君，小女子的命太悲惨了，您要替小女子做主啊！"傅英子流着泪背过身去。

"就算留下钟履宽一条命，他也不会有好日子过，我会紧紧地把他攥在手心里，让他生不如死！"山前满夫伸出了毛茸茸的黑手比画着。

◇◇◇◇◇◇◇◇◇◇◇◇◇◇◇◇◇◇◇◇

钟履宽拼死拼活地在修复苇河桥的工地干满了三个月的劳役，在鬼子的刺刀下和拐刀七的嘲讽里扒了一层皮，竟然奇迹般地从死亡线上挣扎着回到家里，而庄玉萍已病倒在炕上多日了。

她刚喝过药迷糊着，脸色蜡黄毫无血色，嘴唇干瘪着，脸上刻满深

第八章　牢狱之灾

深的皱痕。三个月的时间，仿佛隔了一个世纪，一朵花儿被严霜摧折，一粒珍珠陷进了深沉沉的尘埃里……钟履宽站在炕前，眼睛一眨不眨地看着玉萍的模样，这，还是那个跟自己拜堂成亲的庄玉萍吗？泪水悄悄地滑落下来。

陈妈看到此番情形，小声说道："老爷快坐吧，太太刚睡着。"

庄玉萍惊醒过来，看清真的是履宽，惊喜过望："他爹，你回来了？"

"刚回来一会儿。"履宽唏嘘着握住她的手，轻声回答。

"看你累的，都成啥样了……"

"玉萍，不要难过，别伤着身子，我还好着呢。"

"俺知道你在那里没少受罪，俺这病身子，唉！陈妈，扶俺起来，俺也好梳梳头，好几天没有梳头了。"庄玉萍叹了一口气，悠悠地说道。

履宽再也无法忍住涌上嗓子眼儿的悲痛，奔出门，扶着石墙蹲下身来，头埋在两膝间，手指头抠在青石墙缝里。

"他爹，俺病了这些日子，给家里添了不小的累赘，心里一直挂念着孩子们，他们到底咋样了？你可要跟俺说实话。"

"宏儿一家到了昆明的西南联大，小两口都在那里教书，小日子过得还行。强儿到了大西北的延安，这孩子从小脾气倔，认定了的事就一直做下去，听说在那里的大学毕业后，分配到机关里工作了，放心吧！倒是咱们在敌占区生活，老让孩子们担心，现在是战时，书信也不通，估计强儿也该成家了，你就放心好了。你这病有点蹊跷，咱们还是到县城里的医院去看看吧，别耽搁了。"

"俺才不去遭那洋罪，又开刀又抽血的，连个全乎身子都没有。"

"说哪去了，应该替咱们这一大家子想一想。"

"你是钟家的顶梁柱，你一天不在家，俺的心里就没有底。"

"唉！家让鬼子糟蹋成这个样子，怎么向祖宗交代，等身体好一些，再把家撑起来，总不能让钟家毁了。"钟履宽咳嗽起来。

陈妈赶紧把痰盂递过来。

咳过一阵，吐出几口带着血丝的浓痰，浑身冒出了汗。

"老爷，快躺下歇歇吧，能回来就是烧了高香了，俺这就给你煎药去，你先歇会儿。"高铨扶着他在炕上躺下后，赶紧去厨房煎药。

"他爹啊，你能从闯鬼门关回来，英子给使上劲了？"庄玉萍把压在胸口的被子掀起了一个角儿。

"不见得。"钟履宽坐在火炕前的圈椅里，无力地靠在椅背上，喘出一口长气，"我在牢里的时候，倒是受了刘阿六的关照。"

"俺也觉出来了，英子跟换了个人似的，满脸阴煞气，俺给她钱，心里也是没底的。"

"人都是会变的，你给她钱干什么？"

"她说要去找鬼子说情救你的。"

"胡扯！"履宽气不打一处来，"有一回山前满夫说漏了嘴，我才知道要加害于我的还不只拐刀七呢，她也算一个。"

"哪有儿女坑害父亲的，这可是大逆不道啊？"庄玉萍吃惊不小。

"世道有变，人心沦丧，人不像人，鬼不像鬼，她竟然想借山前满夫之手加害于我，真是养了一头白眼狼啊！"

"天啊，俺竟然给了她一千块银圆，傅英子，她……"庄玉萍吐出一口鲜血，晕过去了。

树上的叶子变黄了掉光了，天气越来越冷了，钟履宽的身体慢慢恢复起来了，一天比一天好。而庄玉萍的病却不见好转，身形越发消瘦下去，已经下不了炕了，吃喝拉撒都要人服侍，像一盏即将燃尽的油灯。

经过了大灾大难才懂得亲情的可贵，履宽一刻不离地陪她说话拉呱。有时，她睡着了，他就那么静静地坐在她的身旁看她，却不惊醒她。房间里飘着一股浓的散不开的中草药的气味，桌椅上、床铺上，就连她的发髻上，都有苦涩的味道。人们都说有苦才有甜，可是喝了这么多苦药

第八章　牢狱之灾

的玉萍咋不见从病魔的手掌里逃脱开呢？反而被死死地抓住了，紧紧地，一步步地把她那虚弱的身躯往虚无的境地里拖。庄玉萍挣扎着，无力地抗争着，命运之神却关上了门，这份痛，生生刻在履宽的心上。

腊月里，庄玉萍神态安详地走了。

送走了亡妻，上完了五七坟，与陈妈结算清了工钱，又把管家高铨送到了兴安庙安顿下来。了却完家务事，年关也过了，钟履宽擦干了眼泪，一把铜锁锁了门，住进了盐滩的窝棚里。

◇◇◇◇◇◇◇◇◇◇◇◇◇◇◇◇◇◇◇

"成山，你看看吧，盐滩全毁了，盐滩能碍着他们什么事？"

郑成山四下里瞅瞅，小声说道："拐刀七仗着鬼子的势力报复咱们呢，他这样作腾，能有好下场？"

"成善霆找保人来跟我说了好几回，要盘下钟家滩，被我一口回绝了，我还没死呢，就瞅上了？"

"成老三跟拐刀七混在一块了，前天中午，还看见拐刀七从他家出来，喝得醉醺醺的。"

"管他仗着谁的荫阳儿，反正我不卖，他还敢从我手里硬抢？"

"宽哥，俺刚建起来的五十多亩盐滩又被郑成圆输了个精光，俺不能再跟他合在一块了，俺爷俩来钟家滩做盐工吧？"

履宽握住郑成山的手，激动地说："好，咱们一块重建钟家滩。"

履宽又说服了银锁的媳妇，让儿子刘长安来钟家接着扛活。苗长石成了枪下的冤鬼，其他几位盐工老的老，还能干的也干了别的营生，只把庄家坨玉萍的本家大哥庄来福请了回来，再加上郑成山爷俩，勉强凑了五个人，盐滩的活也就挡过去了。

钟履宽心中有数，盐滩抛荒了大半年，滩池被雨水冲刷海水浸泡，但依稀能分辨出原来的模样，恢复重建也不算难事。郑成山领着大伙儿割草垫路，开沟放水晾晒滩池，五六天过后，便可以上手整理盐池子了。

盐工们先用铁耙耧平敷在池底的一层盐土，放进一层薄薄的海水，把盐土泡透了，便脱了鞋袜，赤着双脚下了池子。大家排成一排，横向行走，前脚紧挨着后脚，就像踩高跷一样。刘长安当排头兵，郑成山殿后，人与人相隔不过一米，一边迈着小碎步，一边说笑着，动作虽然重复枯燥，可人们兴致很高。刚下池子的时候，郑海洲的脚踩到冰凉的泥地里，寒冷穿透脚心，打一个激灵，又跳回岸上，怵了。

郑成山瞪了他一眼，骂道："这么点罪都受不了，还怎么当盐工，没出息！"

履宽赶紧打圆场："海洲才十六七岁，皮肉嫩，受不得凉水激，干点别的活也行，穿上鞋袜，在岸上拍池沿子吧。"

"大爷，俺不怕冷呢，在东北，冬天比这冷多了，俺都敢上山拖柴火。"

履宽安慰道："东北是干冷，咱这儿是湿冷，不一样哩。"

庄来福趁机插话："小猪子肉不撑煮噢。"

海洲不愿意干轻快活，磨蹭了一会儿，又跳下池，咬着牙关坚持了一会儿，等脚冻成了红萝卜，也就忍受下来了。再干半个时辰，热血下窜，脚底板也热乎起来了，已不觉得冷，反而周身热乎乎的，厚衣服都得脱了才能省劲儿。

像这样的集体劳作，活儿虽然累了点，如果人们都默不作声地埋头苦干，累的感觉就会再加上十分，相反，如果人们开个玩笑，打打野趣儿，搭个油浑腔，再累的活也感觉不到累，轻轻松松就把活干完了。老盐工们深知这个道理，像郑海洲这样的初来乍到者，还不晓得这个门道。

"海洲，你得把两手背在身后，两条腿颠起来，像小狗跑路的架势，浑身晃悠着，踩起滩子来就会省劲多了。"老庄调侃道。

"人家提着两条胳膊也挺省劲的。"刘长安好像在替海洲讲理。

第八章 牢狱之灾

"他那是拉屎架，累死人。"

"老庄大爷，你怎么笑话人？"海洲的脸涨红了，脚下的步调有些乱了。

履宽笑了："老庄说得有道理，他是老盐工了，干活的窍门多。"

"还是钟老爷有知识，俺只知道说，不懂大道理。"

"老庄，你快别抬举我了。"

"俺都是上年纪的人了，学不来时兴的东西，还是老板老腔的好。"

"老庄一点儿也看不出老，跟个青年似的。"

"长安这话俺爱听，俺只要和海洲在一起干活，就浑身挺带劲，你们看俺的脚步轻，膝盖动，屁股颠，肩膀晃，就像刚过足了大烟瘾，真舒服啊。"老庄笑吟吟地说。

"老庄只要一踩池子，浑身颤颤，骚劲上来了，连裤裆都在荡悠。"

"不差哩，裤裆不跟着晃荡不就成死屌了吗？"

人们哈哈大笑起来，老庄越说越来劲儿了："俺早就瞅候着了，就是海洲的裤裆不晃悠。"

"那是咋的了？"刘长安故意一惊一乍地问道。

"还咋的了——那不正撑着篷嘛！"

郑海洲哪受得了这番揶揄，本来还挺享受的，谁知被老庄点破了题，这才意识到自己出糗大了，双手下意识地捂住了下身，嗷的一声怪叫，像兔子一样飞快地逃进滩池边的芦苇丛里躲起来了。

郑成山心里知道，这是伙计们在拿着儿子开涮，都是些善意的玩笑话，他可不往心里去。

"好了，已经干了两个多小时了，咱们歇息一会儿吧，也等等海洲。"履宽笑着说道。

四个人坐在池子边上抽烟，刘长安喊了几声，海洲也不好意思到他们身边来坐，一个人在芦苇丛里掐芦苇芯子玩儿。

刘长安故意跟庄来福斗嘴:"真是个死鬼,哪壶不开提哪壶,看把海洲臊的。"

"你从那时候过来了,好了疮疤忘了疼了?"老庄反问着刘长安,"等着这把壶开了,谁还乐意提?"

"让海洲去挖排水沟吧,年轻人踩滩子确实摸不着门道。"履宽提醒郑成山。

"刚开了一回玩笑就臊成那样,以后还敢跟俺一块搭帮干活?"

"没事,让他拍会池沿子,伙计们在一块就是和脾气,习惯就好了。"郑成山说道。

郑海洲坐在沿子边上,用木榔头拍击池沿子,一个人无精打采地干了半个多小时,就干不下去了,索性又跳下池子,跟在人们后面踩池板去了。

踩完一遍,敷了一层土,五个人一直持续了三遍才罢休,接下来碌碡派上用场了。若是在农地里,碌碡是打麦场上常见之物,而在盐滩上,此物也是家家户户修滩压实的必备工具。头遍压实的时候,必须用重达二百多斤的大碌碡碾压。刘长安拉一个,海洲和老庄合拉一个。郑成山和履宽端着铁锨,跟在碌碡后面往洼坑里填土。往往要挑长晴天,伙计们起个大早,在薄薄的咸雾里,迎着慢慢升起的朝阳,人们早已脱去了长衣,只穿一件无袖的夹衫,背了两只手,紧握住拴在碌碡两侧木架辕上的棕绳的一端,身体前倾,低着头,赤着脚,迈着弓字步,用足了力气拽着碌碡前行。从池子的东头走到西头,然后倒过来,再从西头拉到东头,周而复始,无休无止,五个人手忙脚乱地干上一整天才算压实完一块池子。直到压实三到四遍后,才往池子里放进一层薄薄的卤水,叫作泡池底,泡一个晚上,在天蒙蒙亮时就把池子里的水放干净晾晒着,午后,再用百多斤重的小碌碡压实,要趁池底半干不湿的时候才好,太早,湿的盐土就会沾在碌碡上面;太晚的话,池板变干变硬,碌碡就压不牢

第八章 牢狱之灾

靠了。这时候，履宽和郑成山就会提了两桶卤水，往干燥的池板处洒卤水，直到压实过后的池底平滑如镜，依稀有从卤水中析出来的细碎的盐末子镶嵌在池板上，赤脚走在上面，硬硬的滑滑的，并不会留下脚窝，才可以把卤水放进池子里晒盐。

◇◇◇◇◇◇◇◇◇◇◇◇◇◇◇◇◇◇◇◇

苍蝇不叮无缝的蛋！

拐刀七三天两头往成善霆家里跑，有时也不全是为了吃喝。他那只贼一样的独眼珠子一直往成善霆家的小儿媳妇身上瞅，眼睛一旦瞅上那胀鼓起来的胸脯子，就拔不出来，手里虽然端着酒盅子，却不知道往嘴里送，有好几回，酒水洒在胸口衣服上面。成善霆看在眼里，恨在胆边生，但又不敢言明，这都是自己招惹来的，只好打掉牙往肚子里咽，盼着这主儿少来他家，可是请神容易送神难，拐刀七跑溜了腿收不住了。

这天，又是酒过三巡，小儿媳妇端着盘盏来上菜，拐刀七那哈喇子都流下来了，成善霆便故意大声咳嗽，总算把拐刀七的贼心给收回来。

"成老爷，你刚才说什么来着？"

"我在说你的冤家对头！"成善霆表现出不耐烦的神情，故意加重了语气。

"谁敢做俺的对头？是活腻了吗？"拐刀七瞪着有些红肿的独眼珠子盯在成善霆的脸上，恶狠狠地说道。

"钟履宽又开始修滩了！"

"他敢？！"这回拐刀七听清楚了，"你信不信，我一准去给他踹平了！"

"哎呀，庞连长，你小点声，让人听到了说闲话。"成善霆被拐刀七的神情吓住了，没想到他会有这么过激的行为。

"钟家盐滩上有几个人在挖泥,我还不确定是在干什么,庞连长不用动怒。"

"姓钟的就是丧门星,眼不见为净,今天这么快活的场合,就不要提他了。"

拐刀七也不愿意在酒席桌上"草菅人命",今朝有酒今朝醉,扫荡、清乡这么多苦差事全由他做了,整天被游击队追在屁股后面撵,不知道哪天踩了地雷子、吃了小米粒就完了,管那么多干啥,他是算透账了。

"孩他娘,拐刀七越来越不撑架乎了,咱得想个法子,别让他上咱家来了。"好歹把拐刀七伺候走了以后,成善霆跟老婆商量。

"人是你请来的,说是背靠大树好乘凉,这回又烦了?"老婆庄氏说的是实话。

"这个土匪油子六根不净,我怕出坏事,还是不让他上门的好。"

"腿长在他身上,驳壳子别在他腰上,你敢跟他提半个不字,不要命了?"

成善霆灵机一动,想出了一个馊主意:"拐刀七都四十多岁了,还是光棍一条,也没个家落的,咱给他说上个媳妇,他有家室了,就不会有事没事往咱家跑了。"

"亏你想出个好主意来,你当他是个好人?他跟在鬼子后面干了那么多杀人放火的事,谁不恨得牙痒痒?谁家还敢把闺女嫁给他?"

"你三哥家里的侄女,都三十多了,还没找到婆家,说给拐刀七不正合适?"

"俺侄女不是缺个心眼吗?"庄氏反问道。

"不缺心眼谁会跟这号人?"

"你是把俺侄女往火坑里推,姓成的你不安好心!"

"这事不让我管也可以,要是咱儿媳妇出了什么事,你可别说我没早提醒!"

第八章 牢狱之灾

庄氏哑腔了，脑子里迅速把拐刀七如刀子一样落在小儿媳妇身上的眼光一一回忆起来，惊出了一身冷汗，吓得直打哆嗦："当家的，你说该怎么办？可不能害了咱儿媳妇呀！"

"谁说不是啊？你想想，拐刀七只要成了家，把劲头使在自家娘们身上，还能抬腿就往咱家里窜？咱是不是就清静了？"成善霆说得头头是道。

"俺那侄女不就倒八辈子大霉了？"

"什么倒大霉了？拐刀七有哪儿不好？人高马大，身材魁梧，有权有势，还当大军官，哪个女人跟了他不享清福？若拐刀七能看上你那侄女，咱还是烧了高香了，他成了咱家的侄女婿，还能不听从于咱们？饽饽还不得往那肉汤锅里滚？"

成庄氏自从着了男人的道后，便两腿蹽火似的往娘家跑，经过一番撮合，好事就成了，娘家答应了。成善霆便觍着脸子又把拐刀七请到家里来，置办了一桌丰盛的菜肴，又拿出珍藏的上好高粱酒，赔着笑脸招待拐刀七。拐刀七接连吃了几回败仗，被山前满夫骂得狗血喷头，实在是窝了一肚子气，吃饭饭不香，睡觉觉不甜，成善霆宴请他，真是求之不得呢，正好借酒浇浇愁。

女方主动向男方提亲是一件不好意思说出口的事，一旦男方不同意，成善霆的老脸往哪里放？这个道理他懂，因此，单等到酒过三巡，拐刀七已喝得满面红光，眼睛有些蒙眬了，他才开口。

"庞连长什么年纪了？"成善霆装作若无其事的样子问道。

"四十五了。"拐刀七大大咧咧地说道，双手撕扯着一条鸡腿，把大块的鸡肉往嘴里塞。

"听说你在九顶子上跟钟履宽对挡过，你的年龄应该跟他不相上下吧？"

"咋了？你想替他出头？"拐刀七不经意地扔下这么一句话，倒把成善霆吓了一跳，连躲在布帘子后面听风霜的庄氏也吓得捂住了胸口，赶紧从帘子缝里向男人递眼色。

"我哪有那个胆儿，"成善霆抹了一把光脑门上的汗水，故作镇静地说，"钟履宽都快六十岁了，你少说也得五十四五了吧？"

"我有那么显老吗？"拐刀七望了成善霆一眼，突然咧开大嘴哈哈大笑，笑够了，才对不明就里的成善霆说道，"跟你说实话吧，当年在九顶子跟钟履宽对挡的是我大哥，受了伤，伤口化脓死了。我与大哥相差十二岁，但长得极像，我与钟履宽由此结下杀兄之仇，此仇不报非君子！"

拐刀七双手握拳，龇牙咧嘴，眼珠子瞪得几乎掉出来，看样子痛不欲生。

成善霆弄巧成拙，赶紧解释："庞连长，我想问你有没有媳妇！"

"媳妇？要那干什么？想女人了，到窑子里找快活去，谁敢向老子要钱，老子就一枪崩了她！"

"庞连长，男人成家立业是天经地义的事，再说你已经四十出头了，应该娶个媳妇，生上仨俩孩子，也算是光宗耀祖了！"跟土匪讲仁义道德，不就是对牛弹琴嘛，亏成善霆想出来的馊主意。

"俺整天枪林弹雨，有了媳妇净是累赘，再说，俺也不缺女人啊！"拐刀七露出一脸淫笑。

费了九牛二虎之力，成善霆才把提亲的事说清楚。有这等好事，又是个黄花大闺女，还摊上成家这样的亲戚，拐刀七不缺心眼，早乐得心花怒放，满口答应下来了，只差当场改口叫成善霆姑丈了。

三月十八日上午，钟履宽正跟伙计们在盐滩上干活，突然从小镇的方向传来噼噼啪啪的声音，仔细辨听，还有锣鼓的敲击声，众人正在疑惑，刘长安一拍大腿，明白过来了，说道："今天是拐刀七娶亲的日子！"

"不错！是拐刀七娶媳妇！"老庄也恍然大悟。

第八章 牢狱之灾

"狗汉奸娶媳妇还得弄出这么大的动静？就不怕人们吐口唾沫淹死他。"郑成山愤愤不平地说道。

"要饭的都知道抱个猫——穷欢，拐刀七抱紧了鬼子的大腿，又攀上了成善霆这样的财主，当然忘乎所以了。"老庄分析得头头是道。

"啪啪啪！"三声清脆的枪声从锣鼓声中传出来，在空荡荡的盐滩上听得格外清晰，草丛里的鸟雀们受到了惊吓，一群群地飞起来，躲到更远的草滩上去了。

"狗汉奸娶个傻女人还嘚瑟什么，等游击队打进来，正好瓮中捉鳖！"郑海洲咬牙说道。

"海洲别胡说，小心招来横祸！"履宽提醒着他。虽然盐滩上没有其他人，但也要提防着走路割草的闲人。

"你钟大爷说的在理，小孩家的要长点见识。"郑成山说道。

◇◇◇◇◇◇◇◇◇◇◇◇◇◇◇◇◇◇◇◇◇◇◇◇

盐滩的活儿重了，人手打点不过来了，履宽只好把刘长安媳妇夏氏叫来帮忙做饭。

晚饭后，天还没黑下来，履宽便回自己的窝棚里倒头睡了。夏氏把碗筷桌凳收拾妥当了，也到自己家的窝棚里跟男人小声说着话。

"孩他爹，钟老爷有点郁闷呢。"

"废话，这事搁谁身上都不好受，钟老爷是大人有大量，不跟狗日的计较，看拐刀七还能蹦跶几天。"刘长安解释着。

"要是拐刀七从此占住了钟老爷家的房子不走了，怎么办？"

"俺就天天晚上去往他的院子里扔黑石头，吓唬那娘们，看她还敢在那儿住。"

"拐刀七手里有兵有枪，连大门口都派了岗哨，你跑得了才怪。"

"等盐滩晒出盐来，钟老爷就有钱了，去把涝坡岭的大刀会请来灭了他，大刀会的人身上有武功，不怕他们放枪。"

"请大刀会还不如游击队好使，共产党专帮穷人打鬼子，只要共产党来了，咱们钟老爷的仇就可以报了。"

"小声点儿，"刘长安附在夏氏的耳朵根上，轻声说道，"今天下午海洲也这样说，钟老爷还不让他说，怕有人听了去告密，我看这事可行。"

"你傻呀，没吃过猪肉，还没见过猪跑吗？共产党的宣传纸到处都有，上面写着'汉奸走狗没有好下场！''一人当汉奸，全家都遭殃！'还有……"

"老婆，你的脑袋瓜子真好使。"刘长安那光溜溜的身体靠上了媳妇的后背。

"别在那里甜言蜜语了，问你正经事呢，海洲的事咋样了？"

"郑大叔一口答应下来了。"

"这还差不多，明天就去给俺小姨回话。"

"哎呀，老婆，都到什么时候了，你还……"

"急什么急，真烦人……"

黄海涨夜潮了，海风一阵紧过一阵，窝棚顶的稻草被海风吹得窸窣作响，与沟沟岔岔里海水倒灌的声响交汇在一起，滩田神奇地活泛起来了……

许久，潮水消退，皎洁的月光正好从门缝照进窝棚里。

"睡吧，明天滩上活忙。"男人说。

"是啊，咱娘说了，让咱们知恩图报，好好干活来报答钟老爷对咱们家的恩情。"女人柔声细语着。

"知道了……"

"轰——哗啦——"

"哒哒……哒哒哒哒……"

第八章 牢狱之灾

"怎么了？哪儿放炮？"刘长安被惊醒了。

"是镇上吧？"夏氏也醒来了，战战兢兢地说道。

又有几声爆炸响传来，刘长安噌地从被窝子里跳了出来，一把拉开山草门子，窜到了门前的空地上，向小镇的方向张望。

钟履宽也出来了。

"大爷，镇上好像起火了！"

"可不是咋的。"

"看那火头足有几丈高，谁家起火了？我得跑去看看！"长安急急地吼道。

"长安，你快进来，你的衣裳！"夏氏在里面喊他。

"啊？！"刘长安被老婆的话提醒了，才发现自己竟然赤条条的，双手下意识地护住了裆部，身形顿时矮了下去，海风急急地吹在他身上，猛然打了一个寒战。

"快进屋吧，外头冷，别冻着。"履宽并没在意，心思全放在镇上。

刘长安像猴子一样麻利地跳进屋里去了。

"老天爷呀，这是谁家起火了？枪声越来越稠了？是不是在打仗啊？"履宽自言自语着。

"大爷，我得去看看，不管是谁家起了火，都是老街坊，得去帮忙救火！"刘长安提着裤子，趿拉着鞋了，一边说，一边往肥裤腰里系着布缕子。

"他爹，你不能去啊！你得护着钟老爷，你忘了娘的话了吗？"夏氏的声音里带着哭腔了。

"侄媳妇不用怕，长安不用去镇上，看样子像是在打仗呢，听那枪声，还有喊叫声，黑灯瞎火的，太危险了。"

"大爷，说不定是游击队打过来了！"刘长安兴奋起来了，"要是共产党的大部队打过来就好了，小鬼子就要完蛋了，拐刀七也该去见阎王了！"

"拐刀七还在娶亲呢！"夏氏摸着黑穿好了衣裳，也来到他俩的身旁，往镇上眺望。

"是啊！拐刀七还当新郎官呢，怎么就会打起来了呢？说不定正在洞房里办好事呢！"刘长安得意忘形地哈哈大笑起来。

"没个正经。"夏氏偷偷伸手在男人的肋下使劲拧了一把。

刘长安刚笑了两声便紧急刹住了，将剩下的那一声笑硬生生地咽回到肚子里："拐刀七——活该！"

"善有善报，恶有恶报，不是不报，时候不到！"钟履宽一眨也不眨地望着那通红的火光。半个多小时过后，枪声逐渐小下去了，而嘈杂声却越来越大了，有摩托车发动的响声，狗咬的声音，还有零星的枪响，火光暗弱下去，白的黑的烟仍像鬼魅一般往高处冒。

风向变了，东南风把月光吹模糊了，海雾偷偷地从黄海里飘来，将盐滩吞没了，松树林又响起了飒飒的低泣声。

"天要下雨了，快回屋去吧。"履宽说道。

原来，昨天是拐刀七的大喜之日，宪兵大队的鬼子伪军们全体歇工，到拐刀七家里喝喜酒去了。晚上十一点的时候，正在兴头上，手榴弹突然丢到了酒席桌上——游击队打上门来了，把新房围住了，鬼子伪军们死的死，伤的伤，又找不到拐刀七，全乱了套。山前满夫和副官没有去喝酒，在大队部商量事情，听到枪响便去拐刀七家增援。婚房燃起了大火，忙活了大半夜，才想起唯独不见新郎新娘的踪影，又是一番寻找，终于在茅厕里找到了。当时，拐刀七带着七分醉意，急不可耐地到洞房里找新娘寻欢，枪响的时候，俩人连滚带爬地藏到了茅厕里，才算捡了一条性命回来，连衣服都没顾得上穿，还淋了半夜的雨，早已成了落汤鸡。

郑海洲讲得可带劲了，大家伙儿兴高采烈地议论着。

"这会儿有拐刀七好看的了，山前满夫能放过他？"老庄衔着烟袋，

第八章　牢狱之灾

望着外面的雨，不紧不慢地说道。

"还是海洲说得对，昨天上午拐刀七高兴过头了，竟然放了枪，那不是明摆着给游击队放信号？"刘长安向郑海洲挤了挤眼睛。

"共产党可不是吃素的，镇上还不知隐藏着多少共产党呢，鬼子伪军的一举一动，早被掌握得一清二楚，还用得着拐刀七发信号？也该当他倒霉，听说连西门的岗哨也去喝酒了，游击队没费一枪一弹就进来了，难道拐刀七里应外合？"海洲讲得眉飞色舞，好像昨天夜里他就站在罗口镇上方的云端里，把镇上发生的事情全看在了眼里似的。

"得了吧，拐刀七还做内应呢，他的新房都被烧了个精光，要不是他交了狗屎运，游击队第一枪结果的就是他，他两手沾了多少人的鲜血，早该死几回了！"刘长安挥了挥拳头，"可惜昨天晚上我不在场，我要是一名游击队员，就专找拐刀七下手，一枪把这个吃里扒外的狗汉奸毙了。"

"好了，咱们出了这屋就不要再议论了，要记住祸从口出的教训。小雨已经停了，趁现在是退潮时间，去把池子的闸门口子打开，把滩上的雨水排泄到沪沟子里去。"

郑成山披上蓑衣，带着伙计们消失在雨中。

这天夜里钟履宽几乎未曾合眼，他的心一直在痛着，钟家几十年的风风雨雨在眼前掠过……要向命运抗争！抗争？怎么抗争？拐刀七要人有人，要枪有枪，自己赤手空拳，空有一腔怒火。俗话说得好，公鸡压母鸡，一物降一物！对，拐刀七也不是万能的，他也有怕头，他怕共产党！更怕游击队！他跟在鬼子后面天天喊着抓共产党，可是共产党员却越抓越多；他天天扫荡清乡剿灭游击队，可是游击队竟然打到了他的家门口。拐刀七也有今天，钟履宽的心亮堂起来了。

秋天到了，大风车重新竖立起来了。

钟履宽带着草纸和酒来到风车脚下，点燃草纸，把烧酒洒在红红的火苗上，跪在地上磕头，嘴里喃喃着：银锁兄弟，你的愿望实现了，钟家滩的大风车又站立起来了，咱们的好日子不远了。郑成山默默地陪伴着，仰望着那浑身焗满了桐油的大风车，回忆起这多半年来大伙儿出的苦力，难过地掉下泪来。

"成山，难为你们四个了，力气都出拧了，还好，咱们都受过来了。"

"宽哥，大风车就是盐滩的保护神啊，没有大风车帮忙，咱们拼死拼活才晒出了二三千斤盐，淌的汗珠子比盐粒子还多。"

"我都看在眼里，如今一切都好了，咱们可以甩开膀子干了。"

风起了，涨潮了，海水已经没过了导水槽，老哥俩并肩把大风车柱子旁的铁扳手打开，大风车的叶片便吱吱呦呦地转动起来，在风车叶片的牵引下，引水槽的盛水斗往复转动着，海水翻着白色的浪花，被引进了滩田的储水池里。不出两三天的工夫，滩池将全部添满海水，这可是人力所无法企及的。

入九了，天寒地冻，盐滩上有水的地方全都结了白花花的冰碴子，天阴了好几天了，西北风也吼累了，终于在天黑前歇下来，离下雪也不远了。

"钟老爷在吗？"有人从外面试着推窝棚的草门子，履宽正在里面劈柴，根本没听见。

山草门轻轻一推，便开了。

"高管家，怎么会是你呀？你是怎么来的？我还认为大风把草门子吹开了呢。"履宽站起身来，一把抓住高铨的手，激动地不知说些什么好。

第八章　牢狱之灾

"钟老爷，老汉再不来，这辈子就到不了钟家滩喽。"高铨的声音哽咽了。

"高管家，你的手太凉了，外头冷，快进屋暖和一下吧。"

"老爷，你看看，都是谁来了？"高铨牵了履宽的手一同走出窝棚来。

"高管家，他们是谁呀？"

"老爷，俺给你介绍，"高铨躬着背，把四十多岁的中年汉子指给履宽，"这是俺的小儿子，叫栓子，自小就在老家住，从来没来过咱罗口镇。"

"钟大哥好，俺们看你来了。"栓子上前作揖，憨厚地笑着，满腮的胡茬子，比他爹略高出一点，看样子人挺老实。

"这两位是俺的孙子小文和小武。"高铨又回头召唤两个孙子，"快来给你们的钟老爷磕头。"

两位青年刚要跪下磕头，履宽便伸手拦住了："在盐滩上，还讲究那么多礼道干什么。"

"老爷，俺们是送粮来了。"高铨朝身后指了指。履宽这才看见门口还停了三架手推车。

"车上装的全是粮食？"履宽吃惊地走上前，每辆车上都用草绳捆扎着两三个大布袋。

"是啊，老爷，这些都是钟家的粮食，俺早该送来的，路上不好走，关卡子太多了，恐怕有闪失，好歹趁下雪前的空子，抄小路过来了。"

"一路上好惊险啊，有几次差点让伪军给逮着了。"二孙子小武说道。

"高管家呀——"履宽抓住高铨的手，心中百感交集，泪水在眼窝里打转，"我知道，这些粮食是你们从嘴里省出来的，我何德何能啊！"

"老爷，这是钟家的粮食，说来话长，天也快黑了，咱们先把车子推到屋里去吧，省得放在外面让雪片子打湿了。"

履宽推开草门，把三辆小推车全推进屋里，拴好门，把众人领进他住的窝棚，点上油灯，俯身将柴草抱到灶门口，把高铨让到火炕上，栓

283

子兄弟便在炕下头坐了,两个年轻人坐在炕前的杌子上。又想起该烧水给他们喝,履宽连忙往锅里添了几瓢水,盖上锅盖,在灶下引着了火,一手拉风箱,一手往灶下续柴,动作挺麻利。

"老爷,这些粗活全由你自己来做?"

"也不算什么,一个人过日子,不都得做嘛。"履宽有些不好意思,"活忙的时候,银锁兄弟家的小儿媳妇来帮忙做饭。入九后,盐滩上活少,盐工们便回家了。"

"唉,银锁兄弟也作古了,以前他在滩上做工,只要抓到了大鱼大虾,头一份先送到咱家里来,老太爷就是看中了他忠厚勤快的秉性,把盐滩放心地交给他,钟家滩哪年不是高产量,在这方圆几十里的盐滩上属头一份哩。"

"可不是嘛,银锁兄弟主外,高管家主内,你们俩都是钟家的贵人。"

"走的走,老的老,钟家也……"高铨抬起衣袖擦起了眼睛。

水烧开了,履宽把小炕桌搬过来,放到炕中间,摆上几只黑陶碗,抓上茶叶子,舀了开水泡上茶,放到高铨爷俩的跟前。

"老爷,俺们捎来了一布袋地瓜,今晚咱们煮地瓜吃吧,正好暖暖身子。"高铨说道。

"也只好如此了,不瞒管家说,因天冷懒得出门,已断粮好几天了,全靠墙根的那堆土豆填饱肚子。"

"钟家今天遭的难,全赖拐刀七使坏,这种人不遭天打五雷轰,那是苍天不开眼!"

"不是不报,时候不到,路不平当众人踩。"

栓子插话道:"这样的汉奸狗腿子要是在兴安庙,早让地下武工队给拾掇了。"

"不要紧,他的好日子也不多了。"

"老爷,咱们重建盐滩,他不来使坏?"高铨很担心。

第八章 牢狱之灾

"他还顾得上盐滩？满头的虱子都不知怎么抓了，共产党游击队时不时就会摸到镇上来，大鬼子指挥着他东一头西一头地扫荡清乡，脑袋整天别在裤腰带上，没一天安稳日子过。"

"谁让他当汉奸祸害乡邻的，活该！"

"孩子们都怎么样了？"

"家里变化这么大，孩子们也只能受点罪了，心怡到省城念书了，启航中学毕业后，去青岛找他堂兄去了。"

高铨掀起棉袄大襟，从贴身的内衣布袋里掏出一个布包，拿在手里，抖抖索索地打开，露出一叠花花绿绿的钞票，递给履宽，慢悠悠地说道："老爷，这是从兴安庙租户那里收来的欠账，借据早被你烧掉了，可是他们听说了钟家的变故，自发地凑了钱，让俺亲手交给你，他们感激当年钟家的救命之恩呢。"

"真是些有良心的人啊，我早就把这事忘掉了，他们却还记得。"

"送来的这一百斤大米，二百斤麦子，三百斤地瓜，五十斤黄豆，都是咱家地里长出来的粮食。明年俺活着，俺还来送粮，如果俺不在了，就让栓子带着孩子们来送。"高铨淡淡地说着话，就像在谈家长里短，油灯把他的驼背照到了东墙上，像一座山一样。

"管家，你照顾了我这么多年，到了这个年纪还惦记着给我送粮食，本想让你回兴安庙养老安度晚年的，哪承想……"履宽说不下去了。

"没事，俺还能动，孩子们也听话，俺两个孙子参加八路军了，是俺亲手给戴的大红花，明年小文、小武也能到盐滩上来做工了，咱们有盼头了。"高铨张开缺了好几颗牙齿的嘴笑了。

高铨和履宽断断续续地说了一夜的话。天亮了，履宽淘了半瓢米，做了稀米汤，又把昨晚吃剩下的地瓜蒸了，就着小咸鱼，五个人吃了早饭，履宽到盐坨上装了两布袋盐送给高管家，让他带回去分给邻居们。

高铨捧起一捧盐粒子，凑近闻了又闻，激动地说："在兴安庙，盐可是稀缺货，过日子，谁家能离得开盐啊！钟家盐滩晒的盐多白啊，真是雪花白，闻着都有一股香味。早年间，西边来的大盐商指名道姓要咱钟家的盐，赶着大骆驼来咱滩上装盐，多了咱也不愁卖。履宽呀，只要咱盐滩产盐，咱就有好日子过。"

◇◇◇◇◇◇◇◇◇◇◇◇◇◇◇◇◇

开春第一件事就是盖滩房。

刘长安和郑海洲说干就干，挽起裤腿，挑水和泥，借来了泥模子，在空地上拓下了二百多块泥坯子，又去松树林里砍檩条子。履宽和成山、老庄合伙将几间窝棚拆了，腾出了地方，计划盖三间，结果被众人一撺掇，也就顺势起了五间稻草房。

"立柱，你爹还是俺的徒弟，按理说你就是俺的徒孙呢。"老庄跟刘立柱在一起踩水车上水，老庄的步子不紧不慢，刘立柱作为初学者勉强能跟得上，不至于脱了脚。

"那就叫您师爷好了。"立柱弄明白了老庄话里的意思。

"得分时候，人前别叫，人后嘛……"

"师爷，你干了多年盐工，技术又这样好，怎么没当上盐把式啊？"

"你爷爷刘银锁在的时候，把持了十几年，等俺快要熬出头了，半路杀出个程咬金来，驼背郑成山来蹭饭吃了，他凭着跟钟老爷拜把子的关系，混了个盐把式，论技术、论力气，他都没有俺出色，俺不服哩。"

"师爷，不服不要紧，俺跟钟老爷求求情，给你们俩设个擂台比试一下，谁赢了谁当盐把式。"

"你小子想看俺出丑？"

"师爷若是赢了，俺脸上也有光，只要师爷当上盐把式，俺替你扛着小铁锨，叫俺干啥俺就干啥，你不更威风吗？"

第八章　牢狱之灾

"你把俺放在供桌上，敢情把钟老爷放在哪里啊？"

"钟老爷的跟班由我爹当，我想当还没有资格。"

"都那样的话，盐滩成啥了？大清朝的场署？摆谱给谁看呢？"

"师爷就不用操心了，大风车看得见，海鸥看得见，野鸭子看得见，你想让谁看，谁就能看得见，俺这张嘴到处给你吹扬总行了吧？"

"真是好孙子，说得俺心花儿都开了，跟真事似的。"老庄咧开嘴乐了。

"师爷，俺可是当真的。"

"小孩子家的嘴上无毛办事不牢，人前可不许乱说。"

"师爷是怕我爹听了去？"

"不怕！"

"告诉钟老爷去怕不怕？"

"更不怕！"

"说给郑爷爷听？"

"不中！千万不可！"

立柱仰起脖子哈哈大笑，老庄终于着了他的圈套。

钟履宽和郑成山坐在盐池子边的碌碡上抽烟说话，他俩的谈笑声顺风传过来。

"老庄就是咱们滩上的活宝，有他在，滩上就有了笑声。"

"老庄也跟俺说过了，年纪人了，不能卜滩了，让儿子来替他干。"

"老庄这个人挺实在的，他儿子正是壮年，人不孬，我同意。"

"能者多劳，大伙互相照顾，钟家滩不就是一个大家庭嘛。"

"估计今年的年景不错，就怕忙的时候，人手打点不过来。"

"高管家已经说好了，让孙子小文和小武到滩上来，我抽空去把两个孩子接过来。"

"宽哥想得很周到，高管家也了结了一桩心愿。"

"成山，你有所不知，共产党那边势力大增了，连上元村都住上游击队了，鬼子大白天只敢开着摩托车在大路上跑，已经不敢到山村扫荡了。"

"这还用说，拐刀七大婚之日差点让游击队端了锅，游击队都敢摸到鬼子的宪兵队部来，可见鬼子已是兔子尾巴长不了了，共产党员越抓反而越多了。"

"成山，你还记得俺二弟履新的媳妇虞婷？"

"记得，不是已经回娘家了吗？"

"是的，苇子河桥被炸那会儿，虞婷娘儿俩到根据地找大部队去了，现在又打回来了。"

"打回来了？"郑成山很吃惊。

"虞婷如今是滨海区地下党的大干部呢，袭击拐刀七的游击队八成就是她派来的。"

"宽哥，这么说咱们的好日子就要来了？"

"对！但现在还不行，鬼子还在耀武扬威，伪军还在四处扰民，咱们还得把喜悦放在心里，小心干活，总能盼到那一天的。"

"宽哥，有共产党给咱撑腰，鬼子再来捣乱，咱们就不怕他了！"

"咱们心里不怕他们，但还得讲究策略，不跟他们明着硬来。收盐的时候，咱就把滩房北面的那条路截断，挖一条排水沟，把川河的水引进来，让他们插翅飞过来吧。"

"对，好主意！"

"我去营县卖盐的时候，田丰年兄弟说了，晒盐也是干革命，就是为革命多做贡献，根据地的军民要用很多盐，咱们的盐一粒也不要卖给鬼子汉奸。"

履宽从怀里掏出一张皱巴巴的纸，打开，一行苍劲有力的黑体字呈现在眼前：河东头村，陈永河！履宽指着"陈永河"笑着说道："他就是咱的靠山，咱们晒出来的盐再也不愁销了。"

第八章 牢狱之灾

"宽哥,太好了!"郑成山惊喜万分,烟袋锅子往鞋底帮上敲了敲,挺直了胸膛说道,"咱们晒盐的也是革命的人了?"

"不全是,像成善霆这种投靠鬼子伪军的人就是奸商、卖国贼,劳苦大众就是要革他们的命,他们就如秋后的蚂蚱蹦跶不了几天了!"

"钟家滩就要恢复起来了,没个挺妥的盐把式是不行的,"郑成山往长安和海洲干活的地方指了指,"他们干了一上午了,就没见他们歇一次,凭俺的观察,长安跟他爹刘银锁一样忠厚,盐滩上的活样样在手,哪方面都比俺强。俺正要跟你说呢,让长安当钟家滩的盐把式吧,俺毕竟年纪大了,身体也不棒实,跑跑水,干干零活,俺就很知足了。"

"中!"

◇◇◇◇◇◇◇◇◇◇◇◇◇◇◇◇◇◇◇◇

天越来越热,草滩子上一天多一片儿绿色,增添了无限生机。盐滩也更忙碌了。大风车摆开了架势,转个不停,水车不断地将海水送进蓄水池里。老庄被派在盐滩的最上部,他扛着铁锨,跟着流动的海水走个不停。

"成山,放着盐把式你不干,非得来跑水,干了一辈子盐滩,还不知道跑水的滋味?"老庄把调节池的进水闸门打开,郑成山正好从中间制卤区过来了。

"还想喊你过来一块踩水车的,你就过来了,真是默契啊。"成山笑着走到水车旁,放下铁锨,开始拾掇水车斗子。

"谁稀待地跟老头子默契,刘长安故意把立柱给俺支开了,俺爷俩一块干活多恣。"老庄一边说,一边上了水车的脚镫子,手扶着横梁,向盐池那边观望。

郑成山拾掇好水斗子,也上了另一个脚镫子上,两人也不用喊口令,脚下一齐发力，水车就轧轧地转起来，调节池里的卤水便一斗子一斗子地爬到了晒卤池里。

"你瞧，人家一群小年轻在一块干活多痛快，长安还怕你把立柱给带坏了。"

"瞎扯淡，俺待立柱比俺亲孙子还好，长安不该那么小心眼。"老庄朝旁边啐了一口，因用力语气变粗重了。

"你急什么急，就不兴俺开你个玩笑了？"郑成山故意卖关子。

"有话就说，有屁就放，当盐把式那会儿风风火火，一撤下来了立马软了吧唧的。"

郑成山嘿嘿笑了两声，说道："长安让俺给你捎话，就要坐池子了，滩上活多了，叫你儿子纪海明天来上工吧。"

"长安真这么说的？"

"这还有假！"

"长安这小子，还看不出来……"

老庄脑子一热，脚下便乱了步调，只听哎哟一声，郑成山双脚已滑下了脚镫子，整个身体悬在了横梁下面，幸亏他的双手抓牢了横梁杆，要不然，非被倒转的水车脚镫子打到调节池里不可。

老庄吓得哑了腔，赶紧下来，双手抱紧了郑成山悬在半空的双腿，他这才安全着了地。郑成山一手按着腰眼，一手撑着地面，喘了好一会儿，待平稳了呼吸，才站起身，朝老庄挥挥拳头龇龇牙，故作生气状："再开小差，就让你尝尝东北虎的老拳头！"

"你还得感谢俺，俺这样做都是为了你好。"

"差点把俺甩塘子里去，让俺去呛卤水就是为了俺好？"

"俺是为了治你背上的驼背，现在好受些了吧？"老庄哈哈大笑。

"你这个死鬼，真会损人。"

踩水车的活并不轻松，俩人早已汗流浃背，经了这个小插曲，正好

第八章 牢狱之灾

下来歇歇，抽袋烟。

"老婆子跟俺嘀咕了好几年了，哪好意思跟钟老爷开口。"

"开口也白搭，履宽遭的这罪哪是常人受的。"

"可不是咋的，钟老爷是个福分人，老天爷保佑着呢。"

"儿子来上工，你也不用回家了，履宽还让你一直干下去，直到干不动为止。"

"钟老爷真是个好心人，什么事都替俺这个扛活的考虑周全了。"

"咱就好好干活吧。"

吃了晚饭，履宽与长安喝茶说话。

"长安，明天别让立柱拉碌碡了，他的手都勒出血泡来了。"

"大爷，孩子不是惯出来的，出个血泡算个啥，血泡破了变成茧子就好了。"

"小孩子身子骨脆，上活不要着急了，明天俺到镇上赶集，让立柱跟俺一块帮着拿东西。"

"中，"长安爽快地说，"这些日子镇上消停了，鬼子也不出城骚扰了。"

"好比长个疖子，不把脓放出来，它总鼓在那里让人疼痒。"

"拐刀七现在好受了，死了老婆，孩子又那么小，养不养得活还不好说，真是老天报应。"

"这种人不配享受天伦之乐，成善霆一心想着背靠大树好乘凉，到头来还不是自找罪受，拐刀七整天在刀口上滚，孩子还不是托付给成善霆的老婆来带？"

"五十多岁的老婆子了，再带一个吃奶的婴孩，成老三可真会算账。"

"长安，忙过这阵子，盐池全灌满卤水后，咱俩到河东头村去一趟。"

"去河东头村干什么？"

"找一个朋友。"履宽静静地说。

◇◇◇◇◇◇◇◇◇◇◇◇◇◇◇◇

大清早，庄记豆腐房门前围了一群人，都伸长脖子在听人讲解，毕竟大红纸上斗大的墨字认不出几个来。讲解的正是钟秀胤。他起个大早来喝热豆汁，却发现墙上贴了一张落款是滨海区宣传委的告示，便自告奋勇给大伙儿讲解起来，正当大伙儿听得入迷的时候，突然有人叫声不好，众人都回过头去察看，才见一个似曾熟悉的背影急急地走远了。

"那是谁呀？"有人问道。

"好像是钟履宽的干女儿傅英子。"

"还干女儿呢，说是冤家对头也不为过，履宽没让她害死就万幸了。"

"她现在成大家伙了，山前满夫跟前的大红人，拐刀七都比不上她。"

"刘阿六真是摊鼻涕，连老婆都管不住。"

"这个女人会不会把咱们的话向鬼子告密啊？"

"让她告去吧，都是心知肚明——正如告示上写的——鬼子的末日快到了，看她还能靠到哪雩！"

"秀才，小心点吧，蛇蝎出洞，不是好现象，被蜇中的滋味可不是好受的。"

谁知，钟秀胤前脚刚进家门，几个恶头恶脑的伪军也闯进来了，不由分说地把他五花大绑，押解到宪兵队部。人们奔走相告，纷纷涌到宪兵队部门口，要鬼子放人。谁知，拐刀七在大门口挂出了一张安民告示，并把五花大绑的钟秀胤拽了出来。

"钟秀才，你可是罗口镇堂堂的文化人，太君有令，只要你肯当众念给大伙听听，就会当场释放你，否则，当游击队同伙对待，立地正法！"

钟秀胤斜着眼看了看拐刀七手中的告示，立即明白了上面的内容，鬼子想通过他的嘴，要人们向鬼子表忠心献殷勤，充当鬼子的耳目，当

第八章　牢狱之灾

汉奸，揭发共产党游击队员，真是痴心妄想！

"呸！"钟秀胤一口浓痰啐在告示上面，朗声说道，"这上面的字是蟹子爬的，不是人写的，俺不认识，不会念！"

拐刀七没想到一个七十多岁的老头子还敢嘴硬，厉声喝道："你念不念！"

"不念！"

"好一块又臭又硬的石头，看看是你的骨头硬还是俺的皮鞭硬！"拐刀七从腰里抽出一条皮鞭，啪的一声抽在钟秀胤的身上。一缕殷红的鲜血从钟秀胤的脸上淌下来，滴到颔下的前襟上。

"念还是不念？"

"死也不念！"

雨点般的皮鞭劈头盖脸地落在钟秀胤的身上……

"放了钟秀胤！放了钟秀才！"人们摇晃着宪兵队部门口的铁栅栏，伪军们端着刺刀朝人们迎上来，赤手空拳的人们被逼退到几步以外，喊着口号与鬼子对峙着。

这时，翻译官快步来到拐刀七身旁，在他的耳边嘀咕了一阵，拐刀七顿时如打了鸡血一般，号叫着："全体都有，后退三步走！"

伪军们后退了三步。

"转身上前——全力刺杀！"

在人们的惊呼声中，钟秀胤身中数刀，倒在了血泊中。正当人们哭喊的时候，突然大院里响起了手榴弹的爆炸声，四下里响起了枪声，受惊吓的人们四处逃窜。这时，一老一少两个人趁乱跑到钟秀胤身旁，背起他，跑掉了。

"游击队打来了，大家占据有利位置开枪还击，保卫山前太君！"拐刀七喊出一嗓子，飞快地逃进大队部里躲起来了。

战斗持续了半个多小时，枪声一停，拐刀七第一个冲了出来，大呼小叫地吆喝:"游击队呢,游击队哪去了?"

一句话还没有喊完,屁股上挨了一脚,整个人从门前的台阶上飞了下去,重重地摔在地上。当他爬起来回头看时,山前满夫铁青着脸,恶魔一般,挥舞着军刀,喊道:"游击队——死了死了的!"

拐刀七猛然醒悟过来,一边往大门外跑,一边扯起破锣嗓子喊道:"游击队跑了,快追——"

大院里扔下了四具伪军尸体,能蹦能跳的都跟在拐刀七后面跑到街上去了,拐刀七掏出了驳壳枪,故作声张地命令伪军:"一班向南街,二班向北街,三班向西街,快追!"

一时间,满大街都响起了嘭嘭的枪声,人们纷纷跑回家里,关闭了门窗,躲在家里不敢出门,临大街的人家无不额外加了木棒顶门,防止伪军进门骚扰。

钟履宽带着立柱一溜小跑,跑回秀胤家里,把他放到炕上察看伤情,脱下衣服时,人们惊呆了,老秀才身中十几刀,肠子都流出来了……

钟履宽潸然落泪:"秀胤大叔,我来晚了呀——"

每当傅英子在镇上行走时,人们就像躲瘟神一样躲着她。

第九章 曙光初现

盐 脉

盐池压实三四遍了，池面光滑如镜，几乎连一个沙粒子也找不到，就算赤脚走在上面，也感觉不到硌脚。漂花卤足够两个盐池用，海洲和立柱被派去用斗子往盐池泼卤水。立柱拎着白麻秆编的斗子，海洲扛着铁锨，来到存放漂花卤的深水塘边，在上方接水的输卤沟里铺上一片旧蓑衣片子，两个人分左右扎稳脚步，把手中的两股绳子放松，斗子被甩到卤塘子里，舀满一斗子卤水，两人同时扯紧绳头，一齐用力往输卤沟的方向甩斗子，卤水便像长了翅膀一样准确地飞泻在蓑衣上面。动作一气呵成，只见白色的斗子上下翻飞，漂花卤像一条银链一样倾泻在输卤沟里，进水口打开着，漂花卤便源源不断地流进盐池里。俩人在一起搭伙一个多月了，配合起来很默契，干上半天也不带累的。斗子入水时声音清脆，而卤水泻到输卤沟里时声调稍微绵长些，下边"嘭"，上面"哗"，中间两个人手起手落，就像在舞一条银色的水龙。一个多小时过去了，海洲的身体还纹丝未动，而立柱已经在前后晃动了，显然立柱年纪小，还没有长久的劲头。

履宽在不远处修池梗子，早把他俩的情形看在眼里，赶紧朝他们吆喝开了："海洲——立柱——歇息一会儿，快去滩房喝口水吧——"年

第九章 曙光初现

轻人飙起活来，谁也不肯松一口气，谁先松气就表明谁的力气头小，谁就认输了，直到两个人都累趴下了为止，力气头小的那一个最容易把身体弄伤了。

"俺不渴——"俩人同声回答。

"不渴也得歇歇，金銮殿不是一天盖好的，皇帝爷再急也得等着！头一天坐池子累倒了，往后还怎么干活！"

庄纪海从盐堆那儿挑来两筐盐，刘长安便与他脱了鞋，高卷起裤腿，共抬了一筐盐在刚进过卤水的盐池子里走动，一边走，一边抓起盐粒子像撒麦种一样撒在卤水池里面，盐种撒下去，卤水中的盐分像觅到知音一样，拉着小手从卤水中跳出来附着在盐粒上面，变成方方正正的盐粒子。

麦收刚过，盐滩便开始收盐了。

盐池子里的卤水也蒸发的只剩下半拃深，有的地方盐粒子都露了头，雨水尚未来临，正是收盐的大好时机。趁着满天星光，刘长安早早地把盐池子里的卤水排出去，池板上便落下了一层盐粒子，像是铺了一地雪花。六个人分成三组，两个人一左一右共打一条盐垄，人手一把槐木板的盐耙，像搂草一样，把铺在池面上的盐粒子归拢成一条长垄，干了两个多小时，天才放亮，六条盐垄打好了，就像给盐池子梳起了六条银色的发辫，盐工们便停工喝早茶。刘立柱第一次起早干活还不太适应，眼圈红红的，早茶也不想喝，一副犯困的样子。

早饭后收盐。履宽跟成山、老庄用铁锨往盐筐里铲盐。刘长安和庄纪海搭档，郑海洲和刘立柱搭档，往压实的盐台上抬盐。每人脚上蹬一双稻草鞋，既轻快又防滑，两组人马像比赛一样，脚步整齐划一飞快挪动，配合默契，也不多说话，白花花的盐粒子从盐池里被转移到了盐台上。刚开始，海洲和立柱的步调还有点走不到一块儿，四百多斤重的大盐筐因受力不均扭来荡去，扁担把立柱的肩膀压得火辣辣得生疼。在郑成山的调教下，两人终于摸到了门路，没走上几趟，顺过劲来了。两人也学着大人们的样子，低声喊着号子，一同起身扁担上肩，后面的郑海洲哼出一声"唉哟"，走在前头的刘立柱便应声送出一句"嚮哟"，"唉哟"合在左脚上，"嚮哟"则正好跟在右脚上，丝毫不差，而且号子声调随着脚步的快慢也在时快时慢、时高时低地变化着，夹杂着铁锨嚓嚓的铲盐声和哗啦啦的卤水流淌的声音，俨然是一段优美的盐滩晨曲。

天空里，一只苍鹰像玩偶一样一圈又一圈地打着旋子，偶尔会发出一声凄厉的嘶鸣。芦苇丛里，耐不住寂寞的雄野鸡正在扯着沙哑的破嗓子呼朋引伴，时不时还会拖着长长的五彩羽毛的大尾巴飞过几道水沟去会情人，雌野鸡土得掉渣，仍能得到肥美的雄野鸡的青睐。鼻子灵敏的海鸥忙里偷闲般飞过他们的头顶来看热闹。蓝天白云倒映在水面上，人们劳作的身影又印在蓝天白云里，仿佛明镜中的西洋画，只用了大半个上午，一块池子的盐便收完了。

干完活，大家坐在盐池子边上吸烟歇息。老庄拿出了一个焦黄的干烟叶片，搓成极细的烟丝装到烟袋锅子里。刘立柱凑上前来，也想沾个光，老庄把他的手打回去，说道："小孩伢子家的，还想学大人样儿，到一边去歇着吧。"立柱自讨没趣地走开了。

履宽跟郑成山在闲聊着："成山，你估计这盐堆有多少盐？"

"得有五六千斤。"郑成山吐出一口烟雾轻声说道。

"你眼力还不错。"

"盐神显灵了，真是出神盐了。"老庄嘿嘿地笑两声，打心眼里乐呵。

"老天爷护着咱，大伙也拼了命地干。"

下午五点多钟，长安和成山、老庄三人仍去滩上跑水，履宽带着立柱和海洲去装盐。三个人扛起铁锨拿起麻袋来到盐堆旁，立柱抡锨，海洲撑麻袋，履宽负责往装满盐的麻袋缝口。立柱双脚叉开，一脚在前，一脚在后，犹如一张拉开的大弓，双手攥住了锨把子，把大铁锨抡得飞快，铁锨摩擦盐粒子的声音清晰有力，一锨锨盐准确无误地落进了撑开

第九章 曙光初现

的麻袋口里。麻袋就像传说中贪吃的貔貅一样,光吃不拉,三五分钟就撑得肚饱腰圆。三个人就像在赶比赛,汗珠子掉到了地上都顾不上擦。一条麻袋装满了,在海洲起身换下一条的空当儿,立柱已回手把落在地上的盐用铁锨归拢到盐堆上去了。不到两个小时,装了三十只麻袋,足足六千斤盐,每个人的衣服都被汗水浸湿了,湿衣服贴在身上经海风一吹凉飕飕的。

  黄昏时分,盐滩上的闲人更少了,忙活了一天的人都回家吃饭去了。先前备好的三只小船划进了盐滩旁的河道里来,毕竟船小吃水浅,因此小船一直靠到离盐堆五六十米远的地方。船家从船帮上搭两块长木板便成了一座桥,扛盐包的人可以沿着木板一直来到露天的船舱里,把盐包整齐地码起来。老庄和郑成山一人一头抬起麻袋包,长安、海洲、立柱、庄纪海轮流麻利地站到麻袋下面,成山和老庄两人同时松开手,麻袋包就稳稳地落在他们的肩膀上面,他们扛起二百斤重的麻袋包,小跑着走上五六十米的路,小心地走过船板,放到小船的船舱里,小船会随着他们的走动而晃动着,因此,只要一踏上船板,他们就要倍加小心,五个人不消半个小时便把盐包全部码进了船舱里。郑成山和老庄留在滩上照料,其他人纷纷上船。履宽与船老大一合计,嘱咐了路上需要注意的事项,便带头上了最前面的船,刘长安殿后,每只小船的船头船尾各一名船工,竹篙往水里一插,再轻轻一拨,小船便徐徐地开动起来,沿着一线水道驶往百十米外的川河。到了河口地带的水面宽阔处,改为船头的船工撑竹篙,船尾的船工摇起桨来,加快了速度向南驶去。

  从川河口到艾东河口这段海岸线,正好处在石梁镇到屏山镇中间,一北一南都有鬼子的汽艇昼夜巡逻把守,中间这一段海岸线人烟稀少,鬼子的防备力量薄弱,就成了三不管地界。的确如老田预料,越是在敌人的眼皮子底下,越是相对安全,灯下黑嘛,无形中为履宽运盐提供了大大的方便。黑夜行舟不觉路程长,在夜幕的掩护下,三只小船就像浮在水面的一小群鸥鸟，不知不觉地行出十几里路。艾东河口到了，小船拐进了河道里。河道里涨满了水，行得极为平稳，摇桨的船工都不觉得吃力。船靠了岸，听得几声狗叫，有几个人举着风险灯朝泊船处走来，正是前来接船的陈永河。

"钟大哥，装了多少啊？"

"一共三十包有六千来斤。"

"那就赶快卸货吧，人手也齐整。"

刘长安跳下船来，两边的人接上了头，着手卸货。正好陈永河带来了一辆人力拉车，来来回回拉了两趟，剩下的由几个人扛去了仓库里，只一小会儿，船上的盐包便卸完了，小船的肚底儿全露在了水面上。

钟履宽压在心头的一块石头终于落了地。

"宽哥，这几天里多运几条船过来，攒个两三万斤，便往那边跑一趟，毕竟过一回封锁线不容易。"

钟履宽用力握一握陈永河的大手，爽快地说道："那就好，这就回去准备，明天晚上见。"

"好，事忙，不便久留，路上小心！"两人就此握别。

小船吱吱呦呦地唱起轻快的摇橹小调，原路返回。回到盐滩，圆圆的月亮已经偏在西天，履宽简短地跟刘长安交换了看法："天明以前再把两个盐池子打垄，争取一整天的时间把两个池子的盐全部捞上来，晚上再装包送过去。"

年轻人忙活了大半夜，累乏了睡觉去了，成山便提了一柄铁锨转到两个盐池子的放水口处，把口子门打开，卤水便像一条银蛇一样向池子外面无声无息地游去，默算好了打垄时间，把口子门留下寸许，才不至于让池子里的卤水淌个精光，总要留半拃深的卤水，打起盐垄来才最省力气。

第九章 曙光初现

〰〰〰〰〰〰〰〰〰

高小文和高小武来到钟家滩上了工,从他们俩的口中,才得知高管家已去世。他在钟家做了四十多年的管家,早已成为钟家的一员,如今黯然辞世,履宽为此难受了好几天。

头茬盐收完,也入夏了,雨水多起来了,盐工们又开始和老天爷比赛。小文、小武初来乍到,又是农地里出身,对晒盐的活计一窍不通,老庄便自告奋勇教他们两个学活。毕竟刘立柱也出徒了,不再粘着他了,五十多岁的人了,体力大不如从前了。刘长安给老庄派的活都比较轻省,老庄看在眼里记在心上,打算扛完这一年的活,无论如何也不能在钟家滩吃闲饭领月钱了,正好把这一手晒盐的活全部教给小文和小武,也算心里平静些。

"宽哥,海洲媳妇再有十多天就要生孩子了,女人坐月子是个麻烦事,家里又没有帮手,俺得回家照料家务了。"

"你尽管放心回家伺候月子吧,我给你拿样东西。"履宽起身到里间,掀起炕席一角,找出一个用草纸包得严严实实的纸包,打开纸包,一本封面发黄的书露出来了,"共产党宣言"五个红色的大字映入了郑成山的眼帘,"成山,你回家有工夫就看看吧,我从这本书上学到了不少知识。"

"宽哥,你从哪弄来的?"郑成山接过书本,打开来,一行字跃入眼底:一个共产主义的幽灵在欧洲的大地上徘徊……他的双手仿佛被烫了一下,赶紧合上书本,连纸包一起揣进怀里,额头上立即沁出汗珠来。

"虞婷上次来给留下的,我看了好几遍了,说的都是咱们的事,我深受启发。"履宽的脸上现出自信的表情,"活了大半辈子了,真是白活了,怪不得履新拼了命地信仰共产主义,原来,只有共产党才把穷人当人看,只有共产主义才能救中国,才能打败日本帝国主义的侵略,才能把劳苦大众从水深火热的泥潭中拯救出来……"

"成山，钟家滩虽说是从祖辈手里继承来的，但也是你们亲手建设起来的，爹在世的时候常说，刘银锁为钟家滩立下了汗马功劳，所以，我听从了虞婷的建议，把钟家滩分成十份，钟家老兄弟仨各占一份，你和海洲占两份，刘长安父子占两份，小文和小武占两份，老庄回家后，他的儿子庄纪海占一份。"

"万万使不得，俺们都是钟家的雇工，凭力气挣饭吃，年底领工钱，钟家不欠俺们什么，钟家滩是钟家的，俺们没有资格占有。"

"罗口镇在鬼子的魔掌控制之下这么多年，有关解放区的事咱们一点儿也不知道，敌人对咱们封锁了消息。我到兴安庙去了一趟，也听说了，那儿的大地主要把多占的土地分给雇工们，所有的人平均拥有土地，谁也不能多占。兴安庙还仅算是半个解放区，在营县那一带，地主们早都和贫雇农一样平等了，都得靠自己的双手种地吃饭，再也不敢多收地租剥削别人了，谁不愿意把多余的土地分给贫雇农，就会被解放区政府抓起来法办。"

"解放区是解放区，罗口镇还得按老杠杠来，俺们已经受了钟家太多的恩惠了，没有非分之想，宽哥再也不能说这种话了，让俺心里不踏实。"

"先说到这儿吧，回去抽空把这本书好好看看，心里就弄明白了，再也不迷糊了。"

钟履宽又找到刘长安和老庄说这事，没人敢相信，他们都认为钟履宽是嫌弃他们了，变着法子想撵他们走，老庄索性挑起铺盖提前回家去了。石灰嵌墙也有透风的时候，盐滩上都听说了这事。盐工们愕然，滩主们认为钟履宽是吃饱了撑的，六十岁的人还不至于老糊涂。镇上的闲人们更不能理解履宽的做派，惟有成善霆一反常态，逢人就猛夸钟履宽。

只要不干活，青年们就开起了玩笑，刘长安在盐池子间跑来跑去地打闸门堵口子，耳朵里也能听见青年们的说笑声。

第九章 曙光初现

"海洲小叔,你生了儿子,怎么也不回家去看看?"高小文问海洲话呢。

"正赶上收盐,俺爹就不让天天往家跑了。"

"生孩子有什么好,又得吃又得喝,还那么哭闹烦人。"立柱比小文大一两岁,还没有说亲。

"立柱,你这话简直不在理,"海洲故意把声音提高了,他是想让刘长安听到,"生儿育女是天经地义的事,人长大了就得娶媳妇,娶媳妇就得生孩子,人活一辈子就盼这个事。"

"人为什么要娶媳妇啊?"四个人当中数高小武年纪小,只有十六岁多一点。

"娶媳妇是好事,哪个男人不想啊?"海洲也不知怎么回答。

"我就不想娶媳妇,一个人吃饱了全家不饿。"立柱说道。

"立柱,这话让你爹听到了,就不怕他拿铁锨拍你屁股?"

其实刘长安早听到了,他在心里嘀咕着:立柱你这个傻蛋,你娘正在给你物色媳妇呢。

"我也认为娶媳妇是好事。"小文说道。

"好在哪里呢?"海洲来了兴趣。

"娶了媳妇,就有给你洗衣做饭的了。"

"娶了媳妇,冬天就有给你暖被窝,陪你恣的。"

"小武,你知道的还不少哩。"刘立柱笑喷了。

"刘立柱想媳妇都想疯了。"高小武反击着。

"也不用再骗人了,咱们站到沟沿子脱裤子尿尿,一看便知。"

郑海洲提议,四人都起哄赞同。郑海洲便带头站到水沟沿子上,解开了裤腰带子,另外三人也都信心十足地照海洲的样子做,只听海洲一声令下:"预备——尿!"

"小兔崽子们,别在那里胡闹了,卤水都没了脚面子了,该去扛推耙子推浑水了。"刘长安站在不远处朝他们喊。

青年们这才停止了嬉闹，扛起耙子从盐池子的一角开始，排成一排，把收盐过后留在盐池子里的浑浊的卤水往外推赶。

"都给俺记住了，不能在盐滩里尿尿，到芦苇荡去尿，盐是吃食之物，别把盐弄脏了。"刘长安朝他们嘟囔了一句便忙别的去了。

海洲说道："长安哥说得不错，钟家滩的盐是罗口镇的香饽饽，咱们都得对它尽心尽力，可不能像在别家滩上干活，盐工们转身就在盐池子里尿尿，有的把屎都拉在进水沟里，把盐玷污了。"

"这样子晒出来的盐还怎么让人吃？"高小武一想起来就感到恶心。

"还不都是毁了自己，罗口镇这几年有多少家盐号倒了，只有钟家屹立不倒，哪怕是吃了拐刀七这么大的亏还能重建起来，就是咱们的牌子过硬。"刘立柱说了实话。

"在钟家盐滩干活都是为自己干的，钟老爷是说一不二的人，这份滩咱们都有份子了，干活还没有劲？"

"咱们都成盐滩主了？"

四个人不再说闲话，只见四把木推耙像上足了发条一样，很有节奏地上推下送，推赶着池子里的浑浊卤水往出水口汇拢着，耙头下涌起朵朵白色的水花，在他们身后，清净的卤水汩汩地流进来。不到一个小时，浑浊卤水全被推出池外，关上闸门板，海洲吹着欢快的口哨，带着小武去踩水车提初级卤水，立柱和小文去提斗子往盐池舀漂花卤，根本不用刘长安吩咐，四张年轻的脸上流着欢快的汗水，偶尔吼上一嗓子，把前来凑热闹的海鸥吓地扇扇翅膀飞走了。来自黄海的涛声，大风车的转动声，和着海洲那悠扬的口哨声，送到了钟履宽的耳朵里，他往水车那边看看，禁不住笑出声来。

第九章　曙光初现

◇◇◇◇◇◇◇◇◇◇◇◇◇◇◇◇◇◇◇

"宽哥，出大事了！"钟履宽领着五只小船，给陈永河送来了一批盐，刚见面，陈永河便把他拉到旁边说话。

"永河兄弟，出了什么事？"

"几天前，由于叛徒告密，鬼子趁着游击队转战鲁南的空当，将上元村包围了，战斗在拂晓时分打响，陈区长、潘书记在组织人员突围时，不幸牺牲，保卫科长带着百十号人冲出了包围圈，其余的人……"

"虞婷怎么样了？"履宽的心一下子提到了嗓子眼上。

"不知道啊，我带着民兵赶去增援，还没过青浦路就被鬼子阻住了，没能靠近上元村，后来得知，海东区委机关全被破坏掉了。"

"我想起来了，那天早晨天还没亮，从马镫山方向传来了枪炮响，黑天半夜，声音传得远，在盐滩上听得清楚，心跳得跟疯了似的，还认为是游击队在攻打鬼子的炮楼子呢，谁知……"履宽哽咽着说不下去了。

"宽哥，但愿虞婷没事。"陈永河拍拍履宽的肩膀，"消息传到地委以后，地委领导已下达了指示，一定要拔掉罗口镇这颗毒钉子，占领青浦路，重建海东区委，把红旗插遍黄海滩头！"

钟履宽浑身发凉，忙不迭地说着："好，好啊！就盼着解放了。"

"宽哥，你放心吧，烈士们的鲜血不会白流，苏北鲁南的新四军、八路军大部队正在向海东县集结，一场大仗就要打响了，鬼子的末日不远了！"

"好，好啊！"履宽的大脑蒙了，成一团乱麻了，怎么也理不出个头绪来。小船行驶到川河口的时候，一阵马达声从黑暗的海上传来，一束雪亮的灯柱划破了漆黑的夜幕向五只小船扫过来，有经验的老船工低声吆喝："大家低下头，使劲地划呀，鬼子的巡逻艇从屏山方向驶过来了！"

盐脉

一声令下，大家拼了命地挥动手臂划桨，老船工手起篙落奋力撑船，小船像梭鱼一样向河口游去。大海退潮了，河水浅的地方已经露出了块块沙洲，老船工熟练地指引着五只小船拐进了河口，藏身到了片片苇丛里。

小汽艇追到河口，不见了小船的踪影，鬼子气急败坏地乱叫着，因河水太浅，汽艇不敢贸然沿河道上行，只得在河口外宽阔的水域打着探照灯朝河道内搜寻。小船像水鸟一样悄悄地息在苇子丛里，履宽在小船上咬紧了牙关，向着百多米远的鬼子发着狠：小鬼子，你们猖狂不了几天了，人民的军队就要把你们送到大海里去喂鱼了！

履宽心事重重地回到盐滩，吩咐盐工们睡下了，他躺在炕上却睡不着，脑海里全是二弟和虞婷的影子。二弟走得早，他在二弟的坟前答应要把虞婷娘俩照顾好的，鬼子大搜捕那会儿，幸亏及时将虞婷娘儿俩送走了。去年，虞婷又冒险来到盐滩，给他指点迷津，怎么会说走就走了呢？革命就要成功了，虞婷不会死的，她也许跟着部队转移到解放区了。

高高的马镫山像一道青色的屏障一样横亘在西方的天际线上，与盐滩相隔二十里地，那个小村庄就窝在山坳里，如果不是虞婷在那里战斗生活，他都不会想起还有这么一个小山村。他的心思一直飞到了那里，多想亲自去走一趟，把虞婷娘儿俩找回来，把她们照顾好，给二弟一个交代。可他实在去不了，盐滩上正是收盐的大忙季节，郑成山还在家里照顾刚出生不久的小孙子，盐滩上缺人手干活，还得与鬼子躲猫猫，不能给鬼子丁点儿好处。

秋季的盐产采收完了，海水用得少了，大风车不用连轴转了，也该歇歇了，盐滩就要猫冬了。

"钟大哥，俺看你来了。"田丰年从川河边的小船上走下来，到了盐滩，在他的身后，还跟着一位手提黑布包的瘦高个中年男人。

"丰年兄弟，你怎么有工夫到盐滩里来？"履宽不知说什么好。

进了屋，上了炕，安下小炕桌喝茶，田丰年找个机会把另一位跟履

第九章 曙光初现

宽介绍:"宽哥,这位是滨海区的区委书记乔同志。"

"乔领导好,光顾着跟丰年兄弟盘叨了,怠慢了。"

"钟老板客气了。"乔同志跟他握了握手,一副欲言又止的样子。

乔领导的表情这么严肃呀,打进门起就没见脸上有笑容,该不会有什么事吧?履宽虽然纳闷,但不好意思说出来。

其实田丰年何尝不是强颜欢笑。

"两位兄弟,虞婷娘儿俩有信了吗?"履宽压低了声音急切地问道。

"宽哥,你——"田丰年噎住了,一把抓过履宽的手,紧紧地握住。

"钟履宽同志,虞婷是一名坚强的共产党员,党的优秀干部,她为了掩护战友转移,光荣牺牲了……"乔同志用缓慢但十分坚定的语气说道。

"我明白了……"钟履宽的眼光一下子黯淡了下去,头无力地低下了,眼泪簌簌地落下来。

"钟履新为革命献身,虞婷为抗日捐躯,钟家是光荣的革命家庭,这是海东区委授予您的'革命之家'锦旗。"

钟履宽接过那方红色的锦旗,轻轻抚摸着锦旗上四个黄色的大字,泪水把锦旗洇湿好大一块。

"钟履新、虞婷夫妇是好样的,烈士们的鲜血不会白流!"

"二弟泉下有知了!"钟履宽抬起头,擦干眼泪,一字一顿地说。

"仇,一定会报的!"田丰年握紧拳头挥了挥。

"侄女小婷呢?"履宽的心突然蹦到了嗓子眼上卡住了,同时也被自己的问话吓住了。

"钟小婷同志在政宣部工作,因工作忙,这次没有一块来看您,等革命胜利后,她一定会来看您的!"乔同志赶紧把钟小婷的情况如实告诉了他。

"托你们告诉小婷,老家的亲人们等着她回来呢!"

"钟履宽同志,组织上对你特别信任,现交给你一项特别艰巨的任务,

你愿意接受吗?"

"只要组织上能为钟家报仇,让我做什么我都愿意!"

"好,组织决定攻打罗口镇,摧毁鬼子的宪兵队部,端掉北门外的炮楼,需要预先在镇上埋伏一队伏击人员里应外合。明天夜里将会有一部分枪支弹药由水路运到钟家盐滩,再由你负责安全运进盐店里妥善收藏,总攻前,埋伏在镇上的游击队员到钟家盐店领取枪支弹药,向鬼子宪兵队部进攻,给鬼子制造混乱,配合大部队作战,一举消灭掉盘踞在罗口镇的山前满夫一部。"乔同志斩钉截铁地说道。

"这可是一项艰巨的任务!"田丰年补充道。

钟履宽没有半分迟疑,满怀信心地说道:"请乔领导和丰年兄弟放心,钟履宽保证完成任务!"

三双手紧紧握在一起,温暖和力量感染了彼此。三个人谈了半宿,把行动的每一个细节都周密安排了一遍,定下接头的暗号,田丰年和乔同志才踏着朗朗的月色离去。

◇◇◇◇◇◇◇◇◇◇◇◇◇◇◇◇

三天后的半夜时分,战斗正式打响。拐刀七在大烟馆里吃烟土泡女人,烟瘾过足,正飘飘欲仙呢。枪响了,把他从仙境中惊醒了,他一骨碌从烟榻上爬起来,怒吼道:"妈的,是谁在开枪,不想活了!"他披上棉袄,来不及扣扣子,趿拉着棉鞋跑出屋来。只听见街上枪声大作,宪兵大队部方向枪响特别稠密,如炒蹦豆一般,他小心翼翼地拉开门,伸出半个脑袋张望动静,但见子弹横飞,人影晃动,宪兵队门口传来手榴弹的爆炸声,鬼子看守大门的机枪响了……

拐刀七赶紧缩回烟馆院里,紧闭大门,心想:坏大事了,共产党的大部队打进城了!

第九章 曙光初现

躲在大烟馆里寻快活的烟鬼们吓地直打哆嗦，忙喊道："庞连长，这可怎么办呀？俺家里还有老婆孩子呢——"

"庞连长，俺家里还有八十岁的老娘，快救救俺吧——"

"都给俺滚一边去！"拐刀七色厉内荏地吼道。

前门不行，走后门！拐刀七心生一计，把手枪掖到裤袋里，转到烟馆后面，小跑到茅厕里，踩着一口大尿缸的缸沿子，扒住墙头，往外面观察着。烟馆后面临一条僻静的小巷，小巷又窄又暗，弯弯曲曲通向西门，平时，为了掩人耳目，拐刀七没少走这条小路来烟馆寻乐子。

已经火烧眉毛了，还顾得了那么多，三十六计走为上计，反正比躲在这里让人抓了去好。拐刀七一不做二不休，两手使劲抓住墙头的石块，脚底下用力蹬尿缸沿子，因尿缸沿子长了一层厚厚的青苔，脚踩上去很湿滑，脚底下突然打了滑，幸亏他的手扒牢了墙头，才不至于掉进尿缸里，要是掉进去可有他好受的，那里面存下的"陈年佳酿"真够他喝一壶的。好歹算他福大命大，终于蹿上墙头，瞅准四下里没人，一个跳跃便落到了外面。还没顾得上定一下神，他便从裤袋里掏出驳壳枪，举过头顶，撒开脚丫子，没命地往西门窜去。

拐刀七经历了多少回战斗，别的本事没有，打洞钻漏子临阵脱逃，他可是头一号，那只贼眼珠子专往危险小的地方瞅，早把退路找好了。也算他命大，这天晚上，共产党的军队冲着宪兵队部和北门外的炮楼展开了猛烈进攻，部队是从防守比较薄弱的东门进行突破，平日里西门防守的伪军有一个班，武器齐备，共产党分派了小股游击力量佯攻，牵扯分散镇上守军的兵力，因此，被拐刀七钻了漏子。他上气不接下气地跑到西门岗哨，挥舞着手中的驳壳枪，叫道："共产党大部队正在向宪兵队部和炮楼进攻，山前太君要所有人员快去保卫大队部！"

"庞连长，俺们去大队部，西门谁值守？"

"西门有俺！"拐刀七大吼一声，"所有人员一律听令：列队！转身！

向大队部跑步前进——"

"坏事了,大势已去喽!"

拐刀七站在岗哨里,看着从大队部和北门外的炮楼腾起的团团烟火,耳朵里塞满了密集的枪炮声,浑身像筛糠一样,俺的亲娘唉,共产党这是疯魔了,山前满夫这个龟儿子算是完了!罗口镇不保了!俺的小命也不保了——事到如今,老鬼子,你也不要埋怨俺老七不讲道义了,能活过今晚就算是你福大命大了,日本人这棵大树是靠不住了,此处不留爷自有留爷处,快溜之大吉去吧。

拐刀七一不做二不休,三把两把扯下伪军服,摘下大盖帽,一扬手甩到墙旮旯里去了,从烧水的大泥壶底摸了一把黑灰,照自己脸上摸去,听听城门外毫无动静,便偷偷打开一道门缝,撒腿向漆黑一团的田野里逃窜而去。前些年,盘踞在涝岭乡钳子沟村的土匪头子支金山受国民党的支使,曾经与他取得过联系,在今日这个非常时期,作恶多端、认贼作父的拐刀七已成走投无路的丧家之犬,只有投奔支金山一条路可走了。

拐刀七一口气跑出了十多里地,浑身大汗淋漓,棉袄的扣子不知什么时候全解开了,当他来到一处高岭的时候,禁不住停下脚步回头向罗口镇的方向望去,红色的火光依稀可辨,枪炮声寥寥落落,可见战斗进入尾声了,但他的耳朵里却听到了一阵孩子哭喊的声音,不禁骂道:"去他妈的,在这深更半夜的荒山僻岭,哪来的孩子哭?"他随口骂了一句,忽然,全身的汗毛都竖起来了,会不会是儿子金孩在哭?他的腿肚子一软,一屁股瘫坐在地上。

"俺那苦命的金孩哎——"拐刀七长叹一声,一拳头打在泥土里,长吁短叹起来,"俺那宝贝儿子金孩就要两生日了,俺还想回家去抱抱他亲亲他呢,共产党来了,俺那儿子可怎么办啊,俺怎么就没想到背上儿子一起逃呢?"

拐刀七就差号啕大哭了,可是他不敢,毕竟还在逃难中。

第九章 曙光初现

◇◇◇◇◇◇◇◇◇◇◇◇◇◇◇◇◇◇◇◇

罗口镇解放了，受海东县委派遣，乔刚同志担任罗口镇农协会会长，田丰年任盐协会会长，陈永河任民兵队长。田丰年与乔刚商量，安排最熟悉罗口镇盐滩的钟履宽担任盐协会副会长。

履宽欣然受命，浑身有使不完的劲，与党员干部接触得多了，他获得了不少关于战争的知识。罗口镇的人们过上安乐日子了，但全中国的敌占区还有一半以上深陷日寇的铁蹄之下，无数同胞还在水深火热之中。日本鬼子还没有被打败，他们还在苟延残喘，随时准备反扑。打狗就要痛打落水狗，解放区军民必须大力支援前线，把日本鬼子彻底赶出中国，取得抗日战争的全面胜利，解放全中国。

多少个日夜，钟履宽被这些神圣的革命知识激励着，他把学到的知识和人们生活中可喜的变化说给盐工们听。在他的鼓舞下，刘长安和郑海洲组织起了盐滩民兵小队，并请民兵队长陈永河当教官，生产之余组织盐工们操练，当游击队发起解放夹金镇的战斗时，这支盐滩民兵队伍参加了战斗。虽然是第一次参加战斗，但这些小民兵队员们劲头十足，奋勇上前，无论是抬担架救助伤员，还是运送弹药粮食，一点儿也不怵头，受到县武装大队的表彰。

真是忙中出错，钟履宽去滩上挖闸门口的淤泥，不慎跌了一跤，把大胯扭伤了，费了半天力气，才拄着铁锨走回到滩房，爬上炕就起不来了，胯间如锥刺一般疼痛。郑成山只好去镇上请大夫给他看病。

"成山，去镇上见到田主任，跟他打个招呼，我一时半会儿也出不了门，叫刘长安他们回来吧，盐滩上实在离不开人手。"

庄大夫来了，一番诊断，得出了结果。

"钟老爷看似是扭伤了大胯，其实则不然。"庄大夫慢条斯理地说道,"是腰间的骨腔里长了骨刺儿,因用力扭腰摆胯,骨刺儿碰到了经脉,便发作了。"

履宽大惊,问道:"这骨刺儿是什么时候长上去的?"

"少说也得三年五载了。"

履宽仔细想想:可不是嘛,这几年在盐滩上干活的时候,腰间总是一锥儿一锥儿疼痛,干活时不撑劲,总认为是累着了,歇息会儿就好了,谁知是腰里长了骨刺儿。

"庄大夫,骨刺儿好治吗?"郑成山一边烧水泡茶,一边问道。

"真不好说,听说省城大医院里有开刀做手术的,效果还不错。"

"往腰里扎刀子,我可不敢。"

郑成山扑哧一声笑了:"宽哥,江湖上都说'为朋友两肋插刀',你这么大个英雄还怕往腰里扎刀子?照俺说还是到省城大医院治疗,一刀下去,骨刺给切除了,再把皮肉缝合了,过个把月也就好实落了。"

"还'英雄'呢,狗熊都当不成了,反正我不去挨这一刀。"

钟履宽的话让大家不好再劝了。

"俺给开个方子,内外兼治,看看疗效再说吧。"庄大夫说完,提笔写下了一连串的草药名称,三七、当归……开完方子,又叮嘱履宽按时喝药,不能总在炕上躺着,多起来活动活动。

一壶茶喝完,郑成山替履宽付了五元钱的出诊费,送走了庄大夫。履宽不禁长吁短叹:"旧社会那么多年,摸爬滚打,受尽了鬼子的折磨,刚把新社会盼来,想甩开膀子大干一场了,身体又出故事了,不让你干了,老天真是不公啊!"

"宽哥,咱也不是走到绝路了,都说伤筋动骨一百天,把药喝完了,说不定就会好了,六十多岁的人了,谁的身体还没有点小麻烦,别放在心上,该干啥干啥,碰上这么好的社会,咱得好好活着。"

履宽想想也是这么个理儿,郑成山年轻的时候身体多挺拔,如今不

第九章 曙光初现

也是驼背了？这不就是命嘛，与命运抗争什么，顺其自然吧。

郑成山去镇上取来草药，按照医嘱放在泥壶里煮了，看好火候，熬成黑药汤，伺候着履宽喝下了，再按照大夫吩咐，往履宽的腰眼里贴了一贴狗皮膏药。

喝下药后，履宽的口里苦涩难耐，可是胃里却热乎乎的，腰眼里贴膏药的地方火辣辣地灼烧着肌肤，倒也减轻了些病痛，伸伸腿扭扭腰，也能坐起来说话了，心情终于变好了些。

"俺在镇上看见拐刀七留下的那个孩子了。"

"拐刀七的儿子叫金孩来着？"

"还金孩呢，连小要饭的都不如。"

"怎么了，孩子不是由成善霆养着吗？"

"没娘的孩子，又碰上这号狼心狗肺的爹，谁还稀罕？成老三还拿他当个孩子待？"郑成山朝门外啐了口唾沫，愤愤不平地说道，"那孩子穿一件破筒子袄，旧棉絮都露出来了，赤着脚站在街上，满手满脸的泥灰，头发成了乱毛窝子。更可怜的是那两条罗圈腿，两个脚尖朝里对着，好歹能站稳当，街上的孩子扔石子打他，他都不知道闪躲。"

"成善霆不管？"

"巧了，当俺把那群大孩子赶走后，成善霆正好路过，朝金孩大吼一声，像提了只小鸡似的，拽着一条小胳膊，拖拉着进了大门里。"

履宽的心里很不是滋味："拐刀七坏事做绝，那是他一个人所为，孩子是无辜的，这就是成善霆的不对了，既然答应替他抚养孩子，还如此虐待人家，真是不地道。"

"像这种该千刀万剐的人，还配生什么孩子，真是连猪狗都不如！"

"也不知这个冤家是死是活，八成跟着鬼子跑县城里躲着去了，多行不义必自毙。"

"在镇上俺还听人说了，上元村逮住了一个给伪军通风报信的富农，

交代了上元村惨案的情节，说是跟罗口镇一个女鬼子接的头，人们都说肯定是傅英子。"

郑成山的话把钟履宽吓了一大跳，他待了一会儿，才慢慢悠悠地说："还叫着二叔二婶呢，到底有什么仇啊？"

"不就是想抱紧了鬼子的大腿，向主子邀功吗？良心让狗吃了，当年没有大哥出手相救，她早饿死在野林子了。"

"真是造孽啊！"

"人们都说他们两口子跟着鬼子跑了。"

履宽叹息一声："上贼船易，下贼船难！不是不报，时候不到，血债血还！"

◇◇◇◇◇◇◇◇◇◇◇◇◇◇◇◇◇◇◇◇

一个集空子过去了，苦药喝了一大锅，履宽的腰痛病却好得慢，好兄弟郑成山一手照料着他的起居，一手把盐滩的活全承担下来了。这天，履宽在郑成山的搀扶下，在盐滩里转转看看，边走边聊。

"又到了压实盐池板的好时候了，我这身子指望不上了，还把你也拖累了。"

"宽哥，你别想多了，去年，你给俺分了一百二十元，俺权当是东家赏的，从没敢想分一份滩田占为己有，钟家滩还是钟家的。"

"成山，咱们可是有言在先，钟家滩是咱们大家伙的，我占的份子大一点罢了，赶上新社会了，我也不再抱着本老皇历不放手了，农地里正在进行的土改，早晚会轮到盐滩上来，这步棋我是走对了。"

"盐滩比不得农地，小家小口的怎么晒盐？"

毕竟刚喝了一碗药汤，没走多久，履宽的额头便沁满了汗珠子，腰又开始酸痛了。郑成山劝道："刚喝了药，也不能施强，会好起来的，

第九章 曙光初现

咱们进屋里躺躺吧。"

履宽没再坚持。

吃过午饭，郑成山到盐滩上忙活去了，履宽正在炕上歇晌，一个声音突然响起来了："宽哥，怎么不小心，竟把腰弄伤了，没大碍？"是田丰年主任提了一包红糖和一块猪肘子来看望他了。

"田主任那么忙还来干什么，小病小灾的，没大碍。"履宽试探着起了身，下了炕，把老田引到小桌前，"兄弟捎这么多贵重礼品，我哪能受用的了？"

"宽哥受苦了，盐协会成立以来，工作千头万绪，我又是个外行，处处都得老哥张罗，再说年岁也不饶人了。"

"丰年兄弟不要客气，我这是在盐滩上干活不小心扭伤了腰，歇息半月二十天就好了。"

"宽哥得按时服药，静心休养，恢复好身体还得干革命工作，身体是革命的本钱啊。"

"丰年兄弟多担待些吧，罗口镇盐滩有五六百户，吃喝拉撒也够烦人的。"

"乔刚主任在农协会搞的动静很大，群众也被发动起来了，要求分田清算的呼声很高，农协会会员们热情高涨，揪斗了几十个地主，县委多次表扬农协会革命性强，对咱们盐协会的工作不太满意。"

"实话说吧，罗口镇有三十多个大滩主，一千多亩盐田，钟家是最大的一家，要揪盐滩主就从我开始吧，我不能因为当了这个副会长就搞特殊了，该抓就抓，丰年兄弟不要为难。"

"宽哥，你的这个想法是不对的，革命不是将人一棍子打死，而是治病救人。"田丰年神情严肃地说道，"罗口镇钟家是红色家庭，涌现出两位烈士，为革命做出了巨大的牺牲，这是县委早就认定了的，你一定要相信组织！"

"我真的是镇上最大的盐滩主,得如实交代清楚。"履宽把手放在了腰眼上按着,额头已经出了汗。

"日本占据罗口镇这些年,对解放区大搞经济封锁,妄想不让一粒盐进入解放区,而宽哥不畏艰难险阻,每年都会向解放区输送十几万斤盐,有力地支援了根据地军民所需,你为革命做出的巨大贡献,共产党是不会忘记的,你就是个大大的红色盐滩主!"

"田主任过奖了,"履宽的眼里现出了晶莹的泪花,"没有丰年兄弟的大力支持,钟履宽哪有今天的好日子。"

"宽哥说的没错,共产党和人民大众就是互帮互助,是鱼和水的关系!"田丰年激动起来,"只要坚定地跟着共产党走,永远不会错。你安心养病,等病好了,咱们再投入地工作,小车不倒只管推!"

"我的心透亮了——"

"好,灯不拨不亮,话不说不明。"两双手有力地握在一起。

"咱们盐协会要发动盐滩主多晒盐,多为新政府做贡献!"

"盐协会就是盐民的家,所有的盐滩主都要向你学习,把盐滩份子无偿让给盐工们。"

"田主任,我也有苦恼啊,盐工们不肯要盐滩份子,无论如何不让我更改地契,你得帮我这个忙啊。"

"盐工们都有朴素的阶级感情,他们的认识水平还很低,咱们办一所盐滩夜校,把盐工们组织起来利用工余时间学习革命知识,提高思想认识,跟上社会发展,明明心。"

"太好了,可惜俺的腰还不挺妥。"

"宽哥不用着急,我先到盐滩做做宣传员工作,取得大多数人的支持,再开展下一步的工作,心急吃不了热豆腐。"

第九章 曙光初现

田丰年把盐滩转遍了，仔细把人员、盐产、地亩等情形都做了记录，顺便把盐工们发动起来了。盐工们认识了这位和蔼可亲的协会会长，听说不出盐滩就能学到知识，带着极大的好奇心，纷纷要求加入盐滩夜校学文化。

盐滩夜校设在履宽的滩房里。毕竟履宽腿脚不方便，还不能走远路，再说这座五间的滩房，是盐滩上最宽敞的房子。第一次开课，来了五十多号人，人们随便找块石头或找把稻草垫着坐在地上，连炕头上都坐了人。带玻璃罩子的风险灯放在炕桌上，履宽和老田各坐一边，桌上还摆了几只黑陶碗，老田说话累了口渴了，随手端起陶碗，灌下几口凉开水，再接着讲。他带来了县委的指示，还分析起当前的革命形势，特别是海东县的抗日形势，往大了一直说到全省全国的抗战形势。会开到了深夜，听课的人实在太多，履宽咬牙坚持，腰胯间又酸又痛，也没好意思下地去活动，直到人们离去。散会后，他就跟田丰年合睡在热乎乎的火炕上。熄灯睡下，两个人睡意全无，又热烈地讨论起来。

"丰年兄弟，你懂的道理真多，以前我是有眼不识泰山，真是笨啊。"

"宽哥，你也不用这么见外，我的脸上也没写着'共产党'三个字，你怎么能认得出来？这不怪你，这是形势发展的需要，幸亏有你帮忙，我才能顺利地为根据地军民采购那么多的食盐，有力地支援了抗战。"

"我是无意识的，没有那么高的觉悟嘛。"履宽如实相告。

"就是'无意识'，才让你免遭日本鬼子更大的迫害，所以组织上决定这层窗户纸不跟你戳破，其实是保护了你。"

"党组织想得真周到啊。"

"这是应该的。"田丰年有意压低了声调，说道，"鬼子的末日就要到了，海东县城的鬼子已经成了孤立之敌，早晚要被歼灭，但是国民党这边也死灰复燃，蒋介石在峨眉山上待不住了，也想下山摘桃子了。"

"国共不是在合作共同抗日吗？"

"太平洋战场上，日本节节败退，盟军已经收复了菲律宾，下一步就要打到日本本土了。蒋介石集团也看准这个时候，准备来跟咱们抢地盘了。"

"共产党打下的江山怎么能让国民党抢去？"

"现在还没有取得最后胜利，毛主席要求全党全军将士顾全国共合作的大局，打败日本侵略者，建立民主新政府。"

田丰年讲过课以后，盐滩上不平静了，盐工们聚拢在一起的时候，便有了新的话题。

"日本鬼子要失败了，共产党就要胜利了，穷人越来越有盼头了。"

"有啥盼头？咱们还得干活挣饭吃，滩主老财不用干活也不愁吃喝。"

"田主任说了，解放后，种田的有田种，晒盐的有盐田晒盐。"

"傻帽儿，就算分给你一亩三分地盐田，你能晒出来多少盐？够你一家五口人塞牙缝的？再说，那一亩三分地怎么铺滩子？你能掉过腚来？海水不经过长年累月滩晒能产出盐来？"

"对呀，还有的人好吃喝嫖赌，过不了一天两日，分到手的盐田又回到滩主老财手里了。"

"咱们盐滩跟农地里不一样，农地里只要把地分给穷人就完事了，人们可以按自己的想法种庄稼，秋后，把公粮交给政府，剩余的够一家老小糊口就好了，盐滩怎么分？"

"田主任还说了，盐滩不是农村，跟县城里的工厂差不多哩，得看政府怎么安排了。"

"依俺说，履宽老爷的做法就很好，把盐滩份子分给盐工们，盐工只管干活拿提成就中，可别的滩主老财却做不到。"

第九章　曙光初现

"谁舍得把自家祖辈积攒下来的盐滩分给雇工？站着说话不腰疼。"

"郑成山他们几个却坚持不要钟家的盐滩份子。"

"郑成山做得对，钟家祖辈积攒下这份滩田容易吗？谁好意思去瓜分，不就是明抢吗？"

"履宽老爷可能是做做样子，不是真格地分给大家。"

"没人拿刀压在脖子上逼迫，履宽老爷犯不着做样子。"

"履宽老爷最让人佩服，就算做样子，人家也做了，其他的滩主老财没一个能拉出坨粗屎来的。"

大家哈哈一笑，便各自散开干活去了，刚才的话虽然没几个人当真，但心里还是升起了一丝希望之火。

刘长安从前线回来，捎回来一个惊人的消息。履宽听了，也吃惊不小，赶紧向田丰年做了汇报。

"丰年兄弟，跟你说个事儿，长安在外面听人说拐刀七投奔到涝岭乡钳子沟支金山的土匪窝子里去当土匪了。"

"这个情况组织已经掌握了，足以证明国民党、土匪、伪军臭味相投，沆瀣一气，三合一了，成为拴在一条绳上的蚂蚱，已经成为革命的绊脚石了。"

"这些人已经偷偷摸摸地进县城跟鬼子接头了，不知他们唱的哪一出？"同来的民兵连长陈永河说道。

"不怕，暴雨来临前，蝼蛄、血蟮、毒蛇都会蹿出洞来显摆，咱们给它们留好证据，关键时刻，一铁锨将这些害人虫拍死，不留后患！"田丰年攥着拳头说。

刘长安和郑海洲也趁着歇晌的工夫来向陈永河请示民兵操练的事。

"永河兄弟，自从他们从前线回来，便一头扑在盐滩上干活了，操练的事也落下了，有什么安排你尽管昐咐。"

"在延安大生产运动中，毛主席教导咱们生产军事两不误，要始终绷紧军事斗争的弦!"陈永河看着他们俩,坚定地说,"你们俩作为民兵队的正副队长,在劳动之余,利用晚上的时间,把盐滩上的民兵组织起来,找块空闲场地,练习队列和格斗要领,保证队伍随时能拉出去,上阵人人都能杀敌。"

"请陈连长放心,今天晚上,我们就组织盐滩民兵操练,欢迎连长前来指示。"

"好,我会准时来的。"

"永河兄弟带兵有一套,全镇已拉起了十几支民兵队伍,后方的安全有保障了。"田丰年非常赞许。

"你们放心吧,八路军和新四军的将士们在前方浴血奋战,后方有我们民兵守护,保证让一切反动势力有来无回就地消灭掉!"

◇◇◇◇◇◇◇◇◇◇◇◇◇◇◇◇◇◇◇◇◇◇◇

公开批斗地主的群众大会在罗口镇大集上举办,就像过年演大戏一般,戏台扎得有三尺高,十五名地主一排溜地低着头跪在戏台上,每人头上戴着高高的白纸帽子,胸前挂一个小木板,上面用墨汁写着大大的名号:活阎王、铁公鸡、辣子手、毒蝎子、吝啬鬼、鬼见愁、恶霸天⋯⋯台下人山人海,胳膊上戴红袖箍的农协会工作人员在台上振臂高呼着口号,台下的人们发出了山呼海啸般的声浪⋯⋯

围观的群众全被戏台上的情形吸引去了,谁也没有注意到有一个人躬着身,缩成一团,瑟瑟发抖着,悄悄从人群中挤了出来,头也不敢抬,眼睛盯着脚面子,沿着墙根往家里走去,想快一点走回家,却又不敢迈开大步走,唯恐碰到熟人,被人叫出名字来。这个人就是滩主老财成善霆。

走进街门,还一脚门里一脚门外,便急转回身向街上瞅瞅,确定没人跟梢,才放心地进了院子关上门栓子,迈开小碎步往锅屋里走,一边走,

第九章 曙光初现

一边低声叫着老伴儿。

"老婆,俺好像是发皮汗了。"

"死老头子,蹿哪去了?俺推了一上午磨,也没个添磨的人。"老婆手里拿着一把笤帚从锅屋里走出来,还在扫着大襟褂子上的白渣渣。

"俺发皮汗了,怪冷的,得上炕去暖暖身子。"

"五伏六月冻死懒鬼!"

"大大,大姨——"金娃不知从哪里跑出来了,一看见成善霆来了,便口齿不清地叫着,往大姨的怀里钻。

"小兔崽子,再叫唤把你填到锅底下烧成灰。"成善霆换了一副嘴脸恶狠狠地说道。

三岁的金娃还弄不明白他话中的意思,但也被他那恶毒的眼光吓到了,紧紧地抱住庄氏的腿不敢松开。

"老不死的吃枪药了,看把孩子吓的,等他爹回来知道你亏待人家孩子,不一枪崩了你才怪。"

"人老不中用了,连老婆子也有外心了。"成善霆哼哼唧唧地脱鞋上了炕,拉过一条棉絮盖在身上,"老婆,要变天了!"

"真是满嘴说胡话了,头顶瓦蓝瓦蓝的天,一块云彩也没有,哪来变天?你快睡死吧,省得胡话连篇。"庄氏没好气地硬塞他。

"老婆子,你的耳朵聋了,大集上正在开批斗会呢,你就知道在家里母鸡似的抱窝,都快要整出人命来喽。"

"你说啥?"庄氏的耳朵没聋,老头子的话她全听了去,她是不敢相信呀。

"从乡下拉来了十五个地主老财,排成一溜儿跪在戏台上挨批斗呢,能不能挺得过今天上午还难说呢,吓死人了,唉!"

"老头子,乡下的地主老财们挨批斗管咱什么事?看把你吓得尿在裤子里,熊样儿!"

"再不服气，多不过三五日，台上跪着的就是俺成老三了，唉！"

"全镇上也不光咱家是滩主，要跪先让钟履宽跪，他可是罗口镇最大的盐滩财主。"

"你这张嘴啊，要不是俺替你把着门，都能跑马车喽——"成善霆翻了个身，头朝炕里面，幽幽地说道，"钟履宽已经抱上共产党的大腿了，时来运转了。"

"他能抱，你不能抱？把姓田的请家里来耍耍，咱有的是好酒好肴，俺就不信猫还有不吃腥的。"

"共产党不兴这一套哟。"

"你再说好话求求情，共产党的心不是肉长的？大人不计小人过，抬抬手不就让咱过去了嘛。"庄氏的鬼心眼子比成老三还多。

"有这个拖油瓶在，俺是跳进黄河也洗不清了。"

"关吃屎的孩子什么事？"

"他是谁的种啊？！"

"俺的皇天神，俺一把屎一把尿地把他拉扯大，原来是伺候个祸害精！请了个丧门神来！"庄氏一改慈眉善目的形象，露出一脸凶相，一把拽过金孩，抡起手中的笤帚，照准那露在外面的腚蛋子抽起来，一边抽，一边咒骂着，"小要饭的，你活着就是来坑害人的，随了你那不通人性的爹！"

可怜的金孩疼得哇哇大哭。

"够了，别在这儿吵嚷了，快把这个小杂种锁到柴屋里去，别在外面丢人现眼的。"

成善霆整天窝在家里唉声叹气，还派本族里贴己的人四处打探盐协会的消息，十多天也不到盐滩去照看。管工的不下盐滩，盐工们早没了精神头，都在磨洋工。滩上的活落下了，盐池子没压实，淤泥没有清理，连滩池边上的枯草也没有收拾，等到别人家都坐池子了，成善霆还没有

第九章 曙光初现

出现,盐工们直接把海水灌进了盐池子,开始糊弄了。

田丰年来过几次,问明情况后,便跟钟履宽商量对策。

"宽哥,成善霆家的盐滩几近荒废了,他已经快一个月不来盐滩管工了,盐工们光出勤不干活,都在混日头呢。"

"成家是家道中落,一辈不如一辈了,成老三好不容易攀上了拐刀七这棵大树,好日子还没过几天,谁知鬼子一撤,树倒猢狲散,等乡下的地主一挨批斗,打了骡子惊了马,成老三惶惶不可终日,哪还有心思顾着盐滩,光想保住他那颗大狗头了。"钟履宽一下子点到了成善霆的心里,实情也确实如此。

"他要再不出头,盐协会就要把成家滩代管下来,不能让这么好的滩田荒废了,晒不出盐来,盐工们没工钱领,革命事业也要受牵连。"

"那就先让郑成山去成家滩上代管吧,春晒日头秋晒风,这么晴的天,不把卤水拨弄好,哪能晒出盐来?"

"对,就这么定了,郑成山是名好同志,技术好,人也勤快,肯定能把成家滩的活领好。"

成善霆跑了。

盐协会要组织召开滩主大会,布置春季生产与销售运输等安排,会议仍旧在履宽的滩房里召开,派去找成善霆的人带回了他老婆庄氏的话,成善霆找不着了,是死是活不见人影了。

屋里笼罩了一层压抑的气氛,其他的人只顾埋头抽烟,呛人的烟叶味道让人受不了。田丰年与履宽交换了一下眼色,开始讲话。

"开春以来,各家盐滩都在极力恢复晒盐,盐工们也干得很卖力,活计撵着日头跑,现在看,盐池子已经长出新盐来了,再过个半月,天气好的话就该安排收盐了。县委已经专门指示,盐税按一厘半征收,由盐协会的缉税科代为征税。"田主任的话还没落下,滩主们已在窃窃私语了。

"一厘半的盐税多少年不曾有了，俺真不相信呢。"

"共产党政府就是好啊，既帮着咱们搞生产，又包销包运，咱们不用出盐滩一步就能收到卖盐钱啦。"

众人你一言我一语讨论得很热烈。

"在座的都是盐滩上的老伙计了，只有共产党的政府才替咱们晒盐的着想，把好事送到咱们的盐滩窝棚里，往后，只要咱们铁下心跟着共产党，晒盐的就有好日子过了，再也不受反动派压迫了。"

"履宽老爷说得对！"人们纷纷应和着。

而宋家滩宋有福却把头低到胸前，一句话也不说。

坐在他身旁的人偶尔发现，他的脸像块大红布，还当是热的，其实，他的心里七上八下得不安顿，脑子也开了小差。

成善霆真是个老鬼毛，盐协会一来，他看事不好，就脚底抹油溜了。乡下的地主老财清算完了，下一步就轮到盐滩了，谁不知道他的头上戴着伪保长的大纸帽子，共产党会放过他？宋有福的心里面忐忑不安地敲着小鼓。

田丰年清了清嗓子又开始讲起话来了。

"各位，通过近两个月的调查摸底，盐协会已经对盐滩的情况了如指掌了。在日伪时期，有少数盐滩主政治立场动摇，昧了良心，站到了反动派的阵营里，帮着他们干坏事，残害同胞，丧尽天良，成善霆就是最突出的一个。如今他畏罪潜逃，就是怕受到人民的审判，怕，是不能解决问题的，不是不报，时候不到！其他的人有没有投敌行为？俺已经掌握了第一手资料，有关人等抓紧到盐协会交代清楚，以求宽大处理，与反动派划清界限，争取加入到人民的队伍中来……"

第十章 雷霆力量

盐脉

海东县城解放了。县委在罗口镇举行了盛大的群众庆祝大会,农协会主任乔刚、盐协会主任田丰年都在会上讲了话。钟履宽的腰还没有好实落,硬是拄着拐棍上台代表滩主们发声,贫农和盐工代表也都在会上发了言,人人盼望着战火熄灭,从此过上安居乐业的好日子。会后,大街上燃起鞭炮,盐滩的小伙子们舞起了狮子,耍起了旱船,敲锣打鼓地庆贺,比任何一个节日都隆重。

那些外出逃难的家人回来了,多少离散的家庭团圆了,钟履宽在心里数算着家人的名字:三弟履洋、宏儿、强子、心怡、启航、小婷……抗战胜利了,老家解放了,钟家要团圆了,你们快回家来吧。每算一回,额上的皱纹便增加一条;每失眠一夜,头发便又白了几根,腰病还没有好实落,背却越来越驼了。

"爹,我想去当兵。"立柱提出了一个让刘长安不好回答的问题。

"这事回家跟你媳妇和你娘说去。"

"我媳妇同意了。"立柱回答得很干脆。

"你娘呢?"

"俺娘还不得听你的?"

第十章 雷霆力量

"长安兄弟,立柱都是个大人了,能主自己的事了,你就不要阻拦了。"庄纪海也做起了刘长安的工作。

"对,立柱是个有骨气的孩子,现在家家户户都争着把孩子送到部队上去,哪个青年不羡慕戴大红花的啊,一人当兵,全家光荣,我支持立柱当兵!"

"太好了,钟爷爷都同意了,爹——"立柱眼巴巴地望向爹,几乎要哭出来了。

"好,俺同意。"

"我终于可以去当兵喽——"立柱猛将跳起来,嚷嚷着,"我这就去镇上报名!"说完,迈开大步,朝镇上跑去了。

"长安,你这个决定做对喽,鱼要游向大海,鹰得飞向高空。"履宽拿眼光看了众人一圈儿,继续说道,"你们谁想当兵俺也不拦着,这是响应党的号召,是光宗耀祖的事!"

"伯伯,俺也想去当兵!"小文和小武几乎同声说道。

"你们俩想当兵,那就回家跟你们爹娘好好商量一下,听长辈的安排吧。"

小文和小武当即请假回家,找家人商量去了。

"大爷,田主任说晒盐也是干革命,钟家滩一下子少了三个年轻盐工,活还怎么干呢?"刘长安总算表示了不同看法。

"长安,你不要担心嘛,这么多盐民子弟,都争着想到钟家滩上工,还愁找不到干活的?"

"来一个人,你就要分给人家一份盐滩份子,钟家滩晒的盐是有数的,还能挣出吃来?"

"长安,做人不能太小气。"履宽耐心地做起了刘长安的思想工作,"共产党把鬼子撵跑了,让人民过上了安稳日子,咱就得听从共产党的安排,就得信仰共产主义。土地归国家所有,人人平等,人人有活干,人人都

有饭吃。"

刘长安不再说什么了。

"你们多找几个盐民子弟,挑选三到五个家风好、肯出力的到滩上来上工练手,无论如何不能让盐滩的活落下,雨季过后,秋产也就开始了。"

田丰年把钟履宽的做法在盐协会中推行,所有的滩主都赞成,经过积极发动,有十六名盐民子弟参加了人民军队。刘长安当队长的盐滩民兵队伍不但没有减员,反而增加到了五十人。经过严格操练,个个都成了神枪手。陈永河带领这支民兵队伍参加了海东县民兵射击大会,竟然取得射击科目第一名的好成绩,为盐滩争得了荣誉。

◇◇◇◇◇◇◇◇◇◇◇◇◇◇◆

雨季过去,晴爽的秋风吹起,在盐协会的带领下,罗口镇盐滩掀起了秋产的热潮。谁知,天空飘来了一阵乌云,顿时,狂风大作,天昏地暗,暴雨如注,黄海咆哮着浊浪滔天,小小的罗口镇变天了!

"啪!啪啪!"

几声清脆的枪响过后,罗口镇的大街上驶来了三辆大卡车,车上插着青天白日的旗子,车厢里站满了全副武装的士兵,车子一路开进小镇,士兵朝天鸣枪,他们是在用枪声宣布着一个事件的开始。车子最终停在了盐场场署的大门口,从第一辆车上跳下来的正是如鬼魅般消失了近两年的拐刀七。

拐刀七从腰间拔出手枪,高举头顶,恶狠狠地朝空中连开了三枪,把冒着青烟的枪口在嘴边吹了吹,然后发布了到达罗口镇后的第一道命令:"把那些小鸡般的贱民给我从鸡窝里轰出来!"

士兵们依令朝紧闭着大门的民居扑过去,有的用脚踹,有的用枪托砸,忙了一个多小时,才把一百多号惊恐万状的村民赶了出来。

第十章　雷霆力量

拐刀七把手枪往腰间的皮枪套里一别，抬起戴着白手套的右手比画着，高声说道："各位贱民，你庞七爷我又回来了！现如今，咱也鸟枪换炮，拜了国民党把子，当上国民革命军鲁东南军区海东县独立团一营营长了，特受蒋委员长委派，奉命接收罗口镇防务来了！"

拐刀七说到这里故意停住了话头，仰起一张黑麻脸，瞪着独眼珠子，往人群里巡视了一圈。

人们早被他那飞扬跋扈的神情吓蒙了。

拐刀七翻起白眼珠子，趋前一步，伸手揪住站在最前排的一位村民，恶狠狠地问道："你们不欢迎？！"

"欢迎……"受到惊吓的村民哆嗦着说。

"欢迎为什么不拍巴掌？傻了！"

人群里传来零零落落的几声拍巴掌的声音，也算给足了庞营长面子。

"穷鬼们都给我听好了，从今往后，我庞营长就是罗口镇最大的官，有哪个不听号令不服从指挥，立马枪毙！决不手下留情！"

人们无不缩着脖子低着头，连大气也不敢喘，唯恐被这个大魔头抓到，小孩子干脆钻到了母亲的大襟褂子里不敢露头。

"从今往后，凡是参加共匪的，格杀勿论！凡是私通共匪的，格杀勿论！凡是杀过地主的格杀勿论！凡是分了地主家土地和财物的，加倍偿还……"

跟着拐刀七屁股后面一起回到罗口镇的还有成善霆，他特意穿了一件簇新的青色马褂，从拐刀七身后溜达了出来，向众人拱拱手，言语轻佻地说道："诸位乡邻，现在是国民党的天下了，共匪已经被赶跑了。庞营长是奉命来保护咱们的，只要乡亲们听庞营长的话，再也不受共匪蛊惑，就会有好吃好喝的，就能有好日子过，要是敢跟国军唱反调，就会小命不保。诸位乡邻还是放聪明点吧，快把共匪成员及农协会、盐协会的干部和会员报告给庞营长，就会有大大的赏赐，要是知情不报，那

就只能赴黄泉路了。"

这时,不知出于何故,金孩拖拉着两条瘸腿走出来了,一边走,一边还把黑黑的手指塞进嘴里吮着,难道他不怕那黑洞洞的枪口和恶狠狠的喊叫声?

"金孩,这不是俺那宝贝儿子金孩吗?"拐刀七立时换上了一副慈父的面容,来到孩子面前,蹲下身,摘下手套,一把把孩子那脏不拉几的瘦小的躯体揽进了怀里。

县委紧急通知,凡是已经暴露的党员干部立即撤往西部山区根据地,其他同志继续坚持地下斗争,田丰年想带钟履宽一起撤退,却被他谢绝了。

"还乡团来势汹汹,丰年兄弟以大局为重,遵从县委的命令避避风头,保存革命力量。我是个老头子,又是盐滩人,谅拐刀七也拿我没办法,再说,就算拐刀七拿枪指着心口窝,我也不会泄露党的机密,你放心吧。"

"宽哥,你就是盐滩的定海神针,只要有你在,盐滩就不会落到他们的手里。"

陈永河派来接应的小船从川河口划进盐滩来了,履宽送田丰年到小船旁。临上船,田丰年在履宽耳边小声说:"我们离盐滩不超过十里地,咱们的联系断不了,拐刀七是不敢越过青浦公路的,咱们分开的时间不会太久!"

履宽点点头,两双手紧紧地握在一起。

◇◇◇◇◇◇◇◇◇◇◇◇◇◇◇◇◇◇

拐刀七带领着一队士兵冲进了钟家滩。

"钟履宽,没想到咱们又见面了啊?"拐刀七双手叉腰,杀气腾腾地站在滩房里,两只高筒皮靴闪着黑黝黝的亮光。

"老话说得好,山不转水转,不是冤家不碰头呀,证明咱们的缘分

第十章 雷霆力量

还未尽呢。"履宽坐在炕桌前,嘴里衔着烟袋锅子,悠闲地吸着烟。

"狐狸再狡猾也逃不过精明的猎人,钟履宽,这回你是掉到俺的手掌心了,纵是插翅也难逃了,还不让你的同伙来搭救你?"

"庞营长,好歹我也在这黄海岸边住了六十多年了,什么大风大浪没经过,就你那三拳两脚的功夫也想吓倒我,你得拿出真本事来!"

拐刀七气愤地把皮靴后跟使劲一跺,朝手下喝道:"站着干什么,还不快给俺搜!"说完,上前两步来到炕桌前坐下,狞笑着说,"钟老爷,咱们这就喝茶聊天,看一场好戏吧?"

"难为庞营长有这雅兴。"履宽不慌不忙地给他倒了一杯茶水,递到他跟前。

"钟大使,有人告你私通共匪,俺还不确信呢。"

"哼,都六十多岁的老头子了,想加入共产党,人家还不稀罕要哩。"履宽嘿嘿笑了两声,接着说,"听说国共两党正在友好和谈,国共还合作着呢,庞营长怎么来这一手啊?"

"谈个屁啊!"拐刀七本想装出个斯文样儿,却被履宽戳了屁眼,立马现出原形。

"你还敢对你们的蒋委员长大不敬?"履宽将了他一军。

"我是说和谈不会有结果的!"

"要是和谈谈妥了,要建立民主联合政府,你该咋办呢?"

"国民党的大炮已经开炮了,八百万正规军向匪区大举进攻了,共匪就要被消灭了。"

"蒋委员长可没这么说,我看庞营长不像是蒋委员长委派的。"

拐刀七被钟履宽的话激地冒泡了,一下子跳到地上,走了两步,挺了挺胸脯子,说道:"俺是正规的国军营长。"

"这身军装穿在你身上更不像是国军了,倒像个山大王!"

"你——"拐刀七铁黑了脸,一只手摁在手枪套子上面,一副要动手的样子。

"庞营长不是说看好戏吗？戏还没开始，看官倒坐不住了？来来来，坐下喝茶，不急的。"

"一会见到真货，看你还怎么狡辩！"拐刀七只好耐着性子又坐到了履宽的对面，端起茶盅，一仰脖子，喝了个底朝天，随手把茶盅丢在了炕桌上，小茶盅委屈地骨碌碌转了一圈歪倒了。

"国军营长也算个不小的官了，可我寻思，你这营长比大学教授差远了。"

"大学教授算个球？"拐刀七不屑一顾。

"嘿嘿，我儿子宏儿在省财经学院当教授，省长见了都客客气气的。"

"你……你不会骗人吧？"

"都一大把岁数了还骗你干啥，难道要见到省长的手谕你才相信？"履宽从炕席下抽出一张纸片来，"俺的干儿子尹德栋在省财政厅谋差，刚给俺来了问候的信，要俺去省城走亲戚，俺还没定日子呢，你瞅瞅？"

拐刀七的脸颊上顿时淌下汗来，结结巴巴地说："俺信，俺相信，罗口镇上谁不知道你钟老爷上头有人。"

这时，小兵跑进来回报："报告庞营长，已经把盐滩搜了个遍，什么也没找到。"

"庞营长，那就离地挖三尺，再找啊？！"履宽已经在挑衅了。

"传令下去，不用搜了，全速回镇上！"

"别……庞营长别着急走啊，我还有话没说完呢。"

拐刀七已经走到门口了，只得停下脚步敷衍道："钟老爷有啥话改天到镇上去说吧，俺还有事，不打扰了。"说完话，便丢盔弃甲地逃走了。

钟履宽喘出一口长气，左手捂着腰眼，赶紧侧身躺下休息，他实在是太累了。

高小武出人意料地重回到盐滩来上工了。见他一个人闷闷不乐的样

第十章 雷霆力量

子，众人问了半天，他才道出了实情。那天他和哥哥高小文在回家的路上经过小河汪村时，正碰上国民党抓壮丁，哥哥被国民党兵抓走了，他跳到蒲汪里才逃脱了，回家告诉家人，家人追到县城也没找到，他只能重回盐滩上工来了。

履宽得知高小文的情况后懊悔不已，小兄弟俩不回家就不会发生这样的悲剧了，可事已至此有什么办法？只好叮嘱盐工们离开盐滩的时候一定小心，行事周全，互相照应着。

拐刀七在钟家滩碰了一鼻子灰，还是不死心，没出几天，就有五位身份暴露的农协会员被五花大绑着押到川河大堤枪决，一场突如其来的白色恐怖笼罩了盐滩。

"拐刀七派成善霆给滩主们捎话，要盐滩主们跟他合作，还说'只有国民党才保护他们的私有财产，共产党实行共产的政策，如果到了共产党手里还不全都充了公？穷鬼们翻了身还有滩主们的活路？'"钟惟昌领着几个盐滩主火急火燎地找到钟履宽汇报。

"谁还相信拐刀七的狗屁言论，他是个什么东西咱们还不清楚？狗改得了吃屎？凭他这副德行就不能跟他合作，自从还乡团来了以后，杀了多少人？抗战那会儿国民党到哪儿去了？咱们看到的只有共产党游击队在杀鬼子。前几年，在一些刚解放了的地方，翻身后的群众斗地主，跟地主算旧账，那股风气很快就纠正过来了，盐协会就没走那样的弯路，共产党做错了能够改正，国民党能做到吗？盐工高小文回家的路上被国民党抓了壮丁，至今没放回来，国民党还让人活吗？我是吃了秤砣铁了心，坚决不跟拐刀七合作，大家都有目共睹，他把我害成什么样了。"履宽的话把一层窗户纸给捅破了。

众人心里有数了，拐刀七再来威逼大家，没有人理他，该干什么干什么，根本不把他放在眼里。拐刀七气得直骂娘，知道是钟履宽背后捣鬼，想打蛇，又投鼠忌器，虽强硬却不敢在明处动手，几次三番派出小兵到钟家滩找茬，都碰了钉子，虽想尽一切办法也吃不下盐滩这块肥肉。

秋季的盐刚收完，拐刀七心里就痒痒了，在他的眼里，盐滩上那一堆堆盐堆就是白花花的银子，全都要流进他的腰包里来。他在进出盐滩的路口加派了士兵把守，对前来购盐的客商征收通关费，又把脏手伸向了盐滩主，每家分派盐税五百元，限时一个月缴清，如有超时，上门查封。

拐刀七的限卖令自然难不倒钟履宽，有陈永河在河东头接应，刘长安和郑海洲带领着盐滩游击队员们大显身手，昼夜不停地用船运盐到河东头村，罗口盐滩上出产的盐被源源不断地送往西部根据地的军民手中。等到期限一到，拐刀七派到盐滩执行查封令的士兵瞎了眼，那些随处可见的盐堆已消失得无影无踪。

得到消息的拐刀七派人抓了几个盐滩主问话，谁知，得到的答案五花八门，有的说盐被大海潮冲走了，有的说盐被人偷走了，有的说被海贼抢去了，竟然还有人说盐被鬼子派大海船趁黑运走了，反正没一个理由经得起推敲。拐刀七暴跳如雷，把驳壳枪甩在桌子上，咆哮着下了死命令：限五天之内，每家缴齐五百元盐税，过期不缴，格杀勿论！

<><><><><><><><><><><><><><><><>

正在拐刀七焦头烂额的时候，一辆军用敞篷车停在了大院门口，从车上下来了一位穿着褐红色皮军装的五十多岁的老女人，女人的肩上挂着上尉的军衔，脸上带着尖酸刻薄的表情，手上戴着皮手套，走起路来一摇三晃，身后跟着一位提皮包的勤务兵，连前来迎接的庞营长都没放在眼里，来人正是傅英子。

人们聚在街头巷尾偷偷互相探问，这个女魔头重回罗口镇是替鬼子打前站的？难道鬼子又要杀回来了？就连消息最灵通的丁偏头也瞪起灰黄的眼珠子直摇头，又一场血雨腥风要降临了，说话的人们赶紧把头缩

第十章 雷霆力量

进棉袄的衣领子里,胆战心惊地躲闪着走远了。

"青岛党部委派我来海东县,是为帮助庞营长稳定局面,控制青浦公路,打通鲁东南大门,配合国军进攻山东打前站的。"在营部,傅英子颐指气使地把她此行所肩负的任务传达给拐刀七。

拐刀七大不满意,心想:一个小丫鬟出身的年老色衰的女人,跟着山前满夫逃到青岛,怎么不跑去日本待着?被老鬼子蹬了还有脸回来耍威风?不知她买通了哪路神仙,摇身一变成为官职比他这个营长还要高一级的特派员。

拐刀七皮笑肉不笑地说道:"傅特派员是党国栋梁,我营自从进驻罗口镇以来,忙于清剿共匪残余势力,兵员少,战事任务重,上头供给跟不上,还拖欠着军饷,官兵们忍冻挨饿,意见很大,又遇上这帮顽固不化的盐滩主们,我现在是一头虱子挠不开了,傅特派员真是火线救场,来得太及时了。"

傅英子把胸脯子一挺,取下皮手套,倒背着手在屋里来回踱着方步,瞟了拐刀七一眼,半嗔半笑地说:"庞营长也学会了油腔滑调?凭庞营长的人马,对付几个老弱病残的盐滩主还不是小菜一碟?"

拐刀七跷起二郎腿,点上一根又黑又粗的烟卷,猛吸了两口,沉下脸来,说道:"傅特派员英明,咱一家人不说外话,钟履宽是罗口镇盐滩的带头老大,我软硬兼施逼他就范,可他就是不吃这一套,你说该咋办呢?"

傅英子捏指为拳,脸色凝重地说道:"上峰有令,谁若与党国为敌,私通共匪,立即就地正法!"

拐刀七不禁拍手叫好:"傅特派员果然是女中豪杰,那就请拿钟履宽以儆国法吧!"

"这还用得着庞营长吩咐?你总算明白了本特派员来罗口镇的使命了吧?"

拐刀七闻听此言，豁地站起来，挺直身板，双脚后跟并拢，马马虎虎地敬了一个军礼，粗着嗓门说道："祝傅特派员旗开得胜，除掉钟履宽，我庞七子为你摆庆功酒！"

"还望庞营长鼎力相助，事成之后，军功簿上也有你一笔。"

"遵命！"

冬天天黑得早，履宽把炕烧得热乎乎的，早早地关了门，躺到被窝里，把腰眼贴近炕席，烙得舒服。突然传来了敲门声，这大冬天的，哪会有人来。

来人边敲门，边开口说话了："干爹，快开门，俺是英子——"

"英子？哪个英子？"履宽听到叫门声更迷糊了。

"俺是您的干女儿傅英子，快开门吧，俺在外面冻坏了。"

这一次听得真真切切，确实是傅英子那略带卷舌音的胶东腔。

"是英子啊，你不是跟着日本人走了吗？这会儿怎么又回来了？"

"干爹，快开门，外头说话不方便。"傅英子几乎在哀求了。

履宽只好起身点亮了油灯，套上棉裤，披着棉袄下了炕，打开门栓。门开了，一股阴冷的风裹着一个女人进屋了，来人正是傅英子。

"干爹，你可把俺给想死了。"

傅英子正要往履宽的怀里扑去，被履宽抬手挡回去了。

履宽顾自脱了鞋回到炕上，问道："你不是跟着日本人走了吗？"

傅英子只好斜着身子坐到炕沿上面，把手穿插进袖筒里暖和着，换了一副无奈的语气，说道："俺是被日本人抓走的，等到了青岛，俺找了个机会逃出来了，一路上逃荒要饭回到罗口镇的。"

"刘阿六也跟你一起回来了吗？"履宽不动声色地问道。

"阿六……他……"傅英子哽咽着说不下去了。

"阿六怎么了？"

"他在逃荒的路上被日本人打死了。"

"刘阿六还算是一个实诚的人。"履宽没有仔细追问缘由，脑海里

第十章 雷霆力量

闪过刘阿六在钟家做学徒时的情形，回想起自己被山前满夫羁押时的情景，不禁叹了一口气。

"俺一回到罗口镇就找干爹，在镇上没有找到，就找到盐滩上来了，只要干爹在，家就在，俺是找到家了，再也不走了。"

"你干娘不在了，这家也不成家了，你还回来干什么？"

"俺干娘走的时候没说什么？"傅英子警觉起来。

"她说'善有善报，恶有恶报，不是不报，时候未到'！"钟履宽心平气和地回答。

"干爹，你放着镇上不住，偏要住到盐滩上受罪？"

"如今我老了，不贪图什么了，有个窝趴着就中，能守住钟家这份盐滩，我就心满意足了。"

"依俺看庞营长这个人还不错，你伤害了人家那么多，人家也没拿咱怎么样。如今日本鬼子被打败赶出中国了，国民政府一统天下了，国军又回来了，咱得识大体，服从庞营长，咱们就有好日子过了。"

"你也是五十多岁的人了，也知好歹了，你愿意跟着拐刀七混，你就去，干爹也不拦着你，钟家就不劳你铺排了，各行其便吧。"履宽把头扭向炕墙，看也不看英子一眼。

"俺大兄弟钟宏在省城的大学当教授，不就是吃国民政府的俸禄？干爹还揣着明白装糊涂，共产党到底哪里好，让爹六亲都不认了？"傅英子生气了，声调也高了。

履宽说话累了，点上烟袋吸了两口，继续说道："儿孙自有儿孙福，爹是六十多岁的老头了，连自身都顾不了了，没几个日头混了，你们好自为之吧。你走吧，无论在哪里，都要记着摸着自己的良心做事，别让人戳脊梁骨骂！"

"谁敢！"英子脱口而出，浑身绷紧了，一张脸已经铁青了。

钟履宽没有被她的气焰吓倒，仍然悠闲地吐着烟雾，从枕头下摸出一个信封，交到傅英子手里，说道："这是你三叔履洋从国外寄回来的信，让我有事去找教育部的丁部长，你拿去看看吧。"

傅英子看完信，如当头浇了一瓢凉水。她意识到了自己的失态，心里掂量一番，又换了一副嘴脸，媚态十足地撒起了娇："俺回到家就不走了，今晚俺就陪着干爹睡在这通炕上，直到干爹回心转意。"说完竟作势要往炕上爬。

履宽见此情形，心里像窗户纸一样透亮，右手端着烟袋杆子，横在二人之间，盯住了她的眼睛，冷若冰霜地问道："虞婷是怎么死的？难道不是你去通的风报的信？"

"是我又怎么了？还不是替你向山前满夫邀功的？要不，他怎么会放过你？"

"我呸！"一口恶痰从履宽的嗓子眼里射了出来。

傅英子吓地打了一个激灵，手下意识地往腰间摸去，见履宽没有下一步动作，才放下心来，换了语气，妒意十足地说道："我就是看不得钟家的女人好，都是从外面来的，凭什么她们可以当主子，而我只能当丫鬟？"

"这就是命！"

"我偏不信命！"

"你刚才不是问你干娘临走的时候交代什么话了？我这就全告诉你，你干娘说，当年钟家收留你就是错误的，这笔账勾销了。我已不再是你的干爹，钟家也不再是你的家，你走吧！"

傅英子腾地跳到地上，手指着他恶狠狠地吼道："钟履宽你不要敬酒不吃吃罚酒，再顽固不化，你就是活到头了，哼！"说完，转身往外走，两扇破门在她的身后哐当一声闭上了。那盏放在墙洞子里的油灯被从门外冲进来的一股冷风吹灭了，在伸手不见五指的黑夜里，钟履宽一声不响地倒下去了。

第十章 雷霆力量

盐滩入冬了。钟履宽的病情越发加重了。

老友郑成山每天都会来陪着他,盐滩内外发生的事情,他了如指掌,激怒了傅英子这个女魔头,钟履宽已危在旦夕,一个大胆的计划在他的脑海里渐渐成形。

一封从青岛党部发来的电报摆上了案头,傅英子愁容不展地找来拐刀七商量对策:"庞营长,上峰有令,进攻山东的战斗已经打响了,党部要咱们肃清辖区一切通共容共之敌,配合大军向临县进攻。"说完,把一封电报递给拐刀七。

"恕在下直言,不把钟履宽拿下,盐滩就摆不平,像成善霆这样的开明盐滩主就不能大胆地为咱们效劳,罗口镇的形势就不容乐观。"拐刀七眨巴着一双贼眼献上一毒计。

"姓钟的,你的大限将至,谁也保不了你,休要怪俺不客气!"傅英子铁青了脸,杀气腾腾地说道,"咱们要坚决执行党部命令,对胆敢反抗之人一律斩草除根,让青天白日旗插遍盐滩!"

"特派员英明!"

两个人拟定了一份行动方案,拿出了一份人名单,预备三天后开始行动,一网打尽罗口镇革命人士,威慑全镇民众。

拐刀七幸灾乐祸道:"钟履宽,这回你的死期到了!"

傅英子咬牙切齿地说:"俺要亲手砍下这个顽固不化的老贼的脑袋,看看他的骨头到底有多硬!"

"特派员,有人要见你。"勤务兵来报。

"来的是什么人?"

"从盐滩上来的一个老头,自称是你的老朋友。"

傅英子大喜，认为钟履宽想通了，投奔她来了，说道："快请进来。"

"傅特派员安康！"

"你是哪一位啊？"进门的是一位矮小的驼背老头，英子一下没认出来，警觉起来。

"傅特派员，俺就是郑成山啊，你忘了，当年你小的时候，在沂河边的小树林里，钟履宽不想带上你走，是俺劝他收留下你的，才有了你今天的飞黄腾达。"郑成山笑眯眯地说道。

傅英子被人揭了疮疤虽然不太高兴，但没弄明白他的来头，只好耐着性子问下去："郑大叔来找俺有啥事？"

郑成山立即换上一副毕恭毕敬的神情说道："俺在东北落了难，逃回老家来混口饭吃，便在钟家滩下滩，俺跟伙计们没白没黑地干活，晒出来的盐堆成了山，钟履宽发了大财。当共产党来到罗口镇以后，他就做了一份假的分地合同，把钟家滩的滩田分成五份，俺们人手一份，暗地里滩田还是他一个人的，俺们什么也没得到。现在，俺把伙计们的四份分地合同书全带来了，特派员看看有没有用得着的。"

傅英子大喜过望："这么说，钟家滩已经不算是钟履宽一个人的了？"

"理应如此。"

"快拿过来让俺看看。"

"这就来。"郑成山不慌不忙地掏出一个麻布包，双手呈上前来，到了傅英子跟前，抖抖索索地打开包裹，突然，麻布包变成了一把明晃晃的匕首，郑成山将匕首握在右手里，饿虎扑食般向傅英子扑来。傅英子看傻了眼，慌乱中刚说了一句"你要干什么"，匕首已刺进了她的胸膛。两个人随即滚落在一起，匕首拔出又刺下去，一下又一下，一下更比一下狠，一下更比一下深，殷红的血流了一地……

罗口镇的百姓被郑成山的义举震惊了。

恼羞成怒的拐刀七大发淫威，一场抓捕共产党员和革命群众的屠杀

第十章 雷霆力量

开始了，盐滩顿时陷入了血雨腥风之中。病中的钟履宽被如狼似虎的兵匪从炕上拖出来，五花大绑着押往营部的土牢关押，罪恶的屠刀已高高举起，正义之神啊，你在哪里？

腊月初十拂晓，解放罗口镇的战斗打响了，革命的雷霆彻底爆发了！盐滩游击队参与了战斗，并作为引导力量冲在了最前面，破败坍塌的城墙阻挡不住人民军队的强大火力。拐刀七见大事不好，落荒而逃，谁知，在镇北的廒口村中了埋伏，被抓了俘虏，押回到镇上，接受人民的审判。

庆祝罗口镇解放的大会场设在大集市上，钟履宽劫后重生，被请上主席台发言。刘长安代表盐滩游击队上台佩戴大红花，台上台下，人们的脸上笑开了花。翻身解放了，再也不受剥削了，百姓踊跃揭发、检举那些为害乡里的恶势力。拐刀七背负着叛国投敌罪、杀害革命群众、搜刮民资民财、当土匪祸患乡里的罪名，执行枪决。

临刑前，钟履宽拖着病体，勉强支撑着，提着一个带盖的竹篮子，前去探视。仍旧在曾经关押他的土牢，如今关着的却是那不可一世的拐刀七。

履宽蹲下身来，隔着监栏与对面蹲坐着的拐刀七说上了话。

"大兄弟，咱们做了一辈子的冤家对头，如今这个债就要了结了，我来送你一程吧。"

"谢谢钟老爷还能来看我。"拐刀七见有酒有肉，眼里放出光来。

"吃吧，吃饱了好上路。"履宽蹲在监栏门外，顺着监舍的缝隙，把盘碗递进去。

拐刀七满不在乎地抓过酒壶直接往嘴里猛灌上几口，又塞进一块肥得流油的肉块，一顿狼吞虎咽后，才咂着嘴巴子说道："好酒，好酒！没想到钟老爷不计前仇，还记挂着俺。"

"记挂你干什么？你做下了那么多坏事，也不知道痛改前非，公然与老百姓为敌，能有好下场啊？"

"钟老爷,你不能把账都算在我头上。当年九顶子上的是我大哥,他因伤而死,我是来找你寻仇的!"

"哦,我都没认出来。"钟履宽看了他一眼,陷入了沉思。

"只怪我没本事,没亲手杀了你为他报仇!"

"无论是新社会,还是旧社会,做坏事都要受惩罚,只怪你没及早改邪归正。"

"俺够本了,十八年以后又是一条好汉!"拐刀七还是一副无所畏惧的神情。

"人还能活两辈子?我看金孩不是那块料!"

"噢!俺可怜的金孩——"拐刀七捶胸顿足,哀号声声。

"虎毒不食子嘛。"

履宽掏出一张纸片,捏出一撮焦黄的烟丝在上面,卷了一截纸烟,点了火,抽了两口递过去。拐刀七如获至宝似的,接过来,一顿猛吸,直到烟头烫了手指,才不舍地将烟屁股扔到了外面的过道上。

"俺的金孩只要能活下来就好。"

"你还知道生儿育女呀?"

"俺该死!俺该死!俺不配当爹!"拐刀七呜呜地哭起来了,一头蜷曲的灰白色的乱发下面是一张胡子拉碴的黑黄色的老麻风脸。

"你放心吧,政府会把金孩教育好的,再也不会走你的老路了。"

"太谢谢政府了!俺拐刀七坏事做绝死有余辜,俺知罪喽——"

"唉!早知今日何必当初呢!"

在如何对待成善霆的问题上,出现了两种截然不同的看法。有的人认为成善霆也属于还乡团的一员,理应枪决。钟履宽不这样看,他是这样对众人说的:

"成善霆本来是一个普普通通的盐滩主,通过赌博这种不正当手段,从郑成圆手里骗取了一百亩盐滩,这是他的一宗罪;第二宗罪是在抗战

第十章 雷霆力量

时期投靠伪军拐刀七，妄图占便宜捞好处；第三宗罪是不相信人民政府，充当还乡团的爪牙。以上这些罪行都是他好贪小便宜、唯利是图的本性造成的，只要他能痛改前非，就给他一个赎罪的机会吧。"

田丰年走访群众，搜集民情民意，鉴于成善霆愿意退还强占郑家的盐滩，认罪态度较好，便接受了履宽的建议，判处成善霆劳动改造十八年，滩田全部充公。宋有福在抗战时充当伪保长，也受了十年劳动改造的处罚。

罗口镇百姓终于过上了安居乐业的太平日子。

"宽哥，俺多次请示县委，关于盐田改制的问题，领导还是坚持盐田改制不能急，先保后方稳定，现有的体制不变，俺的顾虑就大喽！"田丰年叹了口气，面部的表情也不轻松。

"盐滩主们也在等着，有人向我打探消息，我心里也没个底儿，关于政策的问题还是田主任解释得好，我先表个态，无论政府怎么改，钟履宽第一个赞成。"

"相信咱们的党和政府，咱们就耐心地等等吧，滩田归滩主所有，盐工们的积极性从哪里来？但宽哥确实带了个好头，盐协会将大力宣传把滩份子分给盐工的做法，个别滩主不乐意这么干，盐协会也不强求，让这些人慢慢看，慢慢学，直到看懂为止，直到他们自愿拿出来分给盐工们。"

"罗口镇就这么大点地方，乡里乡亲的，祖祖辈辈玩这汪海水吃饭，都不容易，盐滩就揣在我的心里，谁家底厚点儿，谁家底子薄，我心里最清楚，都是些诚实勤快的人家，有党的好政策引导，他们走不歪。"

"宽哥已年纪大了，常年生活在盐滩上多有不便，由协会出资盖几间房子，宽哥搬到镇上去住吧？"

"在哪里住还不是一个样？在这里还能接接地气。"履宽叹口气，"人不服老不行啊，前几年，扛那么重的盐包，脚底生风似的，也没愁过，现在啊，连一桶水也提溜不动了。小时候还奇怪，一到冬天，爷爷就会用一根稻草绳捆扎在腰里，现在弄明白了，是怕冷风往棉袄筒子里钻呢，上了年纪，冬天就离不了热炕头喽。"

田丰年鼻孔里酸酸的，像是塞进了小虫子，怕被履宽看见，只好一个人去门外擤了，喘几口凉风，才把泪水压下去。

"外面的风停了，恐怕要下一场大雪呢。"

"下吧，下场大雪才好呢，农地里的麦苗才长得旺呢，我烧炕的柴草多得是，过冬粮也不缺，滩上也没什么活，过了年，化了冻，再开工修滩，咱这日子不差啦。"履宽笑得挺幸福。

◆◇◆◇◆◇◆◇◆◇◆◇◆◇◆◇◆◇

正月初六，雪后的盐滩热闹起来，原来是宏儿兄弟们回来了。

"爹！我们回来啦！"

"谁呀？"钟履宽正在灶前烧火暖炕，听到外面有说话声，抬起头向门外看。

"爹！"钟宏推开门，一下子跪倒在履宽的怀里，号啕大哭起来。

"宏儿，我的孩子，你们可回来啦？！"

在钟宏的身后是钟强、钟心怡、钟启航，滩房里哭声一片。

"十二年了，爹想你们啊！做梦都想啊！"履宽潸然泪下，儿女们把他搀起身来，扶到炕上，"现在好了，一家人终于团圆了，让我好好认认。"

钟宏一家四口，钟强一家五口，钟心怡一家三口，钟启航还是二十岁刚出头的小伙子，十三口人，履宽哪能一下子认下来？看看这个，再看看那个，流着眼泪，知足了。

"爹，就是这位田主任领我们到这里的。"钟强把田丰年请进屋。

"宽哥，今天是个大喜日子啊，真是喜事盈门呢！喜鹊都飞到钟家

第十章 雷霆力量

滩来啦。"田丰年握住钟履宽的手说道。

"孩子们，田主任是爹的革命兄弟，最亲密的战友，爹的这条命也是你们田叔叔救下来的，快给你们的田叔叔磕头谢恩！"

"不要，不要，"田丰年赶紧打断了履宽的话，"现在已经是新社会了，早不兴磕头这样的礼节了，咱们握握手就算见面礼了。"

"钟家太谢谢田叔叔了！"

"钟教授，咱们今天的好日子实在是来之不易啊！都是党领导得好啊，如今罗口镇解放了，咱们可以家人团圆了，可是全中国还有很多地方的人们仍然生活在水深火热之中。"

"是的，省城还在白色恐怖中，我们一家四口走了四五天，过了几十道关卡才回来，到处都是荷枪实弹的士兵，把孩子们吓坏了，还是家里最安全，连空气都是自由的味道。"

"钟教授，这次回家，你要多住几天，到处走走看看，解放区真不一样了！"

"宏儿，咱们不要再回省城去了。"

"爹，我要是像二弟和小弟一样，穿上军装就好了。"

"钟教授，像你这样的知识分子，是咱解放区最稀缺的人才，只要钟教授愿意回来，我们敞开胸怀欢迎啊！"

"好，田主任，咱们一言为定！"

"宽哥，今天钟家儿孙满堂，你们分别多年，有太多的话要说，我先走了，明天再请钟强团长和大家吃饭，告辞了！"

"强子当上团长了，好！快送送田主任。"

"爹，天也快晌午了，孩子们都饿了，咱们做饭吧？"大儿媳妇梅晨影说道。

"我都老糊涂了，西山墙上挂着猪肉，墙根有土豆、白菜、萝卜，屋后面的雪堆里藏着冻鸡、冻鸭，还有三只野兔子，都扒拉出来，做给孩子们吃。"

"爹，家里还藏着这么多年货啊！"钟强笑着说。

"爷爷，我要去抓野兔子。"孙子钟勇拉着履宽的手说道。

"好，好，我跟孩子们去撵野兔。"履宽穿上棉鞋领着孩子们往外走。

"爹，滩上那么滑，您就不用去了。"钟宏有些担心。

"爹在这滩上行走了几十年了，闭着眼都能来去自如，你们放心吧。"

"心怡，我抱着晓晓跟爹出去了。"郭树峰跟钟心怡打过招呼，便跟出去了。

"大哥，二哥，你们忙吧，我也不会做饭，我去给咱爹当护卫。"钟启航也跟着去了。

二媳妇方永青小声对钟强说："你不跟咱爹出去转转？天天说梦里回盐滩，来都来了，还不去找找童年的感觉？"

"盐滩是从小玩到大的地方，只要放眼一望，全都对上号了。"

"爷爷，这么大片的土地都是咱们家的吗？"钟宏的大女儿钟敏问道。

"是啊，三百亩啊，走下一圈，得费半天工夫呢。"

"爷爷，这些水池里养鱼吗？"钟强家老大钟勇粗声粗气地问话。

"这个池子里面会长出盐的。"

"爷爷，盐是怎么长出来的？"

"盐是从海水里来的。"

"海水里还能长出野兔吗？"小钟杰的脑子里总想着小动物。

"能啊。"履宽哈哈大笑，"孩子们，你们瞧，那是什么？"

雪地里有一行梅花状的印迹。

"小鸟留下的足迹。"钟敏第一个回答。

"大鱼留下的痕迹。"

"那不就是野兔的脚印吗！"

"爷爷，咱们家的盐滩一年能长出多少盐啊？"钟勇问道。

第十章 雷霆力量

"好的年景会晒出来三百多吨盐。"

"那么多啊。"

"伯伯,盐滩离大海远吗?"女婿郭树峰第一次来海边,满眼都新鲜。

"不远,在大风车那儿就能看到大海,想要走到海边去,就远喽——"

"爷爷,快带我们去看看大风车吧,太好玩了!"孩子们欢呼起来。

"好,好,爷爷带你们去看看。"

"爹,那么远的路,咱们不要去了。"钟启航担心爹的身体,怕他累着。

"我这身体里存了无数的力气,走吧,大风车那边好玩多了。"

"爷爷,大风车为什么长那么高啊?"

"长得高,力气大,可以为盐滩送来更多的海水,海水越多,盐滩上长的盐就越多。"

"爷爷,大风车为什么只长三只手啊?"

"鸟儿长着一双翅膀可以飞越千山万水;太阳没手没脚,却可以从天明走到天黑;大风车的三个叶片可以被来自不同方向的风推动,叶片增多或减少,大风车就找不到方向,不会转了。"

钟启航在盐滩长大,还是头一回听到如此解释。

"大风车的故事还很多呢,听爷爷慢慢给你们讲来——"

孩子们仰起鲜红的小脸看着爷爷。

"十几年前,盐滩上有一位姓刘的爷爷,他天天与大风车为伴,照顾它,呵护它,大风车也很听话,从来不闹脾气,只要有风吹来,它就卖力地转动着,给盐滩送来取用不完的海水,晒出来的盐可多了,盐滩上堆满了高高的大盐堆。可是有一天,鬼子闯进盐滩,刘爷爷为了保护大风车被鬼子开枪打死了,大风车也被鬼子烧掉了,后来,爷爷又攒钱建起了这座大风车,可是国民党的女魔头又闯了进来,爷爷的好伙计郑成山为了保护钟家滩,舍生忘死,刺杀了女魔头……"

◇◇◇◇◇◇◇◇◇◇◇◇◇◇

田丰年搬来了一台电匣子给履宽解闷儿。他从电匣子里知道了百万雄师过大江，听到了中华人民共和国成立的激动人心的声音，他仿佛看到了鲜红的五星红旗在天安门上空飘扬，他真切地感知到了中华大地上跳动的脉搏……

他逢人就讲，以自己六十多年来的亲身经历控诉旧政权累累罪状：二弟钟履新、弟媳妇虞婷、刘银锁、郑成山……多少盐滩人为了心中的追求而献出了宝贵的生命，多少老百姓因为吃不起一斤盐而病入膏肓，多少盐民饥寒交迫流离失所……多灾多难的盐滩又一次迎来了曙光——天亮了！

钟履宽的周身积聚了无穷的力量，精神仿佛注入了鸡血一样亢奋，他主动向田丰年请缨："田主任，钟家滩跟郑家滩自愿搭伙互助，两家有活儿一起干，有饭一起吃，共同经风雨，自己动手，丰衣足食，一定为新政府多晒盐！"

田丰年当众宣布："我代表海东县盐管处祝贺罗口镇盐滩第一家盐业互助组成立！咱们人多力量大，大伙儿加油干，带动更多的盐民加入互助组来，以实际行动支援抗美援朝，为保家卫国做贡献！"

钟家滩那三百亩滩田已不足以撑起钟履宽的胃口，他像一头犍牛一样胃口大开，昼夜不停地反刍，他要将一切荒草滩全部开垦成盐田，化腐朽为神奇，让盐滩堆起座座银山！

钟履宽带领刘长安、郑海洲、高小武，扛着镢头、铁锨，向钟家滩东南角一片低洼的荒草滩宣战。他测算过了，只要奋战一冬一春，这片方圆一百五十余亩的荒草滩就会变成优质盐田。为了激励大家，他还向年轻人们讲起当年爷爷开垦盐田的故事。

第十章　雷霆力量

那时爷爷已经五十多岁了，记忆中总是穿一身青色的衣裳，下巴留一撮花白的山羊胡须，背上总背着一只荆条子编的三个把儿的大筐。冬季应该是盐滩里最清闲的时候，可爷爷吃过早饭，便带上干粮到四五里路外的滩田里开垦滩田，除非大雪封门或是数九寒天的日子才歇手。

开垦滩田是一件最辛苦的活计。爷爷预先选中一块荒草地，用镰刀割掉野生的苇子、野草棵子，然后抡起镢头刨土，舞起铁锨挖畦，直到平整成一块滩田。冬季寒冷冰冻，荒滩里有水的地方结了一层白茫茫的冰碴子，小北风在开阔的地带上撒着欢儿猛吹，费了好大的力气才掀起一块冻土块，爷爷往手心里啐口唾沫星子，高高地往头顶上抡圆了镢头，干瘦的脖颈青筋毕露，用力砸下去，冻土块应声碎裂，爷爷便拄着镢头把子休息一小会儿，这样的动作往往要持续半个上午的时间。爷爷便往地头上席地一坐，先从荆条子筐里取出干粮和三两块青萝卜、大葱，招呼在旁边玩得满头大汗的孙子一起吃干粮。他就会从怀中取出一柄烟袋管，往锅子里装上一撮旱烟末儿，从布袋里掏出两块黝黑的火镰石，啪啪击打出细碎的火星子，把烟袋锅子凑近趁风乱窜的火星子，总算引燃了烟末儿。那满是皱褶的双唇轻轻一撮合，猛吸一口，一股青烟从鼻孔中急急地冲出来，舒服地喘一口气，爷爷的脸上便笑开了一朵花。真奇怪，这旱烟袋就这么好抽？吸完一袋烟，把烟袋锅子朝鞋底轻轻一敲，草草吃过几口硬邦邦的干粮，拍拍手，站起身来，屁股上粘了一层黄黄的沙土，衣服上挂着几段枯草秆儿，换过铁锨，把敲碎的土块铲到一边作池埂沿子，往往要用上个把月的时间才会清理出一块方方正正的土地来。

等开春天气转暖，爷爷就会从旁边的水池子里往新开垦的地块放进一薄层海水，叫作泡池子，经海水充分浸泡过的池子压实之后渗漏差，保卤性好。只见爷爷躬下身子，用葫芦瓢舀起海水浇到四边的池子梗上，浇过一圈后，便利索地脱下布鞋，远远地放到干净的土堆上面去，光脚板沿池梗四周踩实，这个环节叫作"做池梗"。只见他倒背着双手，一

盐脉

脚前一脚后，跐起、落下、跐起、落下，前脚紧贴着后脚，后脚印落在前脚印上，毫厘不差地转着圈子。远远看去，就像是在跳一个舞蹈，但从爷爷的脸上看不出一丝的笑意来，倒像在履行着神圣的宗教仪式。踩实三五遍之后，重新浇上一遍海水，稍稍晾干，再重复踩实，直到十遍八遍，直看得人头晕眼花，直到池梗变得硬邦邦为止。把池子里的海水放出去，再抽上一袋烟，歇上半个时辰，池子底的水也晾干得差不多了，便牵过一个碌碡，来来回回地碾压。用粗圆的大青石做成的碌碡跟在爷爷的身后，吱吱呦呦地唱个不停，听烦了的时候，觉得这声音异常刺耳，但爷爷却是一副怡然自得的神情，往往要一个阳光普照的下午的时间才能把池底压实得如打麦场一样光滑，又像一张牛皮鼓面，赤脚走上去都不用担心留下脚印子。池子做好了，立马要把海水放进去，过十天八日，再放干池水用碌碡压实，如此往复，一个春季要重复压实三到五遍，才算完工。到灌入薄薄的一层卤水之后，爷爷还会洒进去一些盐粒子，叫作种盐，仿佛农民种地时在地里撒下的种子。盐种撒在卤水里，用不了十天半月，就会在池底长出一层白色的盐粒子，小满前后出神盐，小满一过，就要准备捞盐了。在童年记忆里，爷爷的春天总是在风沙和期待中度过，一块新滩池子建成，就是一个新的生命诞生，这盐滩也是有生命的哩。

而夏夜才是最悠闲的。在月光朗照的夜晚，爷爷带一条小黑狗到盐滩去转卤水，有时也会把孙子一起带上。爷俩出了东街口，走半个多时辰就到自家的滩田。银盘似的月亮高高挂在夜空里，天空里少有云彩，履宽会到草丛里捉萤火虫。萤火虫是一种黑色的小虫子，有极神奇的力量，肚子一收一放，就会发出蓝荧荧的光来，捧在小手心里，能把手心手背照得透亮，爷爷也说不清楚这光是由什么变来的。

"爷爷，萤火虫吃的是什么草啊！"

"三叶草呗。"

"三叶草哪里有啊？"

第十章 雷霆力量

"野草棵子里不就有的是嘛。"

"爷爷,快帮我找,我吃了三叶草是不是肚皮也会发光?"

"哈哈哈——"爷爷爽朗地笑了。

那笑声把盐池子里的水震地荡漾起来,月光便犹如一池碎银一般。爷爷的笑声把他弄蒙了,思索了好久也得不出答案来。等到月亮钻进白白的云团里藏起来,盐滩里顿时蒙上一层暗淡的光晕,卤水也转得差不多了,他早已等不及,嚷嚷着回家睡觉,爷爷便不紧不慢地柔声应和着,直到把全部的活计做完,才牵起他的小手往回走。这时的月亮像小号的银碗,高挂在远天之上,瞌睡也袭上了双眼,他一脚高一脚低地走在爷爷的前头,几乎要跟跟跄跄地栽到卤塘子里喝咸水,爷爷见状,便将孙子背在背上。爷爷的脊背就是舒适的摇篮,陪伴着他入了梦乡。

盐滩的秋季是一片忙碌的景象。家家都在抢收盐斤,爷爷和父亲也不例外。只见父亲的长手指稍稍翘起,仿佛竖着一面旗帜。两位只穿着汗褡裢的盐工一边一个用竹杠子抬起一杆褐色的杆子秤,秤钩子下面是大盐包,盐包口用粗麻线缝严实了,两个人一起蹲下、站起,身形突然间像是长高了一截,站在秤杆一边的父亲,极为娴熟地把系着铁秤砣的细皮绳向两边划拉几下,待到那修长的秤杆子稳稳地停在半空,便报出一声好!低头快速在黄裱纸的账本上记下一笔数字,麻袋就可以归垛封存了。其实父亲是不会多说话的,倒是爷爷像一位打了胜仗的将军,指挥着五六名盐工抬盐装盐,哪还管得上在一旁疯窜的他,等跑累了倦了的时候,也只有一个人无聊地蹭回家去,爷爷和父亲会在盐滩上忙个十天半月……

开春,一百五十亩盐滩在众人羡慕的眼光里开垦出来了,榨尽了最后一滴血汗的钟履宽却倒下了。他指示刘长安,铺开的摊子不能停,修滩的活不能等,小车不倒只管推,罗口镇盐滩第一个盐业互助组的红旗不能倒!

压池拉夯的日子到了,田丰年如约而至。他挽起裤脚,踩着冰冷的盐泥巴下了滩池,近邻的盐工们都来看热闹,大家站在池边沿上,边看边议论,就像过年看大戏。

刘长安带领郑海洲、高小武、庄纪海当起了拉夯手,田丰年作为领夯手就是拉夯的带头人,只见他双手执夯柄,喊起拉夯号子,领夯手喊一声,四个拉夯人便应一声,并一起用力牵动棕绳,把百多斤重的夯石抛到半空,再一齐放松绳索,领夯手手握石夯柄杆,掌握着夯石落下的位置。一呼四应,夯石一会儿被高高地抛向半空,一会儿又重重地落下,把沙石狠狠地砸进池底。看,这群汉子们干得多么投入啊,每个人只穿无袖的汗衫子,裤脚高挽过膝盖,光着脚板,脸红红的,热汗淋漓;听,盐滩汉子们的喊声整齐划一,那么粗犷,透着力道,透着自豪,透着希望……

"耕牛并肩排呀!"

"嗷号来呦——"

"犁耙跟着走呀!"

"嗷号来呦——"

"哥哥抬头望呀!"

"嗷号来呦——"

"妹妹云里藏呀!"

"嗷号来呦——"

"小伙真带劲呀!"

"嗷号来呦——"

"姑娘乐开怀呀!"

"嗷号来呦——"

"两个手牵手呀!"

"嗷号来呦——"

第十章 雷霆力量

"大家喝喜酒呀!"

"嗷号来呦——"

……

钟履宽强撑着病体,搬个小杌子坐在滩房前,看着热闹的拉夯场景,浑身充满了热流,饱经沧桑的脸上现出满意的笑容。他多想与田丰年兄弟一起并肩干活,张开双臂护佑着这片盐滩。

有道是年过六十土埋半截!六十六岁的钟履宽为了盐滩耗尽了毕生的精力。但无论晨昏,只要身体允许,总有一个佝偻的身影在盐滩上缓缓地行走着,海鸥在他的头顶翱翔,松涛在他的身后低语,他且行且吟,且吟且思,有时抬头眺望远海,感叹时光流逝岁月静好,有时俯身捧起一捧盐粒子,看一看盐的成色,闻一闻盐的清香……刘长安、郑海洲、高小武带领着盐工们忘我地劳作着,盐坨上的大盐堆像银山一样一座接一座地冒了出来……

◇◇◇◇◇◇◇◇◇◇◇◇◇◇◇◇◇◇◇◇◇

一九五三年十二月,在上级组织部门的安排下,钟启航从部队转业回到海东县盐管处工作。田丰年主任亲自把钟启航一行接送到罗口镇盐滩,他握着钟履宽的手,深情地说:"宽哥,如今启航退伍回来工作了,盐滩更有盼头了!"

病榻上的钟履宽看见小儿子肩上斜挂着一条红绶带,胸脯子上还戴着一朵大红花,笑着说:"呵,戴着光荣花回家,像个新郎官儿似的。"

"爹,您猜对了,您请看——这位是您的儿媳妇邓梅!"

"爹安好!"邓梅微笑着问好。

"嗳!真是个好闺女。"钟履宽笑得合不拢嘴了。

田丰年激动地说:"启航同志,钟家祖辈生活在盐滩,你爹更是三朝元老，盐滩全揣在他的心里，在以后的工作中要多向你爹请教，虚心向刘长安、郑海洲学习，热爱这片盐滩，尽快接上老一辈的班，把盐滩越建越大。"

"回来就好，你娘托梦给我了，我就要去陪她了，只有这一件事，非得由你来亲眼见证不可……"

钟履宽摸索着从枕头下抽出一张发了黄的纸片，说道："这是一张旧社会的盐滩地契，曾被当作传家宝压在箱子底。在万恶的旧社会，沉重的盐税压得我们喘不过气来；日本鬼子在这片盐滩上烧杀抢掠，二十多个精壮劳力被掳走至今音信全无啊；国民党反动派脚踏盐滩站在我们的头上作威作福，玩弄我们于股掌之间，从不把我们当人看，他们不知道我们才是这片土地的主人！我们生在盐滩，长在盐滩，死后也要埋在这片盐滩上，是共产党把一切反动势力打倒了，让我们过上了安稳的生活，让我们作为一个真正的人挺起了胸膛活着。新中国告诉我们，土地属于国家所有，也就是属于每一个人，还要这张盐滩地契何用？一文不值！等你三叔回来，要仔细讲给他听。"

说完，当着启航夫妇的面，把地契凑近油灯。纸张被引燃了，一股青烟袅袅升起，一簇儿红红的火焰闪过，巴掌大的一片黑色的灰烬飘落，转眼消失得无影无踪……

"启航啊，好好干吧，做一个盐民的后代——光荣！"

时钟滴滴答答地走着，电匣子播放着舒缓的乐音。

钟履宽走进了属于他一个人的世界里，他要与曾经魂牵梦萦的盐滩道别，去追寻最爱的人……

"玉萍，我来了，我就要来陪你了，永远也不离开了……"

"那年，我十八，你二十一，女大三抱金砖，钟履宽娶媳妇喽！我用大花轿把你从庄家坨抬进了钟家大院，那阵势人山人海啊！全镇的男女老幼都来看热闹。爹说了，那回可是罗口镇有史以来最隆重的成亲排

第十章 雷霆力量

场……我撸起袖子亲自去敲鼓槌,那个大鼓哟,震天响啊!直到现在仍然响在我的耳边呢……"

"成亲后,你就说我变了个人似的,整天只知道往盐滩跑,说我是个盐人……玉萍啊,你真是我的妻,让你说对喽,我就是一粒盐啊,我的前世今生、来生来世都是一粒盐啊!我们的子子孙孙都是盐人啊……"

"玉萍啊,你别笑我痴,就说盐滩那些营生,哪一样我不在行?舀卤水、挑盐土、抹滩压池、撒盐种、活盐茬、捞盐、装盐包……我精通着哩!只不过钟家滩有刘银锁撑着,省了我的心了,银锁兄弟为了保护大风车被日本鬼子打死了,他是为我死的,我们来世还做好兄弟。二十四岁那年,我接替胡大使的职位,三十多号盐役跟着我吃饭,我能忍心让他们的家人挨饿?盐滩晒出盐来,还得想法子卖啊,可是外有私盐冲销,内有贼人偷盗,路上还有土匪路霸拦路砸杠子,更可气的是盐税水涨船高,官府哪管小老百姓的死活?老百姓吃不起盐,盐民们不愿意晒盐,盐滩抛荒了,盐民们逃荒要饭流离失所……这些都要我这个盐场大使来扛!幸亏有郑成山这样的好伙计跟了我……"

"郑成山,我的好伙计,为我鞍前马后,随我上阵冲杀,为了大哥两肋插刀在所不辞,舍生忘死刺杀贼妇,你死得冤啊!青天都为你落泪,盐滩为你哭泣啊!"

"钟履宽还得谢谢拐刀七兄弟俩与傅英子这三位仇人,你们想方设法加害于我,最后却成全了我,世上哪一条路不是布满了荆棘?大丈夫勇敢地迈步往前又何惧!"

"爹娘,是你们将我带到了这个世界上,给了我该有的一切,大爱不言谢,来世做牛做马为你们尽孝。如今,我累了,太累了,我就要去了,去到一个最安静的地方,去到最初的世界里,找寻最真的我……"

一位俊美的青年来到了他的面前,拱手作揖,俯身叩拜,彬彬有礼地说道:"钟老爷,俺接您来了——"

"你是谁？"履宽纳闷道。

"钟老爷，俺就是当年被你救过的小盅子啊！"

"啊……你是梧桐树下陈老大家的小盅子？"履宽大喜过望。

"钟老爷，是俺呀！"

"我静候你多时了，盐神已给过信了，派我来接你，现在好了，良辰吉日到了，咱们上路吧——"

履宽飘然而起，随小盅子走出门，眼前的一幕把他惊呆了，一架银光闪闪的车撵早已等候在那里，一头雪花白的犍牛立在车辕之间。履宽惊诧不已，问道："这不就是神像前的那头银牛吗？"

牛儿黑亮的眼睛里闪过温和的光芒，低下头，客气地说道："钟老爷，俺已等了千年，这就陪您上路喽——"

小盅子打开车门，轻轻地搀扶他上车，然后跳上前座，抖动缰绳，犍牛仰首呼唤，迈开四蹄，在平滑的大道上奔跑起来。履宽坐在车里，看着眼前似曾相识的一幕幕，那熟悉的街道，左邻右舍的低矮的房屋，盐署的院落，全都披上了奇异颜色的彩衣，令人赏心悦目，万物都在沉睡之中，别了，生于斯长于斯的罗口镇……

车撵刚出镇子，一片碧绿的荷塘映入眼帘，塘里开满了红的、粉的、白的荷花，阵阵清香扑面而来，履宽不禁脱口问道："小盅子，那不是荷花塘吗？"

"是啊！钟老爷，那就是俺住的地方哩。"小盅子满心欢喜地回答。

撵车继续前行，一畦畦水塘波澜不惊，撵车腾空而起，轻盈地贴着水面飞翔。水塘的尽头，是一块块盐池，盐池里结满了白花花的盐，盐池边堆满了座座银山，白色的云朵在车撵周围飘动，人、牛、车就像在碧空里漂游。钟履宽心花怒放，尽情欣赏着眼前的美景，只愿把熟悉的盐滩看个够。忽然，一座银白色的宫殿出现在眼前，宫殿全用白色的大理石雕刻而成，车撵在宫殿的台阶前停住，犍牛不住地向他颔首示意。

第十章　雷霆力量

他走下车来，小盅子在前面引路，二人拾级而上，台阶仿佛是用巨大的盐砖砌成，直插云霄，但走起来却一点儿也不费力气，他的周身仿佛被一朵祥云托浮，到最后，已经飘起来了。石阶的尽头，是一座气势恢宏的大殿，大殿的四壁雕刻着莲花和仙女们的画像，画像无不栩栩如生，殿内一切摆设全都由光滑的大盐砖堆砌而成，在大殿的正中间，有两个高大的水晶座榻，左首空着，右首坐着的正是庄玉萍。只见她头戴银灿灿的凤冠，面如桃花，正含情脉脉地看着他呢。履宽向着她疾走而去，轻声说道："玉萍，我来了——"

一群身着白衣白裙的小仙女围绕在他的四周，与他一起向前飞奔，仙女们手提着雪白的花篮，一路走，一路将雪白的花瓣向天空抛撒着⋯⋯

"我来了——"

一轮红日喷薄而出，一座座银白色的盐山矗立在盐滩上，在那盐山之巅，钟履宽化身为洁白如玉的盐人，安详地长眠在盐的国度里，蓝天为他作罩，盐滩为他作席⋯⋯

"当——当——"盐神庙里的大铜钟敲响了，钟声回荡在滩田上空，乳雾迷漫了盐滩上下，洁白的雪花无声地飘落下来，将盐滩装扮成银装素裹的世界。

后　记

　　世上之人都知道，盐是人们生活中的必需品，人可以三日不吃饭，但不可一日无盐。盐被人们称为五味之首，没有盐则食蔬无味。就像鱼儿离不了水一样，人们的生活确实离不开盐。据史书记载，自从夙沙氏在胶州湾畔煮海为盐开始，利用海水制盐已有五千余年的历史。东汉时期，朝廷在海东县城设置盐官，在涛雒镇置有盐厂煮制海盐。在漫漫的历史长河中，人们经历了煮海水为盐，淋卤、草木灰制卤，然后再用铁锅熬制卤水成盐，最后直接用海水在近海滩出的池塘里经风吹日晒而成盐的发展阶段。涛雒镇坐落在南北五十多里、东西二十余里的鲁东南沿海平原的中心地带，曾大兴渔盐之利，是北方历史上著名的鱼米之乡。直到今天，在这块富庶的土地上，以"廒、灶、台、滩、田"等与制盐活动息息相关的字号为地名的村落不下几十个，足以证明了盐业曾经在这个地区盛极一时，特别在明清时期更是达到了高潮。清末，盐税一度被当作清政府偿还外债的主要财政来源，盐税征稽官的职位一度被外国人占据。从事盐业活动的是一群土生土长的汉子，他们黧黑的面孔，粗糙开裂的皮肤,赤着脚,光着背,长年在滩田里劳作,日出而作,日落而息,与恶劣的天气不屈不挠地抗争,靠山吃山,靠海吃海,滴下汗水,奉献的是洁白无瑕的食盐。

当一轮红日由东方云际喷薄而出的时候,黄海滩头,一群肤色黝黑的汉子佝偻着脊背,在平整的滩田里舀卤、踏滩、抬盐。光滑结实的竹杠子压在肩膀上,他们抬起沉重的盐筐在盐陌上健步行走,从喉咙深处发出低沉有力的盐滩号子。这样的画面久久地印在我的脑海中,使我萌发了要把这群盐滩汉子的经历记述下来的冲动。随着年岁的递增,这份冲动愈加强烈,我义无反顾地拿起笨拙的笔,带领着读者朋友们,走进这群被历史遗忘的人群中。

孟庆良

2021 年 10 月 25 日